The Boleyn Inheritance

불린가의 유산 I

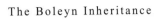

The Boleyn Inheritance

불린 가의 유산

필리파 그레고리 지음 | 황옥순 옮김

I

제인 불린

1539년 7월, 블리클링 홀, 노퍽 주

무더운 날이다. 나른한 들판과 늪지 위로 부는 바람결에 역병의 악취가 진동한다. 오늘 같은 날씨에 남편이 내 곁에 있었다면 나는 우중충한 납빛 여명과 희뿌옇게 붉은 석양을 바라보는 일은 없었을 것이다. 이곳에 이렇게 갇힌 신세가 되지도 않았을 것이다. 우리는 궁정 대신들과 말을 타고 순행 길에 올라 잉글랜드 일대에서 가장 비옥하고 아름다운 지방, 햄프셔와 서섹스의 삼림 지대를 지나 구불구불한 언덕길을 순풍에 돛 단 듯 올라가서는 한눈에 들어오는 바다를 바라보았을 거야. 날마다 아침이면 사냥을 나가고, 한낮에는 울창한 나무 그늘 아래서 점심을 즐기고, 밤에는 어느 시골 저택의 대형 연회실에서 타오르는 노란 횃불을 배경으로 춤을 추겠지. 우리는 잉글랜드 최상류 귀족들의 친구요, 왕의 총애를 받는 왕비 일가였다. 불린 가는 궁정에서 제일 멋지고 세련된 가문으로서, 누구나 우리를 사랑했다. 조지를 알던 사람은 너나없이 그이를 동경했으며, 앤의 유혹을 뿌리칠 수 있는 이는 아무도 없었다. 모든 사람들이 조지와 앤의 환심을 사려고 내 비위를 맞췄다. 흑발에 눈이 까만 조지는 눈이 부시도록 매력이 넘치는 미남이었다. 언제나 최고 명마를 탔고 앤과 붙어 다녔다. 앤의 미모는 한창 피어오를 대로 피어올랐다. 게다가 진한 꿀처럼 고혹적이었다. 나는 이들이 가는 곳이면 어디든 따라다녔다.

두 남매는 늘 연인처럼 함께 말을 달리며 시합을 벌였는데, 실력은 비슷비슷했다. 누가 질세라 바람을 가르며 달리는 말발굽 소리 너머로 깔깔, 껄껄거리며 웃어 대는 소리가 내 귓전을 때리곤 했다. 둘이 나란히 있는 모습을 보면 어찌나 젊고 화사하고 아름다운지 나는 두 사람 중 누구를 더 사랑하는지 도무지 알 수가 없었다.

궁정 사람들은 하나같이 음험한 불린 가 남매의 농탕질과 초호화 생활에 넋을 잃었다. 그리도 도발적인 위험과 모험을 즐기던 이들은 교회 개혁에도 지극히 열정적이었고 논쟁에서도 임기응변이 워낙 뛰어난 데다 독서와 사상에서도 가히 대담했다. 왕에서부터 주방 시녀들에 이르기까지 이들 남매에게 압도되지 않은 이가 없었다. 3년이 지난 지금도 나는 이들을 다시 볼 수 없다는 현실이 믿어지지 않는다. 생명력이 넘치고 눈부시게 아름다운 젊은 남녀가 어찌 그리도 허망하게 죽을 수 있을까? 내 가슴속과 머릿속에는 아직도 함께 말을 달리며 여전히 젊고 여전히 아름답게 남아 있다.

두 사람을 마지막으로 본 것은 3년 전이었다. 그이가 무심한 손길로 내 손을 만지고 웃으며 떠난 지 3년하고도 두 달 아흐레가 지났다.

"여보, 나 이만 가 봐야겠어. 오늘은 할 일이 많아."

오월제 아침이었다. 우리는 마상 창 시합 채비를 하던 참이었다. 나는 남편과 시누이 앤이 곤경에 처한 줄은 알았어도 그렇게 심각한지는 몰랐다.

이제 이리도 달라진 삶에서 나는 흙먼지로 더러워진 런던행 이정표가 서 있는 마을 사거리까지 매일 걸어 나간다. 흙탕물과 이끼를 잔뜩 뒤집어쓴 이정표에는 '런던 200km'라는 글귀가 새겨져 있다. 참으로 머나먼 길이다. 날마다 허리를 굽혀 부적처럼 이정표를 쓰다듬는다. 구중궁궐에 살던 나에게는 초라하기 짝이 없는 친정아버지 집으로 다시 발길을 돌린다. 난 오빠 덕에 살아가고 있다. 난 나에게 전혀 관심도 없는 올케의 친절 덕에 살아가고 있다. 난 벼락부자이자 고리대금업자인 토머스 크롬웰에게 받는 연금 덕에 살아가고 있다. 토머스 크롬웰은 왕의 새로운 친구다.

한때는 우리 불린 가의 저택이 있었다. 그중 내 집도 하나 있었다. 하지만 이제 한낱 그 그늘에 사는 가련한 이웃일 뿐이다. 집도 없고 나를 원하는 사내도 없는 미망인으로 숨죽인 채 초라하게 살아가고 있다. 별 수 없이 이렇게 살아야만 한다. 이제 서른을 코앞에 둔 나라는 사람의 낯빛은 실의에 빠져 어둡다. 아들은 남의 손에 맡겼으며, 재혼할 가능성이 없는 미망인이다. 그리고 비운의 가족 가운데 유일하게 살아남아 추문만을 상속받은 여자다.

이런 기구한 내 운명이 언젠가 바뀔 것이라고 생각한다. 하워드 제복 차림의 전령이 말을 타고 달려 와서 내게 할 일이 있으니 궁정으로 다시 출두하라는 노퍽 공작의 서찰을 전해 줄 그날을 꿈꾼다. 왕비를 보필하고, 밀담을 쑥덕이고, 음모를 꾸미고, 끝없이 일구이언하는 궁정 생활에서 노퍽 공작은 최고의 스승이고 나는 그의 수제자다. 세상이 바뀌어 대변혁이 일어나는 날, 우리 하워드 가문이 또다시 권좌에 올라 내가 다시 궁정 시녀가 되는 것이 내 꿈이다. 공작은 위험한 고비의 순간에 내가 공작을 구한 보답으로 내 목숨을 구해 주었다. 내가 애석하게 생각했던 비극은 이제 내 꿈속에서만 말을 달리며 웃고 춤추는 우리 남편과 시누이를 구해 내지 못한 일이었다. 나는 다시 이정표를 쓰다듬으며 전령이 내게 장중하게 번쩍이는 하워드 가문의 문장을 찍어 봉인한 서찰을 건네줄 내일을 머릿속에 그린다.

"제인 불린 부인에게 전할 서찰입니다. 로치포드 자작 부인은 어디 계신지요?"

전령이 이렇게 묻고는 내 초라한 커틀(중세기에 여성이 입던 풍성하고 얇은 긴 상의)과 그 위에 걸친 가운 밑단을 훑어보았다. 런던행 이정표를 쓰다듬어서 손마저 지저분해져 있었다.

"아, 난데요. 이리 주세요. 드디어 왔군요."

나는 꼬질꼬질한 손으로 서찰을 받아들었다. 내 유산을.

클레베스의 공녀, 안나

1539년 7월, 클레베스의 뒤렌

숨도 제대로 쉴 수 없었다. 나는 나무둥치처럼 꼼짝 않고 앉아서 억지웃음을 지으며 두 눈을 크게 뜨고 당당하게 화가를 바라보았다. 제발, 성실한 신붓감으로 봐 주길. 당당한 내 눈빛을 보고 건방짐보다는 정직함을 읽을 수 있었으면 좋겠다. 이 초상화를 위해 어머니는 최고급 보석을 빌려 왔다. 초상화를 보며 왈가왈부할 사람들에게 우리가 비렁뱅이가 아니라는 걸 보여 주고 싶어서다. 물론 남동생, 빌헬름은 내 신랑감에게 지참금을 한 푼도 주지 않겠지. 왕이 나를 선택한다면 그건 호감 가는 내 인상과 무시 못 할 정치적 인맥 때문일 것이다. 내겐 그것 말고는 없으니까. 그렇지만 왕은 틀림없이 나를 선택하리라. 나는 반드시 그의 눈에 들고야 말겠다. 이곳을 벗어나는 것이 내 인생 최고의 목표니까.

여동생 아밀리아는 방 맞은편에 서 있다. 크레용으로 쓱쓱 내 초상화를 그리는 화가의 빠른 손놀림을 심드렁하게 쳐다보고 있다. 동생은 다음 초상화의 주인공이다. 미안한 얘기지만 잉글랜드 왕이 동생을 선택하지 않기를 빈다. 클레베스를 떠날 수 있는, 잉글랜드 왕비라는 높은 지위에 오를 수 있는 이번 기회를 동생도 놓치고 싶지 않겠지. 하지만 동생은 나만큼 간절하지 않다. 세상에 나처럼 간절하게 이런 기회를 기다린 여자는 없을 것이다.

남동생 빌헬름을 흉보고 싶은 마음은 추호도 없다. 지금도 그렇고 앞으로도 절대 동생을 비난하지 않을 것이다. 동생은 어머니에게는 자랑스러운 아들이자 클레베스 공국의 귀하신 후계자다. 말년에 완전히 정신이 나가 버린 불쌍한 아버지를 방에 처박고 문을 잠근 사람이 바로 빌헬름이었다. 그러고는 사람들에게 아버지가 열병에 걸렸다고 했다. 어머니는 의사를 부르자고 했다. 아니면 목사라도 불러 가여운 아버지의 머릿속에서 악마를 쫓아내자고 했다. 하지만 빌헬름은 그마저도 못 하게 막았다. 빌헬름은 교활하다. 소처럼 둔하지만 야비하다 싶을 정도로 교활하다. 아버지가 미쳤다고 소문나는 것은 좋지 않다. 우리 가문의 명성을 더럽힐 수 있기 때문이다. 차라리 열병에 걸린 것으로 알려지는 게 낫다고 했다. 광기를 대물림하는 집안이라는 소문이 돌면 우리는 세상에서 인정받을 수 없을 테니까. 하지만 아버지가 열병에 걸렸다고 말한다면 그나마 우리에겐 일어설 기회가 있다. 나는 좋은 배필을 만날 테고 여동생도 좋은 가문에 시집가게 될 테니까. 빌헬름도 훌륭한 규수와 결혼할 수 있을 테고, 결국에는 집안이 필 것이다. 우리 모두를 위해 아버지는 누구 하나 돌봐주는 이 없이 혼자 고통을 당하고 있는 것이다.

방에 갇힌 아버지는 이제 얌전하게 굴 테니 문 좀 열어 달라고 사정사정했지만 빌헬름은 절대 열어줄 수 없다며 매정하게 거절했다. 이런 온갖 소리를 들으며 나는 무언가 잘못 돌아가는 게 아닌지, 빌헬름과 어머니도 아버지처럼 정신이 나간 게 아닌지, 집안에서 제정신인 사람은 오직 나뿐인 것은 아닌지 생각했다. 우리는 얼마나 끔찍한 일을 저질렀던가. 하지만 이런 것에 경악한 사람은 나밖에 없었다. 그러나 난 내 생각을 누구한테도 말하지 않았다.

어렸을 때부터 빌헬름은 내게 이래라 저래라 명령했다. 동생은 뫼즈 강과 라인 강 사이에 있는 클레베스 공국의 주인이 될 몸이었다. 조상 대대로 물려받은 작은 공국이었지만 지정학적 위치 때문에 유럽의 강대국들은 하나같이 우리와 친선을 맺고 싶어 했다. 프랑스를 비롯해 에스파냐와 오스트리아의 합스부르크 왕가, 신성 로마 제국 황제와 교황, 그리고 이제 영국의 헨리 8세까지 우리에게 손을 내밀고 있다. 클레베스는 유럽의 심장부로 통하는 관문이고 클레베스 공국의 제후는 그 관문을 여는 열쇠다. 그러니 빌헬름의 콧대가 높아질 만도 하다. 하지만 나는 가끔씩 빌헬름이 기독교 세계의 정찬 자리에서 끝자리에 앉는 별 볼일 없는 풋내기 제후에 지나지 않는다고 생각한다. 그렇지만 이런 내 생각을 입 밖에 내 본 적은 없다. 심지어 여동생인 아말리아에게도 말하지 않았다. 나는 사람을 쉽게 믿지 않는 편이다.

빌헬름은 강대국들이 손을 내미는 그 잘난 제후 자리를 꿰찬 덕에 어머니에게도 이래라 저래라 한다. 어머니는 빌헬름을 보좌하는 궁내 장관이자 집사이며 빌헬름의 말을 전하는 연락책이었다. 어머니의 전폭적인 지지를 등에 업고 빌헬름은 아말리아와 내게도 이래라 저래라 지시한다. 빌헬름은 귀한 아들이며 상속자이지만 우리 자매는 그저 귀찮은 짐일 뿐이다. 젊은 사내인 그에게는 권력과 기회가 기다리고 있지만 우리에게는 기껏해야 아내와 어머니로서의 삶이 기다리고 있을 뿐이다. 최악의 경우에는 빌헬름에게 기생충처럼 얹혀사는 노처녀 신세가 될지도 모른다. 언니 시빌리아는 벌써 이곳을 탈출했다. 언니는 결혼이 성사되자마자 서둘러 집을 떠났고 빌헬름의 독재에서 해방되었다. 다음은 내 차례다. 내 차례여야만 한다. 애꿎게 내가 아니라 동생 아말리아가 먼저 떠나는 그런 잔인한 일은 없어야 한다. 동생에게도 기회가 올 것이다. 때가 올 것이다. 하지만 다음은 내 차례다. 내가 뽑혀야 한다. 왜 빌헬름과 어머니가 아말리아의 초상화까지 보내는지 모르겠다. 내가 겁을 집어먹고 더 고분고분해지길 바라는 걸까? 그렇다면 충분히 효과는 거두었다. 나는 여동생에게 밀릴까 봐 지금 단단히 겁을 먹고 있다. 빌헬름은 이런 것을 다 예상했으리라. 자신에게 득이 되지 않는다 해도 나를 괴롭힐 만한 일이라면 놓치지 않을 위인이니까.

아무리 봐도 빌헬름은 그저 별 볼일 없는 풋내기 제후일 뿐이다. 아버지가 꺼져 가는 목소리로 문을 열어 달라고 애원하다 돌아가신 후 빌헬름은 그 자리를 물려받았다. 하지만 결코 아버지만한 인물은 되지 못할 것이다. 아버지는 넓은 세상을 주름잡았던 분이다. 프랑스와 에스파냐의 궁정에서 지냈으며 유럽 곳곳을 누비고 다녔다. 하지만 빌헬름은 늘 그래 왔듯 언제나 집 안에 틀어박혀 있다. 세상을 돌아다녀 봐야 독일만 못할 것이라고 생각한다. 성경보다 위대한 책은 없으며, 장식 없는 텅 빈 교회만큼 훌륭한 교회도 없고, 자기의 양심보다 좋은 안내자는 없다고 생각한다. 손바닥만큼 작은 공국이다 보니 몇 안 되는 신하들이 그의 명령을 받드느라 동분서주했다. 더군다나 물려받은 유산도 얼마 되지 않는 남동생은 기죽지 않으려고 더욱 위엄 있게 굴었다. 품위나 위엄 따위와는 거리가 먼 내게는 견디기 힘든 일이었다. 동생은 술에 취하거나 기분이 좋을 때면 반항아라 부르며 두툼한 손으로 나를 토닥인다. 그러나 정신이 멀쩡하거나 짜증이 나면 제 분수도 모르는 철부지라며 방에 가두어 버리겠다고 윽박지르기 일쑤다.

그건 절대 공갈 협박이 아니다. 빌헬름이 누구인가. 바로 아버지를 방에 가둔 위인 아닌가. 나를 방에 가두고도 남을 인물이다. 내가 문을 열어 달라고 애걸하면 달려와 줄 사람이 있을까?

화가 홀바인이 무뚝뚝하게 머리를 한 번 까닥였다. 내 초상화는 다 그렸다는 뜻이다. 나는 초상화를 볼 수 없다. 우리 가족 누구도 홀바인이 잉글랜드 왕에게 보내는 초상화를 볼 수 없다. 홀바인은 우리를 추켜세우거나 아름답게 그리기 위해 이곳에 온 게 아니다. 가능한 한 우리를 정확하게 그리기 위해 온 것이다. 그래야 잉글랜드 종마에게 보낼 플랑드르 암말을 고르듯 잉글랜드 왕이 우리 자매 중 누구든 고를 테니까.

동생이 수선을 떨며 자리를 잡는 동안 홀바인은 등을 기대고 편안히 앉아 새 종이를 꺼냈다. 홀바인은 크레용을 살펴보았다. 홀바인은 우리를 모두 만나 보았다. 여기서 우리란 잉글랜드 왕비 후보자들을 말한다. 그는 밀라노 공작 부인 크리스티나와 기즈의 메리 공녀도 그렸다. 그러니까 홀바인이 한쪽 눈을 가늘게 뜨고 크레용 든 손을 들어올려 젊은 여자의 코를 잰 게 이번이 처음은 아니라는 얘기다. 내가 알기로는 동생 아말리아 다음에도 그려야 할 여자가 하나 더 있다. 홀바인은 영국으로 돌아가는 길에 프랑스에 들러 억지웃음을 짓고 앉은 또 다른 여자 앞에서 온갖 인상을 쓰면서 그녀의 장점과 단점을 표현해 내려고 기를 쓰겠지. 내가 줄줄이 늘어놓은 옷감 견본 중 하나 같다는 생각 때문에 비참하게 느껴 봤자 아무 소용이 없다.

　"초상화 그리는 게 싫어요? 부끄러워요?"

　동생의 초상화를 그리려던 홀바인이 무뚝뚝하게 물었다. 건조대 위에 놓인 고깃덩이를 쳐다보듯 동생을 보는 그의 시선 때문에 동생의 얼굴에서 웃음이 사라졌다.

　나는 어떤 기분인지 그에게 말하지 않았다. 잉글랜드 정보원이나 다름없는 화가에게 말해 본들 무엇 하겠는가. 그래서 그냥 이렇게 말했다.

　"그분과 결혼하고 싶어요."

　홀바인은 한쪽 눈썹을 추켜올리며 대답했다.

　"나는 그림만 그릴 뿐이오. 잉글랜드 사절인 니콜라스 워튼 대사나 리처드 비어드 대사에게 말하는 게 좋을 거요. 나한테 말해봐야 소용없소."

　나는 창가에 앉아 있었다. 옷을 잔뜩 차려입은 데다 딱 달라붙는 스토마커(15~16세기에 유행했던 호화로운 가슴 장식; 옮긴이)를 입고 있어 더웠다. 하녀 두 명은 낑낑대며 간신히 매듭을 맸을 정도로 스토마커를 꽉 조였다. 그림이 완성되면 이 답답한 옷들을 훌훌 벗어 버릴 수 있다. 동생 아말리아는 머리를 살짝 기울여 교태를 부리며 홀바인을 향해 웃음 짓고 있다. 나보다 더 예쁘고 통통한 동생의 모습을 홀바인이 제발 사실대로 그리지 않기를……. 동생에게는 잉글랜드에 가는 문제가 별로 중요하지 않다. 아! 물론 잉글랜드로 가게 된다면 동생도 무척 기뻐할 것이다. 가난한 독일 제후의 막내딸이 잉글랜드의 왕비가 되는 것이니 말이다. 동생뿐 아니라 우리 가족과 클레베스 공국 사람 모두가 환호성을 지를 만한 일이다. 하지만 아말리아는 나처럼 이곳을 꼭 떠나야 하는 것은 아니다. 동생은 나만큼 절실하게 이 결혼을 원하진 않는다. 하마터면 나는 동생에게 나만큼 절박한 건 아니냐고 말할 뻔했다.

나는 홀바인의 그림을 보지 않기로 했으니 보지 않았다. 내가 자신할 수 있는 일이 한 가지 있다. 그저 보잘것없는 여자이긴 하지만 무슨 일이든 한 번 약속하면 지킨다는 점이다. 나는 그림을 보지 않고 창가에 앉아 성 안뜰을 내려다보았다. 그때 마침 사냥 나팔이 성 밖 숲에서 울려 퍼지더니 성문이 활짝 열리며 사냥꾼들이 들어왔다. 빌헬름이 맨 앞에 있었다. 내가 미처 몸을 숨기기도 전에 빌헬름은 고개를 들어 창가에 있는 나를 보았다. 빌헬름의 얼굴에는 짜증스러운 표정이 가득했다. 이렇게 창가에 보란 듯이 서 있으면 안 된다고 생각하겠지. 내가 재빨리 몸을 숨겨 자세히 보지는 못 했겠지만 몸에 딱 달라붙는 드레스를 입고 모슬린 장식으로 턱까지 가렸어도 목선이 사각형으로 깊숙이 파인 가운을 걸치고 있다는 것을 알아차렸을 것이다. 빌헬름은 내 옷차림 때문에 기분이 거슬렸을 테지만 옷 탓이라고는 대놓고 말하지 않겠지. 드레스를 두고 잔소리를 해 봐야 내가 변명할 테니 뭔가 다른 꼬투리를 잡을 거야. 빌헬름이 무슨 꼬투리를 잡을지 모르겠다. 하지만 오늘이나 내일쯤 틀림없이 어머니가 나를 방으로 부르실 것이다. 빌헬름은 어머니의 의자 뒤에 서서 자기는 아무 관계도 없다는 듯, 아무 관심도 없다는 듯 다른 곳을 보고 능청을 떨거나 내가 방으로 들어설 때쯤 막 방으로 들어오겠지. 어머니는 심히 걱정스러운 목소리로 '안나, 내가 어디서 들었는데……' 라고 하겠지. 그러고 나서 내가 거의 잊어버린 며칠 전 일을 두고 뭐라고 할 거야. 빌헬름은 늘 그런 일을 꽁하게 속에 담고 있다가 어머니에게 말한다. 그러면 나는 꾸지람을 듣거나 심지어 벌까지 받는다. 빌헬름은 물론 내가 예쁘게 차려입고 창가에 앉아 있어서 기분이 거슬렸다는 말은 비치지 않을 것이다. 내게 화난 진짜 이유에 대해서는 입도 뻥긋하지 않을 것이다.

어렸을 적에 아버지는 나를 흰 바다매라고 불렀다. 하얀 매, 흰 바다매, 차가운 북구의 눈밭을 가로지르는 사냥 매. 내가 책을 읽거나 바느질을 하고 있으면 아버지는 웃으면서 늘 이렇게 말씀하셨다.

'어이구, 우리 작은 매가 여기 갇혀 있었구나. 멀리 날아가라! 내가 풀어 주마!'

내가 공부방에서 빠져나와 아버지에게 달려가면 어머니조차 어쩔 수 없었다. 나는 지금 아버지가 다시 나를 불러 주길, 멀리멀리 불러 내 주길 바란다.

어머니는 나를 생각이 짧은 계집애로 생각한다. 빌헬름은 한술 더 떠서 나를 못됐다고 생각한다. 하지만 내가 잉글랜드의 왕비가 된다면 잉글랜드 왕은 나를 믿어도 좋을 것이다. 나는 느닷없이 프랑스 패션을 궁정에 유행시키거나 이탈리아 춤을 추거나 하지는 않을 테니까. 잉글랜드 사람들은 나를 믿어도 좋다. 나는 왕의 명예를 지켜 줄 것이다. 남자에게 명예가 얼마나 중요한지 나는 익히 알고 있다. 그저 좋은 아내, 훌륭한 왕비가 되고 싶다. 잉글랜드 왕이 아무리 엄격한 사람이라도 내가 창가에 마음대로 앉지 못하도록 하진 않겠지. 사람들이 헨리 왕에 대해 뭐라고 수군거리든 난 그가 내게 기분 나쁜 일이 있으면 무엇 때문에 기분이 나쁜지 솔직히 말해 주리라 믿는다. 뭔가 다른 꼬투리를 잡아 어머니에게 일러바쳐 내가 회초리를 맞는 일 따위는 없을 것이다.

캐서린

1539년 7월, 노퍽 저택, 램버스

자, 내가 가진 게 얼마나 되는지 어디 한번 볼까.

오래전에 돌아가신 어머니에게 물려받은 작은 금 목걸이. 애지중지하는 보석함에 고이 넣어 두었는데 슬프게도 이 목걸이 하나 말고는 아무것도 없다. 하지만 더 많은 금붙이가 생길 날이 오겠지. 드레스가 세 벌. 그중 한 벌은 새 드레스다. 그리고 아버지가 칼레에서 보내 주신 프랑스산 레이스 한 줄. 리본이 한 여섯 개쯤. 하지만 내가 가진 가장 큰 재산은 바로 나 자신이다. 나 자체가 빛나는 보석이나 다름없기 때문이다! 오늘로 나는 열네 살이 된다. 얼마나 멋진 일인가! 열네 살! 나는 귀족 가문의 젊디젊은 여자다. 한 가지 비극은 별로 부유하지 않다는 점이다. 하지만 대신 사랑하는 남자가 생겼다. 그것도 너무나 멋진 남자가. 공작 부인인 새할머니는 분명 내게 생일 선물을 내리실 거야. 나는 공작 부인이 가장 아끼는 시녀고, 또 내가 근사해 보이길 원하실 테니까. 어쩌면 드레스를 만들어 입을 수 있도록 비단을 내리실지도 몰라. 아니면 레이스를 살 돈을 주실지도 모르고. 시녀 방 친구들이 오늘 밤 취침 점호 시간이 지난 후에 나를 위한 특별 파티를 열어 주기로 했다. 젊은 남자들이 몰래 와서 우리 방문을 두드리면 친구들이 달려가 문을 열어 줄 것이다. 그럼 난 마치 여자들끼리만 놀고 싶었다는 듯이 '아이, 몰라!'라고 외쳐야지. 내가 사랑에 빠지지 않은 것처럼, 프랜시스 데르햄을 열정적으로 사랑하지 않는 것처럼. 그를 보더라도 내가 하루 종일 밤이 오기만을 애타게 기다리고 있었던 내색은 절대 하지 말아야지. 이제 다섯 시간 후면 그를 만나게 된다. 아니! 지금 막 새할머니의 값비싼 프랑스풍 괘종시계를 쳐다보니 정확히 4시간 48분 남았다.

47분.

46분. 내가 이렇게 그에게 빠져 있는지 몰랐다. 나 자신도 깜짝 놀랐다. 그를 만나게 될 때까지는 아무래도 째각째각 움직이는 시곗바늘에서 한시도 눈을 떼지 못할 것 같다. 정말 열정적인 사랑이 아니라면, 정말 헌신적인 사랑에 빠진 것이 아니라면 이럴 수 없다. 이렇게 깊은 사랑에 빠질 수 있다니 나는 정말 보기 드문 감성의 소유자임에 틀림없어.

45분. 지금은 기다리는 것 말고는 할 수 있는 게 아무것도 없다. 시간은 죽을 만큼 천천히 간다.

물론 아직 그에게 내 감정을 전하지는 못했다. 내 입으로는 절대 할 수 없어. 그랬다간 부끄러운 마음에 죽어 버릴지도 몰라. 하지만 그렇게 죽지 않더라도 그를 사랑하는 마음에 지레 죽을지도 모르겠다. 나와 가장 친한 친구 아그네스 레스트월드 외에는 아무에게도 말하지 않았다. 아그네스는 목숨을 걸고 비밀을 지킬 것이라고 맹세했다. 나는 만약 말하면 반역자로 죽을 각오를 하라고 했다. 아그네스는 누구에게라도 내게 사랑하는 사람이 생겼다고 말하지 않겠다고 했다. 만약 그런 말을 하면 형틀에 묶고 사지를 찢어 죽여도 좋다고 했다. 내 비밀을 폭로하면 내 사촌 앤 왕비처럼 참수대에서 죽겠다고 했다. 어떤 일이 있어도 절대 말하지 않겠다고 했다. 나는 마거릿 모튼에게도 말했는데 마거릿도 죽어서라도 비밀을 지키겠다며 곰 굴에 던져진다 해도 함구하겠다고 했다. 화형을 시킨다 해도 자신의 입을 열 수는 없을 것이라고 했다. 내 예상대로라면 오늘 밤 그가 우리 방으로 오기 전 분명 두 아이 중 하나가 그에게 말을 할 테고, 그럼 그이도 내 맘을 알게 될 것이다.

내가 그를 알게 된 지는 벌써 수개월이나 되었다. 그 수개월이 내게는 마치 반평생 같다. 처음에는 내가 그를 바라보기만 했지만 지금은 그도 내게 미소를 보내고 더러 인사를 건네기도 한다. 한번은 나를 호칭 없이 이름만 부른 적도 있다. 그도 공작 부인의 다른 젊은 시종들처럼 시녀 방으로 찾아와 몰래 여자들을 만나곤 한다. 지금은 개구리 눈을 한 조앤 벌머와 좋아지낸다. 조앤이 남자들에게 그렇게 헤프게 덤비지 않는다면 그 어떤 남자도 조앤 같은 아이에겐 눈길조차 주지 않을 것이다. 하지만 조앤이 몸을 헤프게 놀리는 바람에 오히려 내가 그의 눈길을 받지 못하는 처지가 되고 말았다. 이건 불공평하다. 너무나 불공평한 일이다. 조앤은 나보다 열 살이나 많고 거기다 유부녀이니 남자를 유혹하는 방법을 귀신같이 알 수밖에 없다. 반면 나는 아직 배울 게 많다. 프랜시스도 스무 살이 넘은 남자다. 두 사람 모두 나를 어린애 취급한다. 하지만 난 어린애가 아니다. 그리고 두 사람에게 그걸 깨닫게 해 주고 말 테다. 나는 이제 열네 살이고 사랑할 준비가 되었다. 연인을 만들 준비가 되었다. 그리고 당장이라도 보지 못하면 이대로 죽어 버리고 말 것처럼 열렬히 프랜시스 데르햄을 사랑한다. 이제 4시간 40분 남았다.

하지만 오늘부터는, 이제부터는, 모든 게 달라질 것이다. 내가 열네 살이 되었으니 이제까지와는 모든 게 딴판이 될 것이다. 반드시 그렇게 될 것이다. 오늘 밤 새 프랑스풍 후드를 써야지. 그리고 프랜시스 데르햄에게 난 이제 열네 살이라고 말하면 그도 나를 달리 보겠지. 이제 여자가 된 나의 모습을, 남자에 대해 이미 알 만큼 아는 성숙한 여자로서의 내 모습을 말이다. 그런 다음 그가 방 반대편 내 침대로 건너오지 않고 그 개구리눈을 한 늙은 조앤과 얼마나 더 오래 버틸지 누고 보면 알 일이다.

솔직히 그가 내 첫사랑은 아니다. 하지만 헨리 매녹스에게는 이런 감정을 느껴 본 적이 없다. 만약 헨리가 딴 소리를 한다면 그건 거짓말이다. 헨리 매녹스는 내가 시골에 내려가 살던 어린아이 적에 만난 남자에 불과하다. 그때 나는 아이 티가 졸졸 나고 키스와 애무에 대해서는 아무것도 몰랐던 애송이였다. 헨리가 처음 키스했을 때 나는 좋은 줄도 몰랐고, 그러지 말라고 사정까지 했다. 그가 치마 밑으로 손을 밀어 넣었을 때는 너무 놀라 비명을 지르며 울었다. 나는 그때 겨우 열한 살이었다. 여자가 느끼는 쾌락에 대해서는 알지 못한 게 당연했다. 하지만 지금은 모르는 게 없다. 시녀 생활 3년이면 남녀 간의 간계와 농지거리에 대해 속속들이 알고도 남는다. 남자가 원하는 것이 무엇인지, 남자를 어떻게 다뤄야 하는지, 그리고 슬쩍 물러나야 할 때는 언제인지 다 알게 된다.

내게 있어 평판은 곧 지참금이다. 물론 새할머니가 들으면 평판이나 지참금이나 둘 다 나오는 거리가 먼 얘기라며 속을 긁겠지. 정말 미워 죽겠어. 하지만 난 바보가 아니다. 이 캐서린 하워드가 나 자신과 우리 가문 정도면 이루지 못할 게 없다는 것 정도는 모르지 않는다. 지금의 나는 어린애가 아니라 다 큰 여자다. 헨리 매녹스는 시골집에서 크던 어린아이 시절 내게 수작을 걸던 남자에 불과했다. 그때는 아무것도 모르던 철부지 시절이었다. 내가 남자를 만나 본 적이 없었을 때, 적어도 제대로 된 남자를 만나 본 적이 없었을 때 이야기다. 그가 몇 주 동안이나 선물로 꾀고 무섭게 으르고 하면서 어떻게든 나와 끝까지 가 보려고 용을 쓸 때 그에게 몸을 허락할 수도 있었다. 하지만 발각될까 봐 지레 겁먹고 먼저 발을 뺀 것은 매녹스였다. 그는 스무 살이 넘었고 나는 고작 열한 살짜리에 불과했기 때문에 사람들이 알면 둘 다 욕먹을 일이었다. 그래서 그는 내가 열세 살이 될 때까지 기다리기로 했다. 하지만 지금 나는 서섹스 시골 바닥이 아니라 램버스의 노퍽 공작 부인 집에 사는 몸이다. 여기는 언제 왕이 말을 타고 지나갈지 모르는 곳이다. 대주교가 바로 옆집에 살고, 우리 큰아버지인 토머스 하워드 노퍽 공작도 어마어마한 수행 행렬을 거느리고 가끔씩 행차하는 곳이다. 언젠가 한번은 공작께서 내 이름을 기억하고 불러 주신 적도 있었다. 헨리 매녹스는 이제 내 상대가 되지 않는다. 지금은 으름장에 겁먹고 키스에 응하거나 더한 일도 받아 줬던 시골뜨기 어린애가 아니다. 지금의 내 위치는 그때와는 비교도 안 되게 높아졌다. 이제 나는 침대에서 벌어지는 일이라면 모르는 게 없다. 나는 하워드 가문의 딸이고, 내 앞에는 찬란한 미래가 펼쳐져 있다.

다만 엄청나게 끔찍한 비극이 내 앞을 가로막고 있는데 그건 바로 내가 궁정에 진출할 나이가 되었는데도, 그리고 하워드 집안 딸이라면 지금쯤 당연히 왕비의 시녀가 되었어야 마땅함에도, 지금 잉글랜드엔 왕비가 없다는 사실이다. 나로서는 재앙이나 다름없다. 왕비 자체가 없다니. 제인 왕비는 아기를 낳자마자 죽었다. 내가 보기엔 순전히 관리 소홀 탓이다. 아무튼 왕비가 없으니 궁정에 왕비 시녀가 있을 이유도 없어진 것이다. 내게는 끔찍이 재수 없는 일이 아닐 수 없다. 나보다 더 운 없는 계집애는 없을 것이다. 런던에 입성해 열네 살 생일을 맞았는데, 마침 왕비가 죽을 게 뭐람. 앞으로 몇 년은 온 궁정이 애도 기간을 가져 칙칙할 것이다. 때로는 온 세상이 나를 상대로 음모를 꾸미는 것 같다. 세상 사람들 모두 내가 노처녀로 늙어 죽기를 바라는 것 같다.

귀족 남자를 만나 사귈 일이 없다면 예쁜 게 다 무슨 소용이란 말인가? 아무도 나를 볼 기회가 없는데 누가 내 매력을 알아줄 것인가? 내 사랑, 다정하고 잘생긴 내 사랑, 프랜시스, 프랜시스. 프랜시스가 없었다면 나는 절망을 이기지 못하고 벌써 템스 강에 몸을 던지고 말았을 것이다.

하지만 하느님의 은혜로 프랜시스를 만났고, 희망을 품고 세상을 살아갈 낙이 생겼다. 하느님이 정말 모든 걸 다 아시는 분이라면 멋진 미래도 없이 나를 이렇게 절묘한 존재로 만드셨을 리가 없다. 분명 하느님이 나를 위해 마련하신 계획이 있을 거야. 열네 살의 완벽한 나를 위한 계획이 있으실 거야. 지혜로운 하느님이시라면 내가 램버스에서 시들어 죽도록 내버려 두시진 않을 거야.

제인 불린

1539년 11월 노퍽 주, 블리클링 홀

날이 어두워지면서 노퍽에서 또 한 번 겨울을 지내야 한다고 생각하니 암담했다. 그런데 드디어 오매불망 기다리던 소식이 왔다. 일각이 여삼추처럼 기다리던 서신이었다. 이제 나는 인생을 새로 시작할 수 있다. 멋진 촛불과 석탄 난로가 활활 타오르고 친구들과 경쟁자들이 공존하는 세상, 음악과 산해진미, 춤이 있는 세상으로 되돌아갈 수 있다. 하늘이시여, 감사합니다. 나는 부름을 받고 궁정으로 다시 돌아가 새 왕비를 모시게 되었다. 내 은인이자 주군인 공작이 다시 나를 왕비전의 시녀로 들여보내 주었다. 나는 잉글랜드의 새 왕비를 보필하게 되었다. 잉글랜드의 새 왕비를 섬기게 된 것이다.

왕비의 이름이 경종처럼 울린다. 앤 왕비, 또 앤 왕비라니(독일 발음으로는 안나임; 옮긴이). 이번 혼사를 천거한 의원들은 분명 안나 왕비라는 소리를 듣고 등골이 오싹한 공포감을 느꼈을 것이다. 우리 모두에게 너무나 엄청난 불행을 가져다준 죽은 앤 왕비를 떠올렸을 것이다. 앤이 왕에게 안겨 준 수모감과 자기 가족에게 가져다준 파멸감 그리고 내가 겪은 상실감을 떠올리지 않았을까? 견딜 수 없는 내 상실감을? 그런데 아니다. 내가 보기에 죽은 왕비는 허망하게 잊혀졌다. 예비 왕비, 클레베스의 안나가 도착할 즈음에는, 우리 시누이이자 내가 동경하던 친구요, 나를 괴롭히던 예전의 앤 왕비는 내 기억 속에만 존재하겠지. 잉글랜드에서 앤 왕비를 기억하는 이는 나밖에 없다는 생각이 들 때도 있다. 때로는 나만이 지긋지긋하게 기억하면서 앤을 지켜보고 궁금해하는 것 같기도 하다. 나는 지금도 여전히 자주 시누이 꿈을 꾼다. 꿈속에서 앤은 여전히 젊고 자기 향락 외에는 관심이 없으며, 아랑곳하지 않고 웃어 대고, 까만 머릿결이 보이게 후드는 머리 뒤로 젖혀 쓰고, 소맷자락도 우아하게 길며, 지나치게 과장된 프랑스 억양을 쓰는 말투도 한결같다. 목에는 불린의 첫 글자 'B'가 새겨진 진주 목걸이가 걸려 있다. 이것은 여왕이 불린 가 가문임을 나타내는 것이다. 나는 우리 셋이 햇살이 환하게 비치는 정원에서 행복을 누리고 있는 꿈을 꾸곤 한다. 난 조지의 팔짱을 끼고 있고, 앤은 우리 부부를 향해 환하게 웃고 있다. 우리는 기대 이상으로 부자가 되어 대저택의 성과 영지 들을 거느리고 있다. 대사원들을 모조리 허물어 우리 저택용 석재로 쓰고 십자가들을 녹여서 장신구를 만들고, 대수도원 연못에서 낚시를 하며 사냥개들이 교회 사유지 곳곳을 누비고 다니는 꿈을 꾼다. 꿈에서 대수도원장들과 소수도원장들은 우리에게 수도원을 헌납하고 거룩한 빛을 잃은 사당이 아닌 우리를 추앙한다. 온 나라가 우리의 영광과 부와 여흥을 돋우는 꿈을 꾼다. 나는 날이면 날마다 이런 꿈을 꾸다가 잠에서 깨어 두려움에 와들와들 떤다. 꿈속에서는

20

정말 멋졌지만 잠에서 깨면 늘 공포에 떨며 옴짝달싹 못한다.

아, 이제 꿈은 끝났다! 나는 다시 궁정으로 돌아간다. 왕비 처소에서 왕비의 막역한 벗이요, 변치 않는 말벗이 된다. 모든 것을 볼 것이고 모르는 것이 없을 것이다. 내 인생의 중심으로 다시 돌아가 안나 왕비의 시녀가 되어 헨리 왕의 세 왕비를 보필했듯이 충심을 다해 지극 정성으로 보필할 것이다. 왕이 원혼을 무서워하지 않고 일어나 재혼할 수 있다면 나도 할 수 있다.

나는 잉글랜드에서 왕 다음 서열인 2인자 시외삼촌, 토머스 하워드 노퍽 공작을 위해 일할 것이다. 공작은 빠른 진군과 무자비한 급습의 명수로 알려진 명장이다. 어떤 강풍에도 꺾이는 법이 없지만 국왕에게 그리고 본인의 가족과 사리사욕에 기여하는 원로 조신이다. 튜더 왕가 못지않게 좋은 피를 타고난 귀족이다. 내 인척이요, 보호자요, 주군이다. 노퍽 공작은 내가 반역죄로 사형 선고를 받았을 때 목숨을 구해 준 생명의 은인이다. 그때 내가 무엇을 어떻게 해야 하는지 일러 주었다. 내가 비틀거릴 때 붙잡아 주고 런던탑의 암흑에서도 무사히 나올 수 있도록 해 주었다. 그때부터 나는 공작에게 목숨을 바치겠다고 맹세했다. 공작도 내가 당신의 충복이라고 생각한다. 공작이 할 일이 있다고 나를 불러 주었으니 나도 앞으로 그분에게 입은 은혜에 대한 보답을 할 것이다.

안나

1539년 11월, 클레베스 타운

난 해냈다! 바로 내가! 바로 내가 잉글랜드 왕비가 된다! 족쇄를 풀고 날아오르는 매처럼 나는 이제 자유롭다. 아말리아는 감기 몸살로 손수건을 눈에 대고 있으면서 내가 떠나는 게 슬퍼서 우는 것처럼 군다. 앙큼한 것. 내가 떠난다고 아말리아가 슬플 일은 없다. 내가 떠나면 아말리아는 클레베스의 유일한 공녀가 될 테고 그 편이 내 그늘에 있는 것보다는 차라리 나을 테니까. 그리고 내가 결혼하면 ─ 얼마나 멋진 결혼인가 ─ 아말리아도 좋은 배필을 만날 기회가 더 많아질 것이다. 어머니 역시 즐거운 표정은 아니다. 하지만 어머니는 진짜로 걱정하고 있다. 어머니는 지난 몇 달 동안 침통한 표정을 지었다. 나를 떠나보내게 되어 심란해한다고 믿고 싶지만 사실 어머니의 걱정은 다른 데 있다. 어머니는 혼숫감 때문에 심란한 것이다. 빌헬름의 국고를 축낼 것이기 때문이다. 어머니는 빌헬름의 살림을 책임지는 안방마님이자, 클레베스 공국의 재무 장관이다. 잉글랜드는 지참금을 받지 않겠노라고 했지만 이번 혼사로 어머니는 원치 않는 지출을 할 게 뻔했다.

"트럼펫 연주자들에게 보수를 주지는 않아도 그 사람들에게 음식은 대접해야 할 거 아니냐."

어머니는 짜증스럽게 말했다. 마치 내가 허영심 때문에 트럼펫 연주자라는 값비싸고 이국적인 애완동물을 키우겠다고 우기기라도 하는 듯한 말투였다. 작센에 있는 언니 시빌리아는 내가 시종 한두 사람이 딸린 작은 마차를 타고 잉글랜드 왕에게 시집간다면 자기 체면이

22

뭐가 되겠느냐며 돈을 빌려주겠노라고 했다.

빌헬름은 말을 아꼈다. 이번 결혼으로 엄청난 일을 해낸 셈이고 클레베스 공국의 지위도 한층 높아졌다. 클레베스는 독일의 다른 신교도 공국들과도 동맹을 맺고 있어 그들 모두 이번 결혼으로 잉글랜드가 신교도 동맹에 합류하기를 바라고 있다. 유럽의 신교도 세력이 모두 연합한다면 프랑스나 합스부르크 왕조에 맞서 개신교 신앙을 전파할 수 있을지 모른다. 어쩌면 로마까지 그 세력을 펼칠 수 있을지도 모른다. 교황령을 점령해 교권에 제동을 걸 수 있을지도 모른다. 한 번도 아내에게 만족해 본 적이 없는 남자에게 훌륭한 아내가 되어 준다면 그보다 더 영광스러운 일이 일어날지도 모른다.

"남편을 섬기는 일뿐 아니라 하느님이 주신 소명도 잊지 마."

빌헬름이 거만을 떨며 내게 말했다. 무슨 말일까?

"그는 지금까지 아내들의 신앙을 따라왔어. 에스파냐 공주와 결혼했을 때는 교황에게 신앙의 수호자라는 칭호를 받았지. 나중에 앤 불린과 결혼했을 때는 아내를 따라 개혁 신앙을 받아들였어. 그러다 제인 시모어가 왕비가 되자 다시 가톨릭으로 돌아갔지. 제인 왕비가 살아 있다면 헨리 왕은 분명 교황과 화해했을 거야. 아직 그가 교황과 화해한 건 아니지만 잉글랜드는 철저한 가톨릭 국가로 되돌아갔어. 그 또한 언제든지 가톨릭교로 개종할 수 있단 말이지. 누나가 하느님이 주신 소명대로 그를 잘 인도한다면 그는 신교도 왕이 되어 우리와 동맹을 맺을 수도 있을 거야."

나는 자신 없는 목소리로 대답했다.

"최선은 다해 보겠지만 내 나이 이제 겨우 스물넷이야. 그 사람은 마흔여덟에다 아주 어릴 때 왕이 된 사람이라 내 말을 귀담아들으려 하지 않을지도 몰라."

"누나는 잘 해낼 거야."

빌헬름은 그렇게 믿고 싶었지만 시간이 흘러 내가 떠날 시간이 가까워질수록 나를 점점 못 미더워했다.

"저 아이의 안전이 걱정스럽지 않느냐?"

어느 날 저녁 어머니가 빌헬름에게 작은 소리로 물었다. 빌헬름은 와인을 홀짝이며 내가 떠난 후의 일상을 그려보듯 난롯불을 응시하면서 대답했다.

"처신을 잘 하면 안전하겠죠. 하지만 아시다시피 그는 자국인 영국에서만큼은 자기 마음대로 할 수 있다고 생각하는 사람이잖아요."

어머니가 목소리를 낮추며 물었다.

"자기 아내에게도 말이냐?"

빌헬름은 거북한 질문을 받은 사람처럼 어깨를 으쓱하며 말했다.

"누나가 의심할 만한 구실을 만들지는 않겠죠."

"안나에게 주의를 줘야겠다. 왕에게 그 아이의 생사가 달려 있어. 왕은 걔를 마음대로 쥐락펴락할 수 있다고. 꼼짝 못하게 자기 손에 쥐고 흔들 게야."

나는 뒤에 숨어 대화를 엿들으며 빙긋이 웃었다. 그제야 빌헬름이 지난 몇 달간 왜 기분이 좋지 않았는지 알 수 있었다. 동생은 나를 그리워하겠지. 홧김에 물에 빠뜨려 죽여 버린 게으름뱅이 개를 그리워하는 주인처럼 나를 그리워할 것이다. 나를 괴롭히고, 내 잘못을 찾아내고 이런저런 수십 가지 방법으로 매일 나를 못 살게 구는 일에 이골이 났으니까. 이제 자기가 아닌 다른 남자가 내게 이래라 저래라 할 생각에 심기가 불편했으리라. 빌헬름이 나를 조금이라도 사랑했다면 이런 감정을 두고 질투라고 했을 텐데. 그러면 이해하기도 쉬웠을 테지. 그런데 빌헬름이 내게 느끼는 감정은 사랑이 아니다. 고질적으로 몸에 밴 분노라고 하는 편이 옳을 것이다. 나는 쿡쿡 쑤시는 충치 같은 존재다. 동생은 내가 성가시지만 뽑아 낼 때는 아파 걱정되는 존재로 여겼던 모양이다.

"누나가 잉글랜드에 가면 그나마 콩고물이라도 생기겠지요."

빌헬름이 심술궂게 말했다.

"여기선 아무 짝에도 쓸모가 없잖아요. 그를 개신교로 이끌어서 루터주의를 믿는다고 선언하게 하면 돼요. 제발 일을 그르치지 말아야 할 텐데……."

동생의 말에 어머니가 대답했다.

"그르칠 일이 뭐가 있냐? 아이만 낳아 주면 되는데. 그게 뭐 대단한 능력이라도 필요한 일이더냐? 안나는 건강하고 달거리도 규칙적이야. 스물네 살이니 아이를 낳을 적령기지."

어머니가 잠시 뭔가를 생각하더니 다시 말했다.

"안나를 보고 마음이 끌려야 할 텐데."

그러더니 곧 활기찬 목소리로 덧붙였다.

"안나는 용모도 단정하고 바르게 처신하는 애다. 그건 내가 잘 알지. 왕은 사랑에 쉽게 눈멀고 첫눈에 반하는 남자니 안나를 보면 마음이 동할 게야. 처음 만나 신선한 데다 처녀니까."

빌헬름이 갑자기 의자를 박차고 일어나며 소리쳤다.

"그 무슨 해괴망측한 소리요!"

동생의 얼굴은 난롯불보다 더 빨갛게 타오르고 있었다. 방에 있던 시녀들은 깜짝 놀라 말을 멈추고는 곧 고개를 돌리고 다른 쪽을 보는 척했다. 나는 조용히 의자에서 일어나 방 뒤편으로 물러났다. 빌헬름이 이렇게 목청을 높일 때면 도망가는 게 상책이다.

어머니는 얼른 빌헬름을 달랬다.

"얘야, 내가 뭐 이상한 소리를 했다고 그러냐. 그저 안나가 제 본분을 다하고 그를 즐겁게……."

"누나가……."

빌헬름은 분을 못 이기겠다는 듯 말을 끊더니 이를 악물며 말했다.

"구역질이 나서 참을 수가 없어요! 누나가 그렇게 적극적으로 나서면 안 돼요. 누나에게 말하세요. 정숙치 못한 행동은 하지 말라고. 음탕하게 굴지도 말라고. 아내이기 전에 내 누나이자 어머니의 딸임을 잊지 말라고 못 박아 두세요. 누나는 품위 있고 냉정해야 돼요. 절대 그의 노리개가 되어선 안 돼요. 그렇게 망측하고 음탕한 짓을 해서는 안 된다고요."

"암, 그래야지."

어머니가 부드러운 목소리로 빌헬름을 달래며 말했다.

"그러면 안 되지. 안나는 그럴 애가 아니다, 빌헬름, 우리 제후 각하, 우리 귀여운 아드님. 걔가 엄격하게 교육받았다는 건 너도 잘 알잖니. 하느님을 두려워하고 윗사람들을 공경하라고 가르쳤잖니."

빌헬름이 소리 질렀다.

"다시 가르치세요."

그 어떤 말로도 빌헬름을 달랠 수는 없다. 빨리 숨는 게 상책이다. 내가 여기 있다는 걸 안다면 동생은 완전히 폭발할 테니까. 나는 손을 뒤로 뻗어 폭신한 태피스트리가 걸려 있는 벽을 더듬으며 조금씩 움직였다. 어두운 색 드레스를 입고 있어서 눈에 띄지 않고 움직일 수 있었다.

"초상화 그리는 날 우연히 누나를 봤어요."

빌헬름이 목소리를 쫙 깔며 말했다.

"허영심에 우쭐대며 창밖으로 몸을 내밀고 있더라고요……. 드레스를…… 드레스를…… 몸에 꽉 끼게 입고…… 가슴을…… 드러내고…… 교태를 부리지 뭡니까. 누나는 죄악을 저지르고도 남아요. 어머니, 누나는 충분히…… 충분히……. 그때 누나의 모습에서 느껴졌던 건……."

빌헬름은 말을 끝내지 못했다. 어머니가 달랬다.

"아니다. 아니야, 안나가 우리를 위해 그런 거야."

"욕정이었어요."

빌헬름이 내뱉은 말이 허공을 맴돌았다. 그러나 조용한 방에 갑자기 내동댕이쳐진 그 말은 내가 아닌 빌헬름을 일컫는 듯했다.

문가에 거의 다다랐다. 딸각거리는 소리가 나지 않게 손가락으로 걸쇠를 눌러 살며시 돌렸다. 방에 있던 시녀 셋이 살그머니 자리에서 일어나 불가에 앉아 있는 어머니와 빌헬름이 눈치 채지 않도록 나를 가려 주었다. 기름칠을 자주 해 준 경첩 덕에 문은 소리 없이 활짝 열렸다. 차가운 외풍에 난롯가의 촛불이 파르르 흔들렸다. 그러나 빌헬름이 내뱉은 말에 화들짝 놀라 서로 얼굴을 마주 보고 있는 빌헬름과 어머니는 뒤돌아보지 않았다. 어머니가 빌헬름에게 묻는 소리가 내 귓가에 들렸다.

"정말 그렇게 생각하니?"

동생이 대답하기 전에 나는 문을 닫고 살금살금 서둘러 방으로 갔다. 방에서 카드놀이를 하던 아말리아와 하녀들이 황급히 카드를 치웠다. 그러나 문을 활짝 열고 성큼성큼 들어온 나를 보고는 빌헬름에게 들키지 않았다는 안도감에 모두 키득키득 웃었다. 빌헬름의 공국에서는 카드놀이도 처녀들에게는 금지된 놀이였다.

나는 거두절미하고 큰 소리로 말했다.

"이제 잘 거야. 머리 아파. 깨우지 마."

아말리아가 뻔하다는 듯 고개를 끄덕이며 말했다.

"그래 보시지. 이번엔 또 무슨 짓을 한 거야?"

"아무 일도 안 했어. 늘 그렇잖아. 아무 짓도 안 했단 말이야."

나는 얼른 침실로 들어가 옷을 벗어 침대 발치에 있는 옷장에 내팽개치고는 잠옷으로 갈아입고 침대로 뛰어들었다. 침대 가장자리에 있는 커튼을 둘러치고 이불을 머리 꼭대기까지 덮어썼다. 차가운 리넨의 감촉에 몸을 떨며 이제 곧 내게 떨어질 명령을 기다리고 있었다.

얼마 안 있어 아말리아가 문을 열고 의기양양하게 말했다.

"어머니가 방으로 오래."

"아프다고 해. 아파서 잠들었다고 하라고."

"잠든 거 같다고 했지. 일어나서 망토 걸치고 오래. 이번엔 무슨 짓을 한 거야?"

나는 히죽히죽 웃는 아말리아에게 인상을 쓰면서 마지못해 침대에서 일어나며 대답했다.

"아무 짓도 안 했어. 항상 이렇잖아. 나는 아무 짓도 안 했다고."

나는 문 뒤 옷걸이에 걸려 있는 망토를 걸치고 리본을 맸다. 아말리아가 싱글거리며 다시 물었다.

"오빠한테 말대답한 거야? 왜 오빠랑 매일 다퉈?"

나는 아무 말 없이 방을 나와 우리 방 바로 밑에 있는 어머니 방으로 내려갔다.

처음에는 어머니 혼자 있는 줄 알았다. 곧 어머니의 침실 문이 반쯤 열려 있는 게 보였다. 목소리를 들을 필요도, 볼 필요도 없다. 동생이 이 모든 일을 지켜보는 걸 직감할 수 있었다.

들어가자 어머니는 등을 돌리고 서 있었다. 어머니가 몸을 돌렸다. 손에는 자작나무 회초리를 든 채 얼굴은 딱딱하게 굳어 있었다. 내가 얼른 말했다.

"아무 짓도 안 했어요."

어머니는 짜증스럽게 한숨을 내쉬며 말했다.

"얘야, 그게 어미 방에 들어오자마자 할 소리냐?"

나는 무릎을 살짝 구부려 인사하며 공손하게 말했다.

"어머니, 부르셨어요?"

"너 때문에 기분이 좋지 않구나."

나는 얼굴을 들고 대답했다.

"죄송합니다. 무엇 때문에 기분이 상하셨어요?"

"너는 거룩한 소명을 받았다. 네 남편을 개신교로 이끌어야 해."

나는 고개를 끄덕였다.

"대단히 영광스럽고 과분한 역할이야. 그에 걸맞은 행동을 해야 한다."

당연한 말씀이다. 나는 다시 고개를 숙였다. 어머니는 계속 말했다.

"너는 반항아적 기질이 있어."

지당하신 말씀이다.

"넌 여자가 갖추어야 할 미덕이 부족해. 복종과 순종, 소명을 다하려는 마음 말이다."

지당하시다 뿐인가.

"그리고 음탕한 기질도 있는 것 같아 걱정이다."

어머니는 목소리를 낮추었다. 나는 어머니만큼 작은 소리로 대답했다.

"어머니, 아니에요. 그건 사실이 아니에요."

"아니라고? 아니긴 뭐가 아니야. 잉글랜드 왕은 음탕한 아내를 용서하지 않아. 잉글랜드 왕비는 흠잡을 데 없이 훌륭한 품성을 갖추어야 해."

"어머니, 저는……."

어머니는 정말 걱정스러운 목소리로 말했다.

"안나! 정신 차리거라, 정신 차려! 왕은 앤 불린을 간통죄로 처형했어. 여러 조신들과 남동생하고 간통죄를 저질렀다고 기소했어. 자기 손으로 왕비 자리에 앉혔다가 아무 명분도 증거도 없이 제멋대로 끌어내렸단 말이다. 마녀라 부르며 근친상간과 온갖 추악한 죄목을 덮

어쎄웠어. 그는 자기 명성에 지독하게 신경 쓰는 사람이야. 미쳤다고 할 만큼 신경을 곤두세우고 있는 사람이라고. 잉글랜드의 왕비는 절대 의심받을 짓을 해선 안 돼. 너를 험담하는 말이 한마디만 나돌아도 우리는 네 안전을 보장해 줄 수 없어!"

"어머니……."

"회초리에 입 맞춰."

어머니는 내가 미처 대답도 하기 전에 말했다. 나는 어머니가 내민 회초리에 입을 맞추었다. 침실 방문 뒤에서 작은, 아주 작은 빌헬름의 한숨 소리가 들렸다.

"의자 잡아."

어머니가 매섭게 일렀다. 나는 몸을 구부리고 의자 양쪽에 있는 팔걸이를 붙잡았다. 우아하게, 마치 손수건을 들어 올리는 숙녀처럼 우아한 동작으로, 어머니는 내 망토 밑단을 잡더니 엉덩이 위로 들어 올렸다. 이어서 잠옷을 들어 올렸다. 내 맨 엉덩이가 드러났다. 빌헬름이 보려고만 한다면 반쯤 열린 문틈으로 창부의 엉덩이처럼 드러난 맨 엉덩이를 볼 수 있을 것이다. 회초리가 쉬익 하고 공기를 가르는 소리가 들리더니 허벅지가 따끔했다. 하나! 나는 소리를 질렀지만 곧 입술을 깨물었다. 몇 대나 더 맞아야 할지 정말 알고 싶었지만 그냥 이를 악물고 다음 매질을 기다렸다. 쉬익 하는 소리와 따끔한 통증. 둘! 비열한 결투에서 칼을 맞은 듯 아팠다. 내가 미처 준비할 틈도 없이 회초리가 다시 나를 내리쳤다. 나는 다시 소리를 질렀다. 피처럼 뜨거운 눈물이 쏟아졌다.

"안나야, 일어서거라."

어머니가 차갑게 말하고는 내 잠옷과 망토를 내려 주었다. 눈물이 비 오듯 흘러내렸다. 나는 어린아이처럼 흐느껴 울었다.

"방으로 돌아가서 성경을 읽어라. 그리고 네게 주어진 왕비의 소명이 무엇인지 곰곰이 생각해 보거라. 안나야, 카이사르의 아내를 명심해라."

나는 무릎을 굽혀 어머니에게 공손히 인사했다. 다시 통증이 밀려왔다. 매 맞은 강아지처럼 흐느껴 울며 문을 열었다. 열린 문으로 강한 외풍이 들이치는 바람에 어머니의 침실로 통하는 내실 문이 휙 열렸다. 어두운 내실에는 빌헬름이 서 있었다. 회초리를 맞은 듯 얼굴을 잔뜩 찡그리고 비명을 참기 위해 입술을 꽉 깨문 듯한 표정이었다. 끔찍이도 어색한 침묵 속에 잠시 서로 눈이 마주쳤다. 빌헬름은 간절히 욕망하는 표정으로 나를 보았다. 나는 눈을 내리깔고 동생을 보지 못한 것처럼 몸을 돌렸다. 동생이 눈에 보이지 않는 것처럼. 내게 원하는 게 무엇이든 나는 듣고 싶지 않았다. 휘청거리며 방을 나왔다. 피 묻은 잠옷이 허벅지에 달라붙었다. 얼른 두 사람에게서 달아나고 싶다.

캐서린

1539년 11월, 노퍽 저택, 램버스

"너는 이제 내 아내야."

"당신은 이제 제 남편이에요."

주위가 너무 어두워 그의 미소를 볼 수는 없었지만 그가 다시 내게 키스할 때 그의 입술이 그리는 곡선은 느낄 수 있었다.

"네게 반지를 사 줄게. 목걸이에 걸어서 매고 다니면 눈에 띄지 않을 거야."

"그럼 저는 당신에게 진주를 박아 수놓은 벨벳 모자를 드릴게요."

그가 낄낄거리며 웃었다.

"젠장, 제발 좀 조용히 해. 통 잠을 잘 수가 없잖아!"

기숙사 반대편 방에서 누군가 짜증을 냈다. 조앤 벌머일 것이다. 전에는 자신이 받던 키스가 지금은 내 입술에, 내 눈꺼풀에, 내 귀에, 내 목에, 내 젖가슴에, 내 몸 온갖 곳에 쏟아지고 있는 것에 심통이 난 것이다. 한때 자신의 것이었지만 지금은 내 연인이 된 남자가 그리운가 보다.

"가서 잘 자라는 키스라도 해 줘야 할까?"

그가 속삭였다.

"쉬잇!"

나는 책망하듯 내뱉고 더 이상 아무 말 못 하도록 내 입으로 그의 입을 막았다.

우리는 사랑을 나눈 뒤의 나른함에 젖어 있었다. 우리 몸 주위로 침대 시트가 둘둘 말려 있었고 아무렇게나 벗어 던진 옷가지와 속옷이 한 무더기를 이뤘다. 그의 머리와 몸에서 나는 향기가 땀 냄새와 섞여 내 몸을 뒤덮었다. 프랜시스 데르햄은 이제 내게 사랑을 맹세한 내 남자가 되었다.

"우리가 하느님 앞에서 결혼 약속을 하고 내가 너에게 반지를 주면 그걸로 교회에서 정식으로 결혼식을 올린 부부와 다름없다는 것 알지?"

그가 심각하게 물었다.

나는 졸음이 몰려왔다. 그의 손이 내 아랫배를 어루만진다. 그러자 몸이 움찔움찔하면서 신음이 나온다. 나는 다리를 벌리고 다시 그의 따뜻한 손길을 받아들였다.

"그래요."

내 대답은 그의 손길이 좋다는 뜻이었다.

그는 내 말을 다르게 알아들었다. 그는 항상 부담스러울 정도로 진지하다.

"그럼 우리 이렇게 할까? 몰래 결혼하고 영원히 함께하는 거야. 그리고 내가 재산을 많이 모으면 그때 모두에게 말하고 정식 부부로 사는 거지."

"그래요, 그래요."

나는 쾌감을 이기지 못하고 신음하기 시작했다. 교묘하게 움직이는 그의 손가락 외에 다른 생각은 할 수가 없었다.

"아, 좋아요."

그는 날이 밝기가 무섭게 재빨리 옷을 챙겨 들고 도망쳐야 했다. 곧 새할머니가 요란스럽게 나타나 수선을 떨며 열쇠로 시녀 방 방문을 열 것이기 때문이다. 그는 층계에서 하녀가 쿵쾅거리고 올라오는 소리가 들리기 바로 몇 분 전에 서둘러 빠져나갔다. 하지만 한발 늦은 에드워드 월드그레이브는 메리의 침대 밑으로 굴러 들어가 침대에서 흘러내린 시트로 몸을 가려야 했다.

"오늘 아침에는 다들 기분이 좋아 보이네. 일곱 시 전에 웃으면 열한 시 전에 울 일이 생기지."

우리가 웃음을 참지 못하고 낄낄대자 공작 부인의 하녀인 프랭크스 부인이 코웃음을 치며 말했다.

"속된 미신일 뿐이에요. 그리고 각자 양심에 가책되는 일이 없다면 울 일도 없겠죠."

언제나 경건한 메리 라셀즈가 대답했다.

그 말에 우리는 최대한 엄숙한 표정을 짓고는 메리 뒤를 따라 아침 미사를 보러 성당으로 내려갔다. 프랜시스도 성당에 내려와 있었다. 무릎을 꿇은 그의 모습이 천사처럼 멋져 보였다. 그가 내 쪽을 건너다보자 가슴이 뛰기 시작했다. 그가 나에게 빠져 있다는 게 꿈만 같았다.

미사가 끝나고 모두 아침을 먹으러 서둘러 나간 뒤에도 나는 구두 리본을 고쳐 묶는 척하며 자리를 떠나지 않고 꾸물댔다. 그도 다시 무릎을 꿇고 열심히 기도하는 척하고 있는 게 보였다. 신부님이 천천히 촛불을 불어 끈 다음 물건을 챙겨 들고 복도를 따라 어기적어기적 사라지자 성당 안에는 우리 둘만 남았다.

프랜시스가 내 쪽으로 다가와 손을 내밀었다. 너무나 엄숙하고 멋진 순간이었다. 마치 연극의 한 장면 같았다. 연극 구경을 하듯 내가 지금의 우리 모습을 볼 수 있다면 얼마나 좋을까. 특히 잔뜩 진지한 표정을 짓고 있을 내 얼굴이 궁금했다.

"캐서린, 나와 결혼해 주겠소?"

그가 물었다.

어른이 된 것 같은 기분이 들었다. 내게 드디어 이런 순간이 오다니. 내가 스스로 운명을 결정하고 있는 것이다. 이 결혼을 정한 건 새할머니나 아버지가 아니다. 내 걱정을 해 주는 사람은 아무도 없다. 가족들은 날 이 집에 아무렇게나 놓아둔 채 내 존재 따위는 잊었다. 하지만 난 스스로 남편감을 찾았다. 내 미래는 내가 만들어 갈 것이다. 내 사촌 메리 불린처럼 말이다. 메리는 아무도 좋아하지 않는 사람과 몰래 결혼하고 불린 가의 유산을 독차지했다.

"네, 그럴게요."

난 대답했다. 그리고 또 다른 사촌 앤 왕비처럼 되는 거야. 앤은 아무도 가능할 것이라 여기지 않았지만 결국 왕과 결혼했잖아.

"네, 그럴게요."

내가 되풀이해 대답했다.

결혼하자는 그의 말이 무슨 뜻인지는 정확히는 모르겠다. 반지를 목걸이에 걸고 다니라는 말이겠지. 다른 여자애들에게 자랑하면서 말이야. 그리고 우리가 미래를 언약한 사이가 된다는 뜻이겠지. 그런

데 놀랍게도 그가 나를 이끌고 통로를 따라 제단 앞으로 가는 게 아닌
가. 나는 잠시 머뭇거렸다. 그가 뭘 하려는 건지 모르겠다. 기도를 하
려는 거라면 별로 내키지 않았다. 서두르지 않으면 아침 식사 시간에
늦고 말 것이다. 오븐에서 방금 꺼낸 따끈한 빵이 먹고 싶었다. 그러
다 우리가 결혼식을 올리고 있는 중이라는 걸 깨달았다. 이럴 줄 알았
으면 오늘 아침 가장 좋은 드레스를 입고 나올 걸 그랬다. 갈아입고
오기엔 너무 늦었다.

"나, 프랜시스 데르햄은 그대 캐서린 하워드를 맞아 나의 합법적 아
내로 삼겠습니다."

그가 확신에 찬 목소리로 말했다.

나는 그를 올려다보며 웃음 지었다. 내가 제일 아끼는 후드를 쓰고
왔더라면 금상첨화였을 텐데.

"이제 네가 말할 차례야."

그가 재촉했다.

"나, 캐서린 하워드는 그대 프랜시스 데르햄을 맞아 나의 합법적 남
편으로 삼겠습니다."

나는 고분고분 따랐다.

그가 고개 숙여 나에게 키스했다. 그의 입술이 닿자 무릎이 후들거
렸다. 내가 원하는 것은 이 키스가 영원히 끝나지 않는 것뿐이었다.
사방에 가리개가 쳐진 공작 부인 전용석으로 슬쩍 들어가서 조금 더
진하게 재미 보고 싶은 생각이 간절했다. 하지만 그는 키스를 멈추고
못 박듯 말했다.

"이제 우린 결혼한 사이야. 알겠지?"

"이게 결혼식인가요?"

"그래."

나는 킥킥거리고 웃었다.

"하지만 난 이제 겨우 열네 살밖에 안 됐는데요."

"그건 상관없어. 너는 하느님이 보시는 앞에서 나와 결혼 서약을 한 거야."

그는 여전히 심각한 얼굴로 재킷 안주머니에 손을 넣더니 주머니를 하나 꺼냈다. 그리고 사뭇 경건한 표정으로 말했다.

"여기 백 파운드가 들어 있어. 네게 맡겨 둘게. 새해가 되면 나는 아일랜드로 갈 거야. 거기서 돈을 번 다음 다시 돌아와 당신이 내 신부란 걸 모두에게 알리겠어."

돈주머니는 제법 묵직했다. 그가 나를 위해 모은 돈이었다. 짜릿한 일이 아닐 수 없다.

"이 돈을 잘 보관해 두라고요?"

"그래. 착한 아내처럼 말이야."

나는 너무 신나 주머니를 살짝 흔들었다. 돈이 짤랑 소리를 냈다. 비어 있는 보석 상자 안에 넣어 두면 되겠다.

"당신에게 착한 아내가 될게요! 깜짝 놀랄 만큼 착한 아내가 될게요!"

"그래. 바로 그거야. 우린 지금 하느님이 보시는 앞에서 정식으로 결혼식을 올린 거야. 우린 이제 부부야."

"네, 그래요. 그렇지만 당신이 돈을 모으면 그때 진짜 결혼식을 올리는 거죠? 새 드레스를 입고 모두 제대로 갖추고 말이에요."

프랜시스가 잠시 얼굴을 찌푸렸다.

"제대로 이해하긴 한 거야? 네가 아직 어린 건 알지만……. 캐서린, 이건 똑똑히 알아 둬야 해. 우린 지금 결혼식을 올린 거야. 이건 법적 구속력이 있는 결혼식이야. 다른 결혼식은 있을 수 없어. 이게 끝이야. 지금 막 결혼식을 한 거라고. 두 사람이 하나님이 보시는 앞에서 결혼 서약을 하는 건 계약서에 서명하는 거나 다름없어. 너는 이제 내 아내란 말이야. 우리는 하느님이 보시는 앞에서 잉글랜드 법에 따라 결혼한 거야. 만약 누가 묻더라도 당신은 내 아내인 거라고. 법적으로 맺어진 아내. 내 말 알아들어?"

"물론이에요."

나는 서둘러 대답했다. 멍청하게 보이고 싶지 않았다.

"물론 이해해요. 내 말은 사람들에게 알릴 때는 새 드레스를 차려입고 했으면 좋겠다는 뜻이었어요."

그는 내가 재미있는 농담이라도 한 것처럼 껄껄 웃더니 다시 나를 끌어안고 목에 키스하면서 얼굴을 비볐다.

"데르햄 부인, 그럼 파란 비단 드레스를 사 주겠소."

그가 약속했다. 나는 쾌감으로 몸을 떨며 눈을 감았다.

"초록색으로 사 줘요. 튜더 왕가의 초록색이요. 왕이 제일 좋아하는 색이잖아요."

제인 불린

1539년 12월, 그리니치 궁

이 날을 얼마나 기다렸던가. 드디어 나는 내 고향과도 같은, 왕궁들 가운데 가장 아름다운 그리니치 궁의 왕비전으로 다시 돌아왔다. 지난번 나는 이 그리니치 궁에서 제인 시모어 왕비를 간병하고 있었는데 왕비가 펄펄 끓는 고열에 시달려 헨리 왕에게 와 달라고 청하였으나 왕은 끝내 나타나지 않았다. 그런데 이제 왕비전은 새 단장을 했고 나도 복위되었지만 제인 왕비는 잊혀진 사람이 되었다. 나만이 살아남았다. 카타리나 왕비의 추락, 앤 왕비의 오욕, 제인 왕비의 죽음에도 불구하고 나는 살아남았다. 이렇게 살아남았다는 자체가 기적이다. 나는 궁정으로 어엿하게 돌아왔고 총애를 받는 시녀, 그것도 몇 손가락 안에 드는 시녀. 선대 왕비들에게 그랬듯이 앞으로도 내 일신의 영달을 위해 사랑과 충심을 다해 보필할 것이다. 다시 한 번 잉글랜드의 최고 궁전들 중에서도 최고의 왕비전을 내 안방처럼 드나들 것이다. 내가 태어나고 자란 고향 집이나 다름없는 이곳으로 다시 돌아왔다.

나는 이제껏 일어났던 일들을 까맣게 잊어버릴 때가 있었다. 이따금씩 나이 서른의 미망인에다 타지로 보낸 아들의 어미라는 사실조차도 잊어버린다. 하늘처럼 떠받드는 남편이 있고 온갖 것에 희망을 품은 한창 젊은 여자로 착각하기도 한다. 나는 내 인생의 무대 한복판으로 다시 돌아왔다. 그러니까 다시 태어났다고 해도 과언이 아니다.

왕은 크리스마스에 혼례를 치르기로 예정한지라 혼례 축제 행사를 위해 왕비 시녀들을 소집하는 중이다. 우리 공작 덕분에 나도 그 대열에 끼게 되어 어린 시절부터 알고 지낸 친구들과 경쟁자들에게 다시 돌아왔다. 쓴웃음과 비꼬는 인사말로 나를 맞이하는 이들이 있는가 하면, 곁눈질로 곱지 않은 시선을 보내는 이들도 있다. 이들은 앤을 별반 좋아하지는 않았어도 앤의 몰락에는 적잖이 놀랐다. 그래서 나만 그 화를 벗어난 기억을 아직도 하고 있다. 내가 살아남았다는 것은 마치 마술과도 같은 일이다. 그 때문에 이들은 십자 성호를 그으며 뒤에서 지난날의 내 소문들을 쑥덕거린다.

왕의 옛 정부였다가 지금은 자기 신분보다 턱없이 높은 클린턴 경의 아내가 된 베시 블라운트는 제법 살갑게 나를 맞이했다. 그 아들 헨리 피츠로이가 죽은 뒤로 내가 베시를 만나기는 이번이 처음이다. 왕은 헨리 피츠로이에게 왕실의 서자에 불과하다며 리치몬드 공작이라는 작위를 주었다. 내가 인사치레로 베시에게 상실감에 얼마나 마음고생이 많으냐고 하자 베시는 대뜸 내 손을 덥석 잡더니 파리한 낯빛으로 자기 아들이 어떻게 죽었는지 아느냐고 무언으로 묻는 듯 나를 쳐다보았다. 그 아들이 어떻게 죽었는지 내가 말해 줄 성싶은가?

나는 싸늘하게 웃으며 꽉 잡힌 손목을 빼냈다. 사실은 나도 모르는 일이라 말해 줄 수도 없는 노릇이지만 설사 안다 해도 말해 주지 않을 것이다.

"상실감에 얼마나 마음고생이 심했어요."

이렇게 나는 다시 애도의 말을 던졌다.

베시가 나를 반기는 광경을 죽 지켜보던 시모어 가문, 퍼시 가문, 컬피퍼 가문, 네빌 가문의 여자들이 줄줄이 앞으로 나왔다. 잉글랜드의 명문가란 명문가는 하나같이 여식들을 왕비전의 비좁은 관문으로 밀어 넣었다. 그 가운데는 나를 나쁘게 생각하는 이들도 있고 심지어는 더 고약하다고 넘겨짚는 이들도 있다. 나는 괘념하지 않는다. 시샘하는 여자들의 적대감보다 더 험악한 일을 당했던 내가 아니던가. 어쨌거나 대개 이들은 나와는 인척간인 동시에 경쟁자들이다. 나를 골탕 먹이고자 하는 사람이라면 내가 노퍽 공작의 비호를 받고 있다는 사실을 명심하는 편이 신상에 좋을 것이다. 우리 위의 실세리고 해 봤자 토머스 크롬웰밖에 없으니까.

내가 꺼리고 정말로 마주치고 싶지 않은 아이는 야비한 우리 시누이 메리 불린의 딸, 캐서린 캐리다. 캐서린은 열다섯 먹은 계집아이다. 내가 이 아일 겁낼 필요는 없지만 솔직히 말해서 그 어머니는 만만한 상대도 아니거니와 나를 끔찍이도 싫어한다. 노퍽 공작은 온갖 권력과 부의 산실인 궁정에 어린 캐서린의 자리를 마련한 뒤 그 어머니에게 보내라고 일렀다. 메리는 내키지 않았지만 결국 공작의 명에 따랐다. 메리가 딸에게 얼마나 마지못해 옷가지를 사 주고 머리를 손질해 주었으며 예법과 춤을 가르쳤을지 짐작하고도 남았다. 자기 가족이 동생 남매의 미모와 재치로 신분이 하늘 높은 줄 모르고 상승했다가 두 사람의 시신이 토막 나 초라한 관에 들어가는 수모를 겪었으니까. 앤은 참수를 당한 뒤 몸은 상자에, 머리는 광주리에 들어갔다. 조지, 우리 남편 조지는……. 그 생각을 하면 나는 견딜 수가 없다.

메리가 나를 어떻게 생각하는지는 길게 말할 필요도 없이 뻔하다. 온갖 슬픔과 상실감으로 나를 원망하고, 자기 동생 남매가 처형당한 탓을 나한테 돌리면서 우리가 겪은 참사에서 본인의 책임은 눈곱만큼도 생각하지 않을 것이다. 내가 그들을 구할 수 있었다는 양, 그들이 참수형에 처해지는 마지막까지 내가 백방으로 노력하지 않았다는 듯이 나를 원망했다. 어차피 그 순간에는 어느 누구라도 손 하나 까닥할 수 없었다.

메리는 엉뚱하게 나를 원망했다. 그런데 메리 노리스는 앤이 참수당한 날, 똑같은 죄목으로 자기 아버지 헨리를 잃었어도 웃으면서 나에게 인사했다. 앙심을 품지도 않았다. 제 어머니한테 왕의 불같은 분노의 불똥이 어디로 튈지 모르니 조심하라는 훈육도 제대로 받았다. 제때에 탈출한 생존자들을 탓한들 무슨 소용이 있으랴.

캐서린 캐리는 열다섯 살짜리 시녀로, 다른 젊은 시녀들과 한방을 쓸 예정이다. 내 사촌이자 그 아이의 사촌 캐서린 하워드와 앤 바셋, 메리 노리스를 포함해서 아무것도 모르고 온갖 희망을 품은 야심만한 시녀들과 한방을 쓰게 되었다. 선대 왕비들을 모신 바 있는 나는 이 아이들을 가르치고 조언해 줄 것이다. 캐서린 캐리는 제 이모 앤과 런던탑에서 보냈던 그 상황을 친구들에게 쑥덕대지는 않을 것이다. 왕이 집행 유예와 온갖 약속, 참수대의 계단에 오르는 최후의 순간까지 했던 약속들을 기대했으나 끝내 지켜지지 않았던 배신행위를. 성녀인 척하는 제 어머니도 다른 이들과 마찬가지로 죄인이니 노퍽 공작과 내가 앤을 참수대로 보냈다고 발설하진 않겠지. 캐서린 캐리는 캐리 가문의 여식으로 자랐어도 좋든 싫든 불린 가의 딸이요, 왕의 서출이며 하워드 가문의 딸이다. 입을 봉해야 한다는 것쯤은 알리라.

우리는 예비 왕비, 안나가 오기 전에 왕비 처소를 정리하고 대기하고 있어야 한다. 여행하는 내내 날씨가 사나운 탓에 클레베스에서 칼레로 오는 안나는 언제 올지 모르겠다. 예비 왕비 일행은 크리스마스 혼례식에 맞춰 제때 당도하리라 철석같이 믿고 있다. 내가 안나에게 조언할 수 있었다면 위험에 처할 수도 있으니 배로 오라고 귀띔했을 터다. 긴 여행길인 데다 겨울철의 영국해가 위험한 지역이라는 사정은 이해하지만, 신부가 혼례식에 늦어서는 절대 안 된다. 왕은 무엇이든 기다리는 일은 질색한다. 자기 말이 떨어지면 그대로 해야만 직성이 풀리는 성격이다.

사실 지금의 국왕은 과거의 왕자가 아니다. 내가 처음 궁정에서 일하던 당시에 아름다운 아내의 젊은 남편이었던 왕은 활기에 넘치는 군주였다. 세간에서는 기독교 세계에서 제일 잘생긴 왕자라고들 했는데 입에 발린 소리가 아니었다. 메리 불린은 왕을 사랑했고 앤도 왕을 사랑했으며 나 또한 왕을 사랑했다. 궁정이든 잉글랜드든 어딜 가나 왕을 거절할 여자는 없었다. 그러다 왕은 훌륭한 뇌인이요, 이네인 카타리나 왕비를 내쳤고 앤은 왕에게 잔인무도해지는 법을 가르쳤다. 교활하고 무자비한 앤의 신하들은 왕비를 박해하여 돌이킬 수 없는 불행에 빠뜨렸고 왕에게는 우리 이교도 세력의 장단에 춤추는 법을 가르쳤다. 우리 세력은 왕을 속여 왕비가 왕에게 거짓말을 했으며 울지 추기경이 왕을 배반했다고 철석같이 믿게 만들었다. 하지만 돼지처럼 뭐든지 파헤치고야 마는 왕은 의심증이 통제 수위를 넘어서 급기야 우리 세력도 의심하기에 이르렀다. 크롬웰은 앤이 왕을 배신했다고 왕에게 이간질했는가 하면, 시모어 일족은 왕을 쑤석거려 우리 세력이 공모에 가담했다고 왕이 믿게 만들었다. 결국 왕은 아내 하나를, 아니 아내 두 명보다 더 커다란 것을 잃었다. 자신감을 잃었다. 우리가 왕에게 의심을 가르친 탓에 빛나는 소년의 광채는 나이가 들면서 그 빛을 잃고 말았다. 왕을 두려워하는 사람들에 둘러싸여 이제는 폭군이 되었다. 약이 잔뜩 올라 험악해진 곰처럼 위험한 존재가 되었다. 메리 공주에게는 왕에게 반항하다가는 죽을 줄 알라며 엄포를 놓고 공주가 서출이니 더는 공주가 아니라고 선포하였다. 우리 조카 불린 가의 공주, 엘리자베스도 서출로 공표하였다. 가정교사 말로는 어린 공주는 옷도 변변히 입지 못하는 처지란다.

끝으로 왕의 친아들, 헨리 피츠로이 관련 사건은 또 어떤가. 적자로 인정받아 웨일즈 황태자로 선포된 바로 그 다음 날 이름 모를 병으로 죽어 우리 공작이 그 시신을 한밤중에 묻으라고 명했다니 알다가도 모를 일이다. 웨일즈 황태자의 초상화들을 모조리 없애고 그에 관련된 일은 한마디도 할 수 없다. 어떤 인간이 자기 아들이 죽어 묻히는데 아무런 말도 없이 그냥 지켜볼 수 있단 말인가? 어떤 아버지가 친딸을 제 자식이 아니라고 선포할 수 있단 말인가? 어떤 인간이 친구와 아내를 참수대에 보내고 죽었다는 보고를 받고도 춤을 출 수 있단 말인가? 우리 모두의 생살여탈권을 한 손에 쥔 절대 권력자, 왕은 대체 어떤 사람일까?

게다가 이보다 더 흉측한 사건들이 더 있었다. 훌륭한 성직자들은 교회의 대들보에서 교수형을 당했고, 독실한 남자들은 눈은 아래로 내리깔고 생각은 하늘에 둔 채 화형을 당했다. 왕은 북부와 동부에서 봉기를 일으킨 이들에게 자기를 믿고 요구 사항을 말하면 받아들이겠다는 약속까지 해 놓고는 왕의 말을 순진하게 믿은 어리석은 백성들을 몇 천 명씩이나 처형하는 무시무시한 배신을 저질렀다. 그 바람에 노퍽 공작은 동족을 학살하는 푸주한이 되었다. 왕은 수천 명씩 학살하고도 모자라 아직도 자기 백성을 계속 죽이고 있다. 잉글랜드 바깥 세상에서는 왕이 돌아 버려 폭동을 기다리고 있다는 소문까지 나돈다. 하지만 우리는 곰의 굴에서 겁먹은 개처럼 왕을 쳐다보고 그르렁댈 뿐이다.

그건 그렇고 예비 왕비가 도착하지 않았는데도 왕은 기분이 좋다. 나는 아직 왕을 알현하지 못했다. 그런데 시녀들이 일러 주기를 왕이 나를 비롯해서 왕비의 시녀들을 다정하게 맞이할 것이란다. 내가 접견실에 모셔 둔 예비 왕비의 초상화를 보려고 왕비 처소로 몰래 들어갔을 때 왕은 정찬을 즐기는 중이었다. 텅 빈 접견실의 삼각대 위에 모셔진 초상화 위로 큰 사각 촛불들이 켜 있다. 표정이 정직해 보이고 눈이 아름다우며 정면을 바라보는 모습이다. 왕이 이 모습에서 무엇을 좋아하는지 한눈에 봐도 알겠다. 바람기가 없다. 표정에 음탕한 구석도 없다. 꼬리를 친다거나 위험해 보이지도, 사악해 보이지도 않는다. 분위기가 우아하거나 세련되게 보이지도 않는다. 스물네 살이라는 나이에 비해서는 앳된 얼굴이다. 감히 말하지만 흠잡기 좋아하는 내 눈에는 좀 평범해 보인다. 예전의 앤과 같은 왕비는 되지 않을 것이다. 틀림없다. 이 여인은 궁정과 온 나라를 뒤집어 변혁의 회오리에 휘발리게 할 사람은 아니다. 사내를 빈 미치게 만들어 연모의 시까지 쓰라고 강요할 여자도 아니다. 물론 지금으로서는 왕에게 딱 맞는 배필이다. 왕은 앤과 같은 여자는 절대 사랑하지 않을 테니까.

앤은 무모한 도전 때문에 왕을 망쳤고, 영원히 그럴지도 모른다. 왕의 궁정에 불을 놓은 셈이 되어 버렸고, 결국 모든 것이 잿더미가 된 셈이다. 왕은 눈썹만 태웠고 우리 집은 쑥대밭이 되었다. 왕은 마음에 드는 정부와는 추호도 결혼하고 싶어 하지 않는다. 나는 똑같은 경험을 두 번 다시 하고 싶지 않다. 왕은 우직하게 밭을 가는 황소처럼 고분고분하게 본인의 편을 드는 여자를 아내로 맞이한 다음 다른 데서 쾌락과 유혹과 위험한 놀이를 찾을 것이다.

"그림이 훌륭해."

남자의 목소리가 뒤에서 들려 돌아보니 길고 까만 머리에 안색이 창백한 왕 다음의 실력자, 토머스 하워드 노퍽 공작이 서 있다.

"공작님. 네, 훌륭해요."

나는 공손히 무릎을 굽혀 인사하고는 맞장구를 쳤다. 눈이 까맣고 차분한 공작은 고개를 끄덕이더니 물었다.

"예비 왕비가 초상화처럼 예쁠 것 같은가?"

"공작님, 곧 알게 되겠지요."

"부인이 왕비전에 들어온 게 다 내 덕인 줄은 알겠지. 내 일처럼 생각해서 했으니까."

이렇게 공작이 툭 내뱉었다.

"그 은공을 어찌 말로 다 할 수 있겠어요. 그 은공 평생 잊지 않겠습니다. 언제든 분부만 하십시오."

공작은 고개를 끄덕였다. 나한테 딱 한 차례 큰 도움을 준 것 말고는 호의를 보인 적이 없다. 궁정을 몽땅 삼킨 화마에서 나를 구해 낸 일 외에는. 공작은 말수가 적고 무뚝뚝하다. 세간에 들리는 말로는 공작이 진심으로 사랑한 여인은 아라곤의 카타리나 왕비밖에 없었다고 한다. 그런데 자기 조카를 앉히기 위해 카타리나 왕비가 폐위당하고 곤궁한 처지에 버려져 죽을 때까지 방관했다. 그러니 그런 연모의 정이 무슨 가치가 있단 말인가.

"앞으로 왕비 처소에서 돌아가는 상황들을 내게 고하게. 이제껏 죽 그랬듯이."

공작은 초상화를 고갯짓으로 가리키며 내게 일렀다. 팔을 내밀더니 영광스럽게도 나를 연회장으로 데려갈 모양이다. 나도 깍듯이 인사했다. 공작은 자기를 깍듯하게 대하면 좋아한다. 나는 팔짱을 가볍게 꼈다.

"왕비가 왕의 마음에 드는지, 언제 태기가 있는지, 누구를 만나고 어떻게 행동하는지 보고하게. 루터파 목사들을 끌어들이는지도. 알겠는가?"

여부가 있겠는가. 우리는 문으로 걸어갔다.

"왕비가 왕을 종교 문제에 끌어들이려 할 것이야. 우린 그걸 막아야 하네. 왕이 다시 개혁파로 돌아서게 해서는 안 되네. 백성들이 그냥 보고만 있지는 않을 게야. 그러니 왕비의 서적들을 살피고 금서를 읽는지도 감시하게. 측근 시녀들이 우리를 염탐하는지, 클레베스에 보고하는지도 감시하고. 이단설을 비치는 자가 있으면 당장 보고하게. 어떻게 해야 하는지 알겠지?"

알다 뿐인가. 이렇게 구석구석 포진해 있는 하워드 일가 중에서 제 소임을 모르는 사람이 어디 있겠는가. 우리는 하나같이 하워드 가문의 부와 명예를 지키려고 하나로 똘똘 뭉쳤다.

우리가 가까이 가자, 연회장에서부터 왕과 매일 정찬을 드는 수많은 사람들의 시중을 들기 위해 커다란 와인 병과 고기 요리 접시를 들고 대열을 지어 선 시종들과 축연에 참석한 사람들을 볼 수 있었다. 와자지껄한 소리가 들렸다. 위 회랑에는 최상류 귀족들인 왕의 최측근 조신들이 거대한 괴수, 왕을 지켜보다 만나려고 온 사람들이 모여 있었다. 말하자면 이들은 백 개의 입과 수백 개의 음모에다 이백 개의 눈으로 온갖 부와 권력과 총애를 얻는 유일한 원천인 왕을 지켜보는 짐승 같은 부류다.

"왕이 변했을 걸. 우리 모두 비위 맞추기가 여간 힘든 게 아니야."

나는 농담이나 내기, 시합 같은 것으로 기분이 일시에 바뀌는 응석받이 소년이 생각나 한마디 했다.

"늘 변덕스러우셨지요."

"가뜩이나 죽 끓는 변덕이 더 심해졌어. 기분도 시도 때도 없이 변하고 난폭해졌지. 앞으로 크롬웰에게 욕설을 퍼붓고 뺨까지 후려치게 생겼어. 한순간에 돌변할 수 있지. 얼굴이 시뻘겋게 되도록 노발대발하니까. 기분이 수시로 변하니 조심하시게."

나는 고개를 끄덕이다 생소한 예법에 주목했다.

"이젠 시종들이 무릎을 꿇고 시중을 드는데요."

공작이 짧은 웃음을 토하더니 말을 이었다.

"게다가 '전하'라고 부르지. 플랜태저넷 왕조에서는 '각하'로 충분했는데 헨리 왕은 각하가 성에 차지 않았던 거야. 당신을 하느님처럼 전지전능한 '전하'로 깍듯하게 떠받들어 모셔야 한다니까."

신기해서 나는 물었다.

"사람들이 그렇게 부릅니까? 그렇게 극존칭을 쓰나요?"

"부인도 그리 해야 하네. 왕은 원하면 하느님처럼 될 게야. 왕을 감히 거역할 위인은 하나도 없네."

"귀족들도 말입니까?"

귀족들이 선왕을 자기네와 똑같은 귀족이라며 환호했고, 그의 충성심 때문에 왕위에 앉혔던 자부심을 생각하면서 나는 물었다.

공작의 목소리는 엄숙했다.

"두고 보시게. 귀족들이 반역 법안을 개정한 바람에 생각을 달리하는 것조차 중죄일세. 아무도 왕에게 반론을 제기할 엄두조차 내지 못해. 그러다가는 한밤중에 런던탑으로 끌려가 심문당하다 재판도 못 받고 황천길 가는 신세가 된다네."

나는 왕이 육중한 거구의 몸으로 푹 퍼져 앉아 있는 왕좌 앞에 있는 높은 테이블 쪽을 쳐다보았다. 왕은 양손으로 음식을 입안 가득 게걸스럽게 쑤셔 넣고 있다. 내 평생 저리도 뚱뚱한 남자는 처음 보았다. 비대하게 옆으로 퍼진 어깨하며, 황소의 목처럼 딱 붙은 목에다 이목구비가 없어진 쟁반처럼 둥근 얼굴하며, 푸딩처럼 퉁퉁한 손가락이 참으로 가관이다.

"세상에 이럴 수가, 어쩌면 저리도 괴물처럼 몸이 불어나셨어요! 어쩌다 저리 되셨습니까? 어디가 편찮으신가요? 제가 알던 분이 아니십니다. 예전의 왕자님이신 줄은 하늘만이 알겠어요."

"상태가 심각해."

공작이 작은 소리로 속삭였다.

"자신에게는 관대하고 남들에게는 당신 성질대로 하시니 조심하게."

나는 왕비 시녀들의 테이블로 갔는데 생각과는 달리 속으로 많이 떨렸다. 시녀들은 자리를 마련해 주었고 나와는 인척간인 시녀들 다수가 인사했다. 돼지같이 작은 눈으로 나를 쳐다보는 왕의 시선이 느껴져 나는 왕에게 공손히 머리를 조아리고는 자리에 앉았다. 과거의 왕자에서 야수로 변한 왕의 모습에 신경 쓰는 사람은 아무도 없었다. 우리 모두 마치 동화 속 인물들 같다. 다 요술에 걸려 돼지 같은 왕 안에 숨겨진 사내의 파멸을 보지 못한다.

나는 내 정찬 테이블에 앉아 큰 접시에서 음식을 덜었다. 컵에 최고급 와인을 따랐다. 그리고 궁정을 둘러보았다. 이곳이 내 고향이다. 나는 평생 이들 대부분과 알고 지냈다. 공작이 하워드 가문의 딸들을 죄다 본인에게 유리한 가문과 결혼시킨 노고 덕분에 나는 이들과는 친인척간이다. 이들과 마찬가지로 나도 잇따라 왕비들의 시중을 들었다. 이들 대다수처럼 나도 내가 모시는 왕비의 풍을 따랐다. 후드는 게이블 후드, 프렌치 후드, 잉글랜드 후드를 따랐고, 기도 형식은 구교, 개신교, 영국 가톨릭교를 따랐다. 에스파냐 어는 서툴렀지만 프랑스 어는 수다를 떨 만큼 한다. 생각에 잠긴 채 조용히 앉아 가난한 이들에게 보낼 셔츠도 꿰맸다. 나는 왕비들에 관한 한 모르는 것이 없다. 왕비의 비밀, 소원, 결점 따위를 다 안다. 앞으로 새 왕비를 감시하고 공작에게 보고할 것이다. 설령 점점 폭군으로 변하는 왕의 치세에서 무시무시해지는 궁정이라 해도, 비록 미망인 신세에 예전의 앤 왕비 시절이 아니라 해도 나는 다시 행복해지는 법을 배울 것이다.

캐서린

1539년 12월, 노퍽 저택, 램버스

올 크리스마스엔 어떤 선물을 받게 될까? 내 친구 아그네스 레스트월드는 수가 놓인 주머니를 만들어 줄 게 뻔하다. 메리 라셀즈는 기도문 하나를 손으로 베껴서 줄 것이다. ─ 기도문을 선물로 받을 생각을 하니 너무도 신나 숨이 막힐 지경이다, 쳇! 그리고 새할머니한테는 손수건 두 장을 받겠지. 여기까지는 모두 한심한 선물들뿐이다. 하지만 내 사랑하는 프랜시스가 내게 수가 놓인 최고급 리넨으로 만든 슈미즈를 선물할 예정이다. 나도 그에게 주려고 내가 좋아하는 색실을 골라 몇날 며칠 직접 소매 장식을 만들었다. 그가 나를 이토록 사랑해 주니 하늘을 날 것 같다. 나도 물론 그를 사랑한다. 그런데 그는 아직 내게 약속한 반지를 사 주지 않았다. 게다가 다음 달에 재산을 모으러 아일랜드로 건너가겠다는 계획을 여전히 고집하고 있다. 그렇게 되면 나만 혼자 남겨지는데 그럼 결혼한 게 다 무슨 소용이 있는 거지?

왕이 크리스마스를 지내러 궁정 사람들을 이끌고 그리니치로 옮겨갔다. 그냥 여기 화이트홀에 있다면 좋았을 텐데. 그럼 적어도 왕이 사람들과 정찬 먹는 걸 구경하러 갈 수는 있었을 텐데. 큰아버지 노퍽 공작도 그리니치 궁으로 따라갔지만 우리를 부르진 않으셨다. 새할머니도 정찬에 갈 때 나는 데리고 가지 않았다. 어떤 때는 내 인생에 아무 일도 일어나지 않을 것만 같은 생각이 들었다. 손톱만큼도 달라지는 것 없이 여기서 새할머니 시중이나 들면서 노처녀로 늙어 죽게될 것 같다. 다음 생일에는 벌써 열다섯 살인데 내 앞날을 걱정해 주는 사람은 눈 씻고 찾아봐도 아무도 없다. 누가 있어 나를 챙겨 주겠는가? 어머니는 어릴 적에 돌아가셨고 아버지는 딸 이름을 기억할까 말까다. 끔찍이 슬픈 일이다. 메리 럼레이는 혼처가 정해져 내년에 결혼한다. 혼약이 진행 중인데 메리는 내 앞에서 있는 대로 뻐기면서 마치 내가 여드름이 잔뜩 난 자기 혼약자를 질투하고 있기라도 하듯 의기양양해한다. 나라면 설사 엄청난 재산이 딸려 온다 해도 그런 상대는 처다보지도 않을 거다. 메리에게도 그대로 말해 주었다. 그 바람에 메리와 싸움이 났고 그 애가 크리스마스 선물로 주기로 했던 레이스 칼라는 다른 사람의 차지가 되었다. 하지만 난 그딴 것에도 전혀 관심이 없다. 지금쯤 예비 왕비가 이미 런던에 도착했어야 한다. 그런데 어쩌나 굼벵이처럼 느려 터졌는지 아직도 도착하지 않았다. 내가 유일한 낙으로 여기고 기다렸던 예비 왕비의 대대적인 런던 입성도, 화려한 결혼식도 연기되고 말았다. 운명의 여신들이 나를 불행하게 만들기 위해 수단 방법을 가리지 않는 것만 같다. 내 인생에 먹구름이 끼었다. 내가 원하는 건 그저 무도회에 한 번 가보는 것뿐이다! 열다섯 살이 다 된 여자라면, 아니 어쨌든 내년이면 벌써 열다섯 살이 될 여자라면 언제 죽더라도 무도회에는 한 번 가 보고 죽어야 하지 않겠는가!

물론 크리스마스에 여기서도 무도회가 열리긴 한다. 하지만 그건 내가 원하는 것과 거리가 멀다. 1년 내내 매일 보던 사람들끼리 모여 춤을 추어 봐야 무슨 재미가 있겠는가? 방 안에 모인 남자들이라곤 모두 벽에 걸린 주단만큼이나 빤한 얼굴들인데, 그런 연회에 가 봐야 무슨 낙이 있겠는가? 이미 내 남자가 된 사람, 이미 남편으로 삼은 사람에게 눈길을 받아 봐야 무슨 짜릿한 보람이 있겠는가? 그리고 그 사람은 내가 춤을 예쁘게 추든 말든 어차피 밤이면 내 침대로 올 사람이다. 우아하게 돌고 예쁘게 인사하는 법까지 특별히 연습했는데 이제 모두 소용없어졌다. 나의 이런 기분을 아는 사람은 아무도 없다. 단한 사람, 모든 것을 꿰뚫어 보는 우리 새할머니만 귀신같이 눈치 챘다. 새할머니는 죽 늘어선 시녀들 중 나를 앞으로 불러내 손가락을 내턱 밑에 가져다 대고 경고하듯 흔들며 이렇게 말했다.

"꼬마 아가씨, 그렇게 이탈리아 창부처럼 까불거리고 다닐 필요 없다. 안 그래도 모두 너를 지켜보고 있으니까."

성숙한 여자처럼, 젊고 우아한 아가씨처럼 품위 있게 춤추려 들지말고 그저 어린아이처럼 얌전히 있으라는 뜻이다. 나는 그저 무릎 굽혀 인사하고 아무 말도 하지 않았다. 우리 새할머니 공작 부인 말에 토를 달아 봐야 나만 손해다. 성격이 불같아서 내가 입만 벙긋해도 나는 당장 방 밖으로 쫓아내고도 남을 양반이다. 아무리 생각해도 너무 가혹한 취급을 받는 느낌이다.

새할머니가 갑자기 물었다.

"게다가 너와 젊은 시종 프랜시스를 두고 수군거리는 소리는 또 뭐냐? 이미 내가 한 차례 경고했을 텐데?"

"할머니, 무슨 말씀이신지 잘 모르겠어요."

나는 재치 있게 시치미를 뗐다.

하지만 새할머니는 속지 않았다. 오히려 부채로 내 손을 찰싹 때리며 엄히 일렀다.

"캐서린 하워드, 네가 누구인지 잊지 마라. 네 큰아버지가 너를 불러 왕비 시녀로 들여보낼지도 몰라. 그땐 이런 시답잖은 경거망동으로 기회를 놓치고 싶지 않겠지?"

"왕비 시녀요?"

나는 냉큼 미끼를 물고 늘어졌다.

새할머니는 나를 더 사납게 몰아세웠다.

"예비 왕비도 시녀가 필요할 테니 음전하게 자란 규수만 있다면야 어찌 될지 누가 알겠어. 하지만 여기저기 몸이나 굴리는 아이는 곤란하지."

"할머니…… 저……."

나는 너무 애가 타 말도 나오지 않았다.

"아니다, 됐다."

새할머니는 다시 춤이나 추러 가라는 듯 손을 내저었다. 나는 새할머니의 소매를 붙잡고 더 말해 달라고 애원했지만 새할머니는 깔깔대며 끝내 나를 물렸다. 새할머니가 쳐다보고 있는 것을 알기에 나는 일부러 나무 인형처럼 폴짝폴짝 뛰며 춤을 추었다. 뻣뻣하게 스텝을 밟으며 어찌나 딱딱하게 격식을 차렸던지 누가 보면 마치 내 자신이 머리에 관을 얹은 왕비인 줄 알 정도였다. 나는 그렇게 수녀처럼, 그리고 숫처녀처럼, 춤을 추었다. 새할머니가 내 정숙함에 제대로 감명받고 있는지 어쩐지 고개를 슬쩍 돌려 보았더니 새할머니도 내 쪽을 보며 웃고 있었다.

그래서 그날 밤 프랜시스가 방에 왔을 때 나는 문간에서 그를 막고 냅다 말했다.

"들어와선 안 돼요. 우리 할머니께서 우리 일을 모두 알고 계세요. 평판을 더럽혀선 안 된다고 경고하셨단 말예요."

그는 놀란 얼굴이 되었다.

"하지만, 여보……."

나는 그의 말을 끊고 계속 말했다.

"조심해야 해요. 누구에게 무슨 말을 들었는지, 누가 무슨 말을 어떻게 전했는지는 몰라도 공작 부인이 우리가 생각하는 것보다 훨씬 더 많이 알고 있어요."

"그렇다고 우리 사이를 부인해서는 안 되지."

그가 말했다.

"그렇긴 하죠."

나는 얼버무렸다.

"만약 공작 부인이 물으시면 하느님이 보시는 앞에서 나와 결혼한 사이라고 말해야 해."

"그래요. 그렇지만……."

"그리고 나는 지금 남편으로서 당신에게 온 거야."

"안 돼요."

이 세상 그 무엇도 내가 예비 왕비의 시녀가 되는 것을 막을 수는 없었다. 프랜시스와 맹세한 영원한 사랑도 예외는 아니었다.

그는 한 팔로 내 허리를 감싸 안고 내 목덜미를 입술로 잘근잘근 애무하면서 나직이 속삭였다.

"난 며칠 후면 아일랜드로 떠난단 말이야. 내 마음을 갈가리 찢어놓은 채 나를 멀리 떠나보낼 셈이야?"

나는 주저했다. 그에게 상처 주는 건 마음 아픈 일이었다. 하지만 나는 예비 왕비의 시녀가 되어야 한다. 그것보다 더 중요한 일은 없다.

"당신 마음을 아프게 하고 싶지는 않아요. 하지만 왕비전 시녀 자리를 놓칠 순 없어요. 그리고 앞으로 무슨 일이 있을지 어떻게 알겠어요?"

그가 나를 갑자기 확 놓더니 화난 목소리로 물었다.

"오호, 그러니까 궁정에 들어가실 생각이다 이거군? 그래서 귀족들과 연애를 하시겠다? 아니면 당신네 지체 높으신 친척 중 하나와 사귈 모양이지? 컬피퍼 집안 놈팡이와? 아니면 모브레이 집안? 그도 아니면 네빌 집안?"

"잘 모르겠어요."

앞으로 내가 얼마나 더 높아질지 나 자신도 상상하기 어려웠다. 나는 새할머니를 흉내 내며 짐짓 근엄하게 말했다.

"앞으로의 계획을 지금 당신과 여기서 논할 수는 없어요."

"이봐, 철부지 아가씨!"

그가 분노와 욕정이 서린 목소리로 외쳤다.

"당신은 내 아내야. 나와 결혼한 거라고! 이미 내 아내가 된 몸이란 말이야!"

"물러가 주셔야겠어요."

난 한껏 위엄을 갖추고 말했다. 그리고 문을 닫은 뒤 안으로 뛰어 들어가 침대에 몸을 휙 던졌다.

"이번엔 또 누구야?"

아그네스가 말했다. 방 반대편 끝에 있는 침대에 가리개가 빙 둘러 쳐져 있었다. 어떤 놈팡이와 헤픈 계집이 애정 행각을 벌이고 있었다. 남자가 거친 숨을 몰아쉬는 소리와 여자의 신음 소리가 내 침대까지 들렸다. 나는 그쪽에 대고 소리쳤다.

"거기 좀 조용히 할 수 없어요? 정말 기가 차서. 나 같은 어린 처녀 앞에서 못할 짓이란 거 몰라요? 정말 기가 막혀. 정말이지 이런 일은 용납할 수가 없어."

안나

1539년 12월, 칼레

이 기나긴 여행을 통해 나는 왕비다운 행동이 무엇인지 배우고 있다. 왕이 보낸 잉글랜드 귀부인들은 매일 내게 영어로 말을 건다. 사우샘프턴 경은 다른 성에 도착할 때마다 내 옆에서 조언을 하며 나를 안내하고 돕는다. 꽤나 예의 바르고 품위 있는 사람들이다. 모든 일을 법도에 따라 기계적으로 한다. 나는 인사를 할 때나, 음악이 울릴 때, 나를 보러 도처에서 몰려든 사람들을 만날 때 흥분을 숨기는 법을 배우고 있다. 별 볼일 없는 공국 제후의 촌스러운 누이처럼 보이고 싶지는 않다. 왕비처럼 보이고 싶다. 잉글랜드의 진짜 왕비처럼.

지나가는 마을마다 사람들이 거리로 나와 내 이름을 큰 소리로 연호하고 환영하면서 꽃다발과 선물을 주었다. 충심 어린 환영사와 함께 금이나 보석을 선사하는 이들도 많았다. 하지만 그 어떤 환영 인사도 내가 처음 밟은 잉글랜드 도시인 칼레의 환영 인사에 비할 바가 못 된다. 칼레는 적군의 공격에도 끄떡없게 웅장한 성벽에 둘러싸인 거대한 성이었다. 수비병들이 철통같이 지키는 성문을 나서면 바로 적국 프랑스 영토다. 프랑스로 향하는 길 위에 우뚝 솟은 남문을 통해 성으로 들어가니 잉글랜드 귀족인 릴 경과 수십 명의 고관들이 근사하게 차려입고 나와 우리를 기다리고 있었다. 그리 많지는 않지만 빨간색과 파란색 제복 차림의 병사들도 함께 있었다.

이렇게 힘든 시기에 릴 경 같은 사람을 친구이자 조언자로 두게 되어 얼마나 다행인지 모른다. 그는 친절한 데다 어딘지 모르게 아버지와 닮은 구석이 있다. 릴 경이 없었다면 나는 영어를 몰라서 그렇기도

하지만 두려움 때문에 한마디도 못 했을 터다. 릴 경은 왕이라도 되는 듯 근사하게 차려입었다. 그를 따라온 잉글랜드 귀족들이 얼마나 많은지 모피와 벨벳이 물결치는 것 같았다. 그는 차가운 내 손을 따뜻하게 잡고 웃음 지으며 말했다.

"용기를 잃지 마세요."

통역이 없었다면 그 말을 이해하지 못했겠지만 나는 사람을 척 보면 친구인지 적인지 알아내는 능력이 있다. 나는 수줍게 웃었고 그는 내 손을 자기 팔에 얹고 넓은 거리를 지나 나를 항구로 안내했다. 나를 환영하는 종소리가 울려 퍼졌고 상인들의 아내와 아이들이 나를 보기 위해 거리로 나왔다. 견습공과 하인들은 나를 보고 '클레베스의 안나 공녀, 만세!' 라고 외쳤다.

항구에는 거대한 배 두 척이 있었다. 모두 왕의 배였다. 한 척은 스위프스테이크 호라고 했는데 도박에 관련된 이름이라고 했다. 다른 한 척의 이름은 라이언이었다. 두 척에서 일제히 트럼펫이 울렸고 깃발이 나부꼈다. 나를 위해 잉글랜드에서 온 배였다. 나를 호위하기 위해 거대한 함대도 함께 왔다. 포병들이 축포를 쏘았고 대포가 우렁차게 포효했다. 도시 전체가 연기와 굉음으로 뒤덮였다. 너무나 과분한 환영 행사였다. 나는 놀랐지만 움찔하지 않으려고 애쓰며 웃음 지었다. 그 후 우리는 스테이플 홀로 갔다. 그곳에서는 칼레 시장과 상인들이 긴 환영사와 함께 금 지갑 두 개를 내게 선사했다. 릴 경과 함께 나를 맞으러 나온 릴 부인이 내게 시녀들을 소개했다.

시녀들은 모두 나를 따라 왕의 처소로 쓰이는 체커까지 와서는 한 사람씩 앞으로 나와 이름을 대며 무릎을 구부려 정중하게 인사했다. 그러는 내내 나는 서 있었다. 무척 피곤한 데다 오늘의 여정으로 완전히 기진맥진해서 다리가 후들거리기 시작했다. 그러나 시녀들은 끝도 없이 계속 한 사람씩 앞으로 나와 인사를 했다. 릴 부인이 내 옆에

서서 시녀들의 이름과 함께 짤막하게 뭔가를 내 귀에 속삭여 주었지만 무슨 말인지 제대로 알아들을 수가 없었다. 게다가 처음 만난 사람이 너무나 많아서 다 기억할 수도 없었다. 사람이 하도 많아 머리가 어지러울 지경이었다. 모두 친절하게 웃으며 고개를 숙여 정중하게 인사했다. 이러한 관심에 기죽지 않고 즐겨야 할 텐데.

시녀와 하녀, 하인과 시동들까지 모두 인사를 하고 나서야 나는 우아하게 자리를 뜰 수 있었다. 정찬 전에 내 사실에 있고 싶다고 말했고 통역이 내 말을 전했다. 하지만 여전히 편히 쉴 수는 없었다. 사실로 들어서자 그곳에는 더 많은 낯선 얼굴들이 기다리고 있었다. 내 사실을 관리하는 하인들이었다. 끊임없는 인사와 소개에 완전히 녹초가 된 나는 침실로 가고 싶다고 말했지만 침실에서도 혼자 있을 수가 없었다. 릴 부인과 다른 부인들, 그리고 시녀들이 따라 들어와 내게 필요한 것은 없는지 확인했다. 십여 명은 족히 됨직한 사람들이 따라 들어와 내 얼굴을 살피며 서성이거나 침대를 두드려 보고 커튼을 정돈했다. 다급해진 나는 기도하고 싶다고 말한 뒤 침실 옆에 딸린 작은 벽장 안으로 들어갔다. 그들의 친절한 얼굴을 뒤로 한 채 문을 닫았다.

밖에서는 기다리는 소리가 들렸다. 어릿광대가 나와 재주와 마술을 부리기를 기다리는 사람들처럼, 왜 얼른 나오지 않나 의아해하면서도 상냥한 얼굴로 기다리고 있겠지. 나는 벽장문에 기대서 손등으로 이마를 짚어 보았다. 열병에라도 걸린 것처럼 몸이 추운 데다 땀이 났다. 해내야 해. 할 수 있어. 잉글랜드 왕비가 될 수 있어. 훌륭한 왕비가 되고 말 테야. 그들의 언어도 배울 거야. 벌써 그들의 말을 많이 알아듣고 있어. 물론 더듬거리긴 하지만 말이야. 이 낯선 사람들의 이름과 그들의 지위도, 적절한 호칭도 모두 익혀야 해. 이래라 저래라 지시하는 주인 옆에 서 있는 꼭두각시처럼 그렇게 우두커니 있지 않을 거야. 잉글랜드에 도착하자마자 어떻게 새 옷을 주문하는지 알아봐야겠어. 독일 옷을 입은 나와 클레베스 수행단은 잉글랜드 백조들 사이에 낀 작고 뚱뚱한 오리 같아. 잉글랜드 여자들은 머리에 후드도 제대로 쓰지 않고 반쯤 발가벗은 상태로 돌아다니지. 우리는 두툼한 소포 뭉치처럼 두꺼운 천에 꽁꽁 싸여 있는데, 그들은 가벼운 가운을 걸치고 경쾌하게 돌아다녀. 우아하게 행동하는 법도, 다른 사람들을 즐겁게 하는 법도 배울 거야. 왕비가 되기 위해 필요한 건 뭐든 배울 거야. 두려움에 떨지 않을 거야. 많은 사람들을 상대하는 법도 배우고 말 거야.

문득 사람들이 내 행동을 이상하게 여길지 모른다는 생각이 들었다. 정찬을 위해 옷을 갈아입겠다고 말하고는 사람들을 밖에 세워 놓은 채 찬장 크기의 이 좁은 벽장에 들어와 있으니 이상할 정도로 광신적이거나 지나치게 수줍은 여자라고 생각하겠지. 이런 생각이 들자 나는 작은 벽장 안에서 얼어붙은 듯 꼼짝도 할 수 없었다. 내 자신이 얼마나 촌뜨기 바보처럼 느껴지는지. 어떻게 감히 벽장 밖으로 나갈지 난감했다.

문에 귀를 대 보았다. 밖은 매우 조용했다. 사람들은 나를 기다리다 지쳤는지 모른다. 옷을 갈아입으러 갔는지도 모른다. 나는 주저하며 문을 빠끔히 열고 내다보았다.

방에는 딱 한 사람만이 남아 창가에 앉아 조용히 뜰을 내려다보고 있었다. 벽장문이 끼익 하고 열리는 바람에 그 여자는 고개를 들어 친절하고 관심 어린 표정으로 나를 보았다. 일어서더니 내게 무릎을 굽혀 정중히 인사했다.

"레이디 안나? 저……저는 제인 불린입니다. 시녀예요."

내가 오늘 들은 이름을 하나도 기억하지 못하고 있을 거라고 짐작하는 듯했다. 물론 맞다.

그 이름을 듣고 나는 몹시 혼란스러웠다. 틀림없이 앤 불린과 친척인 것 같은데 내 사실에서 뭐 하고 있는 거지? 내 시녀가 될 수 없는 사람일 텐데? 추방당하거나 반역자의 가족이라는 오명으로 숨어 살아야 할 사람 아닌가?

통역이 있나 둘러보자 여자는 웃으며 고개를 가로저었다. 그러더니 손가락으로 자기를 가리키며 다시 이름을 대고는 또박또박 천천히 말을 이었다.

"제, 인, 불, 린. 제인 불린이에요. 앞으로 친구가 되어 드릴게요."

무슨 말인지 알겠다. 미소는 따뜻했고 얼굴에는 진심이 담겨 있었다. 내 친구가 되어 준다고 했다. 낯선 이들 속에서 믿을 만한 친구가 한 사람 생겼다는 생각에 목이 메었다. 눈물을 삼키며 시골 장터의 어수룩한 아낙네처럼 손을 내밀어 악수를 청하며 더듬더듬 말했다.

"불린?"

제인은 내 손을 세련되게 살짝 잡으며 말했다.

"네. 왕비가 되는 게 얼마나 두려운 일인지 저도 잘 알아요. 그게 얼마나 힘든 일인지 저만큼 잘 아는 사람은 없을 거예요. 친구가 되어 드리겠습니다. 저를 믿으세요."

제인은 내 손을 따뜻하게 잡아 주었다. 나는 이 사람 말을 믿는다. 우리는 서로 쳐다보고 웃었다.

제인 불린

1539년 12월, 칼레

가엾게도 이 여인은 천년만년이 가도 평생 왕의 마음에 들지 않게 생겼다. 왕의 사절들이 이런 사실을 왕에게 미리 알리지 않았다니 기가 막힐 노릇이다. 그들은 프랑스와 에스파냐, 곧 가톨릭 국가의 국왕들을 견제하는 신교도 동맹을 결성하는 데만 혈안이 된 나머지 헨리 왕의 취향은 전혀 생각하지 못한 것이다.

왕이 좋아하는 여인상이 되기 위해 안나가 할 수 있는 일이란 아무 것도 없다. 왕은 무엇이든 할 수 있을 것 같은 외모에 재치가 넘치고 우아하게 웃는 여자에게 쉽게 반했다. 얌전하고 다소곳한 제인 시모어조차도 온화하고 따뜻한 내면에서 발산하는 성적 매력이 있었다. 그런데 이 여인은 어린아이 같다. 거짓 없는 시선과 솔직하고 다정 다감하게 웃으면서 어색해하는 어린애 같다. 자기에게 허리 숙여 인사하면 감격하는 기색이다. 항구에서 배를 처음 본 순간 박수를 칠 듯 기뻐했다. 피곤하거나 지치면 뚱하게 골난 아이처럼 파랗게 질려 금방이라도 눈물을 뚝뚝 흘릴 것만 같다. 초조하면 추운 데서 떠는 시골 뜨기처럼 코가 빨개졌다. 얼뜨기 처녀가 앤 불린의 다이아몬드 굽이 달린 구두를 별 고생 없이 손에 넣은 격이니 비극이 아니라면 최대 희극이 될 것이다. 저들은 대관절 무슨 생각으로 이런 여인이 왕비가 될 수 있다고 판단했을까?

하지만 이렇게 미숙한 덕분에 나는 이 여인을 좌지우지할 수 있다. 안나의 훌륭한 친구이면서 맹우가 될 수도 있다. 길 잃은 가련한 사람에게는 친구가 필요하다. 우리처럼 궁정을 훤히 아는 친구가 필요하리라. 나는 이 여인에게 알아야 할 일을 모두 알려 주고 익혀야 할 기술들도 가르칠 수 있다. 잉글랜드 최고의 궁정 심장부에서 궁정이 전소된 참화를 지켜본 나보다 더 궁정을 훤히 꿰뚫고 있는 사람이 어디에 있을까? 본인도 파멸하고 자기 가족까지 파멸의 수렁에 몰아넣은 앤을 지켜본 나보다 왕비의 안위를 더 잘 지켜 줄 사람이 어디에 있을까? 나는 예비 왕비에게 벗이 되리라 다짐했고 이것을 지킬 것이다. 왕비는 이제 스물넷밖에 안 되어 어리지만 앞으로 성숙해지리라.

무지하지만 배우면 된다. 세상 물정에 어둡지만 살면서 익혀 나가면 된다. 이리도 부족한 젊은 여인을 위해 내가 할 수 있는 일이 많으니 이것이야말로 큰 기쁨이다. 이 여인의 조언자와 스승이 될 절호의 기회다.

캐서린

1539년 12월, 노퍽 저택, 램버스

큰아버지가 새할머니를 만나러 오신다. 나를 부르실지 모르니 달려갈 채비를 하고 있어야 한다. 무슨 일로 오시는지 모르는 사람은 없지만 어쨌거나 나는 예상치 못한 일이 일어나기라도 할 것처럼 마음을 죄었다. 큰아버지 앞으로 나아가 무릎 굽혀 인사하는 것을 여러 번 연습했다. 멋진 소식을 들었을 때 화들짝 놀라는 표정과 기쁨에 찬 미소도 연습했다. 중요한 순간을 위한 만반의 준비를 갖춰야 한다. 아그네스와 조앤에게 번갈아 큰아버지 역을 시켜 가며 걸음걸이와 인사, 그리고 고상한 환호성을 연습했다. 완벽해질 때까지 연습에 연습을 거듭했다.

공작 부인 시녀들은 모두 나를 아니꼬워한다. 다들 떫은 감을 씹은 표정이다. 하지만 난 이건 마땅히 예견된 일이었다고 못 박았다. 나는 하워드 가문의 딸이다. 내가 궁에 들어가지 않으면 누가 가겠는가. 내가 왕비를 모시지 않는다면 누가 모시겠는가. 그리고 물론 다른 여자애들은 여기 남게 된다. 마음 아프지만 현실이 그렇다.

다들 궁에 들어가면 독일어를 배워야 할 거라고, 무도회 같은 것은 꿈도 꾸지 말라고 하지만 누가 속을 줄 알고. 그건 모두 거짓말이다.

누구라도 왕비가 되면 화려하게 살게 되어 있다. 예비 왕비가 사람이 좀 지루할진 모르겠지만, 그럴수록 옆에 있는 내가 빛나 보일 테니 오히려 잘 된 거지. 여자들은 예비 왕비가 언제나 방에 혼자 틀어박혀 지내는 데다 네덜란드 사람들은 원래 고기는 입에도 안 대고 하루 종일 치즈와 버터만 먹는다고 입방아를 찧는다. 이것도 역시 거짓말이다. 그 말이 사실이라면, 궁정을 열고 손님들을 받지 않을 거라면, 햄프턴 궁의 왕비 처소는 왜 새로 단장했겠는가? 왕비 시녀단은 이미 모두 구성되었고, 그중 반이 예비 왕비를 맞으러 칼레로 떠났다고 겁을 주기도 한다. 큰아버지가 오시는 이유는 나를 시녀로 들여보내지 못하게 되었다는 말을 전해 주기 위한 것이라고 한다.

다른 건 신경 쓰이지 않지만 마지막 말에는 겁이 덜컥 났다. 왕의 조카딸들인 레이디 마거릿 더글러스와 도세트 후작 부인이 최고 시녀직을 맡기로 했다는 것은 나도 잘 알고 있었다. 이미 모든 게 끝나 버린 것은 아닌지 걱정되어 애가 탔다. 하지만 메리 라셀즈에게 그걸 인정하고 싶지는 않았다.

"그렇지 않아. 고작 내가 계속 여기 머물러 있게 됐다는 말씀을 하려고 우리 큰아버지께서 이곳까지 오시는 건 아닐 거야. 시녀로 들어가기에는 너무 늦었다고, 남은 시녀 자리가 없다는 말씀이나 하려고 여기까지 오시는 건 아닐 거야."

메리가 단호하게 말했다.

"하지만 만약 내 말이 사실이라면, 이번 일을 교훈으로 삼도록 해. 이번 일을 교훈 삼아 행실머리를 좀 고치도록 해 보라고. 프랜시스 데르햄과 그렇게 경박하게 놀아났으니 궁에 들어가지 못해도 너는 할 말 없을 거야. 어떤 귀부인이 그 따위 남자와 더럽게 놀아난 너를 자기 처소에 들이겠니?"

메리의 지독한 말에 숨이 막히고 눈물이 핑 돌았다.

그러자 메리가 피곤하다는 듯 말했다.

"울지 좀 마. 울지 말라고, 캐서린. 그래 봤자 네 눈만 빨개질 뿐이야."

그 말에 나는 차오르는 눈물을 막으려 냅다 코를 틀어쥐었다. 그리고 코맹맹이 소리를 내며 말했다.

"안 돼. 만약 큰아버지가 나보고 램버스 구석에 그저 잠자코 있으라고 하시면 난 확 죽어 버릴 거야! 내년이면 열다섯 살인데, 그럼 곧 열여덟 살이 될 테고, 그러다 열아홉 살, 스무 살이 될 거 아냐. 그러다 너무 나이 들어서 결혼도 못 하고, 여기서 새할머니 수발만 들다가 죽을 순 없어. 아무데도 못 가 보고, 아무 구경도 못 해 보고, 궁궐에서 춤도 한 번 못 춰 보고 그렇게 죽을 순 없다고."

메리가 역정을 냈다.

"헛소리 좀 작작 해! 네 머릿속에는 허영심 말고는 아무것도 없니, 캐서린? 게다가 넌 그동안도 이미 열네 살짜리 치고는 여한이 없을 만큼 즐기고 살지 않았니?"

"아니야. 난 아무 짓도 하지 않았어."

나는 여전히 코를 쥔 채 대꾸했다. 그리고 코를 놓고 차가운 손가락을 뺨에 비볐다.

메리가 조롱하듯 말했다.

"물론, 너는 왕비를 모시게 될 거야. 네 큰아버지가 그런 자리에 친척을 밀어 넣을 기회를 놓칠 분이 아니시지. 네가 얼마나 경박하게 살던 아이인지는 아무 상관없겠지."

"다른 애들은……."

"다른 애들 모두 너 같은 얼간이가 뽑혀 간다고 질투하는 거야. 만약 네가 여기 남아 있게 되면 안됐다고 난리를 치겠지만 속으로는 좋아 죽을걸."

내가 생각해도 맞는 말이었다.

"그건 그래."

"그러니까, 얼굴이나 다시 씻고 공작 부인 방으로 가 보지 그래? 네 큰아버지께서 당장에라도 도착하실 텐데 말이야."

나는 아그네스와 조앤과 마거릿에게 내가 궁으로 들어가는 건 기정 사실이며, 그들이 내게 못된 마음을 먹고 있다는 생각은 한 번도 해 본 적이 없었노라고 재빨리 말한 다음, 최대한 빠른 걸음으로 방을 나섰다. 그때 '캐서린! 캐서린! 공작님이 오셨어!' 하고 외치는 소리가 들렸다. 나는 공작 부인의 개인 응접실로 달려 내려갔다. 큰아버지가 벽난로를 등지고 서서 몸을 녹이고 계셨다. 사실 큰아버지는 난로 정도로 따뜻해질 사람은 아니다. 새할머니 말에 따르면 큰아버지는 국왕의 망치다. 귀찮고 험한 일이 생길 때마다 왕 대신 잉글랜드 군대를 끌고 나가 적을 쳐부수고 항복을 받아 오는 사람이다. 내가 아직 어렸던 2년 전 북부에서 구교도 귀족들이 봉기했을 때 반역자들에게 따끔한 맛을 보여 준 사람도 큰아버지였다. 그때 큰아버지는 사면을 약속하고 봉기를 막은 다음 나중엔 모두 교수대로 보냈다. 큰아버지는 그렇게 왕의 왕좌를 지켜 주었다. 왕이 싸워야 할 전쟁을 내신 치르고 엄청난 반란 세력을 눌렀다. 새할머니 말로는 큰아버지는 어떤 주장도 통하지 않고, 다만 반항하는 자에게는 죽음만이 있을 뿐이라고 했다. 본인도 속으로는 죄인들의 주장에 동감하면서도 아무렇지 않게 수백 수천 명씩 목매달아 죽였다고 했다. 큰아버지 개인적 신념은 중요하지 않았고 앞으로도 큰아버지를 막을 수 있는 것은 아무것도 없다고 했다. 얼마나 냉혹한 사람인지, 얼마나 인정사정없는 사람인지는 큰아버지 얼굴만 봐도 안다. 그런 분이 나를 보러 오셨다. 내가 얼마나 훌륭한 조카딸인지 보여 드리고야 말 것이다.

나는 시녀 방에서 골백번 연습한 대로 무릎을 깊숙이 굽히고 고개 숙여 인사했다. 몸을 약간 앞으로 기울여 공작이 드레스 앞섶 밑에 꽉 눌려 위로 둥글게 솟아오른 젖가슴을 잘 보실 수 있도록 했다. 그리고 몸을 일으키기 전 천천히 고개를 들어 큰아버지를 올려다보았다. 큰아버지는 자기 앞에 무릎을 꿇다시피 몸을 낮춘 나를 내려다보았다. 내 코가 큰아버지 바지에 바싹 닿아 있었다. 이것 역시 내가 남자의 아랫도리에 어떤 기쁨을 줄 수 있을지 잠깐 생각하실 여유를 드리기 위한 특별한 배려였다.

"큰아버지, 평안하신지요."

난 몸을 일으키며 침대에서 연인의 귀에 속삭이듯 말했다.

"이런 세상에."

큰아버지가 무뚝뚝하게 한마디 내뱉었다. 그리고 새할머니 쪽을 바라보며 작게 '허!' 하고 탄성을 질렀다.

"이 아이가……. 모두 어머님 덕분입니다."

내가 전혀 비틀거리지 않고 몸을 일으켜 세우는 모습을 지켜보며 큰아버지가 말했다. 나는 젖가슴이 한껏 돋보이도록 두 손을 등 뒤로 돌려 잡은 채 내 잘록한 허리를 감상하기 좋도록 활이 휘어지듯 허리를 쭉 폈다. 수줍은 듯 눈을 내리깐 내 모습은 앞으로 쑥 내민 몸과 보일 듯 말 듯한 미소만 아니라면 딱 순진하고 어린 소녀 그 자체일 것이다.

"영락없는 하워드 집안 딸인 게지, 그게 어디 가겠나."

새할머니가 말했다. 새할머니는 하워드 가문 여자들을 별로 달가워하지 않는다. 외모나 따지고 방자하기 이를 데 없다는 이유에서였다.

"아직 어린아이인 줄만 알았는데."

큰아버지는 성숙한 내 모습에 매우 흡족해하는 것 같았다.

"아이는 아이인데 알 건 다 아는 아이지."

새할머니가 나에게 엄한 얼굴을 지어 보였다. 내가 공작 부인 밑에서 새로 익힌 소양이 무엇인지 자세한 내용은 아무도 궁금해하지 않으니 입도 뻥긋하지 말라는 표시였다. 나는 순진한 얼굴로 영문을 모르겠다는 듯 눈을 크게 떴다. 어린 시녀와 젊은 시종이 동침하는 것을 처음 목격한 것이 내 나이 일곱 살 때였다. 헨리 매녹스가 나를 처음 건드린 것은 내가 열한 살 때였다. 그런데도 새할머니는 내가 수녀처럼 자랄 줄 알았던 모양이다. 하지만 그건 큰 오산이다.

"이 아이라면 썩 잘 해낼 겁니다."

잠시 넋이 나가 있던 큰아버지가 이윽고 말문을 열었다.

"캐서린, 춤추고 노래할 줄 아느냐? 류트를 켤 줄은 알고? 그런 것들 다 배웠겠지?"

"네, 큰아버지."

"읽고 쓸 줄도 알겠지? 영어와 프랑스 어, 그리고 라틴 어까지 전부?"

순간 나는 몹시 당황한 표정이 되어 새할머니를 쳐다보았다. 내가 그런 쪽으로는 전혀 머리가 없다는 걸 모르는 사람이 없었다. 머리가 워낙 먹통이라 난 큰아버지 질문에 거짓말을 해야 할지 어쩔지 알 수가 없었다.

새할머니가 입을 열었다.

"얘가 그런 걸 알 필요가 있겠어? 어차피 새로 왕비가 될 사람은 네덜란드 어밖에 못하지 않나. 안 그런가?"

공작이 고개를 끄덕이며 바로잡았다.

"독일어요. 하지만 왕은 교육받은 여자를 좋아해요."

공작 부인이 미소를 지었다.

"전에는 그러셨지. 시모어 나부랭이도 문자 쓰는 여자는 아니었잖아. 내 보기엔 왕이 자기주장 강한 여자에게는 이미 오래전에 매력을 잃으신 듯한데? 왜, 공작께서는 똑똑한 여자가 좋으신가?"

큰아버지는 공작 부인 말에 코웃음을 쳤다. 큰아버지 부부가 서로 물고 뜯는 사이가 되어 벌써 몇 년째 따로 살고 있는 건 온 세상이 다 아는 사실이었다.

"어찌 됐든 중요한 건 이 아이가 새 왕비의 마음에 들고, 궁정에 누가 되지 않는 겁니다."

큰아버지는 이렇게 대꾸하고 나를 향해 선언하듯 말했다.

"캐서린, 이제 너는 새 왕비님의 시녀로 궁에 들어가게 된다."

나는 환하게 웃었다.

"궁에 가게 되어 기쁘냐?"

"네, 큰아버지."

그리고 감사의 말도 잊지 않았다.

"정말 감사드려요."

큰아버지가 근엄하게 말했다.

"네가 그렇게 중요한 자리에 들어가게 된 것은 다 가문에 도움이 되라고 그런 것이다. 여기 할머님께서도 네가 착한 아이이고 행동거지도 얌전하다고 하셨다. 부디 계속 그러길 바란다. 우리를 실망시키지 않으리라 믿는다."

나는 고개만 끄덕였다. 감히 새할머니 쪽은 쳐다볼 수가 없었다. 새할머니는 나와 헨리 매녹스에 대해 모두 알고 있었다. 그리고 위층 홀에서 프랜시스와 함께 있는 것을 들킨 적도 있었다. 목에는 키스 자국이 찍힌 채 한 손을 프랜시스 바지 속에 넣고 있는 내 꼴을 본 새할머니는 내게 발정 난 창녀니 멍청한 개망나니니 욕하면서 나를 한 대 후려갈겼다. 어찌나 세게 맞았던지 머리가 땅할 정도였다. 그리고 크리스마스 때 그와 붙어 다니지 말라는 경고를 재차 받았다.

"궁에 가면 너에게 관심을 보이는 젊은 남자들이 많을 거다."

큰아버지는 내가 젊은 남자를 한 번도 만난 적 없는 어린아이인양

이렇게 경고를 날렸다. 나는 재빨리 새할머니 쪽을 쳐다봤다. 새할머니는 혼자 웃고 있었다. 큰아버지가 말을 이었다.

"여자에게 평판보다 더 중요한 건 없다는 점을 명심해라. 너는 한점 부끄러움 없이 여자의 정절을 지켜야 한다. 만약 너에 대한 좋지않은 소문이라도 들리는 날에는, 어떤 종류의 소문이라도 들리는 날에는……. 너도 알겠지만 내 귀에 들어오지 않는 말은 하나도 없다. 그러니 그랬다가는 너를 당장 궁에서 끌어낼 것이다. 그리고 이 근처에는 얼씬도 하지 못할 것이다. 그때는 네 새할머니의 호샴 시골집으로 보내 버릴 것이다. 그리고 죽을 때까지 거기서 살게 될 것이다. 알아들었느냐?"

나는 잔뜩 겁이 나 숨죽여 말했다.

"네, 큰아버지. 약속드리겠습니다."

"궁정에 가면 나를 매일 보게 될 거다."

나는 이제 차라리 궁에 들어가지 않았으면 하고 바라는 마음이었다.

"그리고 가끔 너를 내 거처로 불러서 왕비를 잘 보필하고 있는지 등등을 물을 거야. 신중하게 처신해야 한다. 그리고 다른 사람들과 쓸데없는 얘기는 나누지 않는 게 좋아. 눈은 크게 뜨고 입은 다물어야 해. 네 친척인 로치포드 부인이 이미 왕비 시녀로 들어가 있으니 부인이 하라는 대로 하기만 하면 된다. 새 왕비와 가까워지도록 노력해야 한다. 왕비 비위를 잘 맞춰야 해. 높은 사람에게 잘 보여야 떡고물이 떨어지는 법이니까. 명심하거라, 캐서린. 그게 다 네 팔자 피는 밑거름이 될 테니."

"잘 알겠습니다, 큰아버지."

"그리고 또 한 가지."

큰아버지의 경고가 이어졌다.

"네, 큰아버지?"

"조신하게 행동해, 캐서린. 그게 여자의 가장 큰 덕목이다."

나는 무릎을 굽혀 인사했다. 그리고 수녀처럼 얌전하게 머리를 조아렸다. 새할머니가 조롱하듯 웃는 소리가 들렸다. 내 말을 믿지 못하겠다는 투였다. 하지만 내가 다시 고개를 들었을 때 큰아버지는 빙긋이 웃고 있었다.

"알아들은 모양이니 이제 그만 가 보거라."

나는 다시 인사하고 큰아버지 입에서 더 무서운 소리가 나오기 전에 도망치듯 방을 빠져나왔다. 내가 궁정에 들어가고 싶어 했던 건 춤과 젊은 남자들 때문이었다. 그런데 큰아버지 말이 사실이면 수녀원에 들어가는 것이나 다름없지 않은가.

"뭐라고 하셔? 뭐라고 하셔?"

여자들 모두 큰 홀에서 일이 어떻게 되었는지 궁금해하며 기다리고 있다가 서둘러 물었다.

나는 환호성부터 질렀다.

"나 궁에 들어가게 됐대! 그리고 새 드레스랑 새 후드도 잔뜩 받게 될 거라고 그러셨어. 또 큰아버지 말씀으로는 왕비 시녀들 중 나보다 예쁜 여자는 없을 거래. 그리고 매일 밤 무도회도 열릴 거래. 그리고 말이야, 아마 앞으로는 너희들 내 얼굴 보기 힘들어질 거야."

안나

1539년 12월, 칼레

그동안 궂은 날씨로 여러 날 지연되더니 마침내 날씨가 개어 잉글랜드 해협을 건널 수 있게 되었다. 하느님 감사합니다. 출항하기 전에 집에서 편지가 오기를 고대했지만 날씨 좋은 날을 고르며 몇날 며칠을 기다리는 동안에도 가족 중 누구 하나 내게 편지를 보내지 않았다. 적어도 어머니는 편지를 보낼 줄 알았다. 내가 그립지 않다 하더라도 몇 마디 훈계라도 적어 보낼 줄 알았다. 아말리아도 잉글랜드로 초대해 달라며 애교 있게 편지를 쓸 줄 알았다. 아말리아의 편지를 기다리다니, 내 기분이 얼마나 울적하면 그랬으랴 하는 생각에 오늘 밤에는 웃음이 다 나왔다.

그러나 누구보다 빌헬름만큼은 틀림없이 편지를 보내리라 생각했다. 내가 떠날 준비를 하는 그 오랜 시간 동안 빌헬름은 화를 누그러뜨리지 않았다. 우리는 앞으로 다시는 만날 일이 없는 사람들처럼 헤어졌다. 나는 빌헬름의 권력에 두려움과 분노가 반씩 뒤섞인 듯한 감정을 느꼈다. 빌헬름은 내게 이유 없이 짜증이 나 있었다. 그래도 잉글랜드 궁정에서 무슨 일을 해야 하는지 지시하는 편지 정도는 보낼 줄 알았다. 나는 공국 대표로 공국의 이익을 위해 일하고 있지 않은가? 그러나 나와 함께 잉글랜드로 가는 클레베스 귀족들이 몇 있으니 동생은 그들과 이미 이야기를 끝냈거나 그들에게 편지를 썼을 것이다. 동생은 분명 내가 무슨 일이든 제대로 해내지 못하리라고 판단했으리라.

어쨌든 내게 어떻게 처신해야 하는지 지시하는 편지라도 쓸 줄 알았다. 그동안 독재자처럼 군림해 온 동생이 아닌가. 나를 이렇게 그냥 떠나보내다니. 이제 나는 빌헬름에게서 해방된 것인가. 하지만 기쁨보다는 불안감이 더 많이 느껴진다. 그런데 가족 중 누구 한 사람 내게 잘 가라는 편지 한 장 보내지 않았다.

우리는 좋은 물때에 맞춰 아침 일찍 떠날 예정이다. 나는 왕의 처소, 내 사실에서 릴 경이 나를 데리러 오기를 기다리고 있었다. 그때 바깥 접견실에서 다투는 듯한 소리가 들렸다. 다행히 클레베스 통역관인 로테가 곁에 있어서 그녀에게 고갯짓을 했다. 로테는 얼른 문가로 가서 밖에서 오가는 빠른 영어에 귀를 기울이며 온 신경을 집중해 듣더니 얼굴을 찌푸렸다. 그때 마침 발자국 소리가 다가와 로테는 황급히 내 옆으로 돌아와 앉았다.

릴 경이 방에 들어오더니 내게 고개 숙여 인사했다. 얼굴이 벌겋게 상기돼 있었다. 마음을 가라앉히려는 듯 입고 있던 벨벳 조끼를 쓸어 내리며 말했다.

"용서하세요, 레이디 안나. 짐을 싸느라 사람들이 온통 정신이 없군요. 한 시간 후에 모시러 오겠습니다."

로테가 내 귀에 대고 통역해 주었다. 나는 고개 숙여 인사하고 웃음 지었다. 그는 문을 한 번 쳐다보더니 로테에게 불쑥 물었다.

"혹시 내 말 알아들었소?"

로테가 나를 쳐다보았고 나는 고개를 끄덕였다. 그가 가까이 다가오더니 나지막한 소리로 말했다.

"토머스 크롬웰 비서 장관은 레이디 안나와 종교가 같습니다."

내가 확실히 이해할 수 있도록 로테가 내 귀에 독일어로 속삭였다.

"크롬웰 비서 장관이 도시에서 수백 명의 루터파를 보호하고 있어요. 제가 통치하는 이 도시에서 말입니다. 부당한 처사지요."

무슨 말인지는 알겠는데 그게 무슨 문제가 되는지 이해할 수 없었다. 릴 경이 말했다.

"그들은 이단입니다. 교회 수장인 왕의 권위를 부정해요. 예수 그리스도의 희생으로 빚어진 신성한 기적도 부정하지요. 예수님의 포도주가 피가 된다는 신성한 기적 말입니다. 영국 국교회는 그렇게 믿습니다. 이 사실을 부정한다면 처형당해 마땅한 이단입니다."

나는 로테의 팔에 손을 살짝 올렸다. 꽤나 민감한 사안인 줄은 알지만 무슨 말을 해야 할지 알 수 없었다. 릴 경이 계속 말을 이었다.

"이런 이단자들을 이곳에 비호하고 있다는 사실을 전하께서 아시면 크롬웰 장관도 이단으로 고소될 수 있어요. 저는 크롬웰의 아들 그레고리에게 누가 비호하건 이단자들을 기소해야 한다고 말하던 중이었습니다. 제가 계속 모른 척할 수는 없다고, 훌륭한 잉글랜드 사람이라면 다 나처럼 생각할 거라고, 하느님을 우롱할 수는 없다고 경고했지요."

나는 조심스럽게 대답했다.

"잉글랜드의 문제는 알지 못합니다. 저는 왕이 하는 대로 따라갈 뿐입니다."

문득 빌헬름이 머릿속에 떠올랐다. 로마 가톨릭에 빠져 있는 왕을 개혁의 빛으로 인도하라는 임무를 맡긴 빌헬름이. 나는 다시 그를 실망시킬 것 같다.

릴 경은 고개를 끄덕이더니 뒤로 물러서며 말했다.

"용서하십시오. 이런 문제로 심려를 끼쳐 드리는 게 아닌데. 단지 토머스 크롬웰이 그런 사람들을 비호하고 있어서 제가 화가 난다는 말씀을 드리고 싶었습니다. 제가 전하와 교회에 충성을 다하고 있다는 걸 확실히 알아주시기 바랍니다."

나는 고개를 끄덕였다. 그것 말고 내가 뭘 할 수 있겠는가? 릴 경이 방을 나가자 나는 로테를 쳐다보았다. 그녀가 나지막한 소리로 말했다.

"정확히 그런 얘기는 아니었어요. 루터파들을 비호한다고 크롬웰 경을 비난한 건 맞아요. 하지만 그레고리 크롬웰은 릴 경에게 몰래 교황을 추종한다고 비난하면서 두고 보겠다고 했어요. 두 사람은 서로 위협하고 있었어요."

"그래서 내가 어쩔 바라는 거지? 내가 그런 문제에 어떤 판단을 내려 줄 거라 생각하나?"

내가 불쑥 질문을 던졌다. 로테는 난처하다는 듯 대답했다.

"왕에게 전하라는 뜻 아닐까요? 왕에게 어떤 영향력을 발휘해 달라는?"

"릴 경은 내 면전에 대고 나 역시 이교도라고 말한 거나 다름없어요. 포도주가 피로 변한다고? 나도 그런 말은 믿지 않아요. 제 정신인 사람이라면 어떻게 그걸 믿을 수 있겠어요?"

"잉글랜드에서는 정말 이교도를 처형하나요?"

로테가 걱정스럽다는 듯 물었다. 나는 고개를 끄덕였다.

"어떻게요?"

"십자가에 매달아 불태워 죽인대요."

아연실색한 로테의 표정을 보고 왕이 이미 내 신앙에 대해 알고 있으며 내 동생을 비롯한 신교도 제후들과 동맹을 맺을 생각이라고 말하려는 찰나에 문가에서 고함 소리가 들렸다. 배가 출항 준비를 마친 것이다.

나는 갑자기 허세를 부리며 말했다.

"자, 갑시다. 어쨌든 갑시다. 어떤 위험이 있든 클레베스보다 나쁘기야 하겠어요."

잉글랜드 항구에서 잉글랜드 배를 타고 출항하니 새로운 인생이 열리는 기분이 들었다. 클레베스에서 나를 따라온 수행원들은 이제 대부분 돌아가야 한다. 그들과 작별 인사를 나누고 배에 올랐다. 바지선이 우리가 탄 배를 항구 밖으로 예인했다. 선원들이 돛을 올렸다. 바람을 받은 돛들이 끼익 소리를 내며 부풀어 오르자 날아오르기라도 할 듯 배가 들썩였다. 그 순간 나는 정말 내 나라로 떠나는 왕비가 된 듯했다. 어릴 적 듣던 이야기 속 왕비가 된 기분이었다.

나는 뱃머리에 서서 검푸른 바다에서 출렁이는 하얀 파도를 바라보며 언제쯤이면 새로운 내 고향, 나의 왕국, 나의 잉글랜드가 보일지 궁금했다. 주위에 있는 작은 불빛들이 온통 우리를 에워싸고 있다. 나를 호위하는 배에서 반짝이는 불빛이다. 50척이나 되는 대형 선박을 거느린 선단, 왕비의 선단이었다. 새로운 내 왕국의 부와 힘을 실감할 수 있었다.

우리는 하루 종일 항해할 예정이다. 날씨는 좋지만 파도가 너무 높아 위험하다고들 했다. 거대한 파도 속에서 작아 보이는 배들이 파도를 타고 계속 오르락내리락하며 출렁거렸다. 동행하는 다른 배들이 아예 보이지 않을 때도 있었다. 돛은 찢어지기라도 할 듯 한껏 부풀어 오르며 끼익 끼익 소리를 질렀다. 잉글랜드 선원들은 밧줄을 잡아당기며 갑판 위를 미친 듯이 분주하게 뛰어다녔다. 나는 농이 트는 모습을 지켜봤다. 회색빛 바다 위로 희뿌연 태양이 떠올랐다. 나를 둘러싸며 내 발 밑에서 출렁이는 바다가 얼마나 거대한지 느낄 수 있었다. 일출을 본 후 선실에 들어가 쉬었다. 부인들 중 몇몇은 멀미를 했지만 나는 괜찮았다. 릴 부인이 나와 함께 몇 시간 앉아 있었고 다른 부인들도 있었다. 제인 불린도 끼어 있었다. 다른 부인들의 이름도 익혀야 할 텐데. 시간은 더디게 흘렀다. 나는 다시 갑판으로 나갔지만 보이는 것이라고는 우리를 둘러싼 배들뿐이었다. 다들 나를 수행하는 잉글랜드 배다. 이런 호의에 자부심을 느껴야겠지만 여러 사람들에게 수고를 끼친다는 게 못내 불편하기만 하다. 내가 선실 밖으로 나갈 때마다 선원들은 모자를 벗어 내게 인사를 한다. 그저 뱃머리에 잠깐 나갈 뿐인데도 부인 한둘 정도는 항상 나를 수행한다. 얼마 후에는 모든 사람들이 나를 쳐다보고 부산을 떠는 것이 부담스러워졌다. 그래서 선실에 앉아 작은 창을 통해 파도가 출렁이는 모습만 보기로 했다.

내 눈에 처음 들어온 잉글랜드는 해가 져 어스름한 바다에 비친 거무스름한 그림자였다. 딜이라는 항구에 도착했을 때는 이미 늦은 시간이었다. 사방이 어둡고 비가 내렸지만 칼레에서보다 더 많은 인파가 나를 맞으러 나와 있었다. 그들은 나를 성으로 안내하고 식사를 준비해 주었다. 말 그대로 수백 명의 사람들이 내 손에 입 맞추면서 잉글랜드에 온 것을 환영했다. 안개비 속에서 나는 귀족 부부들과 주교를 만났고 내 사실에서 나를 시중 들 시녀들과 하녀들을 더 만났다. 평생 한 순간도 혼자 있을 일은 영영 없을 것만 같다.

식사를 마치자마자 모두 출발할 예정이다. 어디서 머무르고 식사할지 계획이 철저히 세워져 있었다. 사람들은 떠날 준비가 되었는지 내게 공손하게 물었다. 하지만 내가 정말 출발하고 싶은지 묻는 것은 아니었다. 계획상 지금 떠나야 하니 내 동의를 기다린다는 뜻일 뿐이다.

저녁인 데다 몹시 피곤해서 쉴 수만 있다면 천금을 주어도 아깝지 않을 테지만 남동생 빌헬름이 나를 위해 마지못해 준비해 준 초라한 마차에 몸을 실었다. 귀족들과 부인들도 각각 말에 올랐고 우리는 어둠 속에서 덜컹이며 행진했다. 앞과 뒤에는 군사들이 줄지어 있어서 우리는 마치 침략군이라도 된 듯했다. 나는 이제 왕비라는 사실을 애써 기억하며 왕비가 이렇게 군사를 대동하고 움직이며 가는 곳마다 떠받들어지는 존재라면 그런가 보다 하고 적응하기로 결심했다. 내 일거수일투족을 주시하는 사람들 없이 편안히 밥 먹고 내 침대에서 조용히 잠을 이루던 시절을 이제 더는 그리워하지 않으련다.

우리는 밤늦게 도버 성에 도착했고 그곳에서 하룻밤을 묵었다. 다음 날 나는 너무 피곤해서 몸을 일으킬 수도 없었다. 하지만 하녀 대여섯 명이 갈아입을 옷과 가운, 머리빗, 후드를 들고 나타났다. 그들 뒤에는 시녀들이, 그 뒤에는 부인들이 서 있었다. 게다가 서퍽 공작의 전갈이 이미 도착해 있었다. 기도를 한 뒤 아침을 먹고 나서 즉시 캔터베리로 출발하려는지 묻는 전갈이었다. 빨리 출발해야 하니 서둘러 기도하고 아침을 먹어야 한다는 소리나 다름없다. 캔터베리로 빨리 출발하고 싶다고, 나 역시 얼른 길을 떠나고 싶다고 알렸다.

물론 거짓말이다. 어젯밤 내내 내리던 비가 지금은 더 굵어졌고 우박까지 떨어지기 시작했다. 하지만 모두들 내가 한시라도 빨리 왕을 만나고 싶다고 믿고 싶은 눈치들이다. 시녀들은 여러 겹의 옷으로 나를 꽁꽁 감쌌다. 우리는 강풍이 몰아치는 뜰을 터벅터벅 빠져나와 와틀링 거리라는 도로를 따라 캔터베리로 향했다.

토머스 크랜머 캔터베리 대주교는 다정하게 웃는 신사였는데 직접 성 밖까지 나를 마중하러 나와서는 캔터베리까지 1km 가량을 내 마차 옆에서 나란히 말을 달렸다. 나는 비바람이 휘몰아치는 창밖을 응시했다. 우리가 지나는 길은 예전에 순례자들이 성 토머스 베케트 성당을 순례하기 위해 걸었던 성스러운 길이다. 캔터베리 성벽이 보이기도 전에 성당 첨탑이 눈에 들어왔다. 아주 높고 아름다웠다. 게다가 먹구름을 뚫고 내려온 한 줄기 빛이 첨탑을 비추고 있어 마치 하느님이 이 성지를 직접 어루만지는 듯했다. 포장도로가 나왔다. 길가에 즐비한 집들은 한 집 걸러 하나씩 순례자들을 위한 숙소였다. 유럽 전역에서 이 아름다운 성지에 기도를 바치기 위해 순례자들이 몰려들던 때가 있었다. 몇 년 전까지만 해도 이곳은 세상에서 가장 성스러운 곳이었다.

그러나 지금은 모든 것이 달라졌다. 완전히 폐허가 된 성당처럼 싹 달려졌다. 어머니는 잉글랜드 왕의 엄청난 개혁에 대해 어떤 말을 들어도 어떤 것을 보아도 아무리 충격적이어도 한마디도 하지 말라고 내게 경고한 적이 있다. 왕이 직접 보낸 신하들이 성자의 성소에 바쳐진 보물들을 강탈했고 지하 납골당에 안치된 성 토머스 베케트의 관을 약탈했다. 그러고는 이 순교자의 시신을 가져다 성밖 쓰레기 더미에 버렸다고 한다. 성지를 파괴하려고 작정한 사람들이었다.

빌헬름은 잉글랜드가 로마 가톨릭교회의 미신 숭배와 관습에 등 돌린 것은 잘한 일이라고 말했지만 순례자들의 숙소가 유곽으로 바뀌고 캔터베리로 가는 길가에 오갈 데 없는 거지들이 서성이는 것을 모르고 하는 소리다. 원래 캔터베리의 건물 중 절반이 가난하고 아픈 사람들을 위한 자선 시설이었고 가난한 순례자들이 그곳에 머물며 건강을 회복할 수 있도록 교회가 후원했다고 한다. 남녀 수도자들은 이곳에서 평생을 바쳐 빈자를 위해 봉사하며 지냈다. 빌헬름이 이런 사실을 알 턱이 없다. 지금 나를 수행한 군사들은 몰려들어 웅성대는 사람들을 밀치며 행진하고 있다. 성스러운 쉼터를 찾아 이곳에 온 사람들이건만 이제 그들이 찾는 모든 것은 흔적도 없이 사라져 버렸다. 우리 일행이 성문을 통과한 후 대주교가 말에서 내려 몇 달 전까지만 해도 수도원이었을 것 같은 아름다운 저택으로 안내했을 때 나는 아무 말도 하지 않으려고 애쓰느라 혼났다. 순례자들이 안식을 취하고 수도자들이 식사를 하던 홀을 지나며 나는 주위를 둘러보았다. 빌헬름은 이 나라를 로마 가톨릭의 미신에서 더욱 멀어지게 인도하라고 내게 주문했지만 개혁이라는 미명 아래 이 나라가 어떻게 망가졌는지는 아직 알지 못한다.

아름다운 이야기를 그린 형형색색의 유리창들은 산산이 부서져 있었다. 섬세하게 장식된 석조 창틀마저 깨져 있었다. 무척이나 심하게 깨져 있었다. 철부지 소년이 그런 짓을 했다면 분명 회초리를 맞았을 텐데. 아치형 지붕에는 성자들로 보이는 작은 천사들이 조각돼 있었는데 어떤 속없는 멍청이들인지 망치로 그 조각을 모조리 부수어 버렸다. 돌조각을 보고 슬퍼해 봐야 부질없는 일이지만 신앙의 이름으로 사람들은 너무나 끔찍한 일을 저질렀다. 조각을 파낸 후 그 자리를 잘 다듬을 수도 있었을 텐데. 천사의 머리를 부수고는 몸뚱이만 남겨놓았다. 이게 정녕 하느님의 뜻을 따르는 일일까?

나는 클레베스의 딸이다. 클레베스 사람들도 교황의 권위에 등을 돌렸다. 하지만 나는 이렇게 어처구니없는 광경을 이제껏 본 적이 없다. 아름다운 유리창이 부서지고, 부서진 석상을 그대로 방치한 세상이 어떻게 더 나은 세상이 될 수 있는지 도무지 이해할 수가 없다. 사람들은 나를 방으로 안내했다. 수도자들이 살았던 것으로 보이는 방은 회반죽을 바르고 색을 새로 칠해 도료 냄새가 아직도 가시지 않았다. 방에 들어서자 비로소 나는 이 나라 종교 개혁의 진정한 이유를 알 것 같았다. 이 아름다운 건물과 부지, 그리고 거대한 농장과 양 떼들은 한때 교회와 교황의 재산이었다. 교회는 잉글랜드에서 가장 많은 재산을 소유하고 있었는데 이제는 다 왕의 재산이 되었다. 처음으로 나는 이 모든 일이 신앙의 문제만이 아님을 깨달았다. 어쩌면 인간의 탐욕만 있을 뿐 하느님과는 하등 관계가 없을지도 모른다.

아마 허영심도 관계있을 것이다. 토머스 베케트는 잉글랜드의 전제 군주에게 도전한 성자였다. 그의 시신은 금은보화에 싸인 채 이 화려한 성당의 납골당에 안치되었다. 이 성지를 파괴하도록 명령한 왕 자신도 이곳에서 기도하며 성자의 도움을 구하곤 했다는데 이제는 더 이상 도움이 필요치 않은 모양이다. 반역자들을 죄다 교수형에 처한 데다 모든 재산과 아름다운 보물을 가로챘으니 말이다. 빌헬름은 잘한 일이라고, 한 나라에 주인이 둘일 수는 없다고 말하곤 했다.

기진맥진한 몸을 움직이며 저녁 식사를 위해 가운을 갈아입고 있는데 요란한 총포 소리가 들렸다. 자정 무렵의 칠흑 같은 밤이었는데 제인 불린이 웃으며 내가 캔터베리에 온 걸 환영하기 위해 대연회장에 사람들 수백 명이 모여 있다고 했다. 나는 서툰 영어로 물었다.

"신사들 많아요?"

내 말에 제인은 웃음 지었다. 끝도 없이 밀려드는 사람들을 소개받아야 할까 봐 내가 지레 겁먹고 있는 걸 눈치 챈 모양이다.

제인은 자기 눈을 가리키며 또박또박 천천히 말했다.

"레이디 안나를 보고 싶어 해요. 그냥 손만 흔들어 주면 됩니다."

그러더니 내게 손을 흔드는 시범을 보였다.

나는 우리가 가면극을 벌이는 것 같아 킥킥 웃었다. 그러고는 창밖을 가리키며 말했다.

"좋은 땅."

제인은 고개를 끄덕이며 대답했다.

"수도원 땅, 하느님 땅."

"지금 왕의 땅?"

그녀는 쓴웃음을 지으며 말했다.

"왕은 이제 교회의 수장이에요. 무슨 말인지 아시겠어요? 모든 재산이……"

망설이다 말을 이었다.

"교회의 모든 신성한 재산은 이제 왕의 소유지요."

"사람들 좋아해요?"

내가 다시 물었다. 서툰 영어 때문에 답답했다.

"나쁜 신부들 없어요?"

그녀는 혹시 누가 엿듣지 않는지 확인하려는 듯 문 쪽을 흘끔거리더니 말했다.

"사람들은 좋아하지 않아요. 사람들은 성지와 성자를 사랑해요. 왜 촛불이 사라졌는지, 왜 성자들에게 도와 달라고 기도할 수 없는지 사람들은 이해하지 못해요. 하지만 저 말고 다른 사람에게 이런 말을 하시면 안 돼요. 교회를 파괴해야 한다는 게 전하의 뜻이니까요."

나는 고개를 끄덕이며 물었다.

"전하는 신교도예요?"

제인 불린은 짓궂게 웃음 지으며 말했다.

"오, 아니에요. 전하는 본인이 원하는 일은 무엇이든 할 수 있는 분이에요. 제 시누이 앤 불린과 결혼하려고 구교를 철폐했지요. 시누이는 개신교를 믿었거든요. 왕도 앤의 믿음을 따랐지요. 그러다가 앤을 버렸어요. 그러고는 가톨릭 신앙으로 돌아간 거나 다름없어요. 이제 우리는 다시 미사를 보기 시작했어요. 하지만 교회 재산은 다시 돌려주지 않을 거예요. 다음에는 왕이 무슨 일을 할지, 어떤 교파로 돌아설지 누가 알겠어요?"

나는 조금 밖에 이해할 수 없었다. 그래서 몸을 돌리고 미친 듯이 쏟아지는 빗줄기와 칠흑 같은 어둠 속을 내다보았다. 백성들이 어떤 삶을 살아야 하는지 뿐만 아니라 어떤 하느님을 믿어야 하는지도 왕이 결정한다는 생각에 진저리가 쳐졌다. 기독교에서 가장 존경받는 성인으로 손꼽히는 성자의 성지를 파괴하고 수도원을 개인 저택으로 바꾸어 버린 왕이다. 이런 왕을 올바른 생각으로 인도하라니, 빌헬름은 정말 뭘 몰라도 한참 몰랐다. 마음대로 모든 일을 하는 왕을 그 누가 막을 수 있을까. 그 누가 돌려세울 수 있을까.

제인 불린이 내게 다정하게 말했다.

"이제 정찬을 드시러 가셔야 해요. 이런 일에 대해 누구한테도 말하지 마세요."

"네."

제인은 한 발 뒤에서 나를 따라왔고 나는 접견실로 향하는 문을 열었다. 접견실에는 수많은 사람들이 나를 기다리고 있었다. 미소 짓는 낯선 얼굴들의 바다가 다시 내 앞에서 출렁거렸다.

비가 들이치지 않는 안락하고 환한 곳에 있다는 것만으로 기분이 좋아져서 나는 큰 잔으로 와인을 한 잔 마시고 마음껏 저녁을 먹었다. 차양 아래 혼자 앉아 있는 내 앞에서 시종들이 요리를 들고 와 무릎을 꿇으며 접시를 올려놓았다. 연회장에는 수백 명의 사람들이 식사를 하고 있었고 창문과 문가에서 또 다른 수백 명의 사람들이 신기한 동물을 구경하듯 나를 쳐다보았다.

나는 익숙해질 것이다. 아니, 익숙해져야 한다. 나는 잘 해낼 것이다. 잉글랜드 왕비가 시중드는 하인들에게 쩔쩔매다니 안 될 말이다. 수도자들에게 훔친 이 수도원은 이 땅의 웅장한 궁전 축에는 끼지도 못할 테지만 나는 이렇게 고급스러운 금장식과 그림, 태피스트리로 장식된 저택을 본 적이 없다. 나는 대주교에게 이 저택이 본인의 소유냐고 물었다. 대주교는 빙긋이 웃으며 자기 집은 근처에 따로 있다고 했다. 이 나라가 얼마나 부유한지 상상도 할 수 없을 정도다.

나는 새벽녘이 되어서야 잠자리에 들었다가 아침 일찍 일어나 여행을 계속했다. 아무리 일찍 일어나도 우리를 수행하는 사람들이 매일 늘어나다 보니 출발하기까지는 꽤나 오랜 시간이 걸렸다. 오늘은 더 높은 귀족들이 나를 로체스터까지 수행했다. 사람들은 길가에 줄지어 서서 나를 반겼다. 나는 가는 곳마다 웃어 보이며 손을 흔들었다.

사람들의 이름을 모두 기억하고 싶지만 들르는 곳마다 잘 차려입은 사람들이 나와 인사를 했고, 릴 부인인지 사우샘프턴 부인인지 모르는 어떤 부인이 내 귀에다 뭐라고 소곤거렸다. 그러면 나는 웃으면서 손을 내밀며 새로운 이름들을 잊지 않으려고 애썼다. 하지만 어쩐지 그 사람이 그 사람 같았다. 다들 고급스러운 벨벳 옷에다 금줄을 걸치고 진주나 보석이 달린 모자를 썼다. 게다가 수백 명이나 되는 사람들, 아니 잉글랜드 사람 절반이 내게 인사를 하는 듯했다. 누가 누구인지 도무지 분간할 수가 없었다.

우리는 연회장에서 대단히 격식 있는 정찬을 들었다. 정찬 후에 내 시녀들을 관리할 브라운 부인을 만났다. 부인은 내 시녀들을 한 사람씩 소개했고 나는 끝도 없이 반복되는 캐서린과 메리, 엘리자베스, 앤, 베시, 마거릿이란 이름을 대는 시녀들에게 웃음 지었다. 빌헬름이 보았다면 천박하다고 나무랐을 조그만 후드를 쓴 시녀들은 하나같이 당돌하고 예뻐 보였다. 다들 우아한 덧신을 신고 있었으며, 나를 마치 닭장에 내려앉은 야생 매라도 되는 것처럼 쳐다보았다. 특히 브라운 부인은 무안할 정도로 나를 빤히 쳐다봐서 나는 로테더러 브라운 부인에게 런던에 도착하면 잉글랜드식으로 옷 입는 방법을 조언해 달라는 말을 영어로 전해 달라고 일렀다. 로테가 내 말을 전하자 브라운 부인은 얼굴을 붉히며 고개를 돌리더니 더 이상 나를 빤히 쳐다보지 않았다. 나를 보고 이상한 드레스를 걸친 못생긴 여자라고 생각할까 두렵다.

제인 불린

1539년 12월, 로체스터

"왕비 의상이 그게 뭔가, 귀띔 좀 하게!"

브라운 부인은 예비 잉글랜드 왕비가 촌스러워 보이는 게 내 탓인 양 나를 매섭게 몰아세웠다.

"제인 불린, 말 좀 해 보게! 칼레에서 옷을 갈아입지 않으셨는가?"

"왕비한테 누가 이래라저래라 할 수 있습니까? 왕비의 시녀들 행색도 매한가진데 별수 있겠어요."

이렇게 나는 또박또박 따지고는 말을 이었다.

"릴 경이 일러 드렸어야지요. 잉글랜드에 수녀처럼 입고 와서는 안된다고 사전에 귀띔하실 수 있잖아요. 시녀들이 왕비를 보고 배꼽을 잡고 웃고 있는데 난들 무슨 수로 그걸 막겠어요? 나도 캐서린 하워드를 단단히 혼내려다 말았습니다. 고것이 궁정에 들어온 지 하루밖에 되지 않았는데도 벌써부터 왕비의 걸음걸이를 흉내내질 않나⋯⋯. 왕비의 일거수일투족을 똑같이 흉내낸다니까요."

"시녀들이야 버릇이 없게 마련 아닌가. 자네가 아이들에게 잘 일러 주게."

"레이디 안나가 런던에 당도할 때까지 의상 담당자들은 시간이 없네. 그분이 설령 짐 보따리처럼 보여도 입고 온 그대로 갈 도리밖에는 없을 게야. 지금 뭐하고 계시는가?"

나는 조심스럽게 대답했다.

"쉬고 계십니다. 잠시 편히 쉬게 해드리는 것이 좋을 성싶어서요."

그러자 브라운 부인이 성질을 냈다.

"잉글랜드 왕비가 될 분이야. 왕비 생활은 어떤 여자에게나 평온한 게 아니란 말일세."

내가 아무 대꾸도 하지 않자 부인은 작은 소리로 물었다.

"우리가 전하께 말씀드려야 하지 않겠어? 내가 사우샘프턴 경께 말씀드릴까? 우리가 크롬웰 비서 장관께 보류해야 한다고⋯⋯. 말하면 안 되겠지? 자네가 뭐가 됐든 공작님에게 말씀드리겠는가?"

나는 얼른 머리를 굴렸다. 내가 먼저 이번 왕비를 비방하지 않겠다는 다짐을 속으로 하고는 대답했다.

"부인께서 앤서니 경께 말씀드리시는 편이 좋을 듯 싶어요. 부인으로서 은밀하게."

"우리 두 사람의 의견이 일치했다고 할까? 필시 우리 주인도 왕비가 마땅치 않다고 생각할 게야. 도무지 품위가 없어! 게다가 거의 꿀 먹은 벙어리니, 이거 원!"

"난 잘 모르겠는데요."

내가 이렇게 맞받아치자마자 브라운 부인은 큰 소리로 웃었다.

"아니, 제인 불린. 자네가 모를 리가 있나. 천 리를 내다보는 자네 아니던가."

"어쩌면……. 하지만 신교도 동맹을 끌어들이는 것 때문에 전하가 새 왕비를 간택하셨다면, 그리고 크롬웰 경이 프랑스와 에스파냐의 위험을 견제하려고 새 왕비를 간택하셨다면, 그 후드가 집채만 한 게 전하께 무슨 문제가 되겠어요. 후드는 언제라도 바꿀 수 있지요. 또 전하께서 엄숙하게 결혼하기로 약속한 여인인데 왕비로는 어울리지 않는다고 간언할 마음은 없습니다."

그 바람에 부인이 당장 말을 돌렸다.

"내가 그분을 흠잡는 게 잘못이라고 생각하는가?"

나는 예비 왕비가 백짓장 같은 얼굴로 칼레의 벽장에서 밖을 엿보며 너무나 낯을 가리고 놀란 나머지 자기 시녀와 방에 처박혀 있는 처지를 생각하니 이렇게 박정한 세상에서 예비 왕비를 지켜 주자는 마음이 들었다.

"아무튼 저는 그분을 흠잡을 마음이 없습니다. 난 그분의 시녀예요. 그분이 원하면 옷이나 머리 모양을 조언할 수는 있어도 누가 되는 말은 입도 뻥끗하고 싶지 않아요."

"글쎄, 아직은 아니겠지."

이렇게 말하고는 부인은 쌀쌀맞게 덧붙였다.

"자네에게 득이 될 때까지는."

나는 너그럽게 넘겼다. 막 말을 하려던 참에 문이 열리더니 근위병이 알렸다.

"왕비님의 시녀 캐서린 캐리가 왔습니다."

캐서린 캐리, 내 조카가 왔다. 어쩔 수 없이 마주쳐야 한다. 나는 웃으면서 손을 내밀며 큰 소리로 반겼다.

"캐서린! 어머나, 아가씨가 다 됐구나!"

캐서린은 내 손은 잡았으나 고개는 들지 않은 채 내 뺨에 입을 맞추었다. 내 됨됨이를 달아 보듯 나를 말없이 쳐다보았다. 내가 이 아이를 마지막으로 본 것은 이 아이가 참수대에 있던 제 이모, 앤 왕비 뒤에 있다가 왕비가 머리를 참수대에 올려놓자 왕비의 망토를 받아들었을 때였다. 이 아이가 나를 마지막으로 본 것은 내가 증언할 차례가 되어 법정으로 들어가던 때였다. 나는 그때 이 아이의 눈빛이 잊혀지지 않는다. 이런 여자는 난생 처음 보았다는 식으로 나를 아주 묘하게 쳐다보던 그 눈초리가.

"추우냐? 오는 길은 어땠니? 포도주 마실래?"

난로로 데려갔다. 하지만 심드렁해 보였다.

"이분은 브라운 부인이시다."

아이가 예절이 발랐다. 고상하고 예법도 제법 잘 배웠다.

"그런데 어머니는 잘 계시느냐? 아버지는?"

"두 분 다 잘 계세요."

목소리가 맑았다. 말투에서는 사투리가 배어 나왔다.

"어머니가 편지를 전해 드리라고 하셨어요."

호주머니에서 편지를 꺼내 내게 건넸다. 나는 편지를 궁정에서 쓰는 커다란 사각 촛불로 가져가 봉인을 뜯었다.

메리 불린은 내 성도 붙이지 않은 채 서두를 시작했다. 내 이름에 자기 가문의 성이 따라다니지 않는 것처럼, 본인이 로치포드 홀에서 살면서도 나는 로치포드 자작 부인이 될 수 없다는 투였다. 메리는 내 집과 유산을 차지했고 나는 이제 알거지가 됐는데, 참 적반하장도 유분수다.

제인,

　오래전 나는 궁정의 허영과 위험한 모험보다는 우리 남편을 택했네. 자네와 내 여동생도 그렇게 했더라면 우리는 모두 더 행복했을지도 모르지. 하느님, 동생의 영혼을 불쌍히 여기소서. 내 궁정으로 돌아갈 생각은 없네만 자네와 새 왕비에게 전보다 더 많은 행운이 함께하기를 빌겠네. 자네의 야망이 자네가 추구하는 행복을 가져다주기를 바라지만 일각에서는 자넨 그럴 가치가 없다고 여기는 듯싶네.

　우리 외삼촌께서 내 여식 캐서린을 궁정 시녀로 호출하신 관계로 신년에 그 아이가 갈 걸세. 내 여식에게 전하와 우리 외삼촌께만 순종하고 내 말과 자기의 선한 양심만을 따르라고 일렀네. 끝으로 자네는 우리 동생 남매와는 친구가 아니었으니 그에 맞는 예우를 해 주라고도 당부했네.

메리 스태포드

　편지를 읽고 나는 몸을 부르르 떨면서 또 읽어 보면 달라지기라도 할 것처럼 다시 읽었다. 그에 맞는 예우라? 그에 맞는 예우라니? 최후의 순간까지 자기 동생 남매를 구하려고 거짓을 고하고 속인 일 말고 내가 무슨 짓을 했어? 두 남매가 우리에게 가져온 재앙에서 가문을 구하는 일 말고 내가 무슨 짓을 했어? 무엇을 더 할 수 있었냐고? 달리 무엇을 했어야 했다는 거야? 나는 응당 따라야 하니까 공작 시외삼촌에게 복종했고 하라는 대로 했을 따름이다. 그 공로로 나는 공작의 충실한 인척이 되었고 또 영예를 얻었다.

　나더러 좋은 아내가 될 여자라고 추켜세웠던 이 여자는 도대체 뭐 하는 인간이야? 나는 혼신을 바쳐 남편을 사랑했고 두 자매가 남편에게 쳐 놓은 올가미, 남편도 빠져나올 수 없고 나도 그이를 빼낼 수 없는 그런 올가미가 없었다면 나는 그이의 전부가 되었을 것이다. 누이의 추문으로 죽지 않았다면 그이는 지금 살아 있지 않았을까? 앤의 추문으로 참수형을 당하지 않았다면 그이는 오늘 내 남편으로, 우리 아들의 아버지로 남아 있지 않았을까? 그런데 메리는 그이를 구하기 위해 무엇을 했는가? 제멋대로 한 것 외에 한 일이 뭐가 있어?

메리가 내 머릿속에 이런 생각들을 다시 떠오르게 하다니 하도 실망스럽고 화가 치밀어 고래고래 소리라도 지르고 싶다. 조지를 향한 내 사랑을 의심하고 나한테 비난을 퍼붓다니! 은근히 염장을 지르는 악의적인 큰 시누이의 편지에는 할 말이 없었다. 내가 달리 무엇을 할 수 있었단 말인가? 시누이 면전에 대고 큰 소리로 따지고 싶다. 당신도 거기 있었는데 조지와 앤의 구세주가 되지 못했잖아! 당신과 내가 달리 손쓸 방법이 있었어?

하지만 메리는 언제나 이런 식이다. 두 자매는 내게 언제나 이런 식으로 나보다 통찰력도 뛰어나고 사리도 밝고 똑똑하다고 느끼게 했다. 조지와 결혼한 순간부터 나는 두 시누이가 나보다 더 높은 신분을 누리게 되리라는 직감은 했었다. 먼저 언니가 왕의 정부가 되더니 동생도 그리 되었다. 그리고 그 동생 앤은 결국 왕의 아내요, 잉글랜드의 왕비가 되었다. 두 자매는 귀한 팔자를 타고났다. 불린 자매! 나는 고작해야 이들의 올케에 불과했다. 그렇다면 할 수 없지. 첫 위험 신호에서 달아나 한 사내와 결혼하더니, 시골에 숨어 신교도들에게 좋은 시절이 오게 해 달라는 기도나 하던 메리에게 욕이나 먹자고 내가 이 자리까지 온 것도, 증언한 것도, 선서한 것도 아니었다.

큰 시누이의 딸, 캐서린이 나를 이상한 눈길로 쳐다보았다.

"어머니가 네게 이걸 보여 주셨느냐?"

내가 떨리는 목소리로 묻자 브라운 부인이 궁금해 죽겠다는 표정으로 나를 쳐다보았다.

"아뇨."

나는 편지가 무슨 불리한 물증이나 되듯이 불 속에 확 던져 버렸다.

우리 셋은 편지가 다 타서 재가 될 때까지 지켜보았다.

"내 나중에 회답하겠다. 별 내용 아니야. 난 이제 궁정에서 네가 머물 방이나 둘러보러 가야겠다."

이렇게 말했지만 실은 타고 남은 편지 재와 두 사람한테서 벗어나려는 구실이었다. 나는 얼른 나와 시녀들을 불러 태만하다며 잔소리를 하고는 조용히 내 방으로 가서 차디찬 두꺼운 유리에다 열나는 이마를 갖다 댔다. 원인이 무엇이든 그 따위 욕은 무시하겠다. 그 따위 수모도 무시하리라. 그 따위 원한도 무시하겠다. 나는 궁정의 심장부에 살고 있다. 왕과 우리 가문을 위해 일하겠다. 때가 되면 이들은 왕이 피둥피둥 살이 찌고 흉악해지는데도 피하지도, 뒷걸음질치지도 않고 끝까지 왕과 우리 가족을 섬긴 불린 가의 여인이요, 불린 가에서 가장 훌륭한 여인으로 나를 인정할 날이 있으리라.

캐서린

1539년 새해 전날, 로체스터

자, 내가 가진 게 얼마나 되는지 어디 한번 볼까. 드디어 어엿한 귀부인으로 궁정에 진출하게 된 지금, 내가 가진 건 얼마나 되나.

새 드레스가 세 벌 생겼다. 멋지긴 하지만 앞으로 얼굴이 따갑도록 눈길을 받고 귀가 간지럽도록 입에 오르내리려면 이걸 가지고는 아직 턱없이 모자란다. 새 옷과 짝을 맞춰 쓸 후드도 새로 세 개 생겼다. 모두 아주 예쁘긴 하지만 기껏해야 금박으로 테두리 장식이 되어 있을 뿐이다. 궁정에 있는 귀부인들 중에는 진주나 심지어 보석으로 장식된 후드를 쓰고 다니는 경우도 많다. 고급 장갑과 새 망토와 머프와 레이스 칼라도 두서너 개 있다. 하지만 질적으로 보나 양적으로 보나 결코 남 보기 부러울 정도는 아니다. 걸칠 만한 예쁜 옷도 변변히 없다면 궁에 들어와 사는 게 대체 다 무슨 소용이람.

궁정 생활에 엄청난 기대를 품었지만 막상 들어와 보니 별로 신날 일이 없다. 우린 상상을 불허하는 악천후 속에 그레이브젠드에서 배를 타고 이곳으로 왔다. 비가 몰아치고 돌풍이 부는 바람에 후드가 이리저리 벗겨지고 머리는 산발이 되었다. 새로 장만한 벨벳 어깨 망토도 비에 잔뜩 젖었다. 보나마나 빗자국이 남아 다신 못 입을 것이다. 미래의 왕비는 물고기처럼 어리벙벙한 얼굴로 우리를 맞았다. 여독이 안 풀려 그런 거라지만 내가 보기엔 보는 거마다 신기해서 넋이 나간 것 같았다. 꼭 도시에 처음 와 본 촌부처럼 별것 아닌 광경에도 눈이 휘둥그레져서 뚫어져라 쳐다보는 모습이 참 가관이었다. 사람들이 환호를 보낼 때마다 꼭 소풍 나온 어린아이처럼 헤벌쭉 웃으며 손을 흔드는 꼴이라니. 그러다 왕비전을 찾아온 귀족의 인사를 받을 때는 계속 사방을 두리번거리며 클레베스 공국에서 함께 온 수행원들을 찾아서 그들에게 바보 같은 언어로 뭐라 웅얼거리다가 마치 무슨 고깃덩이 건네는 것처럼 손을 불쑥 내민다. 그리고 영어는 단 한마디도 못한다.

나를 처음 소개받을 때도 클레베스 공국의 레이디 안나는 나를 제대로 쳐다보지도 않았다. 새로 시녀로 뽑힌 우리를 대하는 얼굴은 마치 우리가 여기서 뭘 하고 있는 건지, 우리와 뭘 어떻게 해야 할지 모르겠다는 표정이었다. 난 예비 왕비가 적어도 악사는 들이라고 명하지 않을까 기대했다. 나는 한 음도 틀리지 않고 잘 부를 수 있는 노래가 있었다. 또 언제라도 노래 부를 준비가 되어 있었다. 하지만 예비 왕비는 생뚱맞게도 기도를 올려야겠다며 사실로 들어가 박혔다. 사촌인 제인 불린 말에 따르면 예비 왕비가 저러는 건 신앙심이 깊어서

가 아니라 낯을 심하게 가려 혼자 있고 싶어서란다. 그리고 우리가 예비 왕비를 공손히 섬기고 곁에서 즐겁게 해 드려야 영어를 금세 배워서 지금보다 덜 모자라 보일 것이 아니냐고 했다.

　나는 납득이 되지 않았다. 예비 왕비는 드레스 밑에 거의 턱까지 오는 슈미즈를 받쳐 입는다. 거기다 돌덩이처럼 무거운 후드에 눌려 머리통은 터질 듯하고 어깨는 떡 벌어진데다 푸딩 그릇처럼 둥그렇게 퍼진 치마 밑에 들어가 있는 엉덩이는 또 얼마나 펑퍼짐할지 하느님만 아실 노릇이다. 사우샘프턴 경은 레이디 안나가 썩 훌륭한 왕비가 될 거라고 생각하지만 알고 보면 이 고달픈 여행도, 미래의 왕비를 모셔오는 임무도 얼마 안 있어 끝난다는 생각에 기분이 들떠서 후한 점수를 주는 건지도 몰랐다. 클레베스 공국에 파견됐던 잉글랜드 대사들과 독일어로 잡담을 나눌 때만큼은 레이디 안나도 희색이 만연해서 말이 많아진다. 그 꼴이 꼭 오리가 꽥꽥거리는 것 같다. 릴 부인도 예비 왕비를 맘에 들어 하는 눈치였다. 제인 불린도 종종 왕비 편을 들었다. 하지만 나는 어쩐지 궁정 생활이 따분할 것만 같아 걱정이 앞섰다. 춤과 연애로 흥청거리지 않는 궁정을 궁정이라고 할 수 있을까? 그리고 떠들썩하게 즐기고 사치 부리며 인생을 희롱하지 않을 거라면 왕비 자리에 있는 게 무슨 소용이란 말인가.

제인 불린

저녁 만찬 후에 소 골리기(개를 부추겨 황소를 성나게 하는 영국의 옛 놀이; 옮긴이)가 있을 예정이다. 레이디 안나가 안뜰이 내려다보이고 전망이 제일 좋은 창가에 모습을 드러냈다. 이런 때 일반인들이 개를 끌고 나와 도박을 하지 않는 것은 드문 경우지만 레이디 안나가 모습을 드러내자마자 안뜰에 있던 남자들의 환호 소리가 아래서 들려왔다. 안나는 웃음 지으며 손을 흔들어 주었다. 일반 서민들에게 늘 관대하다 보니 이들은 안나를 좋아했다. 우리가 어디를 행차하든 자기를 보러 나오는 사람들에게 웃어 주고 가마에 꽃다발을 던지는 꼬마들에게 뽀뽀도 해 주었다. 이런 모습에 사람들은 하나같이 놀랐다. 아라곤의 카타리나 왕비 이후 백성들에게 이리도 잘 웃어 주고 상냥한 왕비는 처음이다. 아라곤의 카타리나 왕비 이후에 잉글랜드가 외국 공주의 신선함을 즐긴 것은 처음인 것 같다. 때가 되면 이 여인도 필시 조신들과 편해지는 법을 터득할 것이다.

레이디 안나의 한쪽 옆에는 내가 섰고 다른 편에는 독일인 친구가 사람들의 통역해 주기 위해 섰다. 릴 경이 배석했고 크랜머 대주교도 당연히 배석했다. 물론 대주교는 레이디 안나에게 잘 해 주려고 혼신의 힘을 다하고 있다. 안나는 크롬웰의 편이 되어 그의 경쟁자를 위한 정보원이 될 수도 있다. 하지만 크롬웰은 틀림없이 왕이 로마 가톨릭 국가의 공주를 데려와 지금의 개혁 교회가 다시 구교로 돌아가는 것을 가장 두려워했으리라.

궁정 사람들 가운데 일부는 소 골리기를 구경하려고 창가에 있고 더러는 방 뒤에서 수군거리며 이야기들을 하고 있다. 무슨 말들을 하는지 딱히 들을 수는 없지만 내 생각에는 브라운 부인처럼 레이디 안나가 왕비로 책봉되기에는 적절하지 않다고 여기는 사람들이 꽤 많아 보인다. 이들은 숫기도 없고 말수가 적다는 이유로 레이디 안나를 두고 의상을 탓하는 둥, 춤도 못 추고 노래도 못 한다는 둥, 류트도 켤 줄 모른다는 둥, 비웃으면서 이러쿵저러쿵 말도 많다. 이곳은 경박한 일에 열을 올리는 잔인한 궁정인지라 안나는 야유의 표적이 되기 십상이다. 이런 상황이 계속되면 과연 앞으로 어떤 일이 벌어질까? 레이디 안나와 왕은 혼례를 올릴 도리밖에 없다. 그 어떤 것도 혼례를 막을 수는 없는 노릇이다. 왕은 안나를 치욕스럽게 본국으로 보내지 못한다. 육중한 후드를 쓴 죄목으로? 아무리 왕이라도 그런 짓은 할 수 없지 않을까? 아무리 헨리 왕이라도 그런 짓은 못하지. 이런 사단이 벌어진다면 크롬웰의 협정은 실패할 수도 있다. 크롬웰 자신도 파멸하고, 우리는 우리 배후에 신교도 동맹 하나 없이 고립무원의 처지가 되어 프랑스 및 에스파냐와 대적하게 될지도 모를 일이다. 왕이 그런 모험을 할 리가 없다는 것을 나는 잘 알고 있다. 하지만 무슨 일이 벌어질지 예측하기란 쉬운 일이 아니다.

안뜰 아래서 사람들이 황소를 풀어 줄 준비를 하고 있다. 조련사가 녀석의 코 고리에 묶여 있는 밧줄을 놓자 녀석은 그곳에서 뛰쳐나와 판자를 홀쩍 뛰어넘었다. 나무 벤치에 앉아 있던 남자들이 일어나 내기를 걸며 소리를 질러 대기 시작한다. 황소는 어깨가 육중하고 머리도 둔한 데다가 못생겼으며 덩치도 큰 동물이다. 녀석이 방향을 바꾸며 작은 눈으로 이리저리 살피다가 개들을 발견한다. 개들은 덤벼들 마음이 별로 없는 모양이다. 녀석의 힘과 체력에 눌려 잔뜩 겁먹고 있다.

숨이 막힐 것 같다. 소 골리기는 지난번 궁정에서 본 뒤로 처음 구경한다. 사납게 짖어 대는 개들과 녀석들이 쓰러뜨릴 거구의 짐승을 구경하는 것이 얼마나 야성적인 흥분을 자아내는지 난 아득하게 잊어버렸다. 이렇게 큰 황소를 보는 것은 쉽지 않은 일이다. 주둥이에는 이전의 격투에서 생긴 흉터가 있지만 뿔은 꽤 날카롭다. 개들은 꽁무니를 빼고 녀석들 뒤에서 소가 소름 끼치게 으르렁대는 위협적인 소리 때문에 앙칼지게 연신 짖어 댄다. 녀석이 이리저리 돌며 뿔을 휘둘러 개들을 위협하자 개들은 녀석의 주위를 돌면서 슬금슬금 꽁무니를 뺀다.

한 마리가 뛰어들자마자 황소가 뱅글뱅글 돈다. 저렇게 덩치가 큰 동물이 저리도 민첩할 수 있다니 믿어지지 않는다. 녀석이 머리를 숙여 개 한 마리를 들이받아 나가떨어지게 하자 개는 인간이 울부짖듯이 비명을 질러 댔다. 개는 사지를 쭉 뻗고 널브러져 기지도 못 하고 울어 댔다. 황소는 개 위에서 머리를 흔들어 대더니 커다란 뿔로 비명을 지르는 녀석을 짓이겼다.

개 때문인지 황소 때문인지는 모르겠지만 나도 모르게 소리를 질렀다. 자갈길에 핏자국이 어렸다. 황소가 방심한 틈을 타 다른 개 한 마리가 쏜살같이 달려들어 녀석의 귀를 덥석 물었다. 녀석이 몸통을 돌렸지만 이내 또 한 마리가 녀석의 목을 물었다. 횃불에 허옇게 드러난 이빨을 번득이며 한동안 버티자 처음으로 황소가 큰 소리로 포효했다. 그 소리에 모든 시녀들과 그 틈에 있던 내가 비명을 질렀다. 황소가 머리를 사방으로 흔들어 대고 개들이 도망가는데 그중 한 녀석이 사납게 짖어 대자 다들 그 광경을 구경하려고 창가로 우르르 몰려들었다.

나는 몸을 떨면서 개들더러 '싸워! 싸워!' 하며 소리쳤다. 싸우는 광경을 더 보고 싶다. 더 봤으면 좋겠다. 내 옆에 있던 레이디 안나가 깔깔대며 웃었다. 자기도 신이 나는지 피를 흘리는 황소를 손가락으로 가리켰다. 나는 고개를 끄덕이며 말했다.

"녀석이 약이 오를 대로 올랐어요! 개들을 죽일 테니 보세요!"

그런데 갑자기 나도 모르는 거구의 낯선 남자가 와인을 들고 우리가 서 있던 창가로 비집고 들어왔다. 그 남자에게선 땀내와 말 냄새가 풀풀 났다. 그는 나를 막무가내로 밀어내더니 레이디 안나에게 인사했다.

"잉글랜드 왕을 대신해서 문안드리러 왔습니다."

이렇게 말하고는 덜컥 안나에게 입을 맞추었다.

나는 얼른 돌아서서 소리쳐 보초병들을 불렀다. 남자는 나이가 오십쯤은 되어 보였다. 몸이 비대하고 늙수그레한 그 남자는 안나의 아버지뻘은 되는 것 같았다. 레이디 안나는 이내 남자가 어쩌다 자기 처소를 뚫고 들어온 멍청한 술주정뱅이라고 생각했다. 이제껏 수백, 수천 명에게 웃으면서 손을 내밀어 인사했던 안나다. 그런데 지금 대리석 무늬의 케이프를 두르고 머리에 후드를 쓴 이 남자는 안나에게 다가와 막무가내로 얼굴을 들이대더니 침을 질질 흘리며 입술을 갖다 댔다.

그때 나는 소리를 지르려다 말았다. 남자의 키와 잘 어울리는 케이프를 걸치고 같이 들어왔던 남자들을 보고는 대뜸 낯선 남자가 왕임을 알아차렸다. 순식간에 기적처럼 왕이 늙지도, 뚱뚱하지도, 역겨워 보이지도 않았다. 왕임을 알아채자마자 내 눈에는 왕이 내가 과거에 보았던 왕자, 기독교 국가에서 최고의 미남 왕자라고 하던 그 남자, 나 혼자 짝사랑했던 그 남자처럼 보였다. 이 남자는 잉글랜드의 헨리 왕이다. 세계에서 꽤나 막강한 권력자인 국왕이며, 춤도 잘 추고, 음악가이며 사냥의 명수이자, 기품 있는 기사요, 연인이기도 하다. 저 궁정 아래의 황소처럼 거대한 덩치에 부상당한 황소에 버금가게 위험한 사람이다. 여차하면 도전자가 누구든 달려들어 죽일 가능성이 농후

한 잉글랜드 궁정의 우상이다.

왕이 변복을 한 터라 나는 인사하지 않았다. 아라곤의 카타리나 왕비에게 왕의 변장을 절대 아는 척해서는 안 된다는 것을 배워 알고 있다. 그러니까 왕은 모든 사람들이 낯선 미남자의 정체가 누군지도, 우리의 젊고 멋진 왕이라는 사실도 모른 채, 자기에게 열광하기를 기다렸다가 가면을 벗고 사람들이 놀라서 탄성 지르는 것을 즐긴다.

그러다 보니 내가 레이디 안나에게 경고할 수도 없는 노릇이었다. 결국 우리 회랑의 광경은 안뜰에서 피비린내 나게 벌어지는 구경에 버금가는 구경거리가 되었다. 레이디 안나는 양손으로 힘껏 왕의 가슴을 밀어냈다. 지독히 무디고 둔한 안나의 얼굴이 벌겋게 달아올랐다. 정숙하고 때가 묻지 않은 여인이니 낯선 사내가 와서 자기를 모욕하는 행위에 질릴 수밖에 없었다. 손등으로 왕의 입술이 닿았던 흔적을 문질러 닦아 냈다. 그러더니 매섭게 고개를 돌리고는 자기 입에 들어갔던 왕의 침을 퉤하고 내뱉었다. 독일어로 무슨 말인가를 했다. 보나마나 뻔뻔스럽게 자기를 만지고 자기 얼굴에 와인 냄새를 풍기는 장사치 같은 왕에게 욕설을 퍼붓는 게 분명했다.

위대한 왕은 뒤로 비틀대며 굴욕스럽게 안나 앞에서 쿵하고 나자빠질 뻔했다. 일평생 자기를 이렇게 밀었던 여자는 없었다. 평생 여자의 얼굴에서 욕망과 환대 외에는 어떤 기색도 본 적이 없는 왕이다. 그러니 크게 놀랄 수밖에 없었다. 레이디 안나의 벌겋게 상기된 얼굴과 분노로 번뜩이는 시선에서 왕은 이제껏 몰랐던 본인의 실체를 처음으로 깨닫는다. 이렇게 무시무시하게 번뜩이는 시선에서 왕은 젊은 여자가 자기의 냄새가 역겨워서, 자기의 손길을 견딜 수가 없어서, 거세게 밀어낼 정도로 이제 더는 미남도 아니고 매력도 없으며 전성기를 지나도 한참 지난 노인네라는 사실을 깨닫는다.

왕은 얼굴을 한 대 맞은 사람처럼 비틀거렸다. 이런 왕의 모습은 난

생 처음이었다. 망연자실 축 늘어진 그 얼굴에서 끊임없이 오락가락 하는 생각들을 난 읽을 수 있다. 왕은 자기 외모가 잘생긴 것도 아니고 매력도 없으며 이제는 늙고 병들어 언젠가 죽으리라는 끔찍한 사실을 깨닫는 것 같다. 이제 더는 기독교 세계에서 최고의 미남자가 아니다. 후드를 쓰고 망토를 휘날리며 말을 달려와 스물네 살의 아가씨, 안나를 만나면 그녀가 낯선 미남자에게 감동해서 자기와 사랑에 빠지리라 착각한 어리석은 노인이다.

이제 왕은 가슴 밑바닥까지 충격을 받아 갈피를 못 잡는 노인처럼 어리석고 어수선해 보인다. 반면에 레이디 안나는 가슴을 당당하게 펴고 성을 내는 강한 여자처럼 보인다. 위엄 있게 서서 누구 하나 왕이 누군지 관심도 두지 않으니, 이제 궁에서 쫓아낼 기세로 쳐다보며 강한 억양의 영어로 한마디 던졌다.

"썩 물러가요."

이렇게 말하고 레이디 안나는 마치 다시 왕을 쫓아 버리겠다는 듯 등을 돌렸다.

레이디 안나는 이 불청객을 체포할 보초를 찾으려고 방을 둘러보다 자기를 구하러 나서는 이가 아무도 없다는 사실을 알아차렸다. 우리 모두 어안이 벙벙했다. 무슨 말을 할지, 이 순간을 어떻게 수습할지 아는 사람이 없었다. 레이디 안나는 분개했고, 왕은 풀이 죽어 우리들이 지켜보는 앞에서 완전히 망신당했다는 눈빛이었다. 나는 왕의 나이와 왕의 노쇠한 현실이 갑자기 비참하고 가혹하다는 생각이 들었다. 사우샘프턴 경이 앞으로 나왔으나 할 말을 잃었다. 릴 부인이 나를 쳐다보는데 그 표정에서 나처럼 충격을 받은 기색이 역력했다. 누구에게나 너무나 당혹스런 순간이었다. 아부와 아첨과 거짓의 달인들인 우리는 할 말을 잃었다. 우리 중 누구도 존경하지 않는 한 여인이 불로장생할 것 같았던, 영원히 미남으로 남을 것 같고 호감이 가는 우리의 왕자를 완전히 무너뜨렸다.

왕은 말없이 돌아섰다. 쓰러질 듯 비틀거리는 왕은 고약한 냄새가 나는 다리를 이끌고 걸어갔다. 영악하고 어린 캐서린 하워드가 한숨을 내쉬더니 숨이 넘어갈 듯 애교를 부리며 왕에게 말했다.

"이런! 용서하세요! 저도 당신처럼 궁정엔 처음이라서 말이죠. 그런데 뉘신지 여쭤 봐도 될까요?"

캐서린

1539년 새해 전날, 로체스터

왕이 들어오는 것을 내가 제일 먼저 눈치 챈 건 순전히 우연이었다. 나는 소 골리기나 곰 싸움, 닭싸움 구경에는 전혀 흥미가 없었다. 이런 흉측한 걸 뭐가 좋다고 보는지 도통 모르겠다. 그래서 난 창문에서 물러나 조금 뒤쪽에 서 있었다. 그러다 건방진 미소가 매력적인 미남자가 눈에 들어왔다. 얼마 전부터 눈여겨 봐 두었던 남자였다. 그 남자를 힐끔거리느라 뒤를 돌아보았을 때 바로 그 여섯 명의 남자가 들어오는 것을 본 것이다. 모두 최소한 서른은 되어 보이는 중늙은이들이었다. 거구의 늙은 왕이 앞장섰는데 모두 가면무도회 의상 같은 요상한 어깨 망토를 똑같이 맞춰 입고 있었다. 그래서 나는 곧 그것이 왕의 일행인 것을, 왕이 우스꽝스런 늙은 중세 방랑 기사로 변장하고 신부를 맞으러 왔다는 것을 알아챘다. 신부는 왕을 못 알아보는 척하다가 함께 춤을 추는 것이다. 솔직히 난 왕 일행을 발견하고 기분이 좋았다. 적어도 무도회가 열릴 것은 분명해졌기 때문이었다. 그래서 조금 전에 보았던 그 잘생긴 남자가 무도회에서 어떻게 하면 나에게

접근하도록 할까 하는 궁리를 시작했다.

그런데 왕이 레이디 안나에게 키스했을 때 일이 엉망으로 꼬이고 말았다. 나는 신붓감이 왕을 전혀 알아보지 못하는 걸 대번에 눈치 챘다. 누군가 레이디 안나에게 미리 귀띔을 해 줬어야 했다. 레이디 안나는 그저 어떤 늙은 주정뱅이가 술에 취해 비틀거리며 들어와 자신에게 키스하고 내기 돈이나 구걸하려는 줄로만 알았던 것이다. 그래서 당연히 기겁하며 불쾌한 얼굴로 물러쳤다. 세상에서 가장 화려한 궁정 한가운데 있어야 할 왕이, 아무리 별 볼일 없는 나라의 왕이라도 입지 않을 볼품없는 망토를 걸치고 나타났으니 못 알아볼 만도 했다. 싸구려 망토를 걸친 데다 자신처럼 누추하게 입은 사람들과 함께 있으니 아무리 왕이라 해도 딱 지체 낮은 장사치 꼴이었다. 어기적거리는 걸음걸이에 포도주에 절은 붉은 코를 하고 궁정을 기웃거리며 잘난 사람들 구경이나 하려는 상것과 다를 게 없어 보였다. 길에서 만나면 우리 큰아버지도 아는 척하지 않을 몰골로 왔던 게 화근이었다. 왕은 장날 술에 취해 돌아다니는 양치기처럼 뚱뚱하고 상스러운 늙은이처럼 보였다. 터질 것 같은 얼굴은 넓적한 국 사발 같았고, 반백의 머리는 이미 벗겨지기 시작했다. 무엇보다 괴물처럼 뚱뚱한 게 문제였다. 게다가 오래전에 생긴 상처 때문에 한쪽 다리를 심하게 절면서 마치 흔들리는 배에 탄 사람처럼 비척비척 걸었다. 왕관을 쓰지 않으니 전혀 왕 같지 않았다. 누가 봐도 그저 뚱뚱하고 늙은 노인일 뿐이었다.

왕은 뒤로 물러섰다. 레이디 안나는 나름 위엄을 갖춘 채 버티고 서서 노인의 입 냄새를 지우려는 듯 손으로 입을 문질렀다. 그러더니⋯⋯. 나는 너무 민망한 나머지 비명을 지를 뻔했다. 레이디 안나가 아직도 역겹다는 듯 고개를 돌려 침을 퉤 뱉었던 것이다. 그러더니 '썩 물러가요.'라는 말과 함께 완전히 등을 돌려 버렸다.

지독하고 무시무시한 정적이 이어졌다. 누구도 입을 떼지 못했다.

바로 그때, 마치 내 사촌 앤 불린의 원혼이 옆에 다가와 조언이라도 한 듯, 문득 이 상황에서 어떻게 행동해야 할지 깨달았다. 그 순간만큼은 무도회도, 아까의 그 미남자도 안중에 없었다. 심지어 내 자신에 대한 생각도 잊었다. 내가 이런 생각을 해내다니. 난 그저 순간적으로 이런 생각이 들었다. 만약 나도 못 알아본 척하면, 그럼 왕은 망신당하지 않고 이 순간을 넘길 수 있을 테고, 또 그럼 한심한 늙은이로 분장한 이 어설픈 가면 놀이가 재앙으로 바뀌면서 왕의 추상같은 자존심이 우리 면전에서 와르르 무너지는 일은 면할 수 있지 않을까. 하지만 그보다 그 순간에는 그저 왕이 불쌍하단 생각이 들었다. 그저 한번 웃겨 보겠다고 여자에게 겅충거리며 왔다가 냄새나는 늙은 개 취급을 당한 이 망신스런 상황에서 구해 주고 싶었다. 다른 누군가 무슨 말이라도 했다면 나는 입 다물고 있었을 것이다. 하지만 아무도 입을 여는 사람이 없었고 견디기 힘든 정적만 이어졌다. 그때 왕이 비틀거리며 뒷걸음질 치다 거의 내 쪽으로 넘어질 뻔했다. 당황해서 온통 일그러진 왕의 얼굴을 보니 불쌍해서 견딜 수 없었다. 가엾고 못난 노인네 같으니라고. 나는 비둘기처럼, 낮은 목소리로 상냥하게 속삭였다.

"이런! 용서하세요! 저도 귀하처럼 궁정엔 처음이라서 말이죠. 그런데 뉘신지 여쭤 봐도 될까요?"

제인 불린
1539년 새해 전날 밤, 로체스터

브라운 부인은 근위병처럼 시녀들에게 침실로 가라고 호령했다. 시녀들은 신이 나서 정신을 못 차렸다. 그중 캐서린 하워드가 단연 주인

공이었다. 그야말로 오월의 여왕 같았다. 시녀들은 이 어린 것이 어떻게 왕에게 말을 걸었느냐는 둥, 어떻게 눈을 내리깔고 왕을 훔쳐볼 수 있었냐는 둥, 어떻게 궁에 처음 온 낯선 미남자 왕에게 춤을 신청하라고 애원했는지 따위를 흉내 내고 재현하느라 정신이 나갈 정도로 배꼽 빠지게 웃어들 댔다.

브라운 부인은 웃지 않았다. 잔뜩 화난 부인의 표정을 보고 나는 서둘러 시녀들에게 가서 자라고 이르면서 혼냈다. 하나같이 멍청하기 짝이 없는 시녀들에게 캐서린 하워드의 방자하고 건방진 짓을 본뜨지 말고 레이디 안나를 본받으라고 야단쳤다. 다들 예쁜 천사처럼 둘씩 짝지어 침실로 슬며시 들어가자 우리는 침실의 촛불을 다 끄고 방이 어두워진 다음 문을 닫아걸었다. 우리가 돌아서자마자 시녀들이 소곤대는 소리가 들렸다. 하지만 세상천지의 어떤 힘으로도 계집애들을 정숙하게 만들지는 못한다. 그래서 우리는 시도조차 하지 않았다.

"브라운 부인, 고민 있으세요?"

나는 조심스럽게 물었다.

브라운 부인은 망설였다. 누군가에게 속내를 털어놓고 싶어 하는 눈치였다. 내가 신중하다는 것은 누구나 잘 알고 있는 사실이다.

부인은 힘겹게 입을 열었다.

"이건 불상사야. 어휴, 모든 일이 그럭저럭 유쾌하게 끝나긴 했지만. 춤과 노래에다 자네가 자초지종을 설명해 주자마자 레이디 안나가 민첩하게 수습하기는 했어도 불상사야."

"전하요?"

부인은 내가 묻는 말에 고개를 끄덕이고는 더 이상 말하고 싶지 않다는 듯 입술을 깨물었다.

"전 지쳤어요. 자기 전에 우리 따끈한 에일 한잔 마실까요? 앤서니 경은 오늘 밤 이곳에서 묵으시겠지요?"

"그 양반이 언제 내 방에 올지 하늘만이 알지."

부인은 생각 없이 툭 내뱉더니 말을 이었다.

"전하의 측근들 중에 오늘 밤 잠을 제대로 이룰 사람이 있을지 모르겠군."

"그래요?"

이렇게 말하고는 나는 앞장서서 접견실로 갔다. 다른 부인들은 진작 잠을 자러 갔다. 난로는 화력이 약했다. 난롯가에 에일 병과 큰 잔들이 대여섯 개 있었다. 내가 잔 두 개에 에일을 따르며 다시 물었다.

"상심한 일이라도 있으세요?"

브라운 부인은 의자에 앉더니 몸을 숙여 작은 소리로 말했다.

"우리 남편이 그러는데 전하가 결혼하지 않으시겠대."

"설마요!"

"정말이야. 죽어도 하지 않으시겠다는군. 레이디 안나를 좋아하실 수가 없다는 게야."

부인은 에일을 천천히 마시며 잔 너머로 나를 쳐다봤다.

"브라운 부인, 필시 뭔가 잘못 아시고……"

"오늘 밤 우리 그이한테 들었네. 우리가 나오자마자 전하가 그이의 셔츠 깃을 잡았는데 하마터면 멱살을 잡으실 뻔했다지 뭔가. 그러더니 레이디 안나를 본 순간 경악해서 기절하는 줄 알았다고 하시더래. 눈을 씻고 봐도 마음에 드는 구석이 티끌만큼도 없으시다는 게야."

"전하가 그러셨대요?"

"내 말한 그대로야."

"하지만 우리가 나올 때는 아주 기분 좋아 보이시던데요."

"캐서린 하워드가 전하의 정체를 감쪽같이 몰라봤으니 꽤 기분이 좋으셨겠지. 고것이 순진한 어린애인 것 못지않게 전하도 행복한 신랑이야. 우리 궁정 사람들이 다 배우라고는 하지만 이번만은 전하가 충실한 신랑 역은 하지 않으실 게야."

"하셔야죠. 두 분은 혼약한 사이고 협정서에도 서명하셨습니다."

"전하는 레이디 안나가 싫대요. 이번 혼사를 주선한 조신들을 원망하고 계신다는군."

공작에게 이 소식을 전해야 한다. 왕이 런던에 돌아가기 전에 공작이 알아야 한다.

"혼사를 주선한 조신들을 원망하시다니요?"

"그뿐인가. 전하에게 안나를 데려온 사람들한테도 단단히 화가 나셨다는구면."

"토머스 크롬웰을 원망하실 겁니다."

나는 은근슬쩍 떠봤다.

"맞아."

"근데 레이디 안나는 어떻게 될까요? 전하가 안나를 퇴박 놓으실 리는 없겠지요?"

"결혼 부적격 사유 얘기가 나오고 있어. 그러니 우리 그이와 조신들은 오늘 밤 눈도 못 붙일 게야. 클레베스 귀족들이 과거의 정혼 계약을 파기했다는 계약서 사본을 가져왔어야 했는데. 그게 없으니 우리 측에서 이 결혼을 무효로 보고 진행할 수 없다고 할지도 몰라."

나는 노골적으로 내뱉었다.

"또 그러면 안 되지요. 전하께서 카타리나 왕비한테 써먹던 반대 이유를 또 대시면 안 되지요! 우리 모두 웃음거리밖에 더 되겠어요!"

브라운 부인이 머리를 끄덕이며 대답했다.

"그래, 그렇지. 하지만 레이디 안나는 그냥 여기서 적과 결혼하느니 결혼 무효가 공표돼서 고향으로 무사히 가는 편이 훨씬 낫지. 자네도 알다시피 전하가 당신 키스에 침 뱉은 여자를 용서할 리가 없어."

부인의 말에 나는 잠자코 있었다. 추측만으로 이러쿵저러쿵 하기에는 위험한 일이지만 나는 한마디 했다.

"그 남동생이 멍청하니 그렇지요. 아니 어떻게 누이의 안전도 제대로 챙기지 않고 이리도 먼 곳으로 보낼 수 있어요."

"오늘 밤 난 레이디 안나 신세가 되고 싶진 않네. 자네도 알겠지만 안나가 전하의 마음에 들리란 생각은 하지 않아. 우리 그이한테도 내 그렇게 말했지만 그이가 누구보다 잘 알아. 클레베스와의 동맹이 불가피하대. 우리는 프랑스와 에스파냐를 견제해야 하고 교황주의 국가들을 막아야 하니까. 유럽 구석구석에는 우리를 위협하는 교황주의 국가들이 많아. 우리 잉글랜드 땅에서 잠자는 전하를 시해하려는 교황주의자들이 있다는 게야. 그러니 신교도 연맹을 강화할 도리밖에는 없어. 레이디 안나의 남동생은 신교도 제후와 왕자들의 중심인물이야. 그러니까 우리 잉글랜드의 앞날이 그자의 손에 달려 있는 셈이지."

나도 부인의 말에 맞장구 쳤다.

"부인, 맞습니다."

"그런데 전하는 안나를 싫어하실 걸세. 분명 싫어하실 게야. 게다가 구애할 마음을 단단히 먹고 들어온 전하를 술주정뱅이 장사치처럼 쫓아냈으니."

"그때는 왕다운 모습이 아니셨어요."

이렇게 조심스럽게 던지고 나는 그 이상은 삼가기로 했다.

"최상은 아니셨지."

부인도 나처럼 조심스럽게 말했다. 잘생긴 왕자가 비대하고 늙은 추남으로 변했다느니, 우리가 그 모습을 다 봐 버렸다느니, 이런 소리는 우리 사이에 할 수 없는 얘기였다.

"난 자러 가야겠네."

부인이 잔을 내려놓으며 말했다. 우리가 추앙했던 왕자의 내리막길은 생각도 하기 싫은 모양이었다.

"저도……."

나는 브라운 부인이 자기 방으로 돌아가 문 닫는 소리를 듣고 살그머니 연회장으로 갔다. 과음을 해서 거의 만취 상태가 된 이들 가운데 하워드 제복 차림의 남자가 보였다. 내가 손가락으로 쿡 찌르자 그는 조용히 일어나 나를 따라왔다.

나는 남자의 귀에다 작게 일렀다.

"공작님께 가시오. 얼른 가서 공작님이 전하를 뵙기 전에 전해요."

그는 얼른 알아듣고는 고개를 끄덕였다.

"그분한테 전해요. 그분한테만 내 말 그대로 전해요. 전하가 레이디 안나를 싫어하시며 결혼 협정이 무효임을 공표하려고 하신다. 이번 혼사를 주선한 조신들을 원망하시며 이번 혼사를 고집하는 사람도 원망하신다."

남자는 또 고개를 끄덕였다. 나는 할 말이 더 있는지 곰곰이 생각했다.

"이게 다예요."

잉글랜드에서 가상 노련히고 물불 가리지 않는 양반한테 우리의 적수 토머스 크롬웰이 이번 혼사의 입안자며 주모자일 뿐 아니라 우리가 일찍이 울지를 파멸시켰듯이, 이번이 크롬웰을 몰락시킬 절호의 기회라는 점을 내가 굳이 되짚어 줄 필요는 없었다. 크롬웰이 추락하면 왕은 비서 장관이 필요할 것이다. 그렇다면 훌륭한 적임자는 누구일까? 그야 노퍽 공작이지.

"당장 가서 공작님이 전하를 뵙기 전에 전해요. 공작님이 예고도 없이 전하를 만나시면 곤란해요."

남자는 허리를 굽혀 인사하고는 술 취한 친구들에게 인사도 없이 부리나케 연회장을 떠났다. 남자의 걸음걸이로 보아 술이 다 깬 것이 확실했다.

나는 방으로 돌아왔다. 오늘 밤 나와 같이 자는 시녀는 내 자리까지 팔을 벌리고 이미 곤히 잠들었다. 살그머니 그 팔을 들어 따뜻한 시트에 넣어 주었다. 나는 금방 잠이 들지 않아 가만히 누워 있었다. 쌔근거리는 시녀의 숨소리가 들렸다. 가엾은 젊은 레이디 안나와 그 순수한 표정하며 담백한 시선이 떠올라 이런저런 생각이 들었다. 과연 브라운 부인의 말이 옳을까? 왕이 싫어하는 상태에서 안나가 왕의 아내가 된다면 목숨이 위험할까?

그럴 리가 없다. 필시 브라운 부인이 과장한 것이다. 이 젊은 여인은 독일 제후의 딸이다. 자기를 보호해 줄 막강한 남동생도 있다. 왕은 클레베스와 동맹 관계를 맺어야 한다. 그런데 그 남동생이 결혼을 보증하는 문서 한 장 없이 자기 누이를 잉글랜드로 보냈다. 이 사실이 납득이 가지 않는다. 아니 자기 누이를 아무런 보호 장치도 없이 이리도 먼 곳까지 보냈단 말인가? 그리도 제 누이에게 관심이 없단 말인가?

안나
1540년 1월 1일, 다트포드 가는 길

이보다 더 나쁠 수는 없다. 나는 정말 바보다. 오늘은 이렇게 덜컹이는 마차에 앉아 여행할 수 있다는 것마저 기쁠 정도다. 적어도 혼자일 수 있으니까. 나를 동정하면서 몰래 키득거리는 사람들을 보지 않아도 되니까. 모두 왕과 나의 끔찍했던 첫 만남에 대해 수군거리느라 정신이 없다.

하지만 어떻게 내 잘못이랄 수 있을까? 왕에게는 내 초상화가 있었

다. 왕이 내 초상화를 뜯어보고 분석할 수 있도록 내가 한스 홀바인의
냉랭한 시선 앞에 굴욕감을 느끼며 앉아 있지 않았던가. 왕은 내 얼굴
을 알고 있었다. 그러나 내겐 마음속으로 그려 본 그림 말고는 왕의
초상화가 없었다. 내 마음속에는 열여덟이라는 창창한 나이에 왕좌
에 오른 세상에서 가장 잘생긴 젊은 왕자가 있었다. 물론 왕의 나이가
쉰 살인 줄은 알고 있었다. 이제 왕은 잘생긴 소년도, 왕자도 아니란
사실을 알고 있었다. 권력의 전성기에 있는 왕이자 나이 지긋한 남자
와 결혼한다는 사실을 몰랐던 것은 아니다. 하지만 왕이 어떻게 생겼
는지는 알지 못했다. 왕의 새 초상화를 보지 못했으니까. 그러니까 내
가 기대하고 있던 것은……. 정말 이런 모습은 아니었다.

왕은 최악일 정도의 외모는 아니었다. 잘생겼던 과거의 모습이 아
직은 남아 있었다. 어깨도 넓었고, 나이 치고는 외모도 괜찮다. 사람
들이 내게 알려준 바로는 아직까지 말도 탄다고 한다. 다리에 있는 상
처가 욱신거릴 때 말고는 사냥도 하고 여전히 활동적이라고 한다. 자
신보다 젊고 정력적인 고문관을 임명하여 국사를 맡기는 게 아니라
나라도 직접 통치한다. 여러모로 보건대 아직까지 총기를 잃지 않았
다. 하지만 살이 쪄서 보름달처럼 부풀어 오른 얼굴에 눈은 조그맣고
돼지 같은 데다 작은 입에서는 냄새까지 났다. 그렇게 입 냄새가 고약
한 것을 보면 틀림없이 치아가 상했을 것이다. 나를 움켜쥐고 키스할
때 냄새가 정말 지독했다. 내가 밀쳐 내자 왕은 막 울음을 터뜨리는
버릇없는 어린아이 같은 표정을 지었다. 하지만 솔직히 말해 그 순간
은 우리 둘 다에게 끔찍한 순간이었다. 내가 왕을 밀쳐 낼 때 나 역시
별반 좋은 모습이 아니었다.

침은 뱉는 게 아니었는데.

시작이 좋지 않다. 끔찍하고 치욕적인 첫 만남이었다. 왕은 그렇게
불쑥 경고도 없이 내게 달려들지 말았어야 했다. 사람들은 왕이 변장

과 가면극을 좋아한다고 했다. 그래서 평범한 사람인 것처럼 변장하고선 사람들에게 즐거움을 주곤 했다고 말했다. 그 전에는 결코 그런 사실을 알려 주지 않다가 이제야 말해 주다니. 그들이 매일 내 귀에 못이 박히도록 한 말은 잉글랜드 궁정은 엄격한 격식을 지키는 곳이라는 둥, 모든 일을 정해진 방식에 따라 해야 한다는 둥, 서열을 지켜서 한 가문의 연장자를 부르기 전에 그 손아랫사람을 먼저 부르는 실수를 해서는 안 된다는 따위였다. 잉글랜드에서는 이런 격식이 생명보다 더 중요하다고 했다. 게다가 내가 클레베스를 떠나기 전에 어머니는 내게 잉글랜드 왕비는 나무랄 데 없이 훌륭해야 한다고 입이 닳도록 말씀하셨다. 왕비답게 당당하고 고상하며 냉정해야 한다고 하셨다. 절대 허물없이 굴거나, 가벼이 행동하거나, 사람들에게 지나치게 다정하게 굴면 안 된다고 하셨다. 잉글랜드 왕비의 생명은 흠잡을 데 없는 명성에 달려 있다고 하루도 빠짐없이 강조하셨다. 앤 불린처럼 정숙치 못하거나 사람들에게 온정을 베푼답시고 염문을 뿌리고 다닌다면 그와 똑같은 운명을 면치 못한다며 겁을 주셨다.

그러니 뚱뚱하고 나이 든 주정뱅이가 불쑥 나타나 내게 키스하리라고는 상상이나 했겠는가? 못생긴 늙은이가 인사도, 한마디 언급도 없이 내게 키스하는 상황이 벌어질 줄 내가 어떻게 상상이나 할 수 있었겠는가?

하지만 그의 입 냄새가 아무리 지독해도 침을 뱉지는 말았어야 했는데.

어쩌면 그렇게까지 나쁘진 않았는지도 모른다. 오늘 아침에 왕은 내게 선물을 보냈다. 매우 값비싸고 고급스러운 모피였다. 어린 캐서린 하워드는 왕에게 금 브로치를 하사받았다. 캐서린은 귀엽게도 변장한 왕을 알아보지 못하고 친절하게 인사했다. 앤서니 브라운 경이 오늘 아침 선물을 전해 주며 기쁜 소식을 알려 주었다. 왕이 런던 외곽의 블랙히스라는 곳에서 우리의 공식적인 만남을 추진한다는 얘기였다. 나를 시중드는 부인들은 그때까지는 왕의 깜짝 출연이 다시는 없을 테니 마음을 놓아도 된다고 말했다. 이런 변장은 왕이 좋아하는 게임이니 결혼 후에는 왕이 수염을 붙이거나 커다란 모자를 푹 눌러 쓰고 내게 춤을 신청하는 일에 익숙해져야 하며 왕을 못 알아본 척해야 한다고도 일러 주었다. 나는 웃으며 참 멋진 일이라고 말했지만 실은 속내는 그렇지 않았다. 얼마나 유치하고 기이하고 허영심이 가득한 사람인가. 그 나이에 왕인 줄 모르고도 여자들이 자신에게 첫눈에 반하기를 바라다니. 얼마나 바보 같고 한심한 노릇인가. 아마 젊고 잘생겼던 시절에는 변장을 하고 돌아다녀도 잘생긴 데다 매력도 있어서 환영을 받았을 테지만 사람들은 이제 그저 왕을 좋아하는 척할 따름이지 않을까? 하지만 나는 이런 생각을 입 밖에 내지 않았다. 왕이 좋아하는 게임을 망쳐 놨으니 우선 아무 말도 하지 않는 게 현명한 처사이다.

왕의 객기를 재치 있게 받아넘겨 그날의 어색한 분위기를 가까스로 수습해 준 어린 캐서린 하워드는 새로 들어온 시녀였다. 나는 오늘 아침 출발 채비를 하느라 정신없는 와중에 캐서린을 불렀다. 그리고 내가 할 수 있는 영어를 총 동원해 고마움을 전했다.

캐서린은 살짝 무릎을 굽혀 인사한 후 빠른 영어로 재잘거렸다. 로테가 통역을 해 주었다.

"왕비님을 위해 일할 수 있어서 기쁘다고 합니다. 캐서린 역시 궁정에는 처음이라 왕을 알아보지 못했다고 하네요."

나는 어리둥절해서 물었다.

"그러면 초대도 받지 않은 낯선 사람에게 왜 말을 걸었어요? 그런 사람은 무시하는 게 당연하지 않아요? 그렇게 무례하게 들어 온 사람인데."

로테가 영어로 내 말을 옮겼다. 이 어린 소녀는 언어 장벽 말고도 뭔가 뛰어 넘을 수 없는 벽이 우리 사이에 있는 듯한 표정으로 나를 보았다. 마치 우리가 다른 세계에 살고 있는 것처럼. 내가 머나먼 추운 나라에서 온 하얀 매라도 되는 것처럼. 나는 양손을 들고 눈썹을 치켜올리며 독일어로 물었다.

"왜죠?"

캐서린은 살그머니 다가오더니 내 얼굴을 계속 쳐다보며 로테의 귀에 소곤거렸다. 정말 귀여웠다. 인형 같았다. 게다가 그 표정이 얼마나 진지한지 나는 웃지 않을 수 없었다.

로테도 웃음을 참으며 내게 캐서린의 말을 옮겼다.

"물론 왕인 줄은 알고 있었대요. 왕이 아니면 어떻게 근위병을 통과해서 방에 들어올 수 있겠어요? 그렇게 키 크고 뚱뚱한 사람이 또 누가 있겠어요? 하지만 게임의 규칙이 왕을 못 알아보는 척하면서 잘생긴 외모에 반해 왕에게 말을 거는 것처럼 하는 거래요. 자기는 이제 고작 열네 살이고 할머니는 자기를 보고 바보라고 하지만 잉글랜드 남자라면 누구나 추켜세우는 말을 듣고 싶어 한다는 것쯤은 익히 알고 있대요. 사실 남자들은 나이가 들수록 우쭐대길 좋아하죠. 클레베스 남자들도 별반 다르지 않겠죠?"

나는 캐서린의 말에, 그리고 내 어리석음에 웃음이 나왔다.

"그래요. 클레베스에서도 남자들은 다르지 않다고 말하세요. 그리고 여기 있는 이 클레베스 여자는 부족한 점이 많으니 앞으로 조언을 부탁한다고요. 캐서린이 고작 열네 살이라도, 그 할머니가 캐서린에게 뭐라고 불렀든 나는 상관하지 않는다고요."

캐서린

1540년 1월 2일, 다트포드

겁이 나 죽을 것 같다! 오, 하느님! 지금까지 그 어떤 일도 지금처럼 두렵지는 않았다! 이러다 죽을 것만 같다. 정말이다. 큰아버지가 특별히 나를 보러 멀리 그리니치에서 여기까지 오셨다. 그리고 당장 대령하라는 명령을 받았다. 대관절 무슨 이유로 나를 보자고 하시는 걸까? 내가 왕과 말을 섞었다는 얘기가 큰아버지 귀에까지 들어간 게 분명하다. 큰아버지가 그 일로 화가 나서 얌전치 못하게 행동한 대가로 나를 다시 새할머니 집으로 쫓아 보내러 오신 것이다. 이제 난 죽을 일만 남았다. 만약 큰아버지가 나를 램버스로 돌려보내면 수치심에 못 이겨 죽고 말 것이다. 그리고 호샴으로 가라고 하면 그땐 지루해서 죽고 말 것이다. 호 강이 됐든 샴 강이 됐든 거기 있는 강에, 필요하면 오리 연못에라도 몸을 던져 죽어 버릴 테다. 내가 물에 빠져 죽어 다시 볼 수 없게 되면 그때는 모두들 후회하겠지.

내 사촌 앤 왕비도 지금의 내 기분 같았을까. 노퍽 공작 앞으로 불려 나가 간통죄로 재판받아야 했을 때, 그리고 외삼촌인 노퍽 공작도 자기편이 되어 주지 않으리란 걸 깨달았을 때의 기분이 바로 이랬겠지. 정신을 잃을 정도로 무섭고 숨이 막힐 만큼 공포에 질렸을 게 분명해. 하지만 맹세코 지금의 나보다 더 괴롭지는 않았을 거야. 무서워 죽을 것만 같다. 너무너무 무서워 큰아버지 앞에 가기도 전에 죽을 것 같다.

큰아버지는 로치포드 부인 처소에서 기다리고 계셨다. 내가 저지른 짓이 너무 망신스러워 하워드 집안사람들끼리 쉬쉬하며 처리하려는 게 분명했다. 안으로 들어가니 로치포드 부인도 창가에 앉아 있었다. 큰아버지에게 일러바친 사람이 누군지 물어보지 않아도 뻔했다. 그래서 부인이 미소를 보냈을 때 나는 고자질쟁이 늙은 여우에게 눈을 흘겼다. 그리고 살기 가득한 표정으로 내 몰락이 누구 탓인지 잘 알고 있다는 것을 분명히 했다.

"큰아버지, 제발 저를 호샴으로 보내지 말아 주세요."

난 문을 들어서자마자 다짜고짜 사정부터 했다.

큰아버지가 인상을 쓰며 내 쪽을 보았다.

"그동안 잘 지냈느냐."

큰아버지의 목소리는 얼음처럼 차가왔다.

나는 무릎을 털썩 굽혀 인사했다. 그대로 바닥에 무릎을 꿇을 뻔했다.

"제발이에요. 큰아버지, 램버스로도 돌려보내지 말아 주세요. 이렇게 빌게요. 레이디 안나께서도 절 불쾌하게 생각하지 않으세요. 제가 그 얘기를 했는데 그냥 웃으셨어요."

난 문득 말을 멈췄다. 내가 왕의 예비 신부에게 왕이 뚱뚱하고 늙었으면서도 허영심 하나는 타의 추종을 불허한다고 주절댄 것을 지금 큰아버지 앞에서 자랑할 때가 아니라는 생각이 문득 들었던 것이다. 난 냉큼 고쳐 말했다.

"아무 말씀도 드리지 않았어요. 하지만 어쨌든 기분 나빠하지 않으셨어요. 그리고 새할머니는 저를 천하의 얼간이로 생각하셨을지 몰라도 레이디 안나는 앞으로 제 충고를 소중하게 여기겠다고 하셨어요."

큰아버지가 비꼬듯 킁킁거리며 웃었고 그 소리에 나는 큰아버지도 새할머니 생각과 같다는 걸 알 수 있었다.

"그러니까, 딱히 제 충고는 아니고요, 큰아버지. 하지만 레이디 안나께서 저를 좋게 보시고, 또 전하께서도 저를 좋게 보셨어요. 그래서 제게 금 브로치까지 보내셨어요. 그러니까 제발, 큰아버지. 계속 여기 있게만 해 주신다면 다시는 입도 벙긋하지 않을게요. 숨소리도 내지 않을게요! 제발, 이렇게 빌게요. 저는 정말이지 아무 잘못도 없어요!"

큰아버지가 또 웃었다.

"정말이에요. 제발요, 큰아버지. 저를 외면하지 말아 주세요. 제발 제 말을 믿어 주세요. 착하게 굴겠습니다. 큰아버지께 자랑스러운 조카딸이 되도록 노력하겠습니다. 앞으로 노력해서 완벽한……"

"자, 그만. 난 지금도 네가 만족스럽다."

큰아버지가 말했다.

"저는 앞으로 무슨 일이든지……"

"말하지 않았니. 이미 흡족하게 여긴다니까."

나는 고개를 들었다.

"그러세요?"

"일전에는 아주 재치 있게 행동했더구나. 전하께서 너와 춤추셨다고?"

"예."

"너에게 혹하신 눈치시든?"

나는 잠시 생각했다. 왕이 나에게 딱히 '혹했다'고 말하기는 어려웠다. 왕이 보통 남자들처럼 내게 말을 걸면서 슬쩍 젖가슴으로 시선을 옮기거나 내가 쳐다보고 웃으면 얼굴을 붉히거나 한 것은 아니었다. 거기다 레이디 안나가 퇴짜 놓았을 때 뒤로 자빠지다시피 해서 내가 붙잡았고, 그 충격으로 한동안 정신을 차리지 못했다. 그 상황에서는 상처 난 자존심과 민망한 얼굴을 숨기기 위해서라면 아무에게라도 말을 걸었을 것이다.

"제게 말을 걸긴 하셨어요."

난 기어 들어가는 소리로 말했다.

"전하께서 황송하게도 네게 관심을 보여 주셨다니 나도 기쁘구나."

큰아버지는 마치 공부방 훈장처럼 느릿느릿 말했다. 무슨 말인지 새겨들으라는 투였다.

"예, 그러세요?"

"그래, 아주 기뻐."

나는 로치포드 부인 쪽을 쳐다보았다. 부인은 무슨 말인지 알아듣고 있나 싶어서였다. 로치포드 부인은 보일 듯 말 듯 웃으며 내게 고개를 한 번 끄덕였다.

"제게 브로치를 보내셨어요."

내가 큰아버지에게 상기시켜 드렸다.

날 보는 큰아버지 눈이 순간 번득였다.

"값비싼 것이더냐?"

난 얼굴을 살짝 찡그렸다.

"레이디 안나에게 보내신 흑담비 모피에 비하면 아무것도 아니지요."

"그야 그렇지. 그래도 금으로 만든 거였겠지?"

"예. 아주 예쁘긴 했어요."

큰아버지가 로치포드 부인에게 말했다.

"그랬나?"

"예."

부인이 대답했다. 둘은 서로 마음을 잘 안다는 듯 슬쩍 미소를 주고받았다.

"만약 전하께서 다시 너에게 말을 거는 은혜를 베푸시거든 각별히 애써서 귀엽고 상냥하게 보이도록 해야 한다."

"네, 큰아버지."

"그런 작은 관심에서 성은이 비롯되는 거다. 왕은 레이디 안나를 흠족해하시지 않는다."

"흑담비 모피를 보내셨는데요. 아주 좋은 거였어요."

난 큰아버지에게 다시 상기시켜 주었다.

"안다. 하지만 그건 중요한 게 아니야."

내겐 그게 중요해 보였다. 하지만 큰아버지 말에 토를 달 생각일랑은 추호도 없었다. 그래서 그냥 가만히 서서 기다렸다.

큰아버지가 입을 열었다.

"앞으로 매일 왕을 뵙게 될 것이다. 그리고 그때마다 아양을 떨면, 또 아느냐? 너에게도 모피를 보내실지. 내 말 알아듣니?"

모피를 예로 드니 순식간에 이해가 되었다.

"예."

"선물을 받고 싶고 내 인정을 받고 싶으면 최선을 다해 전하께 예쁘고 사근사근하게 굴어야 한다. 여기 있는 로치포드 부인의 조언을 귀담아 들어라."

부인이 나를 향해 고개를 끄덕거렸다.

큰아버지가 말을 이었다.

"로치포드 부인은 궁정 생활에 도가 튼 현명한 분이다. 부인만큼 국왕을 가까이서 오래 보아 온 사람도 드물지. 로치포드 부인이 앞으로 네가 어떻게 처신해야 할지 일러줄 거다. 네가 전하의 맘에 드는 것, 간단히 말해 전하께서 네게 반하도록 만드는 게 가문에서 바라는 바요, 목적한 바다."

"제게요?"

두 사람이 동시에 고개를 끄덕였다. 모두 미친 것 아닐까? 왕은 노인이다. 연애 생각은 애초에 접었을 게 분명하다. 왕의 딸 메리 공주도 나보다 훨씬 나이가 많다. 많은 게 다 뭔가, 거의 내 엄마뻘이었다. 게다가 왕은 못생겼다. 이는 썩었고, 한쪽 다리를 절면서 늙고 살찐

거위처럼 뒤뚱뒤뚱 걸었다. 이 정도 되면 이미 오래전에 여자에 대한 흥미를 잃었을 게 뻔하다. 나를 손녀 정도로 생각하면 했지 절대 다른 눈으로 보지는 않을 것이다.

"하지만 국왕께서는 레이디 안나와 결혼하실 건데요."

내가 또 일깨웠다.

"그렇다 해도……."

"사랑에 빠지기에는 전하 나이가 너무 많지 않나요?"

큰아버지가 어찌나 무서운 얼굴로 노려보던지 나는 공포로 몸을 떨었다.

"멍청한 것."

큰아버지가 퉁명스럽게 내뱉었다.

난 잠시 혼란스러웠다. 두 사람이 원하는 것이 정말 내가 늙은 왕의 정부가 되는 것일까? 이쯤에서 내가 그동안 램버스에서 귀에 못이 박히도록 들어온 잔소리를 큰아버지께 일깨워 드려야 하나? 처녀성을 소중히 하고 한 점 티끌 없이 깨끗한 평판을 유지해야 한다는 잔소리를 할 때는 언제고 이제 와서 누구의 정부가 되라는 말이 가당키나 하냐고 물어야 할까?

"그럼 제 평판은요?"

나는 기어 들어가는 소리로 물었다.

큰아버지가 다시 한 번 소리 내어 웃었다.

"그게 뭐 그리 대단하다고."

나는 눈을 돌려 로치포드 부인 쪽을 쳐다봤다. 앞으로 음탕한 궁정에서 내 보호자 노릇을 해 주고, 내 행동거지를 감시하고, 내가 목숨보다 소중한 미덕을 잃지 않게끔 지켜 줄 의무가 있는 사람의 표정은 어떨지 궁금했다.

"나중에 설명해 주마."

부인이 말했다.

더 이상 아무 말 말라는 뜻이었다.

"네, 큰아버지."

난 태도를 바꿔 살랑거리며 대답했다.

"그래, 아주 예쁘구나. 네게 새 드레스를 마련해 주라고 로치포드 부인에게 돈을 맡겨 놓았다."

"오, 감사드려요!"

큰아버지는 내가 펄쩍 뛰며 좋아하는 모습에 씩 웃더니 로치포드 부인에게 말했다.

"그리고 부인 시중을 들며 잔심부름을 다닐 종복도 하나 보낼 거요. 남자 일손을 하나 붙여 놓는 게 좋겠어. 일이 이렇게 풀릴지 누가 알았겠어. 아무튼 상황이 어떻게 진전되는지 그때그때 알리도록 해요."

로치포드 부인은 자리에서 일어나 무릎 굽혀 인사했다. 큰아버지는 다른 말 없이 그대로 방에서 나갔고 방에는 나와 부인 둘만 남았다.

"공작님이 뭘 어쩌시겠다는 걸까요?"

나는 갈피를 못 잡았다. 갑자기 머릿속이 복잡해졌다.

부인은 눈대중으로 드레스 치수를 재는 듯 나를 아래위로 훑어보았다. 그러더니 제법 상냥하게 말했다.

"당장은 몰라도 돼. 공작께서 너를 흡족하게 여기신다. 그거면 된 것 아니겠어."

안나

1540년 1월 3일, 블랙히스

오늘은 내 생애 가장 행복한 날이다. 오늘 나는 사랑에 빠졌다. 하지만 눈을 맞추며 말도 안 되는 소리를 속삭이는 사내에게 빠진 철부지 소녀 같은 사랑은 아니다. 나는 사랑에 빠졌고 이 사랑은 영원할 것이다. 나는 오늘 잉글랜드와 사랑에 빠졌다. 그 사실을 깨달은 오늘이 바로 내 생애에서 가장 행복한 날이다. 오늘 나는 잉글랜드, 바로 이 풍요롭고 아름다운 나라의 왕비가 된다는 사실을 실감했다. 나는 그동안 눈먼 장님처럼 이 나라를 여행했다. 그럴 만도 했다. 그동안 우리는 어두운 밤에, 상상도 못 할 정도의 궂은 날씨에 여행을 했으니. 그러나 오늘은 날씨가 맑고 화창한 데다 하늘은 쪽빛처럼 푸르렀다. 공기는 상큼했고 햇살은 눈부셨다. 찰랑이는 백포도주처럼 상큼한 공기에 마음까지 설레인다. 오늘 나는 흰 바다매, 아버지의 사랑을 받던 흰 바다매가 된 것 같았다. 시원한 바람을 맞으며 높이 솟아올라 내 나라가 될 이 아름다운 왕국을 내려다보는 듯했다. 다트포드에서 블랙히스까지 가는 길섶에는 서리가 하얗게 내려앉아 햇빛에 반짝였다. 공원에 도착하자 시녀들이 모두 나와서 인사를 했다. 모두 아름답게 차려입고 상냥하고 다정스럽게 인사를 했다. 시녀는 모두 합해 거의 칠십 명 정도 됐는데 그중에는 왕의 조카와 사촌도 있었다. 그들모두 새 친구를 만난 듯 내게 다정하게 인사했다. 나 역시 최고로 아름다운 옷을 꺼내 입었다. 내가 보아도 근사했다. 아마 남동생이 보았더라도 나를 자랑스럽게 여겼을 것이다.

사람들은 금박 천으로 막사를 군데군데 치고 화려한 색깔의 깃발을 올렸다. 막사로 이루어진 도시 같았다. 큰 키와 잘생긴 외모로 잉글랜드의 전설이라 불릴 만한 왕실 근위병들이 나를 호위했다. 왕을 기다리는 동안 우리는 막사 안에서 포도주를 마시며 화롯불을 쬐었다. 사람들은 잉글랜드 왕비가 될 나를 위해 귀한 석탄을 지펴 주었다. 바닥에는 고급스러운 카펫이 빈틈없이 깔려 있었고 태피스트리와 비단으로 사방을 두른 텐트 안은 따뜻했다. 사람들은 모두 밝은 얼굴로 수다를 떨었고 나만큼이나 기분이 들떠 있었다. 시간이 다 됐다는 소리에 나는 말에 올라 왕을 만나기 위해 나갔다. 나는 희망에 부풀어 있었다. 어쩌면 이 만남의 의식을 통해 나는 왕을 좋아하게 되고 왕도 나를 좋아하게 될지 모른다.

키 큰 나무들이 하늘을 향해 앙상한 검은빛 가지들을 벌리고 있는 모습이 파란 태피스트리에 검정 자수가 놓인 것 같았다. 수 킬로미터에 걸친 공원은 참으로 푸르고 싱싱했다. 곳곳에 서리가 녹아 반짝였고 눈부신 연노랑 태양이 하늘에서 투명하게 빛났다. 도처에는 화려한 색상의 줄이 둘러쳐져 있었고 그 뒤에서 런던 시민들이 웃으며 내게 손을 흔들면서 행복을 기원했다. 내 생애 처음으로 나는 클레베스의 둘째 딸, 안나가 아니었다. 언니 시빌리아보다 예쁘지 않고 동생 아말리아보다 매력적이지 않은 둘째 딸, 이런 안나가 아니라 유일무이한 안나다. 사람들은 나를 진심으로 환영했다. 이 특이하고, 부유하고, 매혹적이며, 이해하기 힘든 사람들이 그동안 훌륭한 왕비, 정직한 왕비를 기다려 왔다는 듯한 표정으로 모두 나를 환영하고 있다. 그들은 내가 그런 왕비가 될 수 있으리라 믿고 있다. 나 역시 그런 왕비가 될 수 있을 것 같았다.

나는 고인이 된 제인 왕비 같은 잉글랜드 출신이 아니다. 하느님, 그녀의 영혼에 안식을 주소서. 하지만 그동안 잉글랜드 궁정과 귀족들을 만나 본 바로는 내가 잉글랜드 여자가 아닌 게 장점일 수도 있겠다는 생각이 들었다. 제인 왕비를 배출한 시모어 가문은 지금 대단한 특권을 누리고 있어서 지나친 권력을 휘두르기 십상이다. 잘생기고 거만한 시모어 가문 사람들은 궁정을 구석구석 주무르며 그들의 핏줄이 왕의 외아들이자 왕위 계승자임을 늘 강조하고 다닌다. 내가 왕이고 이 궁정이 내 것이라면 그들을 경계할 텐데. 만약 그들이 어린 왕자를 좌지우지할 수 있게 된다면, 왕자의 외가라는 구실로 왕자에게 영향력을 행사한다면 궁정은 온통 그들의 손아귀에 놀아날 것이다. 내가 이제까지 보고 들은 바로는 왕은 누구를 총애할지 신중히 가리지 않는다. 나는 왕의 반밖에 나이를 먹지 않았지만 통치자는 호의를 보일 때에도 신중해야 한다는 사실을 잘 알고 있다. 어머니에게 총애받는 외아들의 미움을 받으며 하루하루 살아온 내가 아니던가. 통치자의 변덕이 얼마나 위험한지 나는 안다. 그런데 이 왕은 변덕스러운 인물이다. 아마 내가 왕의 궁정을 더 균형 있게 이끌 수 있으리라. 어쩌면 왕의 외아들에게 현명한 새엄마가 되어 아첨꾼들이 이 어린 왕자에게 가까이 오지 못하도록 할 수도 있으리라.

왕은 딸들과 사이가 소원하다고 한다. 가여운 아이들. 어머니에 대해 제대로 모르는 채 평생을 치욕 속에 살아야 하는 어린 엘리자베스에게 도움이 될 수 있다면 얼마나 좋을까. 엘리자베스를 궁정으로 불러다 곁에 두고 지내며 아버지와 화해시켜 줄 수 있을지도 모른다. 메리 공주도 틀림없이 외로울 것이다. 어머니도 돌아가신 데다 아버지의 사랑도 못 받고 있으니. 공주에게 다정하게 대해야겠다. 왕을 무서워하는 공주의 마음을 잘 다독여서 궁정으로 데려와야겠다. 나를 굳이 '새어머니'라고 부를 필요도 없다. 나는 공주에게 좋은 언니가 되어줄 테다. 나는 왕의 자식들에게는 적어도 영원히 큰 힘이 되어줄 수 있을 것이다. 그리고 하느님이 내게, 우리 부부에게 은총을 베푸시어 내가 아이를 갖게 된다면 잉글랜드에 어린 왕자를 선사할 수 있을지도 모른다. 분열된 이 나라를 치유할 수 있는 귀한 아이를.

모여 있던 사람들이 흥분하며 술렁였다. 나를 쳐다보던 사람들의 시선이 다른 곳을 향하더니 다시 내게 돌아왔다. 왕이 나를 향해 오고 있었다. 왕에 대한 모든 두려움이 순식간에 사라졌다. 이제 왕은 평범한 사람으로 위장하지도 않았다. 상스러운 늙은 주정뱅이로 변장하지도 않았다. 왕답게 옷을 차려입고 말을 타고 있다. 다이아몬드로 수놓은 웃옷에 다이아몬드 어깨띠를 두르고 진주가 박힌 벨벳 모자를 쓰고 내가 이제껏 본 적 없는 근사한 말을 타고 있는 모습은 화려하고 당당했다. 눈부신 겨울 햇살 속에 왕은 마치 신처럼 보였다. 왕이 타고 있는 말 또한 온갖 보석 치장을 한 채 발걸음을 힘차게 내딛으며 달려왔다. 트럼펫을 불어 대는 왕실 근위병들이 왕을 에워싸고 있다. 내게 다가오며 왕은 웃었다. 우리는 서로 인사를 했고 사람들은 우리 모습을 보고 환호했다.

"잉글랜드에 오신 걸 환영하오."

왕은 내가 알아들을 수 있을 만큼 천천히 말했고 나도 영어로 신중하게 대답했다.

"전하, 이곳에 오게 되어 영광입니다. 좋은 아내가 되도록 노력하겠습니다."

앞으로 행복할 수 있을 것 같다. 이제 모두 제대로 된 것 같다. 당혹스러운 첫 만남의 실수는 이제 다 잊혀졌다. 우리는 오래오래 같이 살면서 평생 행복할 것이다. 앞으로 십 년이 흐른 후에 누가 그런 사소한 일을 기억이나 하겠는가?

그리고 내가 탈 멋진 마차가 당도했다. 나는 공원을 지나 강가의 그리니치 궁으로 갔다. 강 위 거룻배에는 형형색색의 깃발이 나부꼈고 런던 시민들은 모두 근사하게 차려입고 나와 있었다. 강 위에는 악사들을 태운 배도 있었는데 악사들은 나를 위해 새로 지은 '행복한 안나' 라는 노래를 연주했다. 내 도착을 축하하기 위해 치장한 작은 배들이 퍼레이드를 벌였다. 모든 사람이 웃으며 내게 손을 흔들었다. 나도 웃으며 손을 흔들어 주었다.

우리는 눈 깜짝할 사이에 그리니치 궁에 당도했다. 나는 다시 한 번 새로운 조국이 된 이 나라가 얼마나 대단한지 실감했다. 그리니치는 어느 모로 봐도 성이라 할 수 없었다. 다시 말해 언제 쳐들어올지 모를 적군을 대비한 요새가 아니다. 평화로운 나라를 위해 지어진 궁전이었다. 웅장하고, 부유하며, 멋진 이 궁전은 프랑스의 어느 궁전 못지않게 아름다웠다. 강가에 지어진 데다 고급스러운 베네치아 산 유리로 장식된 이 석조 궁전은 이제껏 내가 본 어느 궁전보다 아름다웠다. 왕은 내가 감탄하는 모습을 보았다. 그리고 내 마차 곁으로 오더니 이 궁전 말고도 궁전이 많지만 자신이 가장 아끼는 궁전이라고 했다. 앞으로 전국을 여행하며 다른 궁전들도 보게 될 텐데 다른 궁전들도 내 맘에 들었으면 좋겠다고 덧붙였다.

사람들은 내가 쉴 수 있도록 왕비 처소로 나를 안내했다. 이번만은 나도 혼자 숨어 있고 싶지 않았다. 내 사실에 시녀들과 함께 앉아 있을 수 있다는 사실이, 접견실에는 더 많은 시녀들이 대기하고 있다는 사실이 기뻤다. 나는 의상실로 가서 왕이 새해 선물로 준 담비 모피 장식을 단 옷으로 갈아입었다. 내가 이렇게 값비싼 옷을 휘감고 다니리라고는 생각지도 못했다. 나는 시녀들을 이끌고 벌써 왕비가 된 기분으로 연회장으로 내려갔다. 연회장 입구에서 왕이 내 손을 잡더니 안으로 나를 데려갔다. 모든 사람이 일어나 고개를 숙이거나 가볍게 무릎을 굽혀 인사를 했다. 우리는 벌써 부부가 된 듯 손을 꼭 잡고 웃으며 사람들에게 고개를 끄덕였다.

나는 이제 누가 누구인지 알아보기 시작했다. 머리를 쥐어짜지 않아도 이름이 떠올랐다. 이제 조신들은 더 이상 내게 얼굴 없는 군중이 아니었다. 사우샘프턴 경이 눈에 띄었다. 그는 피곤해 보였고 고민이 있는 듯했다. 나를 여기까지 데려오느라 애썼으니 그럴 만도 했다. 경직된 표정으로 어색한 미소를 지으며 이상하리만치 냉랭하게 인사했다. 그리고 무슨 걱정거리가 있는 사람처럼 왕의 시선을 피했다. 변덕스러운 왕이 다스리는 이 궁정에서 공정한 왕비가 되겠다는 내 결심이 떠올랐다. 사우샘프턴 경의 어려움이 무엇인지 알아낼 수 있으리라. 어쩌면 그를 도울 수 있을지도 모른다.

비서 장관인 토머스 크롬웰이 내게 인사했다. 어머니의 설명대로라면 그는 어느 누구보다 우리를 비롯한 독일의 신교도 공국들과 동맹을 맺기를 갈구하는 사람이었다. 내 결혼은 곧 그의 성공을 뜻하니 그가 나를 따뜻하게 맞을 줄 알았다. 하지만 그는 눈에 띄고 싶지 않은 듯 조용히 행동했고 왕도 단지 짧게 소개만 했을 뿐 그를 그냥 지나쳤다.

크랜머 대주교도 우리와 함께 정찬을 들었다. 릴 경 부부도 있었다. 릴 경 역시 피곤하고 시무룩한 표정이었다. 잉글랜드가 분열되어 있다며 칼레에서 걱정하던 그의 모습이 떠올랐다. 나는 그에게 따뜻한 미소를 보냈다. 이 나라에서 내가 할 일이 무엇인지 알 것 같다. 이단으로 화형당하는 사람을 한 명이라도 구할 수 있다면 나는 훌륭한 왕비가 될 것이다. 내 힘을 발휘해 이 나라를 평화롭게 할 수 있으리라.

나는 벌써 잉글랜드에 친구가 생긴 것 같은 기분이 들기 시작했다. 식당을 내려다보니 시녀들 중 제인 불린과 친절한 브라운 부인, 왕의 조카딸인 레이디 마거릿 더글러스, 그리고 귀여운 캐서린 하워드도 보였다. 이제 이곳이 진짜 내 집처럼, 왕이 진짜 내 남편처럼 느껴졌다. 왕의 친구와 자녀들은 이제 내 가족이 되어 나는 이곳에서 행복하리라.

캐서린

1540년 1월 3일, 그리니치 궁

만찬이 끝나면 세상에서 제일가는 미남자들로 가득 들어찬 화려한 방에서 무도회가 열릴 예정이다. 드디어 내 소원이 이뤄지게 되었다. 생각지 못했던 일도 일어났다. 새 드레스가 생긴 것이다. 그뿐만이 아니다. 새 드레스 위에는 잉글랜드 국왕이 내게 직접 하사하신 금 브로치를 보란 듯이 달았다. 나는 하루 종일 브로치를 만지작거렸다. 사람들에게 '어때, 이거 봤어? 궁정 생활 초짜가 첫날 벌어들인 것치고는 나쁘지 않지?' 하고 뻐기는 마음이었다. 왕은 왕좌에 앉아 근엄한 아버지처럼 방을 굽어보고 있다. 그 옆의 레이디 안나도 오늘만큼은 — 흉측한 드레스에도 불구하고 — 제법 예뻐 보였다. 하지만 마치 텐트를 걸친 것처럼 본때 없이 널찍한 호박단 치마에 꿰매 붙인 담비 모피는 차라리 템스 강에 던져 버리는 것이 나을 듯싶다. 그렇게 멋진 모피가 제값을 못하고 있는 것을 보고 속이 터져서 잠시 가슴 설레는 무도회 생각을 잊었을 정도다.

나는 방 안을 둘러보았다. 경박하게 휘휘 둘러보지 않고, 뭔가를 따로 찾는 내색 없이 그저 살짝 주위를 살폈다. 아니나 다를까, 내 눈길을 끄는 젊고 잘생긴 남자가 있다. 그리고 한 명 더 있다. 안면을 트고 싶은 남자가 슬쩍 봐도 대여섯은 눈에 들어왔다. 그중 몇은 왕의 시종단에 배정된 테이블에 모여 앉아 있었다. 모두 귀족 집안 자제들이었다. 저마다 부유하고 왕의 신임을 받는 가문에서 뽑혀 온 남자들이었다. 프랜시스, 우리 불쌍한 프랜시스는 저 남자들에 비하면 아무것도 아니다. 헨리 매녹스 따위는 저들의 하인이나 될까 말까다. 이제 여기서는 이 정도 수준의 남자들이 날 쫓아다니며 구애한다 이 말이지? 한 명 한 명 너무 멋있어서 차마 눈을 떼기 어려울 정도다.

내 쪽을 쳐다보는 몇몇 시선이 느껴진다. 나를 훔쳐보는 그 간질간질한 시선이 좋다. 누군가 나를 원한다는 것, 여기저기서 내 이름이 언급되고, 비밀스런 쪽지가 오고가리라는 것, 바야흐로 연애와 유혹의 짜릿한 모험이 시작되고 있다는 생각에 마음이 달뜨고 기분이 황홀해진다. 곧 내 이름을 묻는 남자가 나타날 것이다. 그리고 전갈을 보내오겠지. 그럼 나는 슬쩍 만나 주는 거야. 무도회와 무술 경기와 정찬 때 눈웃음과 실없는 농지거리를 교환하다가 결국 키스로 이어지고, 또 다른 키스로 이어지고, 그러다 천천히, 그리고 달콤하게 침대로 유혹하는 거야. 난 이제 다른 차원의 손길을 경험하게 될 거야. 수준이 다른 남자의 달콤한 키스를 느끼게 될 거야. 그리고 다시 한 번 미친 듯이 열정적인 사랑을 할 거야.

정찬은 맛있었지만 나는 음식을 깨작거리기만 했다. 궁정에서는 언제나 지켜보는 눈을 의식해야 하고 게걸스럽게 보여서는 안 된다. 우리가 앉은 테이블은 연회장 앞쪽에 있어서 고개를 들면 정찬 테이블에 앉은 왕의 모습이 바로 앞에 보였다. 화려한 옷에 묵직한 황금 목걸이를 걸친 왕은 제단 위에 걸려 있는 옛날 그림 속에서 그대로 걸어 나온 사람 같았다. 그러니까 내 말은 하느님 그림을 말하는 것이다. 거대한 몸을 번쩍거리는 옷으로 휘감고 금과 보석을 무겁게 주렁주렁 내려뜨린 왕은 마치 보물로 뒤덮인 산처럼 보인다. 왕이 앉은 커다란 의자도 금색 천으로 덮여 있다. 그리고 의자 양쪽으로 수를 놓은 천이 길게 늘어져 있다. 하인이 내오는 음식마다 무릎을 꿇은 채 바친다. 손가락을 씻을 물이 담긴 황금 주발을 올리는 사람도 예외는 아니다. 손을 닦을 수건을 바치는 하인도 따로 있다. 하인들은 왕 앞에 무릎을 꿇고 머리까지 잔뜩 조아린다. 왕은 근접할 수 없을 정도로 고귀한 존재라 감히 눈도 맞출 수 없다는 것 같았다.

그래서 왕이 눈을 들어 그만 나와 눈이 마주쳤을 때 나는 시선을 피해야 할지, 아니면 일어나 인사를 올려야 할지 어쩔 줄 몰랐다. 갑작스런 상황에 당황한 나머지 나는 왕을 향해 해쭉 웃고는 다른 곳을 쳐다보았다. 그러고는 왕이 아직도 나를 보고 있는지 다시 힐끔 올려다보았다. 왕은 나를 계속 쳐다보고 있었다. 그러다 문득, 지금 내가 남자에게 꼬리 칠 때나 하는 짓을 하고 있다는 생각이 들었다. 얼굴이 달아올랐고 멋쩍은 기분이 들어 접시만 내려다보았다. 왕이 아직도 나를 보고 있나 싶어 고개는 여전히 숙인 채 눈만 슬며시 들어 보니 왕은 이제 눈길을 돌려 멀리 방을 굽어보고 있었다. 애초에 날 보고 있었던 것은 아닌 듯했다.

대신 큰아버지의 어둡고 날카로운 눈길이 따갑게 와 닿았다. 화난 얼굴로 노려보고 있을까 봐 눈을 들기도 무서웠다. 왕과 눈을 마주치자마자 후딱 인사부터 올렸어야 했다. 하지만 공작님은 잘했다는 듯 고개를 한 번 끄덕이더니 다시 오른쪽에 앉은 남자와 대화를 계속했다. 큰아버지 옆의 남자는 나 따위에는 안중에도 없어 보였는데 얼른 봐도 백 살은 넘어 보였다.

나는 궁정이 얼마나 나이 많은 사람들로 우글대는지 새삼 느꼈다. 왕부터 늙은이니 어쩔 수 없었다. 난 항상 궁정을 젊고 아름답고 즐거운 사람들로 가득한 곳으로 상상했다. 이렇게 늙은이들로 득실대는 곳인 줄은 미처 몰랐다. 왕과 함께 다니는 사람들 중에 마흔 살에서 하루라도 젊은 사람은 씨가 마른 것 같았다. 왕의 가장 가까운 친구이자 멋지고 매력적인 걸로는 둘째가라면 서럽다는 찰스 브랜든 경도 망령 나지 않은 게 용한 쉰 살의 늙은이였다. 새할머니는 항상 왕이 아직도 할머니가 젊었을 때 보던 젊은 왕자인 것처럼 얘기했었다. 그러니 내가 엉뚱한 환상을 품게 된 것도 놀랄 일은 아니다. 새할머니는 너무 늙어서 그동안 얼마나 세월이 흘렀는지도 기억하지 못한다. 왕이나 자기나 아직도 팔팔한 젊은이인 줄 안다. 새할머니 입에서 왕비 운운하는 말이 나오면 그건 언제나 아라곤의 카타리나 얘기다. 제인 왕비나 심지어 레이디 앤 불린도 아니다. 카타리나 왕비 이후의 왕비들은 모두 건너뛴다. 옛날에 새할머니가 앤 불린의 몰락에 얼마나 충격을 받았던지 나처럼 행실머리 나쁜 여자애들을 꾸짖을 때 외에는 앤 불린에 대해서 입도 벙긋하지 않는다.

물론 처음부터 그랬던 건 아니었다. 호샴에 있는 새할머니의 시골집에서 살기 시작했던 때가 생각난다. 그때 새할머니는 한마디 걸러 한 번씩 '우리 조카 손녀이신 왕비님'을 입에 달고 살았고, 뻔질나게 런던으로 편지를 보내 왕비에게 청탁을 넣어 사례금을 받아 내거나 아랫사람 일자리를 부탁하거나 수도원에서 몰수한 토지와 재산에서 떨어지는 부수입을 챙기는 일에 열중했다. 왕비를 등에 업고 맘에 안 드는 신부를 파면시키고 수도원을 해산시킨 일도 있었다. 그러다 앤 왕비가 딸을 낳자 이번에는 말끝마다 '우리 엘리자베스 아기 공주님' 어쩌고 하면서 다음 아기는 왕자님이었으면 좋겠다는 둥 호들갑을 떨었다. 모두들 나는 왕비와 사촌이니 시녀로 궁정에 들어가는 건 따 놓은 당상이라고 했다. 잉글랜드 왕비와 친척이니 결혼은 또 얼마나 잘 하겠냐며 부러워했다. 큰아버지 딸 메리는 왕의 서자인 헨리 피츠로이와 결혼했고, 다른 남자 사촌은 메리 공주와 혼담이 오가고 있었다. 우리 집안은 왕가인 튜더가와 결혼 관계로 이리저리 엮여 있어 우리도 왕족이나 다름없었다. 하지만 서서히, 마치 으스스한 냉기가 느껴지기 전부터 이미 겨울이 다가오듯, 점점 앤 왕비를 언급하는 일이 점점 줄어들었고, 언제부턴가 왕비전을 믿고 나대는 일도 없어졌다. 그러던 어느 날 느닷없이 새할머니가 집안사람 전체를 홀에 모아 놓고 앤 불린은(정확히 이렇게 불렀다. 경칭도, 조카 손녀라는 언급도 없이 이름만 불렀다) 자신과 가문의 명예를 더럽혔고, 남편인 국왕을 배신했으며, 앞으로 그런 여자와 그 남동생의 이름은 두 번 다시 문중에서 언급되는 일이 있어서는 안 된다고 말했다.

우리 모두 무슨 일이 일어난 건지 몹시 알고 싶었지만 하인들이 수군거리는 소리에 의지할 수밖에 없었다. 그러다 결국 런던에서 소식이 전해졌고 그 다음에야 나는 앤 왕비가 무슨 일을 저질렀는지 알게 되었다. 지금도 하녀가 나에게 속닥거리던 말이 귀에 생생하다. 레이디 앤이 끔찍한 범죄를 저질렀다고 했다. 수많은 남자와 간통을 저질렀다고 했다. 게다가 그중 한 명은 자기 남동생이었다. 또 주술을 써서 왕을 빙자하고 반역을 꾀하는 등 듣기만 해도 소름끼치는 이야기가 줄줄이 이어졌다. 그런데 그 이야기 가운데 어리둥절하고 사리분별 없는 어린 계집애에 불과했던 내게도 가장 무섭게 들렸던 말은 왕비의 죄상을 고발한 사람이 다름 아닌 왕비의 외삼촌이자 내 큰아버지인 노퍽 공작이라는 사실이었다. 왕비의 재판을 주재한 것도, 왕비에게 사형을 선고한 것도 공작이었다. 그리고 공작 아들, 잘생긴 내 사촌은 마치 축제에 가는 사람처럼 가장 좋은 옷으로 차려입고 자기 외사촌인 앤 왕비가 참수되는 것을 보러 런던탑에 갔다.

나는 공작이 피도 눈물도 없는 사람이라 악마와도 대적할 거라 생각했다. 하지만 지금은 이런 어릴 적 공포심 따위는 웃어넘길 수 있게 되었다. 지금은 공작께서 나를 총애하시지 않는가. 공작이 나를 대견하게 생각한 나머지 제인 불린, 아니 로치포드 부인에게 특별히 날 신경 써서 돌보라 이르지 않으셨는가. 그리고 내게 새 드레스를 장만해주라고 돈까지 내리시지 않았는가. 아무리 봐도 공작이 나를 대단히 흡족히 생각하는 게 틀림없다. 본인이 궁정에 들여보낸 모든 하워드 가문 딸들 중에서 내가 가장 훌륭하다고 생각하신다. 내가 지체 높은 혼처를 만나거나 미래의 왕비와 친구가 되거나 왕의 마음에 들어서 하워드 가문의 명예와 이익을 드높일 거라는 기대가 크시다. 전에는 공작을 잔혹한 악마라고 생각했지만 지금은 그저 자상한 큰아버지로 느낀다.

정찬 후에는 가면극과 궁정 광대의 익살이 이어졌다. 그리고 그 다음엔 가수가 나와 노래를 불렀는데 지루해서 못 견딜 정도였다. 들리는 말로는 왕이 엄청난 음악가라고 한다. 그 덕분에 우리는 거의 매일 저녁 왕이 작곡한 노래를 참고 들어야 한다. 트랄라라 하는 소리만 반복되는 지루한 노래였지만 모두 열심히 들으며 노래가 끝날 때마다 요란하게 박수를 쳤다. 레이디 안나도 나만큼이나 노래가 지루한 눈치였다. 하지만 아무리 그렇다 쳐도, 멍청한 얼굴로 사방을 둘레둘레 살피면서 하시라도 일어나 나가고 싶은 속내를 그렇게까지 드러낼 필요는 없지 않을까? 왕은 레이디 안나를 힐끔 쳐다보고 나서 외면하기를 반복했다. 레이디 안나가 음악에 주의를 기울이지 않는 모습에 짜증이 난 게 분명했다. 한편 나는 용의주도하게 두 손을 턱 밑에 모아 쥐고 눈을 반쯤 감은 채 웃음을 살살 흘리면서 음악이 너무 즐거워 좋아 죽겠다는 표정을 지었다. 행운도 나를 모른 척하지 않았다! 왕이 우연히 내 쪽으로 눈을 돌렸고 자기 음악에 심취해 있는 나를 보았다. 그리고 만족한 표정으로 나를 향해 활짝 웃었다. 나도 미소를 보낸 뒤 너무나 존경스러워 오래 바라보기조차 두렵다는 듯이 곧 무대 쪽으로 눈을 내리깔았다.

"아주 잘했어."

로치포드 부인이 말했고, 나는 승리감에 찬 미소를 지어 보였다. 나는 궁정 생활이 너무, 너무 좋다. 이제야 얘기지만 난 확실히 궁궐 체질인 것 같다.

제인 불린

1540년 1월 3일, 그리니치 궁

"공작님, 안녕하세요?"

나는 허리를 있는 대로 굽혀 인사했다. 이곳은 그리니치 궁의 하워드 저택이다. 방마다 서로 통하는데 이곳은 왕비의 처소 못지않게 널찍하고 아름답다. 나는 이곳에서 조지와 신혼 시절을 보낸 적이 있다. 그때가 생각났다. 아침에 눈을 뜨면 강 풍경과 새벽 햇살이 훤히 내려다보였다. 사랑에 흠뻑 빠져 하늘 높이 훨훨 날던 백조들이 강에 내려앉으며 그 커다란 날개로 파드득대던 소리를 들었었지.

"아, 로치포드 부인, 부탁할 게 있네."

노퍽 공작이 주름진 얼굴로 다정하게 말을 꺼냈다. 나는 다음 말을 기다렸다.

"레이디 안나와는 친하게 지내는가? 사이좋게 지내나?"

"제 생각에는 그런데, 그분이 아직은 영어를 못합니다. 하지만 제가 말을 걸려고 애쓰니까 절 좋아하는 눈치예요."

"속내는 털어놓는가?"

"클레베스 일행들에게 먼저 털어놓지만 잉글랜드에 관한 일들은 저한테 물어볼 때도 있어요. 저를 믿는 눈치예요."

공작은 창 쪽으로 향하며 엄지손톱으로 누런 이를 톡톡 두드렸다. 창백한 얼굴에 수심이 가득했다.

"문제가 생겼네."

공작이 느릿느릿 말을 던졌다.

"그대도 들었다시피, 실은 저쪽에서 정식 문서도 없이 레이디 안나

128

를 보냈다네. 어린 시절에 로레인의 프랜시스와 정혼했지. 그러니까 결혼이 더 진전되기 전에 그 정혼이 취소되고 마무리되었는지 확인부터 해야 하네."

이 말에 나는 화들짝 놀라 물었다.

"레이디 안나가 마음대로 결혼할 수 없단 말인가요? 결혼 협정서를 작성해서 멀고 먼 길을 왔고, 전하가 배필로 영접까지 한 게 언젠데요? 런던 시가 새 왕비로 환영한 건 또 언제고요?"

"그럴 수도 있지."

공작이 얼버무렸다.

그럴 수 있다니, 말도 안 되지만 내가 그렇게 말할 처지는 아니라 되물었다.

"레이디 안나가 마음대로 결혼할 수 없다고 누가 그러는데요?"

"왕은 이번 혼사가 진행될수록 겁을 내고 있어. 양심이 편치 않은 모양이야."

아무리 생각해도 공작의 말에 얼른 납득이 가지 않아 나는 잠자코 있었다. 왕은 형수와 결혼했다가 평생 결혼이 무효라고 주장해서 조강지처를 내친 사람이다. 하느님의 고유한 인도에 따라 본인이 판단할 문제라며 앤 불린을 참수한 사람도 왕이다. 독일 대사가 넘겨줄 적법한 서류가 없다는 사유만으로 한 여인과의 결혼을 단념할 왕이 아니라는 것쯤은 누구나 다 아는 일이다. 이때 나는 로체스터에서 레이디 안나가 왕을 떠밀었을 때와 왕이 비척이던 순간의 표정이 생각났다.

"그건 그래요. 전하는 레이디 안나를 싫어해요. 로체스터에서 전하를 그런 식으로 대했으니 그냥 넘어갈 리가 없지요. 결혼을 피할 방도를 찾으시겠지요. 정혼한 이유를 또 내세울 겁니다."

이렇게 말하고 나서 공작의 어두운 표정에서 내 짐작이 적중했음을 한눈에 알 수 있었다. 그래서 나는 헨리 왕의 새로운 사기 희극에 박장대소할 뻔했다.

"안나를 싫어하시니 본국으로 되돌려 보내시겠지요."

그러자 공작이 차분하게 대답했다.

"정혼한 사실을 이실직고하면 레이디 안나는 망신당하지 않고 본국으로 갈 수 있고, 또 왕도 자유로워지겠지."

"하지만 레이디 안나는 전하를 좋아합니다. 아무튼 많이 좋아해요. 게다가 본국에 돌아갈 리도 만무하고요. 그렇게 돌아갈 여자가 세상 천지에 어디 있겠어요. 잉글랜드 왕비가 될 수 있는데 퇴박을 맞고 클레베스로 되돌아가려고 할까요? 절대 그건 원하지 않을 겁니다. 전하가 퇴박을 놓는다면 대체 누가 이 여인과 결혼하겠습니까? 전하가 정혼 사실을 선포하는 경우에 누가 레이디 안나와 결혼하겠어요? 그 인생은 끝장나는 셈이지요."

"레이디 안나가 정혼 의혹을 풀면 되지."

공작은 속내를 드러냈다.

"무슨 방도라도 있습니까?"

공작은 어깨를 으쓱하며 대답했다.

"거의 불가능해."

잠시 생각하다 내가 물었다.

"그럼 있지도 않은 일에서 어떻게 벗어날 수 있어요?"

공작은 빙긋이 웃으며 대답했다.

"그건 독일 사람들의 문제야. 레이디 안나가 협조하지 않으면 본인 뜻과는 달리 본국으로 추방될 수도 있네."

"아무리 전하라도 안나를 납치해서 우리 왕국에서 쫓아낼 수는 없지요."

"함정에 빠져서 정혼했다고 실토한다면…… 자유롭게 결혼할 처지가 아니라고 스스로 실토한다면……."

이렇게 공작이 나긋나긋하게 속삭이는 말에 나도 고개를 끄덕였다. 공작이 나한테 부탁할 일이 무엇인지 감이 잡혔다.

"레이디 안나가 고백했다는 말을 고하는 신하가 있다면 왕은 그 이상 고마울 데가 없을 게야. 이런 고백을 받아 낸 시녀는 왕의 총애를 한 몸에 다 받겠지. 내 총애도 받을 테고."

"분부만 내리십시오."

잠시 생각하고 나서 나는 말을 이었다.

"하오나 제가 레이디 안나에게 거짓말을 하도록 유도할 수는 없어요. 자유롭게 결혼할 처지인 줄 아는데 다른 말을 해야 한다면 미칠지도 몰라요. 내가 틀린 말을 하라고 요구하면 레이디 안나는 거부할 수밖에 없을 겁니다. 그럼 내 말에 반발할 테고 우리는 진실로 되돌아가는 셈이 되고요."

나는 두려움이 밀려와 한숨 돌린 뒤 덧붙였다.

"공작님, 기소 가능성은 없을까요?"

"어떤 기소 말인가?"

나는 바짝 긴장해서 대답했다.

"범죄 같은 거요?"

"반역죄로 기소할 가능성 말인가?"

고개를 끄덕였지만 내 입으로는 그 말을 꺼내지 않았다. 꿈에라도 듣고 싶지 않은 말이다. 반역자는 결국 런던탑으로 가서 형장의 이슬로 사라진다. 내 인생에서 사랑을 앗아간 그 말. 그 말 때문에 그이와 내가 함께한 삶이 완전히 끝장났다.

"그게 어떻게 반역이 될 수 있는가?"

공작은 이렇게 우리가 온갖 것이 다 반역이 되는 위험천만한 세상에 살고 있는데도 천연덕스럽게 반문했다.

"반역법이 너무나 많이 바뀌어 결백하다고 해도 소용이 없잖아요."

공작은 갑자기 고개를 흔들더니 말했다.

"그건 그렇고 왕이 레이디 안나를 기소할 가능성은 없네. 프랑스 왕이 지금 이 순간에도 파리에서 신성 로마 제국의 제의를 받아들이고 있을 게야. 우리가 이러고 있는 이 순간에도 양국은 우리를 협공할 복안을 짤 수도 있네. 우리가 클레베스의 심기를 건드릴 일은 티끌만큼도 해서는 안 되네. 신교도 국가의 왕자들과 동맹을 맺을 도리밖에는 없어. 그렇지 않으면 우리는 고립무원의 처지가 되어 우리를 견제하려고 연합한 에스파냐와 프랑스와 대적하는 위험한 처지에 몰릴지도 모르거든. 잉글랜드 구교도들이 전처럼 다시 들고 일어나는 날에는 우린 끝장일세. 우리가 안나를 퇴출하고 동맹을 유지하려면, 그이가 다른 남자와 정혼한 사이라고 자백하고 자의로 본국으로 돌려보낼 수밖에 없어. 아니면 누군가 안나를 속여서 자백하게 만든다면야 더할 나위 없이 좋겠지. 하지만 자유롭게 결혼할 수 있다고 끝까지 우기거나 결혼을 고집하면 왕은 결혼할 도리밖엔 없어. 우리는 지금 그 남동생의 비위를 건드릴 수 없는 처질세."

"전하가 결혼을 좋아하든 말든 관계없이요?"

"왕이 이번 결혼을 싫어한다 한들, 그 묘안을 짜낸 조신을 증오한다고 한들, 안나를 혐오한다고 한들 아무 소용이 없네."

나는 잠시 숨을 돌렸다가 엉겁결에 웅얼거렸다.

"전하가 레이디 안나를 혐오하는데도 결혼한다면 훗날 제거할 방도를 찾으실 텐데요."

공작은 묵묵부답이었는데 눈썹을 내리 깔아 눈이 보이지 않았다.

"어허, 앞날을 누가 내다볼 수 있겠는가?"

그래서 내가 말했다.

"안나는 하루하루 사는 게 벼랑 끝 같을 거예요. 제거할 마음이 생기면 곧바로 전하는 안나를 제거하는 게 하느님의 뜻이라고 생각하실 걸요."

"하느님의 뜻으로 보인다는 게 대개 다 그런 식이지."

공작은 음흉하게 웃으며 대답했다.

"그렇다면 전하는 무얼 위반했는지 찾아내시겠지요."

반역이라는 말은 내 입으로 하지 않을 셈이다.

공작이 조용히 내게 일렀다.

"정녕 레이디 안나를 염려한다면…… 어서 가서 설득해 보게."

나는 왕비전으로 천천히 발길을 돌렸다. 안나가 클레베스 대사들의 의견을 듣기 전에 내 조언을 받아들일 턱이 없다. 그렇다고 내키는 대로 내 깊은 속내를 털어놓을 수도 없는 노릇이다. 하지만 내가 진정한 친구였다면 안나한테 애초에 알려 주었겠지. 헨리 왕이 결혼식 전부터 당신을 싫어한다면 남편으로 취할 남자가 못 된다고. 왕이 자기를 거부하는 여자들에게 품는 원한은 치명적이다. 왕을 나보다 더 잘 아는 사람이 있을까?

안나
1540년 1월 3일, 그리니치 궁

제인 불린에게 걱정이 있어 보였다. 나는 제인을 불러 괜찮은지 영어로 물었다.

제인은 통역에게 와 달라고 손짓하더니 매우 민감한 문제로 걱정이 있다고 말했다. 나는 결혼식 절차에 관련된 고민일 것이라 생각했다. 이곳 사람들은 어떤 절차로 의식을 치러야 할지, 어떤 보석을 걸쳐야 할지 세심하게 신경 쓰기 때문이다. 나는 심각한 문제인 줄 안다는 듯 고개를 끄덕이며 내가 도와줄 수 있는 일인지 물었다.

"그게 아니라 제가 레이디 안나를 도와드릴 수 있을지 걱정이에요."

그녀는 로테에게 조용히 말했다. 로테가 통역했고 나는 고개를 끄덕였다.

"레이디 안나의 대사가 옛날 혼약이 무효가 됐다는 문서를 들고 오지 않았다고 하네요."

"뭐라고요?"

내 목소리가 몹시 날카로웠는지 제인은 내가 내뱉은 독일어를 이해하고는 고개를 끄덕였다. 제인 역시 나 만큼이나 표정이 심각했다.

"그러니까 아무 말도 듣지 못하신 게로군요."

나는 고개를 저으며 영어로 말했다.

"아무 말도…… 아무 말도 못 들었어요."

"그러면 누군가 잘못된 조언을 하기 전에 제가 먼저 말씀드리게 돼서 다행이에요."

제인 불린이 얼른 내 말에 대답했지만 나는 로테가 통역해 줄 때까지 기다려야 했다. 제인은 몸을 앞으로 숙이더니 내 손을 잡았다. 그 손은 따뜻했고 표정도 진지했다.

"지난 혼약에 대해 사람들이 물으면 혼약이 취소됐다고, 취소 문서를 본 적이 있다고 말하세요. 남동생이 왜 그 문서를 보내지 않느냐고 물어보면 모르겠다고, 문서를 들고 오는 일은 레이디 안나의 책임이 아니라고 말하세요. 사실이 그렇잖아요."

나는 숨이 막혔다. 제인의 진지한 모습에 나는 왠지 모르게 두려웠다. 왜 남동생이 그렇게 경솔한 실수를 저질렀는지 이해할 수 없었다. 문득 동생이 항상 나를 싫어했다는 사실이 떠올랐다. 동생은 원한 때문에 자신의 계획을 그르친 것이다. 결국 나를 그렇게 쉽게 놔주기가 싫었던 거다.

제인 불린이 계속 말했다.

"무척 놀라셨군요. 제 말을 귀담아 들으세요. 혼약 무효 문서라는 게 없다고 말하면 사람들은 아직도 혼약이 취소되지 않은 걸로 생각할 거예요. 그러니 아주 그럴듯하게 거짓말을 하셔야 해요. 사람들에게 문서를 보았다고, 예전에 했던 혼약은 완전히 무효가 됐다고 말하세요."

"정말 무효가 되었는데요."

나는 천천히 말했다. 혹시라도 오해할까 봐 나는 영어로 다시 말했다.

"그 문서를 봤어요. 거짓말 아니에요. 혼약은 취소됐고 저는 자유롭게 결혼할 수 있어요."

"정말 확실하세요?"

제인은 진지하게 물었다.

"이런 일은 여자에게 알리지 않고 이뤄지기도 하거든요. 잘 모른다고 해도 레이디 안나를 비난할 사람은 없어요. 제게는 말씀하셔도 돼요. 저를 믿으세요. 제게 진실을 말하세요."

"취소됐어요. 취소됐다고 알고 있어요. 그 혼약은 아버지의 계획이지 남동생 생각이 아니었어요. 아버지가 돌아가신 후 남동생이 공국을 다스리면서 혼약도 취소됐어요."

"그러면 왜 문서를 갖고 오지 않으셨어요?"

"남동생이…… 멍청한 남동생……. 그 애는 제가 어떻게 되든 관심이 없어요."

로테가 내 말을 얼른 통역했다.

"아버지가 돌아가신 지 얼마 안 된 데다 어머니가 상심해 계셔서 남동생은 할 일이 무척 많았어요. 동생은 문서실에 그걸 보관하고 있어요. 제가 직접 봤어요. 동생이 문서를 보내는 걸 잊어버렸을 거예요. 처리해야 할 일이 너무 많았거든요."

"조금이라도 의심의 여지가 있다면 제게 말씀해 주셔야 해요. 그러면 어떻게 해야 할지 제가 알려 드릴게요. 제가 이렇게 말씀드리는 걸 보시면 제가 얼마나 레이디 안나께 충심을 다하는지 아실 거예요. 남동생이 만에 하나 그 문서를 보관하고 있지 않을 것 같으면 제게 말씀해 주세요. 레이디 안나, 그래야 안전할 수 있어요. 레이디 안나를 위한 최선의 방책이 무엇인지 제가 고민해 볼게요."

나는 고개를 가로저으며 말했다.

"걱정해 줘서 고맙지만 그럴 필요 없어요. 제가 직접 그 문서를 봤어요. 제 대사도 봤고요. 이 결혼에 장애가 될 만한 일은 없어요. 저는 결혼할 수 있는 자유의 몸이에요."

그러나 제인은 여전히 뭔가 다른 얘기를 기대하는 듯한 표정으로 고개를 끄덕이며 말했다.

"그렇다면 다행이고요."

"저는 왕과 결혼하고 싶어요."

그러자 제인은 목소리를 낮추며 말했다.

"전하를 만나 봤으니까 혹시 이 결혼을 피하고 싶다면 그렇게 할 수 있어요. 이번이 달아날 기회예요. 제가 도와 드릴 수 있어요. 혼약이 취소됐는지 확실히 모른다고, 아직도 혼약한 상태일지 모른다고 제가 사람들에게 말할 수도 있어요."

나는 제인의 손에서 내 손을 얼른 빼며 딱 잘라 말했다.

"저는 달아나고 싶지 않아요. 이 결혼은 저와 제 조국에 큰 영광이에요. 그리고 제게는 엄청난 행운이고요."

제인은 내 말을 믿지 않는 표정이었다. 내가 말했다.

"정말이에요. 저는 잉글랜드 왕비가 되고 싶어요. 이 나라를 사랑할 거예요. 여기서 내 삶을 새롭게 시작하고 싶어요."

"정말요?"

"네, 맹세코."

나는 망설이다가 내가 영국에 살고 싶은 가장 큰 이유를 말했다.

"저는 클레베스에서 그다지 행복하지 않았어요. 사람들은 저를 특별하게 여기지도, 잘 대해 주지도 않았어요. 하지만 여기서는 저도 특별해질 수 있어요. 훌륭해질 수 있어요. 그런데 집에서는 그저 쓸모없는 누이일 뿐이에요."

제인은 내 말에 고개를 끄덕였다. 여자라면 그 잘난 남자들 틈에서 무시당하는 여자들의 신세를 잘 알 것이다.

"저도 한 번 해 보고 싶어요. 능력을 펼쳐 보고 싶어요. 남동생에게 얹혀사는 군식구나 어머니의 딸이 아닌 제 자신을 이곳에서 찾고 싶어요."

제인은 잠시 말이 없었다. 나조차 내 자신이 이렇게 절실하게 느끼는지 몰랐다. 나는 다시 말했다.

"저는 제 뜻대로 사는 여자가 되고 싶어요."

"왕비라고 해서 자유롭게 사는 건 아니에요."

"그래도 공국 제후인 남동생 눈 밖에 난 노처녀 누나보다는 나을 거예요."

"알겠어요."

제인이 이렇게 조용히 수긍했다.

"우리 대사들이 문서를 가져오지 않아 전하가 화가 났나 보군요?"

내가 묻자 제인은 내 눈을 피하며 말했다.

"그랬겠지요. 하지만 레이디 안나가 결혼할 수 있는 자유의 몸이라고 대사들이 확실히 말하면 모든 게 잘 풀릴 거예요."

"결혼이 연기되거나 하지는 않겠죠?"

내가 이렇게 결혼하고 싶은 줄은 나 자신도 몰랐다. 이 나라를 위해 많을 일을 할 수 있을 것 같다. 훌륭한 왕비가 될 수 있을 것 같다. 어서 왕비가 되고 싶다.

"그럼요. 대사들과 추밀원이 잘 해결해 줄 거예요."

나는 잠시 머뭇거리다 물었다.

"전하가 정말 나랑 결혼하고 싶을까요?"

제인은 웃더니 내 손을 살짝 건드리며 말했다.

"물론이죠. 이건 그저 작은 어려움에 불과해요. 대사들이 문서를 작성하면 결혼은 진행될 거예요. 레이디 안나가 문서가 있었다고 확신한다면 말이에요."

"문서는 있어요."

그건 사실이었다.

"맹세할 수 있어요."

캐서린
1540년 1월 6일, 그리니치 궁

나는 레이디 안나의 결혼식 예복 시중을 들어야 했다. 그 준비 때문에 새벽부터 일어났다. 일찍 일어나는 것은 싫지만 다른 여자애들이 늦잠을 자면서 게으름 피우고 있을 때 혼자 일하는 것처럼 보이는 건 나쁘지 않다. 사실 말이지 누구는 일찍부터 일어나 레이디 안나를 위해 힘들게 일하는데 누구는 그렇게 늦게까지 잠자리에서 뒹굴다니 그건 누가 봐도 못된 거잖아. 엄밀히 말해 나를 빼고 모두 게으르기 짝이 없다.

레이디 안나가 사실에서 목욕하는 동안 캐서린 캐리가 나를 도와 옷장 위에 예복 치마와 속치마를 펼쳤고 메리 노리스는 보석을 챙기러 갔다. 치마는 폭이 어마어마하게 넓었다. 나 같으면 이런 드레스를 입고 결혼하느니 차라리 죽어 버릴 것이다. 세상에서 가장 아름다운 여자라도 이런 옷을 입으면 사람들 입속으로 들어가려고 어기적어기적 걸어 나오는 대형 푸딩처럼 보일 거다. 텐트 같은 옷을 걸치고 다닐 거라면 뭐 하러 왕비가 된담. 하지만 옷감은 금실로 짜서 화려하기 이를 데 없었고 최상급 진주가 주렁주렁 달려 있었다. 그리고 머리에 쓸 작은 관도 있었다. 메리가 왕관을 거울 앞에 꺼내 놓았다. 만약 주위에 아무도 없다면 내가 한 번 써 볼 텐데. 하지만 아직 꽤 이른 시간임에도 불구하고 이미 방 안에는 하인을 비롯해 하녀와 최고 시녀 말고도 나 같은 어린 시녀가 대여섯 명은 더 있었다. 그래서 윤을 내는 척하며 살짝 만져 보고는 그대로 고이 놔둘 수밖에 없었다. 아주 정교하게 만들어진 왕관이다. 레이디 안나가 클레베스 공국에서 가져온 것이다. 자기 언니가 결혼식 때 싱싱한 향초를 머리에 꽂았는데 왕관의 뾰족뾰족 솟은 부분들은 그때 언니가 머리에 꽂았던 로즈메리를 본 따 만든 것이라고 했다. 내가 꼭 가시 면류관 같다고 말했더니 레이디 안나의 여비서관이 내게 눈을 흘겼다. 그리고 내 말을 통역도 하지 않았다. 하지만 차라리 다행이었다.

예비 왕비는 머리를 길게 늘어뜨릴 예정이었다. 그녀가 목욕을 마치고 은거울 앞에 앉자 캐서린 캐리가 마치 말 꼬리를 빗질하듯 레이디의 머리를 천천히 길게 빗어 내리기 시작했다. 레이디 안나는 머리 색이 엷다. 좋은 쪽으로 얘기하자면 금발에 가깝다. 목욕 수건으로 감아 놓은 머리는 윤기가 돌았고, 그래서 그런지 오늘 아침에는 레이디 안나도 그럴듯해 보였다. 얼굴이 좀 창백하긴 했지만 우리 모두에게 웃음을 보이는 등 그런대로 행복한 모습이었다. 만약 내가 그 입장이라면 잉글랜드의 왕비가 된다는 생각에 신나서 춤이라도 추었을 텐데. 어찌됐거나 이 분에게서 춤을 기대하기는 어려울 듯하다.

레이디 안나가 예식장으로 출발했고 우리는 왕비전에서의 계급에 따라 차례대로 그 뒤를 따랐다. 덕분에 나는 거의 끝에서 따라가야 했고 행렬에 있으나마나였다. 남자들 눈에 띄기에는 완전히 글렀다. 나는 은실로 가장자리 장식을 한 새 드레스를 입었다. 지금까지 내가 가져 본 것 중 가장 값비싼 것이었지만 입은 보람이 없다. 연한 푸른빛이 도는 회색 드레스가 내 눈 색과 잘 어울린다. 오늘처럼 예쁘게 차려입은 적도 없었다. 하지만 내 결혼식도 아니고, 더군다나 나에게 눈길을 주는 사람은 아무도 없을 것이다.

결혼식을 집전하는 크랜머 대주교가 웅얼웅얼 늙은 벌처럼 끝도 없이 기도문을 외웠다. 그리고 두 사람이 결혼하지 못할 이유가 있는지, 우리 즉 회중들 가운데 이 결혼이 성립하지 못할 이유가 있다고 생각하는 사람이 있는지 물었다. 우리는 모두 기운차게 '아뇨, 없습니다.'라고 답했다. 지금 이 순간 만에 하나 어떤 사람이 '결혼식을 멈추시오. 왕에게는 이미 왕비가 세 명이나 있었는데 그중 한 명도 제명대로 살다 죽은 사람이 없소!' 라고 하면 어떻게 될까 하는 상상을 해 본다. 이런 상상을 하는 사람이 과연 나뿐일까 하는 생각이 든다. 하지만 실제로 그런 말을 하는 사람은 없었다.

레이디 안나가 생각이 있는 사람이라면 겁이 날 게 당연하지 않나? 왕의 과거 결혼 경력을 볼 때 걱정되지 않을 수 없다. 물론 왕은 위대한 분이지만, 그리고 왕의 뜻은 곧 하느님의 뜻이지만, 아무리 생각해도 지금까지 왕과 결혼했던 여자들이 모두 죽었다는 건 좀 그렇다. 그 생각을 하면 새 신부의 앞날도 그다지 밝아 보이지는 않는다. 그런데 예비 신부는 그렇게 생각하는 것 같지 않다. 아무도 그렇게 생각하는 사람은 없는 것 같다. 하긴 나 같은 바보가 아니라면 누가 그런 생각을 하겠어.

결혼식 후 두 사람은 미사를 드리러 왕의 사실로 들어갔고 우리만 밖에 남아 마땅히 할 일 없이 대기하고 있었다. 사실 궁정에서는 이렇게 멀뚱히 기다리고 서 있는 게 주된 일이다. 저쪽에 아주 근사하게 생긴 남자가 눈에 띈다. 이름이 존 버레스비라고 했던가? 그런데 지금 그 남자가 사람들 사이를 조금씩 헤치고 다가와 내 옆에 섰다.

"눈이 부신데요."

남자가 말했다.

난 쌀쌀맞게 되받아쳤다.

"무엇에 눈이 부시다는 말인가요? 아직 해가 뜨려면 멀었잖아요."

"해에 눈이 부시다는 말이 아니라 해보다 더 찬란한 그대의 아름다움에 그렇다는 말이죠."

"아, 그래요."

난 남자에게 살짝 웃어 주었다.

"궁정에선 처음 뵙는데요."

"네, 캐서린 하워드라고 해요."

"난 존 버레스비요."

"알아요."

"알아요? 사람들에게 내 이름을 물어봤나 보죠?"

"아뇨. 그건 아니고요."

거짓말이었다. 로체스터에 있던 첫날 이 남자를 처음 보자마자 로치포드 부인에게 누구냐고 물어봤다.

"나에 대해서 묻고 다녔군요."

남자의 희색이 만면했다.

"잘난 척하지 말아요."

난 윽박지르듯 말했다.

"말해 봐요. 나중에 결혼 피로연 때 나와 춤추겠다는 약속 정도는 해 줄 수 있죠?"

"봐서요."

"그럼 약속한 걸로 믿고 갑니다."

그가 속삭였다. 그때 문이 열리고 왕이 레이디 안나와 함께 나왔다. 우리는 일제히 깊이 무릎 굽혀 인사했다. 이제 왕과 정식으로 혼례를 올리고 왕비가 된 레이디 안나에 대한 예우였다. 지금도 뭐, 나무랄 데는 없지만 그래도 왕비가 길게 끌리는 드레스를 입었더라면 더 멋졌을 텐데 하는 생각이 들었다.

안나

1540년 1월 6일, 그리니치 궁

이제 됐다. 나는 이제 잉글랜드의 왕비다. 그리고 한 남자의 아내다. 나는 지금 결혼 피로연에서 내 남편, 그러니까 왕의 오른편에 앉아 연회장을 내려다보며 미소를 짓고 있다. 내 시녀들과 테이블에 앉아 있는 귀족들, 복도에서 목을 빼고 구경하는 평민들 모두에게 왕비가 되어서 행복하며 훌륭한 왕비이자 상냥한 아내가 될 것임을 보여 주기 위해서다.

크랜머 대주교가 영국 국교회 의식에 따라 결혼식을 집전했다. 나는 마음이 조금 불편했다. 어머니와 동생에게 약속한 대로 이 나라를 개신교로 이끄는 일과는 거리가 멀었기 때문이다. 마침 내 곁에 있던 고문관 오버스타인 백작에게 내가 왕을 개신교로 이끌지 못해서 클레베스 귀족들이 실망하지 않았으면 한다고 피로연 도중 쉬는 시간에 조용히 말했다.

그는 내게 원하는 종교를 몰래 믿을 수야 있지만 왕은 결혼식 날까지 종교 문제로 골치를 썩이고 싶지는 않을 거라 말했다. 또한 가톨릭 교도이면서도 교황의 권위를 부정하는 국교회를 지키려는 왕의 의지가 확고하다고도 알려 주었다. 열렬한 교황주의만큼이나 종교 개혁도 반대한다는 것이다.

"하지만 우리 두 사람 모두에게 어울리는 결혼 의식을 찾을 수 있지 않았을까요. 동생은 내가 영국의 교회 개혁에 보탬이 되기를 원해요."

백작은 얼굴을 찌푸리며 대답했다.

"영국의 교회 개혁은 우리가 생각하던 것과는 다릅니다."

꽉 다문 그의 입술로 보아 더 이상 말하고 싶지는 않은 모양이었다. 나는 딜에서 오던 길에 우리가 머물렀던 웅장한 저택들을 떠올리며 조심스럽게 말을 꺼냈다.

"교회 개혁으로 왕실 재정에는 상당히 도움이 되었을 거예요."

그 저택들은 분명히 수도원이나 수녀원이었을 것이다. 주변 텃밭은 꽃을 심기 위해 파헤친 상태였고, 가난한 사람들을 위해 일구었던 농장은 사냥터 공원으로 바뀌어 있었다. 백작이 짤막하게 말했다.

"클레베스에 있을 때는 잉글랜드의 종교 개혁이 아주 신성한 일이라고만 생각했지 이렇게 피로 얼룩진 과정인 줄 몰랐습니다."

"평범한 사람들이 기도하며 하느님께 의지했던 성지를 부숴 버리다니 믿을 수가 없어요. 게다가 추모 촛불을 봉헌하는 의식은 무엇 때문에 금지하는 거죠?"

"세속적 이유도 한몫 합니다. 교회의 십일조는 없어지지 않았답니다. 왕에게 바친다는 게 달라진 점이지요. 하지만 잉글랜드 사람들이 기도를 어떻게 하건 우리가 왈가왈부할 문제는 아닙니다."

"하지만 동생은……"

백작이 갑자기 짜증을 내며 말했다.

"제후님은 문서 관리나 제대로 하라고 하세요."

"네?"

"공녀님과 로레인 공작 아드님과의 혼약이 취소되었다는 문서를 보내지 않으셨답니다."

"그래요? 그 일로 큰 문제가 생기지는 않겠죠? 왕은 아무 얘기도 안 하던걸요."

"그 문서가 확실히 존재한다고 저희가 맹세했으니까 그렇죠. 석 달 안에 문서가 도착할 테니 그동안 우리가 인질로 이곳에 남아 있겠다고 맹세했답니다. 저희에게 무슨 일이 생길지 이제 아무도 몰라요."

백작의 말에 나는 깜짝 놀랐다.

"그렇다고 인질로 잡아 두다니요? 그럴 수는 없는 거잖아요. 그게 그렇게 중대한 걸림돌이라 생각하는 건 아니겠죠?"

백작은 고개를 저으며 말했다.

"이곳 사람들은 공녀님이 결혼할 수 있는 몸이라는 걸, 이 결혼이 적법하다는 걸 잘 알고 있어요. 그런데 왠지 모르겠지만 그렇지 않다고 믿기로 작정한 것 같아요. 거기에 제후님이 문서도 없이 우리를 보냈으니 좋은 구실이 된 거죠. 그동안 저희가 얼마나 수모를 겪었는지 모르실 겁니다."

나는 시선을 떨어뜨렸다. 동생은 나를 너무 미워한 나머지 이제 자신의 일을 그르치고, 조국과 심지어 신앙을 위한 일마저 놓치고 있다. 동생이 질투와 원한 때문에 내 결혼을 위태롭게 한다는 생각이 들자 갑자기 화가 치밀었다. 빌헬름은 정말 멍청이다. 정말 돼먹지 못한 멍청이다. 하지만 나는 그저 '동생은 꼼꼼하지가 않아요.' 라고 말했을 뿐이다. 내 목소리가 떨렸다.

"왕에게 경솔하게 굴었다가는 큰코다칩니다."

이런 백작의 경고에 나는 고개를 끄덕였다. 내 왼편에 아무 말 없이 앉아 있는 왕이 내내 신경 쓰였다. 왕은 독일어를 이해하지 못하지만 그에게 행복하지 못한 내 모습을 보이고 싶지 않았다.

"저는 꼭 행복하게 살 거예요."

내가 웃으면서 말하자 백작은 고개 숙여 인사하고는 제자리로 돌아 갔다.

연회가 끝나고 대주교가 자리에서 일어났다. 내 고문관들이 수차례 내게 일러 주었던 순간이 왔다. 왕이 일어서자 나도 따라 일어섰다. 우리는 크랜머 대주교를 따라 왕의 사실로 갔다. 대주교가 향로를 흔 들어 향을 뿌리며 실내를 도는 동안 우리는 문가에 서 있었다. 정말 미신적이고 기이한 풍습이다. 이 광경을 보면 어머니가 뭐라고 하실 지 모르겠지만 분명 탐탁지 않게 여기겠지.

대주교는 눈을 감더니 기도를 시작했다. 오버스타인 백작이 내 옆 에서 재빨리 그 내용을 말해 주었다.

"잠을 잘 자고 악몽에 시달리지 않게 해 달라고 기도 중입니다."

나는 애써 진지하고 경건한 표정을 지으려 했지만 웃음을 참기는 힘들었다. 백성들이 기적을 내려 딜라고 기도하는 게 못마땅해 성지 를 폐허로 만들어 놓고는 정작 궁에서는 악몽을 막아 달라고 기도한 단 말인가? 이게 말이 되는 얘기인가?

"왕과 왕비가 불임으로 고통받지 않게 해 주시고, 사탄이 왕의 정력 을 훔쳐 가지 않고 왕비의 회임을 방해하지 않기를 하느님의 이름으 로 기도드립니다."

나는 이 말도 안 되는 기도를 진심으로 믿는다는 듯이 즉시 아멘 하 고는 시녀들 쪽으로 몸을 돌렸다. 시녀들은 내가 잠옷으로 갈아입을 수 있도록 내 사실까지 나를 호위했다.

다시 돌아오니 왕은 조신들과 함께 침대 옆에 서 있었고 대주교는 여전히 기도 중이었다. 왕 역시 잠옷으로 갈아입고 모피가 달린 멋진 망토를 어깨에 걸치고 있었다. 타이즈를 벗고 있어서 헐거운 붕대 사이로 상처가 보였다. 붕대는 금방 갈은 듯 깨끗했지만 상처에서 나는 냄새는 역겨웠다. 그 냄새와 대주교가 흔드는 향내가 뒤섞여 뭐라 말할 수 없는 냄새가 침실에 가득했다. 우리 두 사람이 옷을 갈아입는 동안에도 기도는 계속되었던 것 같다. 지금쯤이면 정말이지 악몽과 불임이 저만치 달아났을 것이다. 시녀들이 다가오더니 어깨에 두른 내 망토를 살짝 벗겼다. 나는 모든 조신들 앞에서 잠옷만 입은 채 선꼴이 되고 말았다. 얼마나 창피하고 수치스러운지 그냥 클레베스로 돌아가 버리고 싶은 생각이 들 정도였다.

로치포드 부인이 얼른 이불을 들어 올려 호기심 어린 시선들에서 나를 구해 주었다. 나는 재빨리 이불 안으로 들어가 베개에 기대고 앉았다. 침대 맞은편에서는 토머스 컬피퍼라는 젊은 시종이 왕이 기댈 수 있도록 무릎을 구부렸고 다른 시종이 왕의 팔을 잡고 침대 위로 들어 올렸다. 헨리 왕은 짐을 잔뜩 실은 노곤한 말처럼 침대로 간신히 올라오며 끙끙거렸다. 왕의 몸무게에 침대가 쑥 꺼졌다. 그 바람에 나는 그 쪽으로 굴러갈 뻔했지만 침대 모서리를 부여잡고 가까스로 균형을 잡으며 우스꽝스럽게 몸부림쳐야 했다.

대주교는 양손을 머리 위로 올려 마지막 강복을 했다. 나는 앞을 똑바로 응시했다. 캐서린 하워드의 화사한 얼굴이 눈에 들어왔다. 캐서린은 양손을 움켜쥐고 경건하게 기도하는 척 입술에 갖다대고 있었지만 실은 웃음을 참으려고 애쓰고 있는 것이었다. 나까지 웃음을 터뜨릴 것만 같아 캐서린을 못 본 척했다. 대주교가 기도를 마치자 나도 '아멘' 하며 기도를 마쳤다.

그러자 감사하게도 모두 방에서 나갔다. 결혼 초야를 치르는 모습을 지켜볼 것 같지는 않지만 내일 아침에 침대 시트를 보면서 우리가 초야를 제대로 치렀는지 알려고 들 것이다. 왕실의 결혼이란 원래 그런 법이다. 아버지뻘 되는 늙은 남자, 제대로 알지도 못하는 남자와 결혼하는 것. 그게 왕실의 결혼이다.

제인 불린
1540년 1월 6일, 그리니치 궁

나는 왕의 구혼 기간에서부터 재혼 첫날밤 침소에 들 때까지 그 과정을 죽 지켜보았고, 마지막까지 남았다가 침실 문을 살며시 닫고 나왔다. 어린 멍청이 캐서린 하워드처럼 일각에서는 여기서 이야기가 끝나 이것이 결말이라고 여길지도 모른다. 하지만 그렇지 않다. 왕비의 이야기는 이제부터 시작이다.

오늘 밤 이전까지 왕과 왕비에게는 계약과 협약이 있어서 희망과 꿈은 있었어도 사랑은 없었다. 오늘 밤이 지나면 부부가 함께 해결하면서 살아야 할 현실이 기다리고 있다. 이런 부부의 경우에는 그 현실이 타결될 수 없는 협상과 같을 수도 있다. 노퍽 공작은 자신이 도저히 받아들일 수 없는 아내와 결혼해서 지금은 별거 중이다. 헨리 퍼시는 부유한 상속녀와 결혼했는데도 앤 불린에 대한 사랑에서 벗어나지 못했다. 토머스 와이엇도 앤 불린을 어릴 적부터 사랑해서 아직까지도 잊지 못한 채 자기 아내를 이를 갈며 미워하고 있다. 우리 남편도……. 그렇지만 이제 앞으로는 그이 생각은 하지 않을 것이다. 우리가 처음 부부의 연을 맺던 날, 그이가 나에 대해 무슨 생각을 했든, 나와 그 행위를 할 수밖에 없었던 그 순간에 그이가 누구를 생각했든, 나는 그이를 사랑했고 그이를 향한 사랑 때문에 어쩌면 죽었을지도 모른다. 이것만 기억하자. 하느님, 나를 품에 안고 그녀를 생각한 그이를 용서하소서. 그 사실을 알고 거기에 사로잡혔던 저를 용서하소서. 끝내는 머리가 돌아 버려 마음이 이상한 데 집착하는 바람에 그이의 팔을 베고 누워서도 오로지 다른 여자와 함께 있는 그이를 상상하는 일에만 집착했던 저를 용서하소서. 투기심과 욕정으로 너무나 저속해진 나머지 그이가 저를 더듬으면 그녀를 더듬는 그이의 모습을 상상하는 것이 제게는 쾌락이었습니다. 고약하고 사악한 쾌락이었습니다.

잠자리에서 알몸으로 부부의 연을 맺는 것만이 문제가 아니다. 왕비는 왕에게 순종하는 법을 배워야 한다. 아내라면 큰일뿐 아니라 매일 본인에게 일어나는 수많은 사소한 일에까지 순종할 수 있어야 한다. 하루에도 골백번 입술을 깨물고 고개를 숙여야 한다. 남이 보는 앞에서 언쟁을 해서는 안 된다. 은밀하게라도, 심지어 속으로라도 언쟁해서는 안 된다. 남편이 왕이라면 이 수칙은 더더욱 중요하다. 남편이 헨리 왕이라면 생사여탈의 문제다.

누구나 애써 헨리 왕이 무자비한 사내임을 잊으려고 한다. 왕도 우리에게 그것을 잊게 하려고 안간힘을 쓴다. 왕이 매력이나 호감을 사려고 애쓰면 우리는 잔인한 곰과 놀고 있다는 생각 자체를 잊고 싶어 한다. 왕은 자기 성질을 누르는 사람이 아니다. 자기감정을 다스릴 수 있는 위인도 아니며 오늘이 다르고 내일이 다른 남자다. 나는 왕이 세 여인을 광적으로 사랑했던 모습을 직접 본 여자다. 각 여인에게 영원히 변치 않겠다는 지조를 맹세하던 모습까지 보았다. 일편단심을 뜻하는 '로열 하트 경'이라는 좌우명을 내걸고 마상 창 시합을 하는 것도 보았다. 그뿐인가. 두 여인을 처형장에 보내고 셋째 여인의 죽음마저 예견하면서도 태연자약했던 모습까지 보았다.

안나는 오늘 밤 왕의 호감을 사고, 내일은 왕에게 순종하고, 1년 안에는 후사를 안겨 주어야 한다. 그러지 않으면 나로서도 새 왕비의 운명이 어찌 될지 관여할 수 없다.

안나

1540년 1월 6일, 그리니치 궁

사람들은 하나씩 떠나갔고 촛불과 어색한 침묵만 남았다. 나는 아무 말도 하지 않았다. 내가 먼저 말을 해선 안 된다. 어머니는 잉글랜드에 가면 무슨 일이 있어도 절대 왕에게 내가 정숙치 못한 여자라는 인상을 주어서는 안 된다고 하셨다. 왕이 나를 선택한 까닭은 클레베스 여성의 훌륭한 품성을 믿기 때문이다. 왕은 얌전하고 절도 있으며 예절 바른 신교도 처녀를 구했기에 나는 그 기준에 부합해야 한다. 어머니는 왕을 실망시켰다가는 내 생명이 위태로울 것이란 얘기를 대놓고 하지는 않으셨다. 결혼한 여자마다 잡아 죽인 남자와 나를 결혼시키기로 결혼 계약에 서명한 날 이후로 가족들은 앤 불린의 이야기를 한 번도 입에 올리지 않았다. 내 결혼 서약 이후 앤 불린은 갑자기 쥐도 새도 모르게 세상에서 사라진 듯했다. 사람들은 내게 잉글랜드 왕은 아내의 경박한 행동을 끔찍이 싫어한다고 경고했지만 왕이 앤 불린에게 한 일을 내게도 할 것이란 말을 하는 사람은 아무도 없었다. 하지도 않은 잘못으로 참수대에 머리를 올려놓게 될지 모른다고 말해 준 사람은 아무도 없었다.

왕, 그러니까 내 남편은 내 옆에 누워 지친 듯 한숨을 무겁게 내쉬었다. 나는 문득 우리가 그냥 잠들어서 이 고단하고 끔찍한 하루가 끝났으면 하고 바랐다. 그러면 내일 아침에 나는 결혼한 여자로서, 잉글랜드 왕비로서 새로운 삶을 시작할 수 있을 텐데. 오늘 하루 내 의무가 이걸로 끝나길 잠시 빌어 보았다.

나는 겁에 질린 어린 소녀처럼 꼼짝 않고 누워 있었다. 빌헬름이 봤더라면 흡족했을 것이다. 동생은 내 몸을 두려워했다. 그 감정은 두려움인 동시에 끌림이었다. 동생은 내게 목을 가리는 두꺼운 옷을 입고 무거운 후드를 쓰고 헐렁한 부츠를 신도록 했다. 그래서 사람들은 후드의 그늘에 가려진 내 얼굴과 손목에서 손가락까지 밖에 볼 수 없었다. 오스만 제국 황제가 아내를 가둬 놓듯 나를 가둬 놓을 수만 있다면 동생은 기꺼이 그랬을 것이다. 심지어 내가 쳐다보기만 해도 건방지다며 똑바로 쳐다보지 말라고 했다. 할 수만 있다면 내게 베일이라도 씌웠을 테지.

그러면서 동생은 끊임없이 나를 훔쳐봤다. 어머니 방에서 어머니의 감독 아래 바느질을 하고 있을 때든 뜰에서 말을 보살피고 있을 때든 무심코 고개를 들어 보면 빌헬름이 나를 뚫어져라 쳐다보고 있었다. 짜증스러운 표정으로 그리고…… 뭐라고 해야 할까…… 욕망을 품은 표정이라고 할까? 하지만 정욕은 아니었다. 동생은 남자가 여자에게 욕망을 품은 것처럼 나에게 욕망을 품지는 않았다. 물론 나도 그 점을 잘 안다. 오히려 나를 완전히 지배하려는 욕망이었던 것 같다. 내가 동생의 기분을 건드리지 않도록 통째로 집어삼켜 버리고 싶은 욕망이었던 것 같다.

어렸을 적에 빌헬름은 늘 우리 세 자매 모두를 괴롭혔다. 시빌리아 언니와 나 그리고 아말리아를. 빌헬름보다 세 살 많은 시빌리아 언니는 걸음이 빨라 달아날 수 있었다. 아말리아는 집안의 막내답게 쉽게 울음을 터뜨려 위기를 모면했다. 오로지 나만 빌헬름에게 맞섰다. 그렇다고 빌헬름이 나를 꼬집거나 머리를 잡아당길 때 나도 같이 때렸다는 얘기는 아니다. 빌헬름이 나를 마구간이나 어두운 구석으로 끌고 가도 나는 욕설을 퍼붓지 않았다. 나를 아무리 괴롭혀도 그저 이를 앙다물고 울지 않았을 뿐이다. 빌헬름이 내 가느다란 여린 손목을 멍들게 해도, 내 머리를 돌로 쳐서 피가 나게 해도 나는 절대 울지 않았다. 그만하라고 애원하지도 않았다. 입을 꼭 다물고 참아 내는 일만이 동생에게 저항하는 가장 강력한 무기라는 것을 알고 있었으니까. 동생은 마음만 먹으면 내게 상처를 줄 수 있다는 호기를 부리며 나를 협박하고 괴롭혔다. 나의 힘은 동생이 절대 내게 상처를 줄 수 없다는 식으로 행동하는 데 있었다. 나는 남자애들이 내게 무슨 짓을 하건 참을 수 있다는 것을 배웠다. 나중에는 남자들이 내게 무슨 짓을 하건 견뎌 낼 수 있다는 것을 배웠다. 한참 후에 동생은 군주가 되었지만 여전히 나는 동생을 두려워하지 않았다. 생존의 기술을 이미 배워 버렸으니까.

나이가 들어서 빌헬름이 아말리아에게 다정하게 굴고 어머니를 존경하는 모습을 보며 나는 내 옹고집 때문에 우리 둘 사이에 끊임없이 불화가 생긴다는 것을 깨달았다. 동생은 아버지를 힘으로 제압하고 방에 가둔 뒤 아버지의 지위를 강탈했다. 어머니는 이 모든 일을 묵인했고 동생은 자신이 옳은 일을 했다며 의기양양해했다. 동생은 시빌리아 언니의 남편인 형부를 비롯해 야심만만한 다른 두 제후와 동맹을 맺었다. 결국 시빌리아 언니는 결혼한 후에도 빌헬름의 그늘을 벗어나지 못한 셈이다. 빌헬름과 어머니는 강력한 동반자가 되어 나란히 클레베스를 통치했다. 어머니와 동생은 아말리아를 호령했지만 나는 두 사람의 그늘에 들어가거나 휘둘리지 않았다. 어머니와 동생은 나를 어린아이 다루듯 달래거나 내게 이래라저래라 할 수 없었다. 빌헬름에게 나는 눈엣가시가 되었다. 울거나 애원했더라면, 소녀처럼 약한 모습을 보였거나 연약한 여자처럼 동생에게 매달렸더라면 동생은 나를 용서하거나 받아들여 내 보호자가 되고 나를 보살폈을지 모른다. 그러면 나도 아말리아처럼 예쁜 애완동물이자 귀염둥이, 가르쳐 주고 지켜 주어야 할 누이가 되었을 것이다.

그러나 나는 너무 늦게 그 사실을 깨달았다. 빌헬름은 이미 나에 대한 분노와 짜증에 사로잡혀 있었고 나 역시 고집불통으로 살아남으며 온갖 어려움에도 내 뜻대로 하는 법을 터득했다. 동생은 나를 노예로 만들려고 했지만 그럴수록 나는 자유를 갈망했다. 나는 다른 여자애들이 결혼을 갈망하듯 자유를 갈망했다. 연인을 꿈꾸듯 자유를 꿈꾸었다.

이 결혼으로 나는 동생에게서 탈출했다. 잉글랜드 왕비가 되어 나는 빌헬름보다 더 많은 재산을 주무르며 클레베스보다 더 큰 나라, 훨씬 인구가 많고 강력한 나라를 통치할 것이다. 나는 에스파냐 왕실의 외손녀인 메리 공주의 새엄마이기도 하다. 내 이름은 유럽 곳곳의 궁정에서 입에 오르내릴 것이며 내가 아들을 낳는다면 내 아들은 잉글랜드 왕의 동생이 된다. 어쩌면 훗날 왕이 될지도 모른다. 하지만 헨리가 침대에서 무거운 몸을 뒤척이며 새신랑이 아닌 지친 노인처럼 한숨을 다시 쉬었을 때 나는 이미 알고 있던 사실 하나를 다시 확인했다. 골치 아픈 남자를 피해 왔지만 그 못지않게 골치 아픈 남자에게 왔다는 사실을. 나는 이 새로운 남자의 분노를 피해 가는 법과 그의 궁정에서 생존하는 법을 배울 테다. 그가 물었다.

"피곤하오?"

나는 '피곤'이라는 말을 알아듣고 고개를 끄덕이며 대답했다.

"조금요."

"아, 이건 정말 잘못된 만남이야."

"네? 이해 못 했어요."

왕은 어깨를 으쓱했다. 혼잣말을 하고 있었나 보다. 그는 큰 소리로 무언가를 불평하며 투덜대는 걸 좋아한다. 아버지도 미치기 전에 이렇게 성질을 내며 혼자 투덜대곤 하셨다. 터무니없는 비교를 했다는 생각에 나도 모르게 웃음이 나와 얼른 입술을 깨물며 웃음을 감췄다. 그가 비꼬듯 내뱉었다.

"그래, 웃을 만도 하지."

"포도주 한잔 하시겠어요?"

나는 조심스럽게 물었다. 그는 고개를 가로저었다. 그가 이불을 들어 올리니 상처에서 나오는 시큼한 냄새가 훅 코끝을 스쳤다. 시장에서 물건을 제대로 사왔나 꺼내 보는 사람처럼 그가 내 잠옷 밑단을 잡더니 들어 올렸다. 내 허리가, 그리고 가슴이 드러났다. 이제 돌돌 말린 잠옷은 내 목 언저리에 아무렇게나 감겨 있다. 턱 밑에 스카프를 꼭 붙들어 맨 장사치 같은 내 모습이 얼마나 우스울까. 수치심으로 얼굴이 빨개졌다. 그는 벌거벗은 내 몸을 그저 뚫어져라 내려다보았다. 내가 얼마나 불편한 느낌일지 아랑곳하지 않았다.

그러더니 갑자기 내 가슴을 움켜쥐었다. 그러고는 거칠게 손을 움직여 내 배를 쓸어내리더니 느닷없이 뱃살을 꼬집는 게 아닌가. 나는 음탕한 여자처럼 보일까 봐 걱정되어 꼼짝 않고 누워 있었다. 두려움으로 몸이 얼어붙은 탓에 꼼짝 않는 게 그리 어렵지 않았다. 이런 손길에, 이렇게 거칠고 냉랭한 손길에 욕정을 느낄 여자가 어디 있겠는가. 내가 말을 쓰다듬을 때도 이보다는 다정할 것이다. 그는 끄응 하며 몸을 일으키더니 한 손으로 힘들게 내 다리를 벌렸다. 나는 아무 소리 없이 그의 손에 몸을 맡겼다. 순종적이지만 욕정을 품지는 않았다는 사실을 알리는 게 중요했다. 그가 내 위로 올라오는가 싶더니 몸통으로 내 다리 사이를 내리누르며 두 팔을 벌려 양 팔꿈치를 내 머리 옆에 대고는 자기 몸을 지탱했다. 그럼에도 불구하고 출렁이는 그의 배가 온통 나를 내리눌러 숨도 못 쉴 것 같았다. 그의 육중한 가슴이 내 얼굴을 짓눌렀다. 나도 여자치고는 체격이 좋은 편이지만 그 아래 깔려 있으니 너무 왜소하게 느껴졌다. 그가 무게를 더 실으면 숨이 막힐 것 같아 두려웠다. 참을 수 없는 지경이었다. 헐떡이는 그의 숨결에서 썩은 냄새가 진동하며 내 얼굴을 뒤덮었다. 악취 때문에 고개가 저절로 돌아갈까 봐 나는 머리에 잔뜩 힘을 주었다. 나는 숨이 찼다. 그의 입 냄새를 들이마시지 않으려고 숨을 참은 탓이었다.

그는 손을 아래로 뻗고 자신의 그곳을 움켜쥐었다. 나는 뒤렌의 마구간에서 말들이 그 짓을 하는 모습을 본 적이 있어서 그게 무엇을 찾아 더듬거리는 것인지 알고 있었다. 나는 얼른 옆으로 고개를 돌려 숨을 들이쉬고는 앞으로 밀려올 고통에 대비했다. 뜻대로 안 되는지 그는 작은 소리로 투덜거렸다. 그가 손으로 용두질하는 게 느껴졌다. 하지만 아무 일도 일어나지 않았다. 그저 손으로 계속 내 허벅지를 들이받을 뿐이었다. 나는 꼼짝하지 않고 누워 있었다. 그가 무엇을 원하는지, 내가 무얼 어떻게 해 주길 바라는지 알 수 없었다. 뒤렌에서 봤던 종마의 물건은 단단하게 우뚝 섰지만 왕의 그것은 이제 힘이 빠진 듯했다.

"전하?"

내가 작은 소리로 말했다.

그는 몸을 빼더니 내가 이해할 수 없는 단어를 내뱉으며 투덜거렸다. 그러고는 화려한 수가 놓인 베개에 얼굴을 파묻었다. 끝났는지, 이게 그저 시작일 뿐인지 알 수 없었다. 그가 얼굴을 내 쪽으로 돌렸다. 얼굴이 벌개져서 땀을 흘리고 있었다.

"앤……."

그가 입을 열었다.

자신이 내뱉은 이름에 멈칫하더니 그는 곧 침묵 속에 얼어붙었다. 그녀의 이름을, 사랑했던 앤 왕비의 이름을 불렀다는 것을, 그를 광기로 몰아 놓고는 결국 그의 질투와 분노 때문에 처형당한 그녀를 생각한다는 것을 알 수 있었다.

"저는, 클레베스의, 안나, 입니다."

내가 얼른 일러 주었다.

"알고 있소."

그가 무뚝뚝하게 대답했다.

"멍청이 같으니."

그는 내게 등을 돌리고 돌아누웠다. 산처럼 거대한 덩치가 이불을 둘둘 말고 돌아눕는 바람에 나는 이불을 덮을 수 없게 되었다. 침대에서는 끔찍한 냄새가 새어 나왔다. 다리 상처에서 나는 냄새였다. 살이 썩어 가는 냄새, 그의 냄새, 앞으로 영원히, 죽음이 우리를 갈라놓을 때까지 내 침실을 물들일 냄새였다. 그러니 익숙해지는 게 나을 것이다.

나는 꼼짝 않고 누워 있었다. 그의 어깨에 손을 올리는 것도 정숙치 못한 행동일까? 그렇다면 하지 않는 게 좋겠다. 기진맥진한 데다 전처 앤의 원혼에 사로잡힌 그의 모습이 아무리 애처로워도 말이다. 이 냄새와 압사당할 것 같은 느낌을 좋아하도록 애써 봐야겠다. 내 의무를 다해야 하니까.

나는 어둠 속에 누워 내 머리 위의 화려한 캐노피 장식을 쳐다보았다. 사각 양초의 촛물들이 하나씩 희미해지며 꺼져 가는 어둑한 방에서도 반짝반짝 빛나는 금사와 화려한 비단을 볼 수 있었다. 그는 나이든 남자다. 마흔 여덟의 가엾고 나이 든 남자다. 그리고 우리 두 사람에게 오늘은 길고도 힘든 하루였다. 그가 다시 한숨을 내쉬었다. 한숨 소리는 곧 묵직하게 드르렁거리며 코고는 소리로 바뀌었다. 그가 잠이 든 게 확실해지자 나는 그의 어깨에 살짝 손을 얹었다. 축축하게 젖은 두꺼운 리넨 잠옷 아래에 있는 뚱뚱한 그의 온몸은 땀으로 흥건했다. 오늘 밤 일을 제대로 못한 그가 안쓰러웠다. 그가 지금 깨어 있고 우리가 같은 언어를 쓴다면, 그리고 속마음을 터놓고 말할 수 있었더라면 우리 두 사람 사이에 끓어오르는 욕망은 없지만 나는 그에게 좋은 아내가, 잉글랜드의 훌륭한 왕비가 되고 싶다고 말했을 텐데. 나이 들고 지친 그의 모습이 안쓰럽다고, 푹 쉬고 나서 피곤이 가시면 아이를 만들 수 있을 거라고, 언젠가는 우리 둘 다 몹시 바라는 아들을 낳을 수 있을 거라고 말했을 텐데. 늙고 병들고 불쌍한 남자. 나는 정말 그에게 말해 주고 싶었다. 걱정하지 말라고. 모든 게 잘될 거라고. 나는 젊고 잘생긴 왕자를 바랐던 게 아니라고. 그에게 다정한 아내가 되겠노라고.

캐서린

1540년 1월 7일, 그리니치 궁

결혼식 다음 날 우리가 왕비 침소에 도착했을 때 왕은 이미 떠나고 없었다. 잉글랜드의 왕이 결혼 첫날밤을 치르고 잠옷 차림으로 누워 있는 광경을 보게 될 줄 알고 잔뜩 기대했는데 좋은 구경거리를 놓치고 말았다. 하녀들이 왕비가 마실 맥주와 난로를 지필 땔감, 세숫물을 가지고 들어왔다. 우리는 대기하고 있다가 왕비의 옷시중을 위해 불려 들어갔다. 왕비는 나이트캡 뒤로 단정히 땋은 머리를 늘어뜨린 채 침대에 앉아 있었다. 머리카락 한 올도 흐트러짐이 없었다. 분명히 말하는데, 밤새 재미 본 여자의 모습은 결코 아니었다. 왕비는 어젯밤 우리가 침대에 눕혀 주었던 모습 그대로였다. 미련해 보이는 외모지만 나름대로 고운 모습으로 모두를 침착하고 상냥한 태도로 대하는 것도 어젯밤과 다름없었고, 전에 없던 일을 시키거나 이런저런 불평도 하지 않았다. 나는 침대 옆에 서 있다가 아무도 쳐다보는 사람이 없을 때 침대 시트를 살짝 잡아당겨 재빨리 안을 들여다보았다.

아무것도 없었다. 정말 아무것도 없었다. 이렇다 할 게 전혀 없었다. 밤에 몰래 시트를 우물로 가져가 황급히 빤 다음 축축한 시트 위에서 잠을 청했던 때가 한두 번이 아니었던 나다. 처녀가 남자와 침대에서 그저 잠만 잤는지 아니면 다른 일도 했는지 정도는 한눈에 알 수 있었다. 왕비의 침대는 깨끗했다. 내 소중한 명예를 걸고 말하는데, 왕은 왕비를 취하지 않았고 왕비는 아직 처녀였다. 하워드 가문의 전 재산을 걸고 맹세컨대 왕과 왕비는 어젯밤 우리가 잠자리를 봐 주고 나간 그대로, 한 쌍의 인형처럼 나란히 침대에 눕혀 놓았던 그 자세 그대로 잠만 잔 게 틀림없다. 침대 시트가 더럽혀지지 않은 것은 물론이고 시트 밑 부분이 뭉쳐 있지도 않았다. 정말이지 웨스트민스터 사원을 걸고 맹세컨대 왕과 왕비 사이에는 아무 일도 일어나지 않았다.

이 사실을 당장 누구에게 고해야 할지는 뻔했다. 그 참견꾼 아줌마가 아니면 누구겠는가. 나는 볼일이 있는 것처럼 인사를 하고 방을 물러 나왔다. 로치포드 부인이 막 자기 처소를 나서고 있었다. 부인은 내 얼굴을 보자 내 손을 움켜잡더니 다시 방 안으로 끌고 들어갔다.

나는 의기양양한 얼굴로 서론 한마디 없이 단도직입적으로 말했다.

"전하는 왕비를 건드리시도 않았어요. 전 재산을 걸고 장담해요."

내가 로치포드 부인에게 마음에 드는 구석이 한 가지 있다면 그건 부인이 내 말을 잘 알아듣는다는 거다. 부인에게는 뭐라도 구구절절 설명할 필요가 없다.

나는 말을 이었다.

"침대 시트요. 얼룩 하나 없이 말짱해요. 구김도 하나 없어요."

"새것으로 갈아 놓은 거 아냐?"

나는 고개를 가로저었다.

"제가 하녀들 바로 다음으로 들어간 걸요."

부인은 침대 옆 벽장으로 가서 1파운드짜리 금화를 하나 꺼내 내게 주었다.

"아주 잘했어. 무슨 일이든 이렇게 우리 둘만, 그리고 너와 내가 제일 먼저 알아야 하는 거야."

나는 미소를 지었다. 하지만 부인 말에 미소를 보낸 건 아니었다. 금화로 새 드레스를 장식할 리본을 살 궁리를 하고 있었다. 아니면 새 장갑을 하나 살까?

"아무에게도 말하면 안 된다."

부인이 주의를 주었다.

"네?"

난 그럴 순 없다는 표정을 지었다.

"안 돼. 정보는 언제나 값진 거야, 캐서린. 아무도 모르는 것을 혼자 알고 있다는 건 비밀을 쥐고 있는 것과 같아. 네가 아는 것을 남들도 다 알게 되면 너도 남들과 다를 게 없어지는 거야."

"앤 바셋에게만 말하면 안 될까요?"

"내가 그러라고 하기 전까진 안 돼. 내일쯤 말해 줄게. 이제 다시 왕비에게로 가 봐. 나도 곧 가겠다."

나는 시키는 대로 했다. 방을 나오면서 보니 부인은 앉아 편지를 쓰고 있었다. 큰아버지에게 왕이 새 왕비와 동침하지 않았다는 사실을 편지로 알리는 것이 틀림없었다. 그걸 알아낸 사람이 부인이 아니라 나라는 것을 편지에 꼭 밝혀야 할 텐데. 만약 그러면 이 금화에 이어 또 다른 금화를 얻게 될지도 모른다. 큰아버지가 일전에 노는 물이 넓어야 떨어지는 떡고물도 크다고 한 말의 의미를 이제 조금씩 알 것 같다. 궁정에 들어온 지 고작 며칠 만에 벌써 금화 두 닢이 손에 들어왔다. 이대로 간다면 한 달 안에 꽤 많은 재산을 모을 수 있을 것 같다.

제인 불린

1540년 1월, 화이트홀 궁

우리는 화이트홀 궁으로 옮겼다. 이곳에서 왕의 혼례 축제 행사로 마상 창 시합이 일주일 간 계속된다. 그러고 나서 마지막 빈객들이 전부 클레베스로 돌아가면 우리는 새 왕비와 새로운 생활을 시작하게 된다. 안나 왕비는 이런 마상 창 시합을 처음 보는 것 같았다. 마상 창 시합의 규모와 방식을 보고 약간 들떠 있었는데 그 모습이 귀여웠다.

"로치포드 부인, 나 어디 앉아요? 어떻게 하면 됩니까? 어떻게?"

이렇게 물어 난 왕비의 환한 얼굴을 보고 웃으며 로열박스로 안내하고는 일일이 설명해 주었다.

"여기 앉으세요. 기사들이 경기장에 입장하고 나면 시합 진행자들이 기사들을 소개할 거예요. 이들은 기사들 이야기를 들려주기도 하고 기사들 복장을 노래한 시도 낭송할 거예요. 그러고 나서 기사들은 이 아래 경기장에서 말을 타고 달리면서 창 시합을 하거나 맨땅에서 검으로 접전을 펼칠 겁니다."

이렇게 말하고 나는 어떻게 설명할지 잠시 생각했다. 왕비가 지금 얼마나 이해하는지는 전혀 알 수는 없지만 제법 빨리 배우고 있는 셈이다.

"이 시합은 전하가 오랜만에 계획하신 최대 대회입니다. 한 주간 계속되지요. 며칠 동안 아름다운 가장행렬이 열리고 런던 시민들이 가면극과 시합을 구경하러 몰려들 겁니다. 물론 조신들이 선두에 서고 그 뒤로 귀족들과 런던의 유명 인사들이 입장해요. 그 다음 수백 아니 수천 명이나 되는 일반인들이 입장할 겁니다. 전 잉글랜드의 대축제지요."

"여기 앉으면 됩니까?"

왕비가 왕비 옥좌를 가리키며 물었다.

나는 왕비가 그 자리에 앉는 모습을 지켜보았다. 두말할 필요 없이 내게 왕비 자리는 원혼들이 우글거리는 곳이다. 이제는 안나 왕비의 차지다. 하지만 바로 전에는 제인 왕비의 자리였고 제인 왕비 이전에는 앤 왕비의 자리였다. 나는 희망과 야망과 사랑의 열정에 부풀었던 미혼 시절, 카타리나 왕비를 보필했다. 그 당시 카타리나 왕비는 닫집 아래 바로 이 의자에 앉았었다. 헨리 왕은 이 닫집 커튼에 카타리나와 헨리의 첫 글자 K와 H를 금실로 수놓으라고 분부했고, 스스로 '로열 하트 경'이라는 좌우명을 내걸고 시합에 나왔었다.

"이거 새것입니까?"

왕비가 로열박스 주변에 늘어진 커튼을 만지면서 물었다. 나는 기억이 나서 하는 수 없이 사실대로 말했다.

"아니요. 계속 쓰던 커튼입니다. 보시면 아실 거예요."

나는 왕비가 다른 이니셜들이 있던 곳을 볼 수 있게 커튼을 뒤집었다. 커튼 앞면에 있던 자수는 없앴지만 뒷면에는 예전의 바늘 자국이 그대로 남아 있었다. 누구나 사랑하는 두 사람의 매듭으로 휘감은 K와 H 장식을 똑똑히 볼 수 있다. 각 H자 옆에 H&A가 촘촘하게 수놓아져 있다. 이는 마치 여기서 다시 앤의 이니셜들을 보라고 원혼을 부르는 것 같다. 이 커튼들은 꽤 무더웠던 오월제 마상 창 시합 날, 햇볕으로부터 앤의 머리를 가려 주던 차양이었다. 그 당시 궁정 사람들은 왕이 화가 났다는 사실과 제인 시모어를 사랑한다는 사실을 알았다. 하지만 그 이후에 무슨 일이 벌어질지는 몰랐다.

내가 기억하기로는 앤이 옥좌 앞으로 몸을 숙여 마상 창 시합을 하던 한 기사에게 손수건을 던진 다음 왕이 질투하는지 보려고 웃으면서 왕을 곁눈질로 힐끗 쳐다봤다. 왕의 표정이 싸늘해지자 앤은 얼굴이 새하얘져서 의자 깊숙이 앉았다. 그때 왕은 갑옷 속 윗도리에 앤의 체포 영장을 휴대하고 있었는데도 아무 말도 하지 않았다. 앤을 처형할 계획이면서도 그날 대부분 앤과 나란히 앉아 있었다. 앤은 깔깔거리면서 떠들고 시시덕거렸다. 왕이 자신을 처형할 결심을 굳힌 사실은 까맣게 모른 채 왕에게 웃음을 던지며 교태를 부렸다. 왕은 어떻게 앤에게 그리도 파렴치한 짓을 할 수 있었을까? 어떻게 그럴 수 있었을까? 두 사람 뒤에서 자기의 새 정부가 웃고 있었고, 며칠 내에 앤이 처형될 줄 알면서도 어떻게 앤의 곁에 그리도 태연하게 앉아 있을 수 있었을까? 우리 남편은 앤과 함께 처형되었고 앤을 사랑한 죄로 죽었다. 하느님, 제 투기심을 용서해 주소서. 앤의 죄를 용서해 주소서.

나는 앤이 앉았던 그 옥좌의 커튼 안쪽에 숨겨진, 검은 얼룩처럼 보이는 그녀의 이니셜들을 보면서 누군가 서늘한 손가락을 내 목에 댄 것처럼, 온몸에 오싹한 전율을 느낀다. 원혼이 나타난다면 이곳에 나타나겠지. 궁정의 침모들은 이 커튼에다 비운으로 스러져 간 아리따운 왕비 세 명의 이름 첫 자를 그때마다 수놓았었다. 몇 년 있으면 A자를 또 뜯어낼까? 이 옥좌의 주인 또한 원혼이 될까? 또다시 다른 왕비가 지금의 새 왕비의 뒤를 이을까?

"뭐예요?"

아무것도 모르는 새 왕비가 묻기에 나는 바늘땀들을 가리키며 간단히 설명했다.

"K는 아라곤의 카타리나고, A는 앤 불린, J는 제인 시모어입니다."

그리고 왕비가 커튼의 깨끗한 쪽에 당당하게 새로 수놓아진 안나의 이름을 볼 수 있게 커튼 오른쪽을 뒤집어 보이며 덧붙였다.

"자, 여기 클레베스의 안나라는 글씨를 보세요."

왕비가 담백한 시선으로 나를 쳐다보는데 처음으로 나는 이 여인을 과소평가했는지도 모르겠다는 생각이 들었다. 바보 천치가 아닐지도 모른다. 저렇게 거짓 없는 표정 뒤에 날카로운 지성이 숨어 있을 듯싶었다. 왕비가 우리말을 못하다 보니 나는 아이를 대하듯 말했고 왕비의 이해력이 아이 수준이라고 생각했다. 그런데 이런 원혼에 놀라지도 않았고 나처럼 원혼에 사로잡히지도 않았다.

왕비는 어깨를 으쓱하더니 한마디 했다.

"과거 왕비들 다음에 이제는 클레베스의 안나."

이렇게 말하는 것을 보면 배짱이 두둑하거나 감각이 둔하거나 둘 중 하나다.

"두렵지 않으십니까?"

나는 아주 차분하게 물었다.

왕비가 내 말을 알아들었다. 분명 알아들었다. 침묵 속에서 갑자기 고개를 정중히 숙이는 모습에서 그걸 알 수 있었다. 왕비가 나를 똑바로 쳐다보더니 단호하게 대답했다.

"나 두려운 것 없어요. 하나도 두렵지 않아요."

나는 당장이라도 왕비한테 경고하고 싶었다. 아무것도 두려워하지 않고 명예롭게 왕비의 자리에 올라 이 옥좌에 앉았던 여인은 안나만은 아니었다고. 이렇게 즉위했지만 폐위당하고 홀로 죽음을 맞이한 여인들이 있었다. 아라곤의 카타리나 왕비는 십자군같이 용기가 있었고 앤은 창부 같은 배짱이 있었다. 왕은 두 여인을 흔적도 없이 제거했다. 그래서 나는 안나 왕비에게 귀띔했다.

"몸조심하세요."

"나 두려운 것 없어요. 하나도 두렵지 않아요."

안나

1540년 1월, 화이트홀 궁

그리니치 궁을 보고 그 아름다움에 입이 떡 벌어졌는데 화이트홀 궁을 보니 정신이 아찔할 지경이었다. 화이트홀 궁은 궁전이라기보다 하나의 도시라고 하는 편이 나았다. 천여 채의 관청 건물과 집을 비롯해 작은 공원과 멋진 저택이 곳곳에 있어 귀족 출신이 아니면 어디가 어딘지 분간할 수 없을 것 같다. 이곳은 오래전부터 잉글랜드 왕이 거처로 쓰던 곳이다. 고관대작과 그 가족들도 2,000m²가 넘는 널찍한 궁내에 집을 짓고 살고 있다. 그들은 비밀 통로와 지름길이 어디 있는지 훤히 알고 있으며, 대로나 선착장으로 가려면 어느 길로 가야 쉽게 갈 수 있는지도 잘 알고 있다. 여기서 그들이란 나와 클레베스 대사들을 뺀 모든 사람들을 일컫는다. 클레베스에서 온 우리는 하루에도 열두 번씩 이 복잡한 미궁에서 길을 잃는다. 그럴 때마다 도시에 처음 올라온 어수룩한 시골 사람이 된 듯한 느낌이 든다.

성문 너머는 런던이다. 세상에서 가장 북적대고 소란하며 인구가 많은 도시다. 궁전 깊숙이 들어앉은 왕비 처소에서도 새벽부터 상인들의 고함 소리가 들린다. 해가 떠오르면 북적대는 소리는 더욱 커진다. 마치 온 세상 사람들이 다 몰려와 북적대는 것 같다. 성문으로는 끊임없이 사람들이 드나들며 물건을 팔고 흥정한다. 로치포드 부인이 일러 준 바에 따르면 왕에게 탄원을 올리러 오는 사람도 끊이지 않는다고 한다. 화이트홀에는 추밀원도 있다. 잉글랜드 의회는 근처 웨스트민스터 궁에 있다. 왕권의 상징이랄 수 있는 런던탑은 바로 템스강 하구에 있다. 이 위대한 왕국에서 살아남으려면 화이트홀 궁의 지리를 세세히 알아야 한다. 런던을 알아야 한다. 북적이며 떠들썩한 이 거대 도시에 기가 죽어 벽장 안에 숨어 있다니 말도 안 된다. 밖으로 나가 이른 새벽부터 해 질 녘까지 궁전으로 모여드는 수많은 사람들에게 새 왕비가 어떤 사람인지 보여 주어야 한다.

의붓아들인 에드워드 왕자가 궁을 방문했다. 에드워드는 내일 마상창 시합도 구경한다. 왕은 에드워드가 병에 감염될까 두려워 웬만하면 궁정 출입을 허락하지 않는다. 여름에는 전염병에 걸릴까 노심초사하며 궁정 근처에는 아예 얼씬도 못하게 한다. 왕은 이 어린 아들을 신처럼 떠받든다. 에드워드가 금발의 귀여운 꼬마라서 그렇기도 하지만 왕의 외아들, 즉 튜더 왕조의 유일한 계승자인 탓에 더욱 그렇다. 이 꼬마 왕자님은 튜더 왕조에게 무척 귀한 자손이다. 튜더 왕조의 모든 희망이 이제 어린 에드워드에게 걸려 있다고 해도 과언이 아니다.

에드워드가 건강하고 튼튼하게 자라 주어 다행이다. 아름다운 금발에 미소가 예쁜 이 꼬마가 싱긋 웃을 때면 금방 달려가서 안아 주고 싶은 마음이 든다. 하지만 에드워드의 성격은 매우 독립적이어서 무턱대고 입을 맞추면 화를 낼 것만 같다. 그래서 에드워드의 방에 갔을 때 나는 그 옆에 앉아 있기만 했다. 에드워드는 장난감을 가져다 내 손에 하나씩 쥐어 주며 아주 재미있어 했다.

'이거 야옹이' 하고 에드워드가 말했다. 초콜릿처럼 새까맣고 동그란 눈으로 나를 쳐다보며 귀엽게 웃는 에드워드가 정말 사랑스러웠지만 나는 그 통통한 손에 입을 맞추지는 않았다.

에드워드의 방에 하루 종일 있을 수 있다면 얼마나 좋을까. 이 아이와 함께라면 영어나 프랑스 어, 라틴 어를 할 줄 모른다고 고민할 필요도 없다. 에드워드는 무늬가 새겨진 나무 팽이를 내게 주며 진지하게 '인형'이라고 말한다. 그럼 나도 '인형'이라고 따라한다. 그러고 나서 에드워드는 또 다른 장난감을 가져왔다. 에드워드나 나나 한 시간을 함께 보내는 데 말을 아주 잘할 필요도 없고, 특별히 영리할 필요도 없다.

식사 때가 되어 나는 에드워드를 들어 올려 작은 의자에 앉혀 주었다. 사람들은 왕의 지시대로 대단히 예를 갖추어 이 꼬마의 식사 시중을 들었다. 나는 에드워드가 식사하는 내내 옆에 앉아 있었다. 사람들은 정중하게 무릎을 굽히며 음식을 대령했고, 에드워드는 꼿꼿이 앉아 열 가지도 넘는 고급 요리를 조금씩 덜어 먹었다. 벌써 왕이 된 듯했다.

이제 막 새엄마가 되었기 때문에 뭐라고 하기엔 아직 이르지만 시간이 좀 흐르면, 아마 다음 달에 대관식이 끝난 후에는 이 어린아이가 더 자유롭게 뛰어다니며 놀게 해 달라고, 더 평범한 식사를 하게 해 달라고 왕에게 부탁해 볼 생각이다. 에드워드가 궁정에 자주 오지 못한다면 우리 부부가 에드워드의 거처를 더 자주 방문하는 방법도 있다. 그러면 에드워드를 자주 만날 수 있을지 모른다. 엄마가 돌봐 주지 못하다니 얼마나 가여운가. 어쩌면 내가 이 아이를 키울 수 있을지도 모른다. 이 아이가 자라 청년이 되고 잉글랜드의 에드워드 왕이 되는 모습을 지켜볼 수 있을지도 모른다. 내가 얼마나 이기적인 생각을 하고 있는지 문득 웃음이 나왔다. 물론 나는 에드워드에게 훌륭한 새엄마이자 왕비가 되고 싶다. 하지만 무엇보다 에드워드에게 친엄마 같은 존재가 되고 싶다. 나를 보면 얼굴이 환해지는 에드워드의 모습을 어쩌다 며칠이 아니라 매일매일 보고 싶다. 에드워드가 '아나비'라고 말하는 걸 매일같이 듣고 싶다. 에드워드는 '안나 왕비'를 '아나비'라고 말한다. 어떻게 기도하고, 어떻게 편지를 쓰고, 어떻게 행동해야 하는지 가르치고 싶다. 에드워드가 내 아들이라면 얼마나 좋을까. 에드워드에게 엄마가 없어서가 아니라 내게 아이가 없어서다. 누군가 사랑할 사람이 곁에 있으면 좋겠다.

물론 에드워드만 내 의붓자식인 건 아니다. 그러나 레이디 엘리자베스는 아예 입궁할 수도 없다. 엘리자베스는 런던에서 떨어진 해트필드 궁에서 지낸다. 왕이 엘리자베스를 레이디 앤 불린이 낳은 서녀로밖에 여기지 않기 때문이다. 엘리자베스는 서녀도 아니라고 왕이 아닌 다른 남자의 딸일 것이라고 수군대는 사람들도 있다. 하지만 로치포드 부인은 내게 엘리자베스의 초상화를 보여 주고는 그 머리카락을 가리키며 의미심장한 미소를 지었다. 화로 속에서 활활 타는 석탄처럼 빨간 그 머리카락을 보면 왕의 딸임에 틀림없다고 말하는 듯했다. 하지만 어떤 자식을 인정할지 말지는 헨리 왕의 권한이다. 레이디 엘리자베스는 왕의 서녀로 궁정에서 멀리 떨어진 곳에서 자라다 나이가 차면 별 볼일 없는 귀족과 결혼할 것이다. 하지만 내가 왕에게 사정하면 상황이 달라질지도 모른다. 우리가 부부로 어느 정도 지낸 후에, 혹시 내가 왕의 둘째 아들을 낳은 후에는 왕도 정이 필요한 딸에게 더 다정하게 굴지도 모른다.

엘리자베스와는 달리 메리 공주는 궁정을 출입할 수 있다. 하지만 로치포드 부인 말에 따르면 메리 공주의 어머니, 카타리나 왕비가 왕명을 거역한 후 몇 년 동안은 공주마저 왕의 눈 밖에 난 적이 있다고 한다. 카타리나 왕비가 헨리의 이혼을 인정하지 않자 헨리 왕은 결혼뿐 아니라 그들이 낳은 아이마저 부정했다는 것이다. 얼마나 형편없는 남자인가. 하지만 그렇게 생각하지 않기로 했다. 아주 오래전 일인데다 내가 이러쿵저러쿵 비난할 일도 아니기 때문이다. 하지만 아내에게 애정이 식었다고 자식까지 냉대하는 것은 너무 잔인한 짓이다. 남동생 빌헬름이 나를 미워했던 이유도 돌아가신 아버지가 나를 남달리 귀여워했기 때문이다. 물론 메리 공주는 이제 어린아이가 아니다. 젊은 아가씨고 이제 결혼할 나이가 되긴 했지만 건강이 좋지 않은 것 같다. 나를 만나러 궁에 오지 않는 걸 보면 몸이 안 좋은 듯하다. 하지만 로치포드 부인 말로는 메리 공주는 건강하지만 왕이 공주의 혼약 협정을 다시 밀어붙이려 하기 때문에 되도록이면 궁에 오지 않으려 한다는 것이다.

메리 공주를 탓할 수는 없다. 공주는 한때 내 남동생인 빌헬름과 혼약할 뻔했다. 그러다 프랑스 왕자와, 그 이후에는 합스부르크 왕자와 혼약할 뻔했다. 공주가 결혼할 때까지는 끊임없이 새로운 혼약 협정이 거론되겠지. 그렇지만 공주와 결혼했을 때 어떤 소득이 있을지 딱히 예상할 수 있는 사람은 없다. 헨리 왕이 공주를 두고 자신의 친딸이라는 사실을 부인한 적이 있어서 이제 그 누구도 공주가 튜더 왕조의 적통이라고 말하기는 어려워졌다. 왕이 지금은 메리를 공주로 인정하고 있지만 언제 다시 부인할지 누가 알겠는가. 왕은 본인의 의견 말고는 안중에도 없는 사람이다. 왕에게는 본인의 생각이 곧 하느님의 뜻이다.

내가 힘을 키운 후 왕에게 영향력을 행사하게 된다면 메리 공주의 입지를 확고히 해 달라고 할 것이다. 공주인지 아무것도 아닌 존재인지 알 수 없다니 메리 공주에게 얼마나 안된 일인가! 이렇게 지위가 불확실한 상태에서는 좋은 남자를 만나 결혼하기 힘들다. 분명 왕은 공주의 입장에서 이런 문제를 생각해 보지 않은 듯하다. 그리고 그동안 메리 공주 편을 들어 준 사람도 없었을 테지. 아내인 내가 왕의 권위뿐 아니라 그 딸을 위해서 무엇이 필요한지 생각해 볼 수 있게 도와주는 것은 당연하다.

메리 공주는 매우 독실한 가톨릭 신자다. 나는 로마 가톨릭의 권력 남용을 거부하고 종교 개혁을 부르짖는 나라에서 자랐다. 우리는 종교적 견해가 다를지는 몰라도 서로 좋은 친구가 될 수 있을 것이다. 무엇보다 나는 잉글랜드를 위해 좋은 왕비가 되고 싶다. 그리고 공주에게는 좋은 친구가 되고 싶다. 공주도 물론 나를 이해할 것이다. 아라곤의 카타리나 왕비를 두고 사람들은 이런저런 이야기를 많이 하지만 모두 입을 모아 카타리나 왕비가 훌륭한 왕비이자 어머니였다고 한다. 나는 그저 카타리나 왕비의 본보기를 따르고 싶을 뿐이다. 그러니 메리 공주도 이런 나를 환영하지 않을까.

캐서린

1540년 1월, 화이트홀 궁

마상 창 시합 시작을 장식할 가면극 연습에 참여하라는 명이 떨어졌다. 왕이 바다의 기사로 분장하고 등장할 예정이다. 우리는 왕 뒤를 따라다니는 파도나 물고기, 뭐 그런 것을 맡았다. 그리고 왕비와 궁정 사람들 앞에서 춤을 선보일 예정이다. 궁정 작곡가가 특별히 이날을 위해 음악을 여러 곡 만들었다. 시녀 중에서 불려온 사람은 나까지 모두 여섯이다. 나는 혹시 우리가 뮤즈 역할을 하지 않을까 기대해 보지만 확신은 없다. 그러고 보니 난 뮤즈가 뭔지도 잘 모른다. 뭔지는 모르지만 아름다운 비단 옷을 입고 등장하는 역할이면 그걸로 족하다.

앤 바셋도 춤출 시녀로 뽑혔다. 나머지는 앨리슨, 제인, 메리, 캐서린 캐리, 그리고 나다. 우리 여섯 중에서 가장 예쁜 애를 꼽으라면 그건 아마 앤 바셋일 거다. 금발 머리의 앤 바셋은 눈이 커다랗고 푸르러 아주 예쁘다. 그리고 앤에게는 그 애만의 특기가 하나 있다. 뭔가 더없이 재미있고 음란한 이야기를 들은 것처럼 눈을 살짝 내리깔았다가 다시 뜨는데 그 표정이 아주 묘해서 나도 꼭 배워야겠다고 마음먹었다. 앤에게 가서 옷 만들 때 쓰는 무명 심이 요새 90cm에 얼마나 하는지 한번 말해 보라. 누구라도 그 애가 눈을 내리깔았다가 살포시 뜨는 걸 보면 무명 심 가격이 아니라 사랑의 고백을 들었다고 생각할 것이다. 당연히 남들이 볼 때만 그런다. 우리끼리 있을 때는 절대 그러는 법이 없다. 앤은 마음먹기에 따라서 더할 데 없이 매력적으로 변한다. 나보다 더 예쁜 애는 아무리 봐도 앤밖에 없다. 앤은 지체 높은 집안 출신으로 릴 부인의 딸이다. 눈을 깔았다가 다시 뜨는 재주에 혹한 왕에게 벌써부터 총애를 받고 있다. 왕이 말을 하사하겠다고 약속했을 정도다. 눈썹 좀 파닥거린 걸로 받아낸 사례치고는 엄청나다. 정말이지 궁정에서는 재주만 좋으면 한 재산 제대로 모을 수 있나 보다.

시간에 늦었기 때문에 종종걸음으로 방 안에 들어섰더니 왕이 이미 와 있었다. 왕과 항상 붙어 다니는 찰스 브랜든 경과 토머스 와이엇 경, 그리고 젊은 시종 토머스 컬피퍼도 함께 왔다. 토머스 컬피퍼는 한 손에 악보를 들고 악사들과 함께 서 있었다.

나는 황망히 무릎 굽혀 인사했다. 앤 바셋이 벌써 와서 아주 조신한 얼굴로 맨 앞쪽에 다소곳이 서 있었다. 앤과 함께 선 다른 네 명도 마치 백조들이 부리로 날개 깃털을 다듬듯 옷매무새를 챙기며 왕의 눈길을 끌어 보려 안간힘을 쓰고 있었다.

하지만 왕은 나에게 눈길을 돌려 미소를 보냈다. 정말 그랬다. 왕이 몸을 돌려 이렇게 말했다.

"아! 로체스터에서 만난 그 어린 친구로군."

나는 또다시 몸을 낮춰 인사했다. 일어날 때는 몸을 앞으로 깊숙이 숙여 남자들이 깊이 파인 드레스 앞섶 사이로 한껏 드러난 내 젖가슴을 제대로 감상할 수 있도록 했다. 그리고 물론 욕정에 사로잡혀 말도 제대로 나오지 않는 여자처럼 숨넘어가는 목소리로 '전하!' 라고 말하는 것도 잊지 않았다.

남자들이 내 모습에 즐거워하는 것이 뻔히 보였다. 특히 나와는 친척 간인 토머스 컬피퍼는 그 눈부시게 아름다운 파란 눈으로 내게 짓궂은 윙크를 날렸다.

"일전에 로체스터에서는 정말 나를 못 알아본 거였나, 귀여운 아가 씨?"

왕이 물었다. 그러더니 방을 가로질러 내게 와서 어린아이에게 하듯 손가락을 내 턱 밑에 대고 얼굴을 들어 올렸다. 나는 기분이 썩 좋진 않았지만 그대로 가만히 서서 이렇게 아뢰었다.

"정말이에요, 전하. 정말 몰랐습니다. 하지만 누군지 몰라도 맘에 든다는 생각은 했습니다."

"왜 내가 맘에 들었지?"

왕이 부드러운 목소리로 물었다. 꼭 크리스마스 때 아이를 어르는 자상한 아버지 같은 말투였다.

아이고, 난 그만 여기서 대답이 막히고 말았다. 할 말이 떠오르지 않았다. 그냥 기분 좋으라고 한 말이었는데. 하지만 뭐라도 대답은 해야 했다. 하지만 정말 무슨 말을 해야 할지 생각나는 말이 없었다. 머릿속은 고백하고 싶은 말로 꽉 찼지만 차마 입으로 말할 수는 없다는 표정으로 왕을 올려다 볼 수밖에 다른 도리가 없었다. 그런데 정말 다행히도 내 두 뺨이 살짝 달아오르는 게 느껴졌다. 왕의 표정을 보니 왕도 내 얼굴이 붉어지는 것을 눈치 챈 것 같았다.

물론 내가 얼굴을 붉힌 건 순전히 연기일 뿐 진심은 아니었지만, 그리고 불여우 같은 앤 바셋 앞에서 왕이 보란 듯이 내게만 말을 붙였기 때문이었지만, 그리고 머릿속이 텅 빈 듯 딱히 대답할 말이 떠오르지 않아 당황해서 그런 표정이 나온 것이었지만, 왕은 내가 얼굴을 붉힌 것이 순진하고 조신한 탓이라고 생각한 게 틀림없다. 왕은 대뜸 내 손을 끌어다 자기 팔 밑에 끼고 인적이 드문 곳으로 갔다. 나는 내내 눈을 내리깐 채 따라갔다. 시종 컬피퍼에게 득의에 찬 윙크를 날리지도 않았다.

왕이 아주 다정하게 입을 열었다.

"자…… 자…… 불쌍한 것, 난처하게 만들려고 그런 건 아니었어."

"황송하옵니다."

나는 겨우겨우 이렇게 대답했다. 앤 바셋이 우리 쪽을 쳐다보고 있었다. 나를 죽이고 싶다는 표정이었다.

"너무 부끄러워서요."

"귀여운 것."

왕이 한층 더 다정하게 말했다.

"제게 물어보셨을 때……."

"내가 언제 뭘 물어봤을 때?"

나는 짧게 숨을 들이마셨다. 만약 내 앞에 있는 사람이 왕이 아니라면 이 상황을 어떻게 요리할지 쉽게 알았을 것이다. 하지만 상대는 왕이고 그래서 좀 헷갈린다. 게다가 왕은 거의 내 할아버지뻘이고, 노인에게 꼬리 치는 건 어쩐지 추접해 보인다. 하지만 눈을 들어 왕을 힐끔 쳐다보고 내 생각이 틀리지 않았음을 알았다. 왕의 얼굴에 서린 표정이 모든 걸 말하고 있었다. 나를 쳐다보던 수많은 남자들의 얼굴에 공통적으로 나타나던 바로 그 표정. 나를 그대로 삼켜 버리고 싶다는 표정. 나를 움켜잡아 한 입에 먹어 버리고 싶다는 표정.

"제게 전하가 맘에 들었냐고 물어보셨을 때요. 왜냐하면, 사실 그랬거든요."

나는 어린아이처럼 가냘프고 어리광 섞인 소리로 대답했다.

"어째서 맘에 들었지?"

왕이 내 대답을 들으려고 몸을 굽혔다. 나는 묘하게 흥분되는 기분을 느꼈다. 상대가 왕이든 아니든 그건 상관없었다. 나에게 침을 흘리는 것은 새할머니 집의 늙은 하인이나 국왕이나 별반 다를 바 없다. 실실거리며 넋 놓고 좋아하는 표정까지 똑같다. 나는 척 보면 다 안다. 나는 이런 것엔 도가 텄다. 살면서 무수히 봤던 표정이니까. 늙은 남자들은 나를 볼 때마다 이렇게 멍청하고 끈적끈적한 눈길을 보내곤 한다. 늙은이들이 주책인 줄도 모르고 딸 같은 젊은 여자를 탐하는 표정, 그러면서 마치 자신의 아들 또래로 회춘한 기분을 느낄 때 나오는 표정, 저 표정…… 늙은이들이 그러면 안 되는 줄 알면서도 자기 딸 또래밖에 되지 않는 젊은 여자에게 욕정을 품었을 때 짓는 표정을 지금 왕이 짓고 있었다.

"왜냐하면, 너무나 미남이시니까요."

나는 왕을 똑바로 쳐다보며 대답했다. 이왕 이렇게 된 거 어떻게 되는지 갈 데까지 가 보자.

"전하, 전하는 궁정에서 가장 잘생기신 분이니까요."

왕은 문득 아름다운 음악을 들은 사람처럼 순간 몸이 굳어진 채 서 있었다. 마치 마법에 홀린 사람처럼 말이다.

"내가 궁정에서 가장 잘생겼다고?"

왕이 믿기지 않는다는 투로 물었다.

"귀여운 아가씨, 나는 아가씨 아버지뻘이야."

엄밀히 말하면 할아버지 나이에 가깝다. 하지만 나는 놀란 눈으로 왕을 올려다보며 한술 더 떴다.

"정말이세요?"

마치 왕이 거의 쉰이 다 됐고 나는 열다섯도 채 안 되었다는 걸 몰랐다는 투로 계속 말했다.

"하지만 전 어린 남자들은 싫어요. 언제 봐도 어리석고 철없을 뿐이에요."

"왜, 치근대는 남자라도 있나?"

왕이 대뜸 물었다.

"세상에나, 그런 건 아니에요. 저는 남자들에 대해서는 아무것도 몰라요. 하지만 이야기할 상대로는 세상 경험이 많은 남자가 좋겠다는 생각이 들어요. 저에게 충고를 해 줄 수 있는 사람이요. 제가 믿을 수 있는 사람 말이에요."

"그래? 그럼 오늘 오후엔 내가 말 상대가 되어 주마. 그럼 네 고민이 뭔지 내게 다 말해 다오. 그리고 만약 누구라도 너를 괴롭히는 자가 있다면, 누가 됐든 지위 고하를 막론하고 내 앞에서 단단히 대가를 치르게 해 주겠다."

나는 곧 깊숙이 인사했다. 왕에게 바싹 붙어 서 있었기 때문에 머리를 숙이자 이마가 왕의 바지 앞섶에 닿다시피 했다. 왕이 움찔하는 것이 느껴지지 않았다면 그게 더 놀랄 일이었을 거다. 나는 왕을 올려다보며 생긋 웃었다. 그리고 도저히 믿기지 않는다는 듯 고개를 살짝 흔들었다. 왕의 표정을 보니 고갯짓은 아주 제대로 효과를 발휘한 것 같았다.

"황공하옵니다."

내가 속삭이듯 덧붙였다.

안나
1540년 1월 11일, 화이트홀 궁

정말 근사한 하루다. 비로소 왕비가 된 듯하다. 나는 화이트홀 궁에 새로 지은 문루 위에 마련된 로열박스에, 바로 나를 위해 특별히 준비된 옥좌에 앉았다. 경기장에는 마상 창 시합에 참가할 기사들이 모여 있었다. 잉글랜드 귀족 중 절반쯤 모인 듯했고 멀리 프랑스와 에스파냐에서 온 용맹한 기사들도 있었다. 모두 자신들의 위용을 과시할 뿐 아니라 내 이름을 걸고 시합에 참여하려고 모인 이들이다.

그렇다. 바로 나를 위해서 시합을 한다. 나는 더 이상 클레베스의 공녀 안나가 아니다. 예쁜 언니와 애교스러운 동생 틈에 끼여 주목받지 못했던 클레베스의 둘째 딸 안나가 아니라 잉글랜드의 왕비다. 왕관을 머리에 쓰고 나니 얼마나 우아하고 아름다워 보이는지 나 자신도 놀랄 정도다.

거기다 새 드레스를 입으니 자신감도 더 생겼다. 턱 밑까지 답답하게 가렸던 모슬린 스카프도 벗어 버렸고 잉글랜드 특유의 깊이 파인 드레스를 입었다. 아슬아슬할 정도로 발가벗은 느낌이지만 그 덕에 궁정에 새로 온 촌뜨기가 아닌 여느 잉글랜드 여자처럼 보였다. 또 프랑스풍의 후드까지 쓰고 있다. 물론 앞으로 쑥 잡아당겨 머리카락을 가리기는 했지만 그래도 느낌이 가벼웠다. 갑자기 자유로워진 기분이 들었지만 고개를 젖히고 방정맞게 웃지 않으려고 무척 신경 썼다. 갑자기 달라진 모습, 경박해진 모습을 보이고 싶지는 않았다. 어머니가 지금 내 모습을 보신다면 기절초풍을 하겠지. 나는 어머니와 내 조국 클레베스에 실망을 안기고 싶지 않다.

벌써부터 시합에 출전하려는 젊은 신사들이 내게 허리 굽혀 인사하며 다정한 시선으로 나를 올려다보면서 손수건을 하사해 주길 간청한다. 하지만 나는 품위를 지키며 왕의 신임을 받거나 내기를 건 기사에게만 조심스럽게 손수건을 하사한다. 이런 문제에 관한 한 로치포드 부인은 믿을 만한 조언자다. 내가 왕의 심기를 건드리지 않도록, 무엇보다도 치명적인 스캔들에 말려들지 않도록 내게 조언해 준다. 잉글랜드의 왕비가 누군가와 시시덕거리며 바람을 피운다는 소문이 날 만한 일을 해서는 안 된다는 사실을 나는 한시도 잊지 않았다. 오늘과 같은 마상 창 시합에서 젊은 기사들이 줄줄이 왕비의 손수건을 하사받은 후 모두 간통죄로 체포되었고, 앤 왕비 또한 참수대에서 최후를 맞이하지 않았던가.

그러나 궁정 사람들은 모두 잊은 듯하다. 왕비의 유죄를 입증할 증거를 대고, 왕비에게 참수형을 선고했던 사람들 모두 오늘 이곳에 모여 밝은 햇살 아래서 환하게 웃으며 기사들을 응원하고 있다. 심지어 토머스 와이엇처럼 간신히 죽음을 모면한 사람마저 내게 미소를 보낸다. 모두들 내가 앉은 바로 이 옥좌의 전 주인이던 세 여인을 한 번도 본 적 없는 듯 굴고 있다.

경기장 주변에는 색이 칠해진 널빤지가 둘러쳐져 있고 널빤지 사이사이에 튜더 왕조를 상징하는 초록색과 하얀색 줄무늬가 그려진 기둥들이 서 있다. 기둥에는 깃발들이 나부낀다. 최고로 멋진 옷을 차려입고 경기를 관람하러 온 사람들은 수천 명에 이르렀다. 내기를 건 기사를 응원하는 사람들의 함성과 꽃 파는 소녀들의 소리, 짤그랑거리며 내기 건 돈을 건네는 소리로 경기장은 소란스러웠다. 내가 시민들 쪽으로 눈을 돌릴 때마다 시민들은 환호성을 질렀다. 부인들과 소녀들은 내게 손수건을 흔들었다. 내가 그들을 향해 손을 들어 주면 '훌륭한 왕비, 안나!' 라고 외쳤고 남자들은 모자를 벗어 하늘로 던지며 내 이름을 연호했다. 그 와중에 귀족들과 기사들이 끊임없이 로열박스를 찾아 내 손을 잡고 허리 굽혀 인사하며 자기 부인을 소개했다. 모두 이번 시합을 보기 위해 특별히 런던에 온 사람들이었다.

수많은 꽃다발과 금방 물을 뿌린 깨끗한 모래에서 상큼한 향이 났다. 기사가 탄 말이 경기장으로 달려 들어오다 미끄러지듯 정지하면서 앞발을 들어 금빛 모래가 휘날렸다. 빈틈없이 광을 낸 은빛으로 번쩍이는 갑옷을 입은 기사들은 하나같이 근사했다. 그들이 입은 갑옷에는 대부분 값비싼 귀금속이 달려 있었다. 기수들은 특별한 문구를 새긴 화려한 비단 깃발을 들고 등장했다. 투구의 면갑을 내려 얼굴을 가리고 신비스러운 분위기를 자아내며 등장하는 기사들도 있었다.

그들은 기이하고 낭만적인 전설 속 인물의 이름을 큰 소리로 부르짖으며 도전장을 내밀기도 하고 음유 시인을 대동하고 나오기도 했다. 시인들은 시합이 벌어지기 전에 슬픈 시를 읊조리거나 노래를 지어 불렀다. 하루 종일 시합장에 어리둥절하니 앉아 있어야 하면 어쩌나 하고 걱정했는데 아름다운 가장행렬을 보는 것만큼이나 재미있었다. 경기장에 입장하는 근사한 말들과 혈기 넘치는 잘생긴 젊은 기사들, 함성을 외치는 수천 명의 관중은 그 자체가 장관이었다.

기사들은 시합을 벌이기 전에 위용을 뽐내며 경기장을 한 바퀴 돌았다. 경기를 축하하는 가장행렬도 있었다. 주인공은 왕이었다. 왕은 예루살렘 기사 복장을 하고 있었고 내 시녀들이 의상을 입고 커다란 마차를 타고서 그 뒤를 따랐다. 파란 비단을 뒤집어 쓴 여러 마리의 말이 마차를 끌고 있었는데 바다를 상징하는 듯했다. 그러나 시녀들이 입은 의상이 무엇을 뜻하는지는 알 수 없었다. 맨 앞줄에 서서 눈이 부신 듯 손을 들어 햇빛을 가리며 아름답게 웃는 캐서린 하워드의 모습을 보면 인어나 사이렌 요정을 나타내는 것 같았다. 캐서린은 하얀색 모슬린으로 몸을 둘둘 감고 있었다. 파도의 하얀 거품을 나타내는 듯했다. 옷이 무심코 흘러내려 아름다운 어깨가 드러났다. 마치 발가벗은 몸으로 파도를 헤치고 나타나는 듯했다.

내가 영어를 조금만 더 잘했다면 정숙하게 행동하고 평판에 신경 쓰라고 캐서린에게 조언했을 텐데. 캐서린에게는 어머니가 없다. 어머니는 어릴 적에 돌아가셨고 아버지는 바다 건너 칼레에서 허랑방탕하게 산다고 한다. 로치포드 부인 말로는 캐서린이 새할머니 손에서 컸다고 했다. 그러니 정숙치 못하게 행동했다가는 왕에게 지독한 미움을 산다고 가르쳐줄 만한 사람이 없을 것이다. 오늘이야 가장행렬 때문에 그런 의상을 입어도 되겠지만 그렇다고 흘러내린 옷 사이로 가녀리게 하얀 등을 드러내다니 안 될 말이다.

시녀들은 경기장에서 춤을 추더니 무릎을 살짝 구부려 왕에게 인사한 후 왕을 로열박스까지 에스코트했다. 왕이 내 곁에 와서 앉았다. 나는 웃으면서 가장행렬을 하듯 왕에게 손을 내밀었다. 왕이 내 손에 입을 맞추자 모여 있던 군중이 환호성을 질렀다. 내게 주어진 역할은 왕에게 다정하게 웃음 지으며 무릎을 살짝 굽혀 인사하고 나서 그를 내 옥좌보다 위에 있는 위풍당당하게 우뚝 솟은 왕좌로 안내하는 것이다. 시녀 하나가 왕에게 설탕에 절인 과일과 포도주를 대령한 후 로치포드 부인이 내게 옆에 앉아도 좋다고 고갯짓을 했다.

곧이어 우중충한 갑옷을 입고 암청색 깃발을 든 대여섯 명의 기사가 달려 들어왔고 시녀들은 퇴장했다. 기사들은 밀려오는 파도나 바다의 신 넵튠을 상징하는 듯했다. 가장행렬의 의미조차 완전히 파악하지 못하다니 내가 한심스럽게 느껴졌다. 기사들이 경기장을 빙빙 돌았고 시합 진행자가 그들의 작위를 큰 소리로 외치자 관중이 환호성을 질렀다. 시합이 시작된 것이다.

단이 층층이 놓인 관중석은 사람들로 빼곡히 들어찼다. 가난한 사람들은 단 사이의 빈틈을 비집고 들어앉았다. 기사가 내게 창을 정중히 내밀 때마다 사람들은 '안나! 클레베스의 안나!' 라고 연호하며 환호성을 질렀다. 그러면 나는 일어서서 웃는 얼굴로 손을 흔들어 답례했다. 이렇게 사람들의 환호를 받으리라고는 꿈에도 생각하지 못했다. 내가 잉글랜드를 내 조국으로 자연스럽게 받아들인 것처럼 잉글랜드 사람들도 나를 그들의 왕비로 환영한다는 것이었다. 이런 사실을 알고 나니 기분이 좋았다. 왕도 일어서더니 사람들 앞에서 내 손을 잡아 보였다.

"잘했소."

그는 짤막하게 말하더니 로열박스에서 내려갔다. 왕을 따라가야 할지 그대로 있어야 할지 몰라 로치포드 부인을 쳐다봤다. 부인은 고개를 가로저으며 말했다.

"기사들과 얘기하러 가셨어요. 시녀들하고도 얘기를 나누고요. 왕비님은 여기 계세요."

나는 자리에 앉았다. 곧 맞은편 로열박스에 왕이 모습을 드러내더니 나를 향해 손을 흔들었다. 나도 일어나 손을 흔들었다. 왕이 자리에 앉고 나서 나도 자리에 앉았다. 릴 경이 내게 영어로 정중하게 말했다.

"왕비님께서는 벌써 백성들의 사랑을 받고 계시군요."

내가 물었다.

"왜 그럴까요?"

릴 경은 웃으며 말했다.

"왕비님은 젊으시잖아요."

릴 경은 내가 이해했는지 보려는 듯 잠시 말을 끊고는 덧붙였다.

"사람들은 왕비님에게 아들을 바란답니다. 어여쁜 왕비님이 웃으면서 손까지 흔드시니 왕비님의 행복과 득남을 기원하는 겁니다."

이렇게 세련되고 복잡한 사람들이 그렇게 단순한 생각을 하다니 하고 생각하며 나는 어깨를 으쓱했다. 사람들이 내게 원하는 게 행복이라면 쉬운 일이다. 내 생애 이렇게 행복해 본 적이 없다. 엄마의 불만어린 시선과 남동생의 짜증 섞인 표정에서 이렇게 멀리 떨어져 본 적이 없으니까. 나는 나만의 삶을 사는 여자가 되었다. 나만의 궁전이 있고 친구들도 있다. 앞으로 더욱 번창하고 강성해질 위대한 나라의 왕비다. 하지만 변덕스러운 왕을 주인으로 모시는 조신들은 신경과민에 걸려 있다. 궁정에 발을 들인 지 얼마 안 된 나 같은 사람조차 그걸 알 수 있다. 하지만 내가 변화시킬 수 있지 않을까. 내가 이 궁정을 평온한 곳으로 만들 수 있지 않을까. 왕에게 좀 더 인내심을 가지라고 조언할 수 있을지도 모른다. 이곳에서의 내 삶을 머릿속에 그려 보았다. 바로 왕비로서의 내 모습을 말이다. 나는 잘 해낼 수 있을 것이다. 대화를 마친 후 옆에 서 있는 릴 경에게 미소 지었다. 오늘 그는 평소처럼 다정하게 대하지 않는 편이다. 내가 말했다.

"고마워요. 나도 그러길 바랍니다."

릴 경은 고개를 끄덕였다. 내가 서투른 영어로 물었다.

"잘 지냅니까? 행복해요?"

내 질문에 놀란 듯했다.

"아 네, 왕비님."

나는 영어로 어떻게 말해야 할지 곰곰이 생각하다 물었다.

"문제없어요?"

잠시 그의 얼굴에 두려움이 스쳐 지나갔다. 나를 믿어도 될까 하고 생각하는 듯했다. 곧 그 표정이 사라지더니 대답했다.

"문제없습니다, 왕비님."

릴 경의 시선이 허공을 헤매더니 마상 창 경기장 맞은편에 앉은 왕에게 머물렀다. 왕의 옆에 앉은 크롬웰 경이 왕의 귀에 뭐라고 소곤거리고 있었다. 궁정에는 항상 파벌이 있기 마련이고 왕의 신임은 이 당파에서 저 당파로 옮겨 다니기 마련이다. 릴 경이 왕의 심기를 건드린 것 같았다. 내가 릴 경에게 말했다.

"릴 경, 내 좋은 친구입니다."

릴 경이 고개를 끄덕이며 말했다.

"무슨 일이 닥쳐도 하느님이 왕비님을 지켜 주시길 빕니다."

그러고는 물러나더니 내 옥좌 뒤쪽에 가서 섰다.

왕이 자리에서 일어나 로열박스 앞으로 나왔다. 시종 하나가 왕을 부축했다. 왕은 갑옷의 손목 덮개를 머리 위로 높이 들어 올렸다. 모여 있던 군중들이 조용해졌다. 잉글랜드의 위대한 왕, 스스로 왕이자 황제, 교황이라 일컫는 이 남자에게 사람들의 시선이 집중되었다. 모든 이목이 자기에게 집중되었음을 알자 왕은 내게 허리를 굽혀 인사하고는 손목 덮개로 신호를 보냈다. 사람들은 환호성을 올렸다. 경기를 시작하라는 신호였다.

나는 황금 차양이 처진 내 옥좌에서 일어섰다. 로열박스 양쪽에는 튜더 왕조를 상징하는 초록색과 하얀색 커튼이 나풀거리고 있었고, 내 이니셜과 클레베스 공국의 문장이 여기저기 새겨져 있었다. 다른 왕비들의 이니셜은 커튼 아래쪽에만 있어서 보이지 않았다. 오늘 광경만 놓고 보면 영국에는 오로지 한 사람의 왕비만 있었던 듯하다. 바로 나 한 사람만 왕비였던 듯하다. 조신들과, 시민들, 왕은 모두 한 통속이 되어 다른 왕비들을 잊어버리기로 공모라도 한 것 같았다. 나 역시 그들에게 다른 왕비들을 상기시키도록 하지 않으련다. 내가 헨리 왕의 첫째 왕비이기나 한 듯 지금 마상 창 시합이 바로 나를 위해 열리고 있다.

나는 손을 들어 올렸다. 경기장에 모인 사람들 모두 숨을 죽였다. 내가 장갑을 떨어뜨리자 마상 창 경기장 양쪽 끝에서 말들이 전속력으로 달려 나왔다. 두 명의 기사가 말을 타고 상대를 향해 돌진했다. 왼편 기사인 리치몬드 경이 조금 나중에 창을 찔렀지만 상대편 기사를 정확하게 겨냥했다. 그가 내리꽂은 창은 도끼처럼 쩍 소리를 내며 상대방 갑옷의 가슴받이 가운데에 정확히 박혔다. 상대편 기사는 고통으로 울부짖으며 말에서 떨어졌다. 리치몬드 경은 곧 경기장 끝으로 돌아갔다. 그는 투구의 면갑을 젖히고는 모래 바닥에서 비틀대는 상대를 지켜보았다. 하인 하나가 리치몬드 경의 말을 붙잡고 있었다.

릴 부인이 나지막하게 비명을 토하며 자리에서 일어섰다. 쓰러진 젊은 기사는 비틀거리며 일어났지만 다리를 절었다.

"저 사람 다칩니까?"

나는 조용히 목소리를 낮춰 로치포드 부인에게 물었다.

부인은 유심히 보더니 말했다.

"그런 것 같은데요. 이건 격렬한 시합이에요. 저 사람도 그 위험을 잘 알죠."

부인의 목소리에서 가벼운 흥분이 느껴졌다.

"혹시……."

나는 의사가 있느냐고 물어보려 했지만 의사가 영어로 뭔지 떠오르지 않았다. 로치포드 부인이 손가락으로 가리키며 말했다.

"걸어가네요. 괜찮은 것 같아요."

사람들이 그의 투구를 벗겼다. 기사의 얼굴은 백짓장처럼 하얗게 질려 있었다. 가여운 젊은이. 갈색 곱슬머리가 땀에 젖어 창백한 얼굴에 착 달라붙어 있었다. 로치포드 부인이 음흉한 미소를 지으며 말했다.

"토머스 컬피퍼군요. 저랑 먼 친척이에요. 잘생겼죠. 릴 부인이 손수건을 주었는데……. 부인들 사이에서는 평판이 좋지 않은 젊은이예요."

토머스 컬피퍼는 다리를 설뚝이며 로열박스로 와서 내게 깊숙이 인사했고 나는 그를 내려다보며 웃었다. 그가 몸을 바로 세울 수 있도록 시종이 와서 부축해 주었다.

"가엾습니다, 가엾습니다."

내가 말했다.

"왕비님을 위해 싸우다 쓰러져 영광입니다."

입이 멍들고 부어 있어 발음이 정확하지 않았다. 엄한 어머니에게 교육받은 나 같은 여자마저 그를 데려다 씻겨 주고 싶은 욕망이 일었다. 그가 말했다.

"허락하신다면 왕비님을 위해 다시 출전하겠습니다. 내일이라도 말을 탈 수 있다면요."

"네. 하지만 조심해요."

그는 내가 이제껏 본 적 없는 상냥한 미소를 애처롭게 지으며 인사하더니 발걸음을 옮겼다.

컬피퍼는 절뚝이며 경기장을 떠났고 첫 경기의 승자는 경기장을 천천히 돌며 창을 높이 들어 올려 그의 승리에 내기를 걸었던 사람들의 환호에 답하고 있었다. 나는 뒤에 서 있는 시녀들을 돌아보았다. 릴 부인은 경기장을 떠나는 젊은 기사의 뒷모습을 사랑에 빠진 여자처럼 넋을 놓고 쳐다보고 있었다. 망토를 두른 캐서린 하워드도 그에게서 눈을 뗄 줄 몰랐다.

'그만' 하고 내가 말했다. 나는 이제 시녀들을 호령해야 한다. 내 시녀라면 내 어머니가 내게 가르친 것처럼 행동해야 한다. 나를 비롯한 우리 셋은 그 잘생긴 젊은 기사를 그렇게 넋 놓고 쳐다봐서는 안 되는 거였다. 잉글랜드 왕비와 시녀들은 한 치의 부끄러움도 없어야 한다.

"캐서린, 가서 옷 갈아입고 와요. 릴 부인, 릴 경 어디 있습니까?"

두 사람 모두 고개를 끄덕였다. 캐서린은 재빠르게 자리를 떴다. 나는 옥좌에 등을 기대고 앉아 또 다른 기사들이 경기장 안으로 말을 타고 들어오는 모습을 지켜봤다. 이번에는 시를 아주 길게 낭송했다. 게다가 라틴어였다. 나는 손을 살그머니 주머니에 넣어 보았다. 주머니 속에서 편지가 바스락거렸다. 여섯 살배기 엘리자베스 공주의 편지였다. 그 편지를 여러 번 읽어서 나는 그 내용을 잘 알고 있다. 모조리 외울 정도다. 엘리자베스는 왕비인 나를 존경하고 어머니인 내게 절대 복종하겠노라고 약속했다. 눈물이 나올 정도였다. 귀여운 꼬마가 이렇게 엄숙한 내용을 왕실 서기관처럼 정갈한 글씨로 쓰기 위해 쓰고 또 썼을 생각을 하면 너무 가여웠다. 엘리자베스는 분명 궁정에 오고 싶었을 것이다. 내 처소에는 들어올 수 있지 않을까. 내 시녀들 중에는 엘리자베스와 비슷한 또래의 아이도 있다. 엘리자베스를 내 곁에 둘 수 있다면 정말 좋을 텐데. 게다가 엘리자베스는 혼자 살고 있다. 곁에는 가정교사와 유모밖에 없다. 엘리자베스를 내 곁에 두고 가르친다면 왕도 좋아하지 않을까?

트럼펫 소리가 크게 울렸다. 고개를 들어 보니 기사들이 한쪽에 나란히 서서 왕에게 경의를 표하고 있었고, 왕은 다리를 절뚝이며 경기장을 가로질러 내 쪽으로 오고 있었다. 왕이 계단을 오를 수 있도록 시종들이 문을 활짝 열었다. 양옆에서 왕을 부축해 주는 젊은 시종들의 도움을 받아 왕은 계단을 올랐다. 수많은 관중 앞에서 이런 모습을 보여야 하니 부아가 치밀겠지. 자존심 강한 그의 성격상 창피해할 게 뻔하다. 그러면 곧 다른 사람에게 면박을 주고 싶겠지. 나는 자리에서 일어나 공손히 왕을 맞았다. 그냥 손만 내밀어야 할지, 혹시 왕이 입을 맞추려 할지 모르니 몸을 앞으로 내밀어야 할지, 판단이 서지 않았다. 나를 환영하는 사람들 앞에서 왕은 나를 끌어당기더니 입을 맞추었다. 모든 이가 환호성을 질렀다. 이런 면에서 왕은 머리가 잘 돌아간다. 군중을 즐겁게 하기 위해 왕은 항상 무엇인가 한다.

왕은 왕좌에 앉았고 나는 그의 옆에 서 있었다.

"컬피퍼가 오늘 호되게 당했어."

왕이 말했다. 무슨 말인지 잘 이해하지 못해서 나는 아무 말도 하지 않았다. 어색한 침묵이 흘렀다. 내가 말할 차례인 게 틀림없다. 얘깃거리를, 그리고 그 얘기를 영어로 옮길 방도를 생각해 내야 했다. 마침내 할 말이 생각났다.

"마상 창 시합 하고 싶습니까?"

왕은 언짢은 낯으로 나를 노려보았다. 무서운 표정이었다. 눈썹을 얼마나 일그러뜨렸는지 분노로 타오르는 그의 작은 눈을 다 덮을 정도였다. 내가 분명 무언가 잘못 말했고 그의 심기를 몹시 건드린 게 확실했다. 하지만 내가 무슨 말을 했기에 그렇게 화를 내는지 이해할 수 없었다. 나는 더듬거리며 말했다.

"죄송합니다. 용서를……."

"마상 창 시합 하고 싶습니까?"

왕은 내 말을 기분 나쁜 투로 흉내 냈다.

"물론이지. 하고 싶소. 하지만 절대 낫지 않는 이놈의 상처 때문에
다리가 욱신거려 할 수가 없소. 매일 이렇게 살다가 죽을 것 같소. 걷
는 것도 고통이고, 서 있는 것도 고통이고, 말 타는 것도 고통인데 이
바보 천치들은 내가 그런 줄 몰라."

릴 부인이 앞으로 나서며 빠르게 말했다.

"전하, 왕비님은 그저 마상 창 시합 관람을 좋아하시냐는 뜻이었습
니다. 전하의 심기를 불편하게 해 드리려는 게 아니었습니다, 전하.
왕비님은 놀라울 정도로 빨리 우리말을 배우고 있지만 이따금씩 사소
한 실수를 저지르기도 합니다."

"머릿속에 돌덩이가 들어 있으니 그렇지."

왕은 릴 부인에게 소리를 질렀다. 분노로 일그러진 왕의 입에서 튀
어나온 침이 얼굴에 사정없이 떨어져도 릴 부인은 꿈쩍도 하지 않았
다. 부인은 조용히 무릎을 굽혀 인사하는 자세로 가만히 기다렸다.

왕은 릴 부인에게 일어나라는 말도 하지 않았다. 불편한 자세로 머
리를 조아리고 있는 릴 부인을 그냥 놔둔 채 왕은 내게 고개를 돌리고
말했다.

"마상 창 시합 관람 좋아하지. 관람밖에는 할 수 없으니까. 왕비는
알 턱이 없겠지만 나는 한때 최고의 기사였소. 모든 도전자들을 물리
쳤지. 한 번도 아니고 매번. 변장하고 시합에 참가했으니까 아무도 내
가 왕인 줄 몰랐지. 그러니 날 봐줄 수도 없었지. 도전자들이 아무리
맹렬하게 달려들어도 나는 다 이겼어. 난 잉글랜드에서 가장 용맹한
기사였소. 아무도 나를 이길 수 없었지. 내가 온종일 출전하는 날엔

창을 수십 개씩이나 부러뜨렸어. 알아듣겠어? 이 돌대가리야!"

나는 무서워 달달 떨며 고개를 끄덕였지만, 사실은 그가 말을 너무 빨리 하는 데다 지나치게 화를 내고 있어 무슨 소리인지 알아들을 수 없었다. 웃어 보이려고 애썼지만 입술이 떨렸다.

"아무도 나를 이길 수 없었어."

왕은 다시 강조했다.

"절대. 그 어느 기사도. 난 잉글랜드 최고의, 아니 세계 최고의 기사야. 백전백승이지. 낮에는 하루 종일 말을 타고, 밤에는 늦도록 춤을 추었지. 하지만 난 다음 날 새벽에 벌떡 일어나 사냥을 나섰어. 당신이 뭘 알아, 뭘! 마상 창 시합 하고 싶으냐고? 기가 막혀서, 나 참! 나는 기사 중의 기사였어! 관중들의 영웅이었지. 경기를 할 때마다 내가 승자였어! 나 같은 사람은 없었어. 난 원탁의 기사 이래 최고의 기사였어. 전설이었지."

릴 부인이 고개를 들며 상냥하게 말했다.

"전하가 시합하는 모습을 본 사람이라면 아무도 그 모습을 잊지 못할 거예요. 마상 창 시합이 시작된 이래 전하만큼 훌륭한 기사는 없었지요. 요즘도 저는 전하만큼 뛰어난 기사를 볼 수가 없어요. 아무렴요. 요즘 기사들은 전하와 비교할 수도 없죠."

"흠."

왕은 짜증스럽게 헛기침을 하더니 입을 다물었다. 길고도 어색한 침묵이 흘렀다. 경기장에는 우리의 화제를 돌릴 만한 일이 일어나지 않았다. 사람들은 내가 무슨 말이든 해서 남편의 심기를 풀어 주길 바라는 듯했다. 왕은 입을 꼭 다물고 앉아 바닥에 자라 있는 풀포기를 보며 인상을 썼다.

"일어나요, 일어나. 그 늙은 나이에 그런 자세로 계속 있다가는 무릎이 망가질 거요."

이렇게 왕은 릴 부인에게 역정을 내며 일렀다.

"나 편지 있어요."

나는 덜 민감한 사안으로 화제를 바꾸려고 애쓰며 조용히 말을 꺼냈다. 왕은 몸을 돌려 나를 보았다. 웃으려 애썼지만 내 독일식 억양과 더듬거리는 말투에 짜증이 났다는 것을 금방 알 수 있었다.

"당신 편지 있어요."

그는 차갑게 내 말투를 흉내내며 내 말을 반복했다.

"엘리자베스 공주 보냈어요."

"레이디, 레이디 엘리자베스."

나는 망설이다 고분고분하게 말을 고쳤다.

"레이디 엘리자베스."

나는 엘리자베스의 소중한 편지를 꺼내 왕에게 보여 주었다.

"레이디 엘리자베스 궁에 와도 됩니까? 나와 함께 지내도 됩니까?"

왕은 내 손에 있는 편지를 낚아챘다. 나는 편지를 다시 뺏고 싶은 충동을 간신히 눌렀다. 나는 그 편지를 간직하고 싶었다. 내 어린 딸에게 받은 첫 편지였다. 왕은 눈을 가늘게 뜨고 편지를 보더니 시종에게 손짓하고는 안경을 건네 달라고 했다. 안경을 끼고서 관중들 눈에 띄지 않게 얼굴을 가리고 편지를 읽었다. 백성들에게 잉글랜드 국왕의 시력이 나빠진 모습을 보이고 싶지 않았겠지. 왕은 편지를 쓰윽 훑어보더니 시종에게 안경과 함께 건넸다.

"내 편지입니다."

내가 조용히 말했다.

"내가 대신 답장하리다."

"레이디 엘리자베스 날 만나러 와도 됩니까?"

"아니."

"전하, 제발."

"안 돼."

나는 잠시 망설였다. 하지만 헨리 왕만큼이나 귀하게 자라 성질 더러운 남동생 밑에서 갈고닦은 내 기질이 가만히 있지 않았다.

"왜 안 됩니까? 엘리자베스 내게 편지 쓰고 물었어요. 나 엘리자베스 보고 싶어요. 왜 안 됩니까?"

왕은 왕좌에서 일어서더니 등받이에 비스듬히 몸을 기댄 채 나를 내려다보며 말했다.

"그 애 어미는 당신과 달라. 모든 면에서. 그러니까 그 애를 데리고 있겠다고 말하면 안 되는 거야."

그러고는 아무 거리낌 없이 덧붙였다.

"제 어미가 어떤 사람인지 알았다면 그 애는 당신을 만나겠다고 절대 말하지 않았을 게야. 내가 그 애한테 그렇게 알려 주지."

그러더니 몸을 일으켜 계단을 내려가 경기장 건너편 자기 자리로 돌아갔다.

제인 불린

1540년 2월, 화이트홀 궁

마상 창 시합이 벌어지고 어느 정도 지나면서 나는 공작과 의논하기 위해 공작의 부르심을 내내 기다렸는데 공작은 나를 부르지 않았다. 공작도 어쩌면 예전의 오월제 마상 창 시합에서 앤이 손수건을 떨어뜨리고 친구들과 웃었던 기억을 다시 떠올리고 있을지 모른다. 제아무리 그라 해도 트럼펫 소리만 들으면 무덥던 오월제 아침, 앤의 창백한 표정과 절망적인 상황이 생각날 것이다. 그런데 공작은 시합이 끝나고 화이트홀 궁의 일상이 정상으로 돌아올 때까지 기다렸다가 나를 자기 처소로 호출했다.

여기 화이트홀은 음모를 꾀하는 궁이다. 모든 회랑이 사방으로 서로 연결되어 있고, 안뜰마다 오다가다 만날 수 있는 작은 정원이 한복판에 있다. 처소마다 적어도 출입구가 두 군데씩은 있다. 나와 같은 사람도 침실에서부터 보이지 않는 수문까지 비밀 통로를 다 알지 못한다. 그리도 자주 숨어 다녔던 앤도, 우리 남편 조지조차도 죄다 알지는 못했다.

공작이 저녁을 먹은 후에 나더러 은밀히 다녀가라는 분부가 있어서 나는 정찬장에서 몰래 빠져나와 남의 눈에 띄지 않게 멀찍이 돌아서 문도 두드리지 않은 채 살그머니 공작의 처소로 들어갔다.

공작은 난롯가에 앉아 있었다. 설거지를 하고 있는 시종 옆의 접시들을 보니 공작은 혼자 저녁을 먹은 것 같았다. 우리가 정찬장에서 먹었던 저녁보다 더 근사한 저녁을 즐긴 모양이다. 이 주방은 구식의 화이트홀 궁의 정찬장과 워낙 멀리 떨어져 있는 탓에 음식이 언제나 찼다. 자기 처소가 있는 사람은 자기 처소에서 음식을 요리해 먹는다. 공작은 어딜 가나, 거의 그렇듯이, 여기서도 최고의 처소가 있다. 우리 가문의 수장보다 더 좋은 저택에 사는 사람은 크롬웰밖에 없다. 하워드 가문은 문중의 딸이 현재 왕비가 아니라도 언제나 최고 가문 중의 하나다. 우리는 처리할 계략이 항상 있는데 그게 바로 우리 전문이다. 공작은 시종에게 가라고 손짓을 하더니 나에게 와인 한 잔을 건넸다.

"앉으시게."

영광스럽게도 공작이 나에게 시키는 일은 기밀 사안이고, 위험한 임무라는 것도 익히 알고 있다. 나는 자리에 앉아서 와인을 한 모금씩 마셨다.

"왕비전의 상황은 어떻게 돌아가는가?"

공작은 다정하게 물었다.

"그럭저럭 괜찮습니다. 하루가 다르게 우리말을 많이 익혀서 지금은 거의 다 알아듣는 것 같아요. 왕비의 이해력을 얕잡아 보는 이들도 있는데 주의를 줘야 합니다."

내 말에 공작은 고개를 끄덕였다.

"그런 소문은 들었네. 왕비의 성정은?"

"사근사근해요. 모국을 그리워하는 기미는 전혀 보이지 않아요. 잉글랜드에 대한 애정과 관심이 많은 것 같아요. 어린 시녀들에게는 훌륭한 안주인이고요. 시녀들을 지켜보며 신경도 쓰고 수준이 높아요. 왕비전을 잘 통솔하고 있어요. 계율을 준수하지만 지나치게 경건하진 않고요."

"신교도처럼 기도하는가?"

"아뇨, 전하의 미사 전례를 따르고 있어요. 거기에 신경을 쓰는 편이지요."

공작은 고개를 끄덕이며 물었다.

"클레베스로 돌아갈 생각은 없든가?"

"그런 말은 입 밖에 낸 적이 없어요."

"뜻밖이군."

공작은 잠자코 기다렸다. 이게 공작의 버릇이다. 상대방이 말하고 싶을 때까지 묵묵히 기다린다.

"왕비 남매 사이에 감정의 앙금이 있는 모양이에요."

이윽고 나는 이실직고했다.

"왕비는 아버지의 사랑을 받았는데 아버지가 말년에 술 때문에 병이 났었나 봐요. 남동생이 부친의 지위와 권력을 독차지한 모양이에요."

공작은 고개를 끄덕이더니 물었다.

"그렇다면 왕비가 그 자리에서 물러나 고국으로 돌아갈 가능성은 없는가?"

나는 고개를 흔들었다.

"전혀 없어요. 훌륭한 왕비가 되고 전하의 자녀들 어머니가 되겠다는 생각을 품고 있어요. 가능하다면 에드워드 왕자님도 곁에 두고 싶은가 봐요. 엘리자베스 공주님을 못 봐서 꽤 실망했나 봐요. 자식들도 낳고 전처 자식들도 함께 데리고 있고 싶나 봐요. 잉글랜드에서의 인생과 앞날을 설계하고 있어요. 왕비가 자진해서 돌아가진 않을 겁니다. 공작님의 의중이 그 쪽인지는 모르겠지만요."

공작은 양손을 쭉 뻗더니 꿍꿍이와는 다른 소리를 했다.

"난 아무 생각도 없네."

나는 공작이 원하는 속내를 털어놓기를 기다렸다.

"그 아이, 우리 캐서린 말인데. 왕이 고것을 마음에 들어 하는 눈치지?"

이 말에 나도 맞장구쳤다.

"아주 많이요. 그리고 캐서린은 자기보다 나이가 두 배나 많은 여자 못지않게 전하의 비위를 잘 맞춰요. 재주가 보통이 아니에요. 이를 데 없이 싹싹하고 꽤나 천진난만해 보이기는 하는데 유곽의 창부처럼 굴어요."

"애교 덩어리지. 야망이 많던가?"

"아뇨, 탐욕만 있어요."

"그 아이는 왕이 과거에 아내의 시녀들과 결혼한 줄 모르던가?"

"바보 천치예요. 농탕질에는 남다른 재주가 있어요. 그게 큰 낙이니까요. 하지만 애완견 이상의 계획은 세우지 못해요."

"내버려 두게."

이러더니 공작은 잠시 딴 생각을 했다.

"앞날은 생각하지 않는 아이입니다. 다음 가면극 이상은 생각하지 못해요. 여흥거리라면 목적을 달성할 수는 있지만 최고의 지위를 추구하고 출세하는 법을 배울 꿈은 꾸지도 않아요."

"재미있어."

누런 이를 드러내 웃으며 말을 이었다.

"제인 불린, 그댄 언제 봐도 재미있어. 왕 내외 얘긴데, 내 하룻밤 걸러 밤마다 왕을 왕비 침소로 모셔다 드리고 있네. 왕이 아직 밤일을 치르지 않은 것 알고 있는가?"

"전하가 그런 건 누구나 다 알잖아요."

나는 이 처소가 안전한지는 알지만 목소리를 낮추었다.

"남자 구실을 못하시는 것 같아요."

"어째서 그리 생각하시는가?"

나는 어깨를 으쓱했다.

"앤과 지내던 말년에도 그러셨잖아요. 그건 누구나 다 아는 사실이잖아요."

공작은 허허 하고 짧게 웃음을 토해 냈다.

"이제 누구나 그걸 다 알고 있지."

자기 목숨이 경각에 달린 재판에서 왕이 남자 구실을 못한다는 사실을 세상에 토설한 사람은 우리 남편 조지였다. 조지는 잃을 게 하나도 남지 않은 김에 해서는 안 될 말을, 끝까지 지켰어야 할 비밀을 불어 버렸다. 그이는 원래 그런 사람이었다. 참수대에서도 배짱 두둑하게 자기 할 말을 다했다.

"왕은 왕비에게 불만스런 내색을 하시는가? 왕비는 자기가 왕을 만족시키지 못하는 걸 아는가?"

"전하는 아주 정중하게 대하긴 하는데 냉정하세요. 왕비에게는 아예 마음이 없으신 것처럼, 어디에서도 만족을 얻을 수 없는 것처럼 그러세요."

"그대 생각에 왕이 다른 여인과는 밤일을 할 수 있을 듯싶은가?"

"늙으셨어요."

막상 말하고 나니 공작 역시 젊지 않다는 생각이 퍼뜩 들었다.

"그야 물론 나이 때문에 전하가 못하라는 법은 없지요. 하지만 다리 통증으로 편찮으신 데다 근자에는 통증이 더 심해지신 모양이에요. 확실히 악취도 더 심해졌고 다리도 꽤 심하게 절름거리세요."

"그렇다면 알겠네."

"게다가 변비도 있으시고요."

공작은 침울한 표정을 지으며 말했다.

"우리 모두 알다시피 조신들은 최근 왕의 변비를 계속 우려하고 있네. 왕을 위해서도 그렇지만 본인들의 잇속 때문이지. 왕이 용변을 보아야 할 때는 성미가 훨씬 더 고약해지거든."

"왕비는 왕의 심기를 건드릴 일은 조금도 하지 않습니다."

"왕의 기를 꺾던가?"

"딱히 그렇지는 않지만 제 짐작에는 왕을 도울 일은 아예 하지 않는 듯싶어요."

"왕비가 미친 게 아냐? 결혼 생활을 유지하려면 왕에게 후사를 안겨 주어야지. 매사가 다 거기에 달려 있는데."

나는 망설이다 대답했다.

"제 생각에는 경박하거나 요부처럼 굴지 말라는 주의를 받은 것 같아요."

나는 속으로 킥킥 웃었다.

"왕비의 어머니와 남동생이 꽤나 엄한 모양이에요. 왕비는 엄격한 환경에서 자랐어요. 그래서 본인이 왕에게 요염하거나 정열적이라는 말을 들을 수 있는 빌미를 주지 않는 데만 신경 쓰는 것 같아요."

공작은 기도 안 차다는 듯이 웃음을 터뜨리며 물었다.

"아니 그 집안은 무슨 생각을 하고 있는 게야? 왕한테 그런 목석을 보내 놓고 감사하길 바라는가?"

그러더니 공작은 다시 냉정을 찾았다.

"그렇다면 그대는 왕비가 아직도 처녀라고 생각하나? 왕이 이제껏 손 하나 대지 않으셨단 말인가?"

"네, 공작님. 처녀인 것 같습니다."

"왕비는 그 문제를 걱정하겠지?"

나는 와인을 한 모금 마시고 대답했다.

"제가 알기로는 왕비는 아무한테도 속내를 털어놓지 않은 것 같아요. 그야 물론 모국의 시녀들한테야 독일 말로 털어놓았을지는 몰라도 그들은 친하지도 않고 구석에서 쑥덕대지도 않아서……. 왕비가 수줍음을 타서 그럴 수도 있고 신중해서 그럴 수도 있지요. 왕의 실패를 부부 사이의 비밀로 혼자서만 속에 담아 두고 있는 것 같아요."

"훌륭해."

공작은 냉담하게 한마디 넌시더니 물었다.

"여자치고는 특이한 경우야. 왕비가 그대한테 털어놓을 기미는 보이던가?"

"털어놓을 겁니다. 왕비의 무슨 말을 듣고 싶으신지요?"

공작은 잠자코 있다 말을 꺼냈다.

"클레베스와의 동맹은 더 이상 중요하지 않을 걸세. 프랑스와 에스파냐의 동맹 관계가 약해지고 있으니까. 누가 아는가? 우리가 말하는 이 순간에도 와해되고 있을지도 모를 일이지. 양국이 동맹이 아닌 경우, 구교도 세력 프랑스와 에스파냐 연합을 견제하기 위해서 우리가 신교도 독일과 동맹 관계를 더 이상 유지할 필요가 없거든."

공작은 한숨을 돌리더니 말을 이었다.

"내 직접 왕명으로 프랑스의 프랑수아 궁정으로 가서 프랑수아 왕이 에스파냐와 어느 정도로 우호 관계를 맺고 있는지 알아볼 참일세. 그가 에스파냐를 좋아하지 않는 경우, 에스파냐와 대적하기 위해 우리와 손잡는 길을 택하겠지. 이렇게 되면 우리는 클레베스와 동맹 관계도 필요 없게 되고 클레베스 왕비도 쓸모없게 되지."

공작은 다시 한숨을 돌리고는 강조했다.

"이런 경우 왕비가 공석인 편이 더 낫지. 왕이 프랑스 공주와 자유롭게 결혼할 수 있다면 우리에게 더 유리하지."

공작과 대화를 하다 보면 늘 그렇듯이 나는 머리가 핑핑 돌았다.

"공작님, 왕이 지금 프랑스와 동맹을 맺을 수 있기 때문에 안나 왕비의 동생이 동맹군으로 더 이상 필요 없다는 말씀이신가요?"

"바로 그걸세. 그가 필요도 없거니와 클레베스와의 동맹 관계는 오히려 방해가 될 수 있어. 프랑스와 에스파냐가 우리 나라에 대항하기 위해 무장하지 않는다면, 우리는 클레베스도 필요 없을 뿐더러 신교도 세력들과 연합하는 것도 원하지 않네. 프랑스나 에스파냐 중 어느 한쪽과 동맹 관계를 맺어 다시 강대국들과 연합해도 괜찮지. 교황과 화해할 수도 있겠고. 하느님이 우리와 함께한다면 왕을 용서하고 구교로 복귀한 뒤, 교황 치세 하의 잉글랜드 교회로 돌아갈 수도 있어. 언제나 그랬듯이 헨리 왕 사전에는 불가능이란 없어. 추밀원에서 빌헬름 제후가 큰 자산이 되리라 여겼던 의원은 한 사람밖에 없으니 그 자는 머지않아 추락할 수도 있네."

나는 숨이 막혔다.

"토머스 크롬웰이 곧 추락한다고요?"

공작은 한숨 돌리더니 대답했다.

"프랑스의 의중을 간파하라는 중요한 외교 사절 임무가 나한테 떨어졌네. 토머스 크롬웰이 아니고 나한테. 왕은 교회 개혁이 지나쳤다는 생각을 토머스 크롬웰이 아닌 나한테 털어놓았어. 토머스 크롬웰이 클레베스 동맹을 추진했잖은가. 결국 동맹도 필요 없고 결혼도 성사되지 않는 걸세. 그러니 결혼이나 동맹, 그 남동생, 뚜쟁이 토머스 크롬웰 따위는 필요 없을지도 모르네."

"그럼 공작님이 비서 장관이 되시는 건가요?"

"어쩌면."

"왕께 프랑스와의 동맹 관계를 아뢰실 참이세요?"

"하느님의 뜻이라면."

"하느님의 뜻이라면 왕이 교회와 화해할까요?"

"로마 가톨릭교회."

이렇게 공작은 내 말을 바로잡아 주었다.

"사정이 허락한다면 우리가 로마 가톨릭교회로 복귀하는 날을 반드시 보게 될 걸세. 난 그렇게 되길 학수고대했고 우리 백성 반이 내 심정과 같네."

"그럼 신교도 왕비도 더 이상 없다는 겁니까?"

"그렇지, 더 이상 필요 없네. 왕비가 내 길을 막고 있어."

"다른 후보감은 찾으셨습니까?"

공작은 웃으며 대답했다.

"아마도. 왕은 진즉에 다른 후보감을 간택했을 걸세. 당신 마음에 드는 여자를 찾았으니 마음 가는 대로 할 게야."

"캐서린 하워드로군요."

내 말에 공작은 빙긋이 웃었고 나는 노골적으로 물었다.

"그럼 안나 왕비는 어떻게 됩니까?"

한동안 침묵이 흘렀다.

"난들 어찌 알겠는가? 왕비가 이혼을 수락할 수도 있겠지. 그렇지 않으면 죽을 수밖에 없을 테니까. 왕비가 내 길을 막고 있으니 왕비가 가는 것 말고 별 다른 도리가 있겠는가."

나는 망설이다 내 생각을 말했다.

"왕비는 이곳에 친구도 없고 모국 사람들은 벌써 클레베스로 돌아갔어요. 어머니나 남동생의 지지도, 조언도 받지 못하는 처지예요. 목숨이 위태롭진 않을까요?"

공작은 어깨를 으쓱했다.

"반역을 저지른 경우에만."

"왕비가 어떻게 반역을 저지를 수 있어요? 영어도 못하고, 왕비에게 알현한 이들 외에는 아는 사람이 없는데요. 그런 사람이 어떻게 전하에게 반역 음모를 꾸밀 수 있습니까?"

다시 공작은 나를 쳐다보며 웃었다.

"아직은 나도 모르네. 왕비가 반역자 노릇을 어떻게 했는지 내 후일 그대한테 보고하라 이르겠네. 어쩌면 법정에 서서 왕비의 유죄를 증언해야 할지도 몰라."

"그러지 마십시오."

나는 차갑게 딱 잘라 말했다.

"전에도 한 일인데 새삼스럽게 뭘."

이렇게 공작은 내게 빈정댔다.

"제발 그러지 마십시오."

캐서린

1540년 2월, 화이트홀 궁

　나는 지금 은거울 앞에서 왕비의 긴 머리를 빗기고 있다. 왕비는 거울을 향하고 있긴 하지만 눈은 허공을 바라보고 있다. 거울에 비친 자신의 모습은 보고 있지 않았다. 정말 우습다. 이렇게 멋진 거울을 가졌으면서, 어그러짐 없이 얼굴을 선명히 비추는 귀한 거울 앞에 앉았으면서 자기 모습을 쳐다보지도 않다니! 나로 말하면 태어나서 지금까지 은쟁반이 됐든 유리 조각이 됐든, 하물며 호샴에 있는 우물이든, 한 번이라도 더 내 모습을 비춰 보지 못해 안달을 떨며 살았다. 그런데 왕비는 더없이 훌륭한 거울 앞에 앉아 있으면서도 마음이 콩밭에 가 있다. 아무리 생각해도 왕비는 참 별난 여자다. 나는 왕비의 머리를 빗기면서, 손이 위아래로 움직일 때마다 우아하게 펄럭이는 내 드레스 소맷자락을 황홀하게 쳐다보았다. 그리고 불빛에 물든 뺨을 보고 싶어 거울에 내 얼굴이 나오도록 몸을 낮추고 고개를 옆으로 살짝 젖혔다. 그러다 이번엔 머리를 반대편으로 꼬았다. 한 번 생긋 웃어 보았다. 다음엔 놀란 표정으로 눈썹을 치켜 올렸다.

　다시 시선을 아래로 향하다 왕비가 나를 보고 있는 것을 알았다. 내가 킬킬 웃었더니 왕비도 웃음 지었다.

　"당신 아주 예쁜 여자입니다, 캐서린 하워드."

　왕비가 말했다.

　나는 거울에 비친 내 얼굴에 대고 요염하게 두어 번 눈을 깜박였다.

　"감사합니다."

　"나는 안 예쁩니다."

다시 왕비가 말했다.

왕비가 서투른 영어로 말할 때 나타나는 특징 중 하나는 뭐든지 무섭도록 단정적으로 말한다는 점이다. 그 때문에 듣는 사람들은 어떻게 대답해야 할지 순간순간 당황스럽다. 물론 왕비가 나만큼 예쁘지 않은 건 사실이다. 하지만 장점이 없는 것은 아니다. 숱이 많은 머리는 색이 예쁘고 윤기가 흐른다. 그리고 얼굴은 착해 보이고 피부는 곱고 깨끗하다. 그리고 무엇보다 특히 눈이 예쁘다. 그리고 나는 궁정 전체에서 가장 예쁜 여자라는 사실을 고려해야 한다. 그러니 나만큼 예쁘지 않은 것을 두고 걱정할 필요는 없다.

왕비에게서 전혀 매력이 느껴지지 않는 이유 중 하나는 너무 뻣뻣하다는 거다. 춤도 못 추고, 노래도 못 부르고, 그렇다고 입담이 좋은 것도 아니다. 우리가 카드놀이랑 춤, 음악, 노래 등 이것저것 가르쳐보지만 어느 것이나 구제불능이다. 다른 한편으로는 심하게 아둔하다. 궁중에서 아둔하고 착한 건 별로 환영받지 못한다. 자기 자신도 힘들다.

"왕비님은 머릿결이 예뻐요."

내가 용기를 주었다.

왕비는 손가락으로 탁자 위에 놓인 후드를 가리켰다. 왕비의 후드는 본데없이 무겁고 크다.

"안 예쁩니다."

왕비가 말했다.

나는 당장 맞장구쳤다.

"맞습니다. 안 예쁩니다. 나의 것 써 보실래요?"

왕비와 말할 때 진짜 어이없는 점은 나도 왕비의 서툰 영어를 따라하게 된다는 것이다. 밤에 시녀 처소에서 모두들 침대에 눕고 불을 끄면 난 곧잘 왕비 흉내를 낸다. 내가 어둠 속에서 '당신들 지금 자야 합니다.' 하면 모두들 자지러진다.

왕비가 내 제안에 솔깃해했다.

"당신의 후드? 좋아요."

나는 핀을 빼고 후드를 머리에서 벗었다. 그리고 후드가 벗겨지면서 머리가 허물어지듯 앞으로 흘러내리는 모습을 거울 속에서 힐끔 훔쳐보았다. 그러다 문득 프랜시스 데르햄이 생각났다. 프랜시스는 후드를 벗긴 다음 흘러내린 내 머리에 얼굴을 묻고 비벼 대길 좋아했다. 생전 처음 진짜 거울로 머리를 풀어 헤친 내 모습을 바라보니 그가 얼마나 나를 갖고 싶어 했을지 이해가 되고도 남았다. 왕이 그런 끈적끈적한 눈빛으로 나를 바라보는 것이 이해가 되고도 남았다. 존 버레스비, 그리고 시모어 경을 따라다니는 새로 온 시종이 날 힐끔거리는 것도 무리가 아니었다. 어제 저녁 정찬 때 토머스 컬피퍼는 내게서 눈길을 떼지 못했다. 솔직히 말해 궁정에 들어온 이후 내 얼굴에 유난히 화색이 도는 걸 느낀다. 그리고 지금도 나날이 예뻐지는 것 같다.

나는 왕비에게 공손히 후드를 내밀었다. 왕비가 후드를 받아 머리 위에 올릴 때 나는 뒤에 서서 왕비의 머리를 모아 주었다.

내 후드를 쓰니 왕비 인물이 훨씬 살았다. 본인도 차이를 느끼는 듯했다. 무겁고 네모난 독일식 후드를 꼭 기왓장을 얹은 것처럼 이마까지 푹 눌러 쓰는 대신 내 작은 후드를 쓰니까 얼굴이 순식간에 더 둥글어 보이고 더 곱상해 보였다.

그런데 왕비는 지난 마상 창 시합 때 새로 마련한 프랑스식 후드를 얼굴 쪽으로 잔뜩 당겨 썼던 것처럼 지금도 내 예쁜 후드를 앞으로 잡아 내려 거의 눈썹 위에 걸치다시피 하는 게 아닌가. 정말 우스워 못봐 줄 정도였다. 나는 못마땅한 표정으로 혀를 쯧 하고 차고는 후드를 왕비 머리 뒤쪽으로 밀었다. 그런 다음 곱슬머리를 조금 앞으로 빼서 윤기 나는 탐스런 금발 머리가 한결 돋보이도록 해 주었다.

그런데 왕비는 미련하게도 머리를 흔들며 후드를 다시 앞으로 끌어 내리더니 예쁜 머리칼을 후드 뒤로 쑤셔 넣었다. 그러면서 한다는 소리란 게 이렇다.

"이런 게 더 좋아요."

"그렇게 하면 예쁘지 않아요. 예쁘지 않아요. 후드는 머리 뒤로 밀어서 써야 돼요. 뒤로!"

나는 거의 야단치다시피 말했다.

왕비는 내가 흥분해서 목소리를 높이는 걸 보고 웃었다. 그러더니 이렇게 말했다.

"너무 프랑스예요."

나는 그 말에 입을 다물었다. 왕비 말에 일리가 있었다. 잉글랜드의 왕비가 가장 피해야 할 것이 있다면 그건 바로 심한 프랑스풍이었다. 프랑스풍은 이제 천박함과 부도덕함의 대명사가 되었다. 예전에 프랑스에서 교육받고 프랑스풍이 뼛속까지 배어 있었던 왕비가 있었지. 바로 내 사촌 앤 불린 말이다. 프랑스풍 후드를 잉글랜드에 처음 선보인 사람이 바로 앤 불린이다. 결국 신나게 쓰고 다니던 프랑스 후드를 벗어 놓고 참수대에 머리를 올려놓는 신세가 되고 말았지만. 그 후 제인 왕비는 정숙함의 상징으로 보란 듯이 다시 잉글랜드식 후드를 쓰고 다녔다. 잉글랜드식 후드도 흉측하기로는 독일 것과 별반 다르지 않다. 다만 거기서 좀 더 가볍고 아주 조금 더 둥그스름할 뿐이다. 아무튼 이제는 여자들 대부분 이런 후드를 쓴다. 하지만 난 아니다. 난 프랑스식 후드를 쓴다. 그것도 욕먹지 않을 만큼 최대한 뒤로 젖혀 쓴다. 그래야 나에게 어울린다. 왕비도 그렇게 써야 인물이 훨씬 살 텐데.

난 이쯤에서 그냥 져 주었다.

"마상 창 시합 때 이렇게 쓰시니 너무 예쁘다고 까무러쳐 죽은 사람도 없었고, 뭐 딱 좋던데요. 왕비님이신데 하고 싶은 대로 하세요."

왕비가 고개를 끄덕였다.

"아마도? 전하 이거 좋아해요?"

"그럼요, 좋아하시고말고요. 그렇게 써도 좋아하시고말고요. 다만 그 후드 밑에 누구 머리가 있느냐가 문제겠죠. 왕이 워낙 나라면 사족을 못 써서, 내가 머리 위에 어릿광대 모자를 얹고 얼룩덜룩한 옷을 걸치고 방울 달린 돼지 오줌통을 흔들며 춤추고 다닌다 해도 그저 좋다고 하실 판이에요."

"이렇게 쓰시면 전하께서 아주 좋아하실 거예요."

내가 건성으로 대답했다.

"전하 제인 왕비 좋아해요?"

왕비가 물었다.

"그럼요. 좋아했었죠. 그리고 그분도 왕비님 것 못지않게 끔찍한 후드를 썼고요."

"전하가 제인 왕비 같이 자요?"

어머나, 어머나. 말이 어쩌다 이리로 흐른 거지. 이럴 때 로치포드 부인이 있으면 좋을 텐데. 난 대답을 안 할 수도 없어서 이렇게 대답했다.

"몰라요. 전 그때 궁정에 없었어요. 솔직히 그땐 할머니 집에서 살고 있었어요. 저는 워낙 어렸을 때라 잘 모르고, 로치포드 부인에게 물어보세요. 아니면 나이 많은 시녀들 중 아무에게나 물어보시든지요. 로치포드 부인이 낫겠네요."

"전하가 나에게 잘 자요, 키스해요."

왕비가 이번에도 불쑥 말했다.

"다정하시네요."

내가 기어 들어가는 소리로 대꾸했다.

"전하가 아침에 잘 잤어요, 키스해요."

"오……."

"그리고 끝이에요."

나는 아무도 없는 텅 빈 의상실을 둘러보았다. 원래는 여기 다른 시녀들이 대여섯은 더 있어야 한다. 이것들이 도대체 다 어디로 갔는지 모르겠다. 툭 하면 여기저기로 사라져 버린다. 세상에 어린 계집애들만큼 게으른 존재는 없을 것 같다. 사람들이 왜 나를 보면서 울화통이 치민다고 하는지 알 것도 같다. 다른 때는 몰라도 지금만큼은 누가 함께 있어서 이 당황스런 고백을 슬기롭게 처리해 줬으면 좋겠다는 생각이 간절했다. 그런데 나를 도와줄 사람이 아무도 없다.

"오……."

내가 다시 모깃소리를 냈다.

"정말이에요. 잘 자요, 키스, 그리고 잘 잤어요, 또 키스."

나는 고개를 끄덕였다. 이 불여우들은 다 어디 가서 빈둥대고 있는 거야?

"그러고는 아무것도 안 해요."

내가 이런 말이 무엇을 의미하는지, 이런 말을 들어도 이게 얼마나 심각한 문제인지 모르는 바보 천치인 줄 아는지 왕비는 또 덧붙였다.

난 또 고개만 끄덕거렸다. 제발 하느님 누구라도 들어오게 해 주세요. 누구라도요. 그게 앤 바셋이라도 반가울 지경이었다.

"전하는 이제 못해요."

왕비의 폭탄 발언이 이어졌다.

왕비의 얼굴이 빨개지는 게 보였다. 가엾은 여자가 수치심에 얼굴이 붉어진 것이다. 그 순간 민망한 기분이 사라지고 대신 왕비가 몹시 측은하다는 생각이 들었다. 이런 얘기는 듣는 귀만큼이나 말하는 입도 괴롭기는 마찬가지다. 따지고 보면 듣는 나보다 말하는 왕비가 더 민망할 게 뻔하다. 남편이 자기에게 전혀 욕정을 느끼지 못하고 자신도 뭘 어떻게 해야 할지 모르겠다는 말을 털어놓으려니 얼마나 창피할까. 그것도 왕비처럼 부끄럼이 많고 아주 얌전한 여자가 말이다. 온 세상이 다 알겠지만 나하고는 전혀 다른 여자다.

왕비의 두 뺨이 붉게 물들면서 눈에는 눈물이 그렁그렁 맺혔다. 불쌍하다. 내가 생각해도 왕비는 진짜 복도 지지리도 없다. 남편이 못생기고 나이 많은 것도 모자라 밤일도 제대로 못한다고 생각해 보라. 생각만 해도 메스껍다. 나는 내 맘대로 연인을 고를 수 있으니 하늘에 감사할 따름이다. 프랜시스는 젊고 몸도 뱀처럼 매끄럽다. 그리고 식지 않는 욕정으로 밤새 내가 잠들 틈을 주지 않는다. 그에 비해 왕비는 늙고 역겨운 남자에게 떠넘겨져서 이제 남자 구실도 못하는 남편을 도울 방도까지 찾아야 한다.

"왕비님이 전하에게 키스는 하세요?"

내가 물었다.

"아니요."

왕비가 짤막하게 대답했다.

"그럼……."

나는 오른손을 살짝 쥔 다음 골반 높이에서 아래위로 흔들었다. 왕비는 내가 뭘 말하는지 금방 알아챘다.

"아니오!"

왕비가 당황한 표정을 지으며 외쳤다.

"하느님 맙소사, 아니오."

난 계속 노골적으로 밀고 나갔다.

"그럼 하셔야 돼요. 그리고 전하께 왕비님 몸을 보여 주세요. 촛불을 끄지 마시고요. 침대 밖에서 옷을 벗으세요."

나는 슈미즈를 어깨에서 떨어뜨린 다음 가슴 위로 주르르 미끄러지게 하는 몸짓을 해 보였다. 그러고는 뒤돌아서서 보일 듯 말 듯 배시시 웃으면서 어깨 너머로 왕비를 쳐다보며 천천히 몸을 앞으로 굽혔다. 그러는 내내 어깨 너머로 웃음을 흘렸다. 분명히 말하는데 여기에 넘어가지 않을 남자는 없다.

"그만. 좋지 않아요."

왕비가 말했다.

"좋은 거예요. 꼭 하셔야 해요. 그래야 아기를 가지죠."

이렇게 나는 우겼다.

왕비는 덫에 걸린 불쌍한 짐승처럼 얼굴을 이리저리 돌렸다. 그러더니 내 말을 되풀이했다.

"아기 가져야 해요."

나는 슈미즈 앞섶을 열어젖히는 시늉을 하며 한 손을 젖가슴부터 아랫배까지 쓸어내렸다. 동시에 이루 말할 수 없는 쾌감에 사로잡힌 것처럼 두 눈을 반쯤 감은 채 한숨을 내쉬었다.

"이렇게. 이렇게 해요. 전하가 계속 지켜보도록 해요."

왕비는 심각하고 어두운 얼굴로 나를 쳐다보았다. 그러더니 나직이 말했다.

"못해요. 캐서린, 나 그런 거 못해요."

"왜 못해요? 효과가 있다니까요? 전하를 도울 수 있다니까요?"

"너무 프랑스입니다. 너무 프랑스입니다."

왕비가 서글프게 말했다.

안나

1540년 3월, 햄프턴 궁

잉글랜드의 거대한 궁정이 이사를 간다. 화이트홀 궁에서 햄프턴 궁이라는 왕의 별궁으로. 햄프턴 궁이 어떤 곳인지 누구도 말해 주지 않았지만, 아마도 널찍한 시골 별장쯤 될 것 같다. 사실 좀 작은 집에서 소박하게 살았으면 좋겠다. 화이트홀 궁은 런던 안의 작은 도시 같은 곳이어서 시녀들이 곁에 없었다면 나는 하루에 두세 번씩은 길을 잃었을 것이다. 게다가 소음이 끊이지 않았다. 사람들이 계속 들락거리며 흥정과 논쟁을 했으며, 악사들의 연습 소리하며 장사꾼의 외침 소리가 끊이지 않았고, 귀족 저택의 하녀들에게 물건을 팔려는 행상인들이 시도 때도 없이 오갔다. 소일거리가 없는 사람들이 모여 수군대고 소문을 퍼뜨리며 크고 작은 문제를 일으키는 소도시 같은 곳이었다.

햄프턴 궁으로 떠나는 날, 하인들은 궁전의 값비싼 태피스트리와 카펫, 악기, 온갖 보물들과 접시, 유리잔, 침대 등을 줄줄이 늘어선 마차에 실었다. 마치 도시 전체가 이사 가는 것 같았다. 말에는 모두 안장을 얹었고 사냥용 매들은 고리버들 가리개를 씌운 특수 마차에 실었다. 매들은 기사들의 투구에 달린 벼슬처럼 근사한 깃털이 달린 머리를 이리저리 돌리며 부지런히 두리번거렸다. 영문을 모르고 두리번거리는 새들만큼이나 나도 무력하고 아는 게 없었다. 새들이나 나나 원하는 곳이면 어디든 갈 수 있는 자유의 몸으로 태어났지만 여기 이렇게 왕의 포로가 되어 그의 명령을 기다리고 있다. 사냥꾼들은 채찍을 휘두르며 개들을 불러 모았다. 사냥개들은 짖어 대고 까불거리며 궁전 앞마당을 뛰어다녔다. 명문가란 명문가는 모두 세간을 싸고 하인들을 호령하며 말과 짐마차로 떠날 채비를 하고 있었다. 우리는 작은 부대처럼 아침 일찍 행군을 시작해 화이트홀 궁문을 지나 템스 강을 따라 햄프턴 궁으로 향했다.

다행스럽게도 오늘만큼은 왕도 기분이 좋았다. 나와 시녀들과 함께 나란히 말을 타고 가며 우리가 지나가는 곳마다 자상하게 설명해 주었다. 나는 잉글랜드에 처음 도착했을 때 탔던 초라한 마차를 더 이상 타지 않아도 된다. 이제 말을 탈 수 있게 됐다. 오늘 나는 안장 양쪽으로 늘어뜨릴 수 있는 긴 치마 위에 승마용 가운을 입었다. 승마에 능한 편은 아니지만 그래도 말 타는 법을 배울 만큼 배운 편이다. 빌헬름의 마구간에는 말도 몇 마리 되지 않았지만 빌헬름은 언제나 아말리아와 내게 그중에서도 가장 둔하고 뚱뚱한 말만 내주었다. 하지만 왕은 친절하게도 내게 훌륭한 말을 하사했다. 차분하고 온순한 암말이었다. 내가 뒤꿈치로 톡톡 두드리면 천천히 앞으로 걸어갔고 무서워서 고삐를 잡아당기면 얌전하게 멈추었다. 나는 이 온순한 말이 마음에 들었다. 이 말을 타고 있으면 대담무쌍한 궁정 사람들 앞에서도 기죽지 않을 수 있었다.

궁정 사람들은 말을 타고 사냥을 하며 돌아다니길 좋아한다. 어린 캐서린 하워드마저 없었다면 나는 정말 바보처럼 보였을지 모른다. 캐서린의 승마 실력은 나와 비슷했는데 왕의 옆에서 나와 나란히 말을 몰았다. 그래서 왕은 캐서린과 나 사이를 오가며 우리에게 고삐를 당기라는 둥, 몸을 더 펴고 앉으라는 둥 충고도 하고, 용감하다느니 빨리 배우고 있다느니 하며 칭찬도 해 주었다.

왕이 즐거워하는 데다 친절하게 대해 주니 왕이 혹시 나를 바보 같다고 여기지 않을까 하는 두려움이 사라졌다. 나는 더 자신감 있게 말을 탈 수 있었고 주위를 둘러보며 즐겁게 말을 몰았다.

런던을 거의 벗어날 때쯤 구불구불한 길이 나타났다. 그 길은 무척 좁아 우리는 두 사람씩 나란히 줄을 서서 가야 했다. 주민들은 창문 밖으로 몸을 내밀어 우리를 구경했고 아이들은 소리를 지르며 우리 행렬 옆을 내달렸다. 길이 넓어지자 우리는 양쪽 도로를 다 점령하고 행진했다. 가운데 줄지어 서 있던 행상들이 우리에게 큰소리로 축복을 빌며 모자를 벗어 경의를 표했다. 물건을 사라고 외치는 소리와 마차 바퀴가 자갈길에 덜컹이는 소리가 뒤섞여 떠들썩했다. 도시는 활기로 가득 차 보였다. 길옆에 늘어선 정육점과 생선 가게에서 풍기는 썩은 고기 냄새와 가죽을 무두질할 때 생기는 김과 어디선가 끊임없이 피어오르는 연기가 뒤섞여 거름 냄새 같은 이상한 냄새가 났다. 이 지저분한 도시 군데군데에 문을 꼭 닫아 건 큰 저택들도 있었다. 닫아 건 대문 앞에는 거지들이 서성이고 있었다. 이런 저택들은 워낙 높은 벽에 둘러싸여 있어 정원에서 자라는 키 큰 나무의 끝만 볼 수 있었다. 런던 귀족들은 가난한 동네에다 저택을 올리고 집 앞길을 행상들에게 세를 놓는다. 도시가 너무 시끄럽고 혼잡스러워 나는 머리가 핑핑 돌 것만 같았다. 그래서 거대한 성문을 지나 성벽 밖으로 나왔을 때는 무척 기뻤다.

왕은 과거에 침략자들로부터 런던을 보호하기 위해 성 주위에 파놓은 오래된 해자를 보여 주었다.

"아무도 안 오죠?"

내가 물었다. 왕은 무서운 표정으로 대답했다.

"아무도 믿을 수 없소. 내 주먹맛을 일찍이 보지 않았더라면 스코틀랜드와 웨일즈 사람들이 쳐들어왔을 거요. 스코틀랜드 인들은 기회만 있으면 이제라도 쳐들어올 거요. 하지만 내 조카인 제임스 왕은 나를 무서워하지. 무서워하는 게 당연하지. 요크셔의 폭도들은 이미 잊지 못할 교훈을 배웠어. 내가 요크셔 사람 절반을 죽여 놨으니까."

왕의 즐거운 기분을 망칠까 봐 나는 더 이상 물어보지 않았다. 캐서린의 말이 넘어질 듯 비틀거리는 바람에 캐서린이 작은 비명을 지르며 말고삐를 움켜쥐었다. 왕은 그녀를 보고 웃으며 겁쟁이라고 놀려댔다. 두 사람이 즐겁게 이야기를 나누는 동안 나는 자유롭게 주위를 둘러볼 수 있었다.

성벽을 지나자 시내의 집보다 더 큰 집들이 도로에서 조금 거리를 두고 늘어서 있었다. 집 앞에는 작은 마당과 빽빽하게 채소를 심은 작은 텃밭이 있었다. 모두들 돼지를 키우고 있었는데, 소나 염소, 닭을 마당에서 키우는 집도 있었다. 부유한 나라였다. 사람들의 통통한 뺨에는 윤기가 흘렀고 끼니 걱정으로 찌들지 않은 웃음은 넉넉했다. 도시에서 몇 킬로미터쯤 벗어나자 탁 트인 들판과 관목 울타리와 잘 가꾸어진 농장들이 있는 시골 길이 나타났다. 가끔씩 작은 마을과 부락도 지나갔다. 길이 갈라지는 길목마다 파괴된 성소가 있었고, 머리가 떨어진 성모 마리아 상도 가끔 볼 수 있었다. 성모 마리아 상 발치에 아직도 싱싱한 꽃다발이 놓여 있는 걸 보면 잉글랜드 사람 모두가 바뀐 교회법을 받아들이지는 않은 듯했다. 한 마을 건너 하나 꼴로 수녀원과 수도원이 부서져 있거나 재건축 중이었다. 몇 년 사이에 왕이 한 나라의 풍경을 이렇게 바꿔 놓다니 흔치 않은 일이다. 어느 날 느닷없이 떡갈나무 금지령을 내려 우리에게 그늘을 주던 멋진 아름드리나무들을 하룻밤 사이에 베어 낸 꼴이다. 왕은 이 나라의 심장을 도려냈다. 오랫동안 잉글랜드를 이끌던 영적인 삶과 성지를 잃고서 이 나라가 얼마나 오래 숨쉬며 목숨을 부지할 지는 두고 볼 일이다.

왕이 캐서린 하워드와 대화하다 말고 갑자기 내게 말했다.

"우리나라는 참 아름답소."

왕에게 이 나라의 가장 위대한 보물을 파괴하고 약탈했다고 솔직히 말할 만큼 나는 바보가 아니었다.

"아름다운 농장입니다. 그리고……."

나는 이 말만 하고 눈앞에 보이는 가축들의 이름이 영어로 생각나지 않아 손으로 가리켰다.

"양이오. 우리나라의 재산이지. 우리는 전 세계에 양모를 공급한다오. 기독교 세계에서 볼 수 있는 외투치고 영국산 양모로 만들지 않은 게 없소."

그건 사실이 아니다. 클레베스 사람들도 손수 키운 양털을 깎아 양모를 짓는다. 하지만 영국의 양모 산업이 매우 거대하긴 하다. 게다가 나는 왕의 말이 틀렸다고 고쳐 주고 싶지도 않았다.

"할머니도 사우스다운스에서 양을 키워요. 양고기도 정말 맛있어요. 전하를 위해 좀 보내 달라고 부탁드릴게요."

이렇게 캐서린이 불쑥 끼어들었다.

"오, 그래 주겠니? 날 위해 요리도 해 주겠니?"

캐서린은 웃으며 대답했다.

"전하, 한번 해 볼게요."

"솔직히 말해 봐라. 소스를 어떻게 만드는지 고기를 어떻게 절이는지도 모르지? 부엌에 들어가 보기나 했는지 모르겠구나."

"전하께서 원하신다면 배울게요. 하지만 궁중 요리사들이 만든 음식을 드시는 편이 나을 거예요."

"그렇겠지. 너처럼 예쁜 아이는 요리 같은 건 하지 않아도 된다. 너라면 다른 재주로도 얼마든지 남편을 즐겁게 할 수 있을 것이야."

두 사람이 하도 빨리 떠들어서 알아듣기 힘들었지만 왕이 즐거워하고 캐서린이 왕의 비위를 곧잘 맞추어 주니 나도 즐거웠다. 캐서린은 어린아이처럼 수다를 떨었고 왕은 사랑스런 손녀딸을 바라보는 노인처럼 캐서린을 재미있다는 듯 쳐다봤다.

나는 두 사람이 대화하도록 내버려 두고 주위를 둘러보았다. 우리는 물살이 빠르고 넓은 강 옆을 지나고 있었다. 강에는 보트와 귀족 가문의 바지선, 요트와 런던으로 상품을 실어 나르는 거룻배가 분주하게 움직였고, 낚싯대를 늘어뜨리고 물고기를 잡는 낚시꾼들도 있었다. 비옥한 목초지는 겨울철 홍수로 아직 젖어 있었는데 군데군데 물이 고인 웅덩이가 싱그럽게 반짝였다. 물이 고인 못 하나를 지나는데 커다란 왜가리 한 마리가 천천히 날아오르더니 날개를 활짝 펴고 우리 앞을 지나갔다. 나는 왕에게 물었다.

"햄프턴 궁, 작은 저택입니까?"

왕은 박차를 가하며 다가왔다.

"아니. 아주 큰 저택이지. 세상에서 가장 아름다운 저택이요."

글쎄, 퐁텐블로를 지은 프랑스 왕이나 알람브라 궁전을 지은 무어인들이 그 말에 동의할지 의심스럽지만 두 곳 다 내가 직접 본 적이 없으니 뭐라고 답변할 수도 없었다.

"전하, 지었습니까?"

말을 내뱉고 나서 나는 실수를 했다는 사실을 깨달았다. 설계와 건축 과정을 자세히 설명해 주리라 기대하고 한 말인데 내 질문에 그때까지 싱글거리던 잘생긴 얼굴이 갑자기 어두워졌다. 어린 캐서린이 냉큼 끼어들었다.

"전하를 위해 지은 궁이에요. 이 궁전을 지은 사람은 전하의 고문관이었는데 나중에 알고 보니 형편없는 위선자였대요. 그 사람이 제대로 한 게 있다면 바로 전하를 위해 이 궁전을 지은 일이죠. 아, 저희 할머니가 해 주신 말씀이에요."

왕의 표정이 밝아지더니 큰 소리로 껄껄 웃으며 말했다.

"하워드 양, 옳은 말을 하는군. 울지가 나를 배신했을 때 어린애였을 텐데도 잘도 아는데. 그자는 정직하지 못한 고문관이었지만 그자가 지어서 내게 헌납한 이 저택만은 아주 훌륭해."

왕은 내게 몸을 돌리며 말했다.

"지금은 내 소유요."

왕의 표정은 아까보다는 덜 다정했다.

"그 정도만 알면 되오. 그리고 세상에서 가장 아름다운 저택이라는 것하고."

나는 고개를 끄덕이고 앞서 나갔다. 왕의 오랜 치세 기간 동안 그 심기를 건드린 사람이 얼마나 많았을까? 왕은 잠시 뒤로 처지더니 토머스 컬피퍼와 나란히 말을 몰고 따라오던 그의 말 사육 담당자와 함께 떠들며 웃었다.

앞서 가던 행렬이 모퉁이를 돌자 거대한 성문이 눈에 들어왔다. 나는 넋을 잃고 말았다. 정말로 거대한 궁전이었다. 아름다운 붉은 벽돌로 지어진 데다 건축 자재도 무척 고급스러웠고, 여러 아치와 하얀 주춧돌로 장식되어 있었다. 이렇게 크고 멋있을 줄은 몰랐다. 우리는 돌로 만든 거대한 성문을 통과해 훤히 트인 통로를 지나 궁전 앞에 섰다. 자갈이 깔린 멋진 정원에는 말발굽 소리가 천둥처럼 울렸다. 하인들이 이중문을 활짝 열고 나왔고 이중문 안에 펼쳐진 연회장이 보였다. 하인들은 의장대처럼, 튜더 왕실 제복 차림으로 서열에 따라 대열을 지었다. 수백 명이라도 수용할 수 있는 저택이었다. 궁정 사람들이 만족할 만한 거대한 궁전이었다. 다시 한 번 나는 기가 죽었다. 이 나라는 내겐 너무나도 부유한 곳이다.

나는 말에서 내릴 때 사람들이 떠드는 소리와 저택 너머 강가에서 울어 대는 갈매기 소리, 망루에서 깍 깍 짖어 대는 까마귀 소리가 뒤섞인 혼란한 틈을 타 캐서린에게 슬쩍 물었다.

"이 저택을 지은 사람에게 무슨 일이 일어났지? 전하를 화나게 한 그 고문관에게 무슨 일이 일어났어?"

캐서린은 목소리를 낮추며 말했다.

"그 사람은 울지 추기경인데, 왕을 배반한 죄로 죽었어요."

"그 사람도 죽었어?"

나는 이 웅장한 저택을 지은 사람이 어떻게 처형당했는지 감히 물어볼 수 없었다.

"네, 죽었어요. 불명예스럽게. 전하께서 그 사람 때문에 화가 났거든요. 전하는 가끔씩 그럴 때가 있어요. 아시겠지만."

제인 불린

1540년 3월, 햄프턴 궁

나는 햄프턴 궁의 내 옛날 처소로 돌아왔다. 정원에서 왕비전으로 가노라면 시간이 정지한 듯하다. 아직도 온갖 희망에 부푼 새색시 시절로 돌아간 기분이 든다. 시누이는 잉글랜드 왕비에 즉위해 첫 아이를 회임했고, 우리 남편은 로치포드 귀족 작위를 받았다. 앞으로 태어날 우리 조카는 잉글랜드 왕이 된다는 착각을 한다.

넓은 유리 창문 옆에 서서 정원 아래로 흐르는 강물을 내려다보면 서로 손을 꼭 잡은 앤과 조지가 머리를 맞대고 자갈길을 따라 나란히 걷는 모습이 금방이라도 보일 것만 같다. 옛날처럼 앤의 아픈 등을 어루만지는 그이의 손길이며 다정한 몸짓 하나하나와 그이의 어깨를 스치는 앤의 머릿결까지 보일 것만 같다. 앤이 아이를 회임했을 때 그이한테 매달려 어리광을 부리면 그이는 훗날 잉글랜드 왕이 될 아이를 회임한 앤에게 한결같이 다정다감했다. 하지만 내가 만삭이 된 뒤 우리 부부가 같이 사는 동안 그이는 내 손을 잡아 주지도 않았고, 지친 내 모습을 티끌만큼도 안타깝게 여기지 않았다. 만삭이 된 내 배를 만지며 자식의 태동을 느낀 적도 없었다. 나한테 자기 팔짱을 끼라고 한 적도, 어서 자기한테 기대라며 위로한 적도 없었다. 우리가 함께 할 수 있는 일이 그리도 많았는데……. 그이에게 나는 지금도 섭섭한 감정이 있다. 우리 결혼 생활이 행복했더라면 그이를 여읜 상실감 때문에 이리도 회한에 젖지는 않겠지. 우리 부부 사이에는 못 다 한 일과 못 다 한 말이 하도 많아 이는 앞으로도 영영 회한으로 남을 것이다. 그이가 세상을 떠난 후로 나는 아들을 멀리 보냈다. 아들은 하워드 가문의 친지가 키우고 있으며 앞으로 성직자가 될 예정이다. 나는 녀석한테 바라는 게 없다. 내 아들에게 물려줄 막대한 불린 가의 유산도 잃었고 아들의 성씨에서 명예를 얻기는커녕 치욕만 물려받았다. 앤과 조지 두 사람을 잃으면서 모든 것을 잃었다.

노퍽 공작은 프랑스 사절 임무를 마치고 돌아와 왕과 몇 시간씩 밀담을 나누었다. 왕에게 가장 신임을 받고 있는 공작이 파리의 낭보를 왕에게 전해 주었다는 것쯤은 누가 봐도 알 수 있었다. 내가 우리 하워드가 남자들의 당당한 활보에서, 우리 편 가디너 대주교의 높아진 권위에서, 사람들의 허리와 목에 착용한 묵주와 십자가에서 우리 가문의 득세를 읽을 수 없다면, 나는 개혁파 세력의 약세에서 그것을 읽을 수 있을 것이다. 토머스 크롬웰의 화난 표정과 크랜머 대주교의 묵묵히 생각에 잠긴 표정을 보면 이들이 왕을 만나려고 애쓰지만 그럴 수 없는 것 같았다. 이런 조짐들을 내가 정확히 읽었다면 하워드 가문과 구교도인 우리 세력의 운세가 다시 한 번 트이기 시작한다는 얘기다. 우리 하워드 가문은 우리 종교와 전통이 있으며 왕의 눈길을 사로잡고 있는 여식이 있다. 토머스 크롬웰은 교회를 바닥내서 왕에게 바칠 재산도 이제 더는 없다. 그리고 그의 편인 왕비가 영어는 배울지 몰라도 요부 기질은 배울 수 없을 것 같다. 내가 아직도 어느 편에 서 있지 않은 신하라면, 노퍽 공작과 친해지는 방법을 찾아 그의 편에 붙겠다.

공작의 호출로 나는 공작 처소로 갔다. 낯익은 복도를 죽 따라가자니 허브 차에서 배어나는 라벤더와 로즈메리 향이 발길 닿는 데마다 그윽하게 퍼졌고 강 위에서 반짝이는 햇살이 내 앞 창문까지 들이쳤다. 반짝이는 햇살을 보고 있노라니 두 남매의 원혼이 판자 장식 회랑을 따라 내 코앞에서 달리는 것만 같다. 앤의 치맛자락이 모퉁이를 돌아 이제 막 사라진 것 같고, 햇살이 비치는 허공에서 그이가 편안하게 껄껄대며 웃는 소리가 들리는 것만 같다. 내가 조금만 더 빨리 뛰어가면 금방이라도 두 사람을 따라잡을 수 있을 것만 같다. 두 사람이 살아 있을 때도 그랬다. 내가 조금만 더 빨리 갈 수만 있으면 그들을 따라잡아 자기네끼리 무슨 비밀 얘기를 하는지 알 수 있을 것만 같았다. 언제나 그랬다.

나도 모르게 발걸음이 빨라졌는데 모퉁이를 돌자 회랑에는 하워드가의 문지기들만 있었다. 하지만 이들은 원혼을 본 적이 없다. 예전에도 항시 그랬듯 나는 두 남매를 또 놓쳤다. 이승에서 그랬듯이 죽어서도 너무나 빨리 달아나 내가 도저히 따라잡을 수가 없다. 나를 기다려 주지도 않고 나를 끼워 주는 것도 싫어한다. 문지기들이 노크를 하고 문을 활짝 열어 주어 나는 들어갔다.

"왕비는 어떠신가?"

공작이 테이블 의자에서 불쑥 물었다. 나는 예전의 우리 앤 왕비에 대해 묻는 줄 알았다. 앤 왕비가 아니라 지금의 안나 왕비에 대해서 묻는 것이었다.

"기분도 좋고 예뻐 보여요."

이렇게 말은 했지만 안나 왕비는 예전의 우리 앤 왕비의 미모는 절대 따라오지 못하리라.

"왕은 왕비를 해치웠는가?"

공작의 말이 저속했지만 여행에 지쳐 말을 가려 할 겨를이 없어 그렇겠거니 하고 넘겨 버렸다.

"아직 못 하셨어요. 제 생각에 전하는 여전히 남자 구실을 못하시는 것 같아요."

공작이 의자에서 일어나 창가로 가서 밖을 내다보는 동안 오랜 침묵이 흘렀다. 전에도 우리는 이곳에 서서 얘기를 나눈 적이 있었다. 그때 공작은 나에게 앤과 조지 얘기를 물었고, 창밖으로 두 사람이 자갈길을 따라 강까지 거닐던 광경을 내다보고 있었다. 공작의 눈에도 나처럼 그들의 환영이 아직 보일까? 그러고 나서 앤이 부러운지 나한테 묻더니 앤에게 누가 될 일을 할 의향이 있느냐며 나를 떠봤다. 앤을 위기에 몰아넣으면 그이를 구할 가능성이 있다고 했다. 조지를 앤보다 사랑하는지, 앤이 죽어도 정녕 괜찮은지도 물었다.

공작이 다시 묻는 바람에 나는 잊고 싶은 기억에서 빠져 나왔다.

"부인이 보기에 누군가 왕에게……."

이렇게 말하다 공작은 잠시 쉬었다 덧붙였다.

"사특한 저주를 꾀하고 있는 것 같지는 않은가?"

사특한 저주라니? 나는 내 귀를 의심했다. 공작이 정녕 왕 내외가 밤일을 못하는 원인을 저주나 주술, 사특한 음모 탓으로 여긴단 말인가? 국법에 따른다면 건강한 남자가 남자 구실을 못하는 원인을 마녀의 탓으로 돌릴 수도 있다. 하지만 현실적으로 보면 사람이 아프고 늙으면 누구나 정력도 약해진다. 더군다나 왕이 징그러울 정도로 비대하고 통증으로 마비되다시피 해서 심신이 병들었다는 사실은 누구나 다 알고 있지 않은가. 그런데 사특한 저주라니? 지난번 왕이 자기가 주술의 희생자라고 주장하면서 기소한 사람은 우리 시누이 앤이었다. 자기에게 남자 구실을 못하게 하고 외간 남자들을 탐했다는 증거를 내세워 주술 죄로 앤을 처형했다.

"설마 그렇게 생각하실 리가, 왕비가……."

나는 한숨을 돌리고 말을 이었다.

"아무도 이번 왕비가……. 아니 얼마나 되었다고 또 다시 왕비가……."

나는 그 말이 너무나 어이없고 위험하다고 생각되어 차마 입에 담을 수도 없었다.

"온 나라가 참지 않을 겁니다. …… 아무도 그걸 믿지도 않을 테고……. 다시는……."

한숨을 돌리고 다시 나는 말을 이었다.

"전하가 계속 그러실 수는 없지요……."

"난 아무 생각도 없네. 헌데 왕이 남자 구실을 못하고 있다면 필시 누군가 왕에게 사특한 주술을 걸고 있는 걸세. 왕비가 아니면 누가 그런 짓을 할 수 있지?"

나는 입을 다물었다. 공작이 왕비가 왕에게 사특한 주술을 걸고 있다는 증거를 수집하고 있다면 왕비는 죽은 목숨이나 진배없다. 다시 나는 말문을 열었다.

"전하는 잠자리에서 왕비에 대한 욕정이 없어요. 그보다 더 나쁜 일이 어디 있겠어요? 욕정이 생기실지도 모르지요. 아무튼 전하는 젊은 이도 아니고 건강하시지도 않아요."

공작은 고개를 끄덕였고 나는 공작이 듣고자 하는 요지가 무엇인지 이리저리 궁리했다.

"그렇다면 전하의 마음이 다른 여자들에게 있으신 겁니다."

"아, 그게 기소 이유가 되지."

공작은 부드럽게 다시 말을 이었다.

"왕이 왕비와 잠자리를 할 때만 계속 사특한 저주가 내렸다는 증거가 되네. 그래서 왕비와는 잠자리를 이루지 못하니 잉글랜드의 후계자를 낳을 수 없게 된다는 결론이 나오지."

"그렇다면 성립이 되겠지요."

나는 공작의 말에 맞장구를 쳤다. 왕이 늙고 자주 아파서 옛날과 달리 정력이 없다고 말해 본들 소용이 없었다. 계략과 매력을 겸비한 캐서린 하워드같이 어리고 헤픈 애송이만이 왕을 흥분시킬 수 있다.

"그렇다면 누가 왕에게 사특한 저주를 할 것 같은가?"

공작은 집요했다.

나는 어깨를 으쓱했다. 내가 이름을 대면 누가 됐든 끝장날 판이다. 왕에게 주술을 한 혐의로 기소되는 이는 사형을 당할 테니까. 무죄를 증언할 수도, 탄원할 수도 없다. 새로 개정된 법에서는 반역 의도, 즉 역심은 반역 행위 자체와 똑같이 중죄에 해당된다. 헨리 왕은 생각을 금지하는 법안을 통과시켜 사람들은 왕이 잘못이라고 생각할 엄두조차도 내지 못한다.

"저는 그렇게 사특한 짓을 할 사람은 모릅니다. 상상할 수도 없는 일이고요."

이렇게 나는 시치미를 뚝 뗐다.

"왕비가 루터파와 어울리던가?"

"아니요, 그런 적 없어요."

이 말은 사실이다. 왕비는 세심하게 영국의 방식에 맞추고 미사를 드릴 때 크랜머 대주교의 전례 의식을 고스란히 따랐다. 섬기려고 태어난 제이의 제인 시모어인 양.

"구교도들은 만나던가?"

이렇게 묻는 말에 나는 대경실색했다. 왕비는 개혁의 중심축인 클레베스 공국 출신이다. 구교도를 세상의 사탄으로 여기며 자란 여자다.

"만나다니요, 그럴 리가 있나요! 왕비는 모태 신앙으로 태어났고, 독실한 신자예요. 신교도 세력이 데려온 분입니다. 그런데 구교도들을 어떻게 만날 수 있습니까?"

"릴 부인은 왕비와 가깝게 지내는가?"

내가 화들짝 놀라 쳐다보는 바람에 공작은 내가 얼마나 놀랐는지 알았다.

"우린 대비를 해야 하네, 대비를 해야 해. 사방이 적이야."

공작은 경고했다.

"전하께서 친히 왕비 처소에 릴 부인을 임명하셨고 그 여식 앤 바셋은 전하가 총애하는 아이입니다. 저는 릴 부인의 증거 같은 것은 몰라요. 아무런 증거도 없을 뿐더러 있을 리도 없으니까요."

"그럼 사우샘프턴 부인은?"

"사우샘프턴 부인이요?"

나는 의아하다는 듯이 공작의 말을 되받아 물었다.

"그렇지."

"사우샘프턴 부인에 대한 것은 전혀 모릅니다."

공작은 고개를 끄덕였다. 증거, 그중에서도 마녀의 주술이나 사특한 저주를 조작하기란 어렵지 않다는 것을 우리 둘 다 너무나 잘 알았다. 쑥덕공론 후에는 기소가 이어지고, 무성한 거짓말 후에는 공개 재판이 이어지고, 이윽고 형이 내려진다. 왕은 자기가 싫어한 아내, 앤 왕비를 제거하기 위해 이런 수법을 썼다. 자기를 구하려고 손쓰는 가족도 하나 없이 참수대로 보낸 앤 왕비를.

공작이 고개를 끄덕였다. 나는 두려움 속에 말없이 한참을 기다리며 생각했다. 공작이 무고한 새 왕비를 죽일 만한 증거를 날조하라는 지시를 내릴지도 모르는데 이렇게 끔찍한 일을 요구하면 무슨 말을 해야 하지? 요구를 거절할 수 있는 뱃심이 있기를 바라지만 나는 거절하지 못할 것이 뻔하다. 그런데 공작이 아무 말도 하지 않아 나는 인사를 한 뒤 문으로 향했다. 내가 필요 없어졌는지도 모른다.

"왕이 음모의 증거를 찾을 걸세."

내가 황동 문고리 빗장을 열려는 순간 공작은 본인의 생각을 내비쳤다.

"왕이 왕비에게 불리한 증거를 찾으리라는 건 부인도 잘 알고 있을 걸세."

공작의 말이 끝나기 무섭게 소름이 끼쳐 나는 기도했다.

"하느님, 왕비를 도와주십시오."

"왕은 구교도파든 신교도파든 어느 한쪽이 왕비전에 마녀를 심어 자기에게 남자 구실을 못하게 했다는 증거를 찾을 걸세."

나는 태연한 척하려 했지만 왕비에게는 너무나 끔찍한 재앙이었다. 어쩌면 나한테도 워낙 위험한 일이라 공작의 차분한 말이 무섭게 느껴졌다.

"왕이 신교도파를 반역자로 기소한다면 우리한테는 천운이지."

공작은 재차 나를 일깨웠다.

"우리 측이 아니고."

"네."

"아니면 왕이 왕비의 죽음을 원하지 않는 경우, 왕비가 정혼했다는 이유로 이혼할 게야. 이것도 되지 않으면 왕비에게 욕정이 일지 않아 결혼에 동의하지 않았다는 이유를 내세워 이혼할 테고."

"증인들 앞에서 동의한다고 하셨잖아요. 우리 모두 그 자리에 있었잖아요."

"속으로는 부인했지."

"아니, 이제 와서 그렇게 말씀하세요?"

"그럼. 하지만 설령 왕비가 정혼했다는 사실을 부인한다손 치더라도 왕이 아직은 적들의 주술 때문에 부부 관계를 할 수 없다고 주장할 수 있네."

"적들이란 구교도들인가요?"

"왕비의 친구 릴 경 같은 구교도지."

나는 숨이 막혔다.

"그분이 기소될까요?"

"그럴 수도 있지."

"루터파는요?"

"토머스 크롬웰 같은 루터파."

나는 기가 막혀 물었다.

"이젠 그분이 루터파신가요?"

공작은 웃으면서 사근사근하게 대답했다.

"왕은 자기가 믿고 싶은 대로 믿을 것이야. 하느님이 왕을 지혜롭게 인도하시겠지."

"그런데 전하가 남자 구실을 못하게 만들었다고 지목하는 사람이 대체 누구예요? 마녀가 누군데요?"

이 문제는 특히 여자에게는 아주 중요한 일이다. 여성이 꼭 알아야 할 중요한 문제다. 누가 마녀로 기소될까?

"고양이가 있는가?"

공작은 빙긋이 웃으며 물었다.

나는 공포에 질려 꽁꽁 얼어붙었다. 숨이 막혀 질식할 것만 같았다.

"전가요? 저예요?"

공작은 껄껄 웃었다.

"아니. 로치포드 부인, 그렇게 보지 마시게. 내가 비호하는 한, 아무도 부인에게 죄를 씌우진 못하지. 게다가 부인은 고양이도 없지 않은 가? 숨겨 놓은 마녀도 없지? 저주 인형도 없고? 오밤중에 사탄에게 저주의 미사를 드리지도 않을 테고?"

이 말에 나는 떨면서 한마디 했다.

"장난하지 마세요. 웃으실 일이 아닙니다."

공작은 이내 냉정을 되찾았다.

"그렇지. 웃을 일이 아니지. 그럼 남자 구실을 못하게 하는 마녀가 누굴까?"

"전 모릅니다. 왕비 시녀들 중엔 없어요. 귀부인들 중에도 없고요."

"왕비일 수도 있지 않은가?"

공작은 넌지시 물었다.

"왕비의 남동생은 누이를 지킬 겁니다. 설사 공작님께 그의 동맹이 필요 없다고 하더라도, 설령 프랑스와의 우호 관계를 약속받고 돌아오셨더라도……. 설마 그와 적이 될 위험까지 감수하실 작정은 아니시겠지요? 그는 잉글랜드에 대적할 신교도 세력들의 동맹을 강화할 수도 있습니다."

공작은 어깨를 으쓱했다.

"두고 보시게. 그자는 누이를 지키지 않아. 사실은 내가 차후에 어떤 일이 있어도 프랑스와 흔들리지 않을 우호 관계를 단단히 맺고 왔거든."

"감축드립니다. 하지만 왕비는 클레베스 공작의 누이예요. 왕비를 마녀로 기소해서 마을 대장장이 손으로 교살시켜 쇠모루로 심장을 찔러 사거리에 묻을 수는 없지요."

공작은 이런 결정과는 아무런 관계가 없다는 듯 양손을 쭉 뻗었다.

"나는 모르겠네. 나야 왕을 보필할 뿐일세. 우리야 두고 볼 도리밖에는 별수 없지. 하지만 왕비를 단단히 감시하게."

"저더러 왕비가 주술을 거는지 감시하란 말씀이십니까?"

난 하도 어이가 없어서 감정을 숨길 수가 없었다.

"증거 때문이야. 왕이 어떤 증거든 원하면 우리 하워드 가문이 그것을 제시해야지 않겠는가?"

나는 침묵했다.

"이제껏 늘 그랬듯이."

공작은 내 동의를 기다렸다가 다시 묻는다.

"하시겠는가?"

"네, 공작님."

캐서린

1540년 3월, 햄프턴 궁

나와 친척 간인 토머스 컬피퍼는 시종들 중에서 왕의 총애를 독차지하고 있다. 단지 얼굴 반반하고 눈이 파랗다는 이유로 왕의 마음에 든 모양이지만, 약속이나 어기는 사기꾼으로 드러나 다시는 상종하지 않으려고 한다.

컬피퍼를 처음 본 건 몇 년 전 그가 호샴에 있는 새할머니 시골집에 찾아왔을 때다. 새할머니는 컬피퍼를 있는 대로 추켜올리며 앞으로 크게 성공할 거라 장담했다. 그는 그때는 내게 눈길을 준 적이 없었던 것 같다. 그러면서도 지금은 호샴에서 본 공작 부인의 시녀들 중 예쁘기로는 나를 따를 여자가 없었다는 둥 항상 마음에 두고 있었다는 둥 너스레를 떤다. 컬피퍼가 내 눈에 들어온 건 사실이다. 그때 나는 보잘것없는 헨리 매녹스 나부랭이와 좋아 지내고 있었기 때문에 컬피퍼를 보고 눈이 돌아가지 않을 수 없었다. 하긴 내가 나라에서 가장 높은 남자와 백년가약을 맺은 상태였다 해도 토머스 컬피퍼에게 반했을 것이다. 누구라도 그럴 것이다. 지금도 궁정에서 컬피퍼에게 홀딱 반해 애간장을 태우는 여자가 한둘이 아니다.

컬피퍼는 짙은 밤색 곱슬머리에 눈이 파랗고 웃을 때는 목소리가 묘하게 갈라지면서 듣는 사람까지 따라 웃게 만드는 유쾌한 사람이다. 그는 단연 궁정 최고의 미남으로 통한다. 유쾌한 성격에 위트와 뛰어난 춤 솜씨를 갖춘 데다 사냥에도 뛰어난 가량을 발휘하고 마상 창 시합 때는 기사처럼 용맹하기 이를 데 없어서 왕이 끔찍이 아긴다. 왕은 컬피퍼를 밤낮으로 데리고 다니며 말끝마다 꽃미남이니 수행 기사님이니 하며 귀여워한다. 밤에도 왕의 침전에서 같이 자면서 시중을 든다. 컬피퍼의 손길이 어찌나 부드러운지 왕은 다리 상처에 새로 약을 바르고 붕대를 감을 때도 약제사나 간호사를 제쳐 두고 그의 수발을 받으려 할 정도다.

젊은 여자들 모두 내가 그에게 푹 빠져 있는 걸 눈치 채고 있다. 게다가 서로 친척 간이니 결혼은 시간문제라며 놀린다. 다만 그는 자기 앞으로 된 재산이 없고, 나는 나대로 지참금이 없는 처지가 답답할 따름이다. 하지만 만약 나보고 결혼할 단 한 명의 남자를 고르라고 한다면 그건 단연 컬피퍼다. 그는 내가 본 어느 남자보다도 짓궂게 웃는다. 그리고 나를 쳐다볼 때면 마치 그 눈길로 나를 발가벗기고 온몸을 어루만지는 것 같다.

내가 어엿한 왕비 시녀고, 왕비님이 더할 수 없이 엄격하고 조신한 행실을 강조하는 분이시기에 망정이지, 그렇지 않고 만약 여기가 램버스에 있는 공작 부인의 저택 시녀 방이었다면 그는 벌써 내 침대로 찾아들고도 남았을 것이다. 나도 그를 당장 뜨겁게 맞아들였을 것이다. 토머스 컬피퍼 같은 젊은 남자를 차지할 기회가 온다면 잘생긴 프랜시스라 할지라도 미안하지만 다시 조앤 벌머의 품으로 돌려보냈을 게 분명하다.

컬피퍼는 마상 창 시합에서 다친 상처를 치료하기 위해 집에 가 있다가 막 궁정에 복귀했다. 시합 때 제대로 일격을 당했지만, 자기는 젊고 또 젊은 뼈는 금세 아무는 법이라며 떠벌인다. 그건 맞는 말이다. 그는 혈기 왕성한 젊은이라서 마치 멋도 모르고 신이 나서 봄 들판을 폴짝폴짝 뛰어다니는 토끼처럼 생명력이 가득하다. 그를 보면 그 혈관을 타고 흐르는 즐거운 기운이 대번에 느껴진다. 그는 반짝이는 은 같고 산들거리는 봄바람 같다. 그가 다시 돌아오니 마음이 설렌다. 사순절(재의 수요일(Ash Wednesday)부터 부활절 전날까지 일요일을 뺀 40일로, 단식 참회 기간이다; 옮긴이) 기간인데도 그의 존재는 주변을 흥겹게 만든다. 그런데 바로 오늘 아침 그 인간이 나를 왕비 전용 정원에서 한 시간이나 기다리게 만들었다. 원래 왕비 처소에서 수발을 들고 있었어야 함에도 불구하고 나가 기다렸더니. 그런데 늦게 와서 한다는 말이 왕이 불러서 곧바로 다시 가 봐야 한다는 것이었다.

나를 이렇게 취급할 수는 없지. 그자가 그걸 깨닫게 해 주고 말 테다. 다시는 그 인간을 기다리는 일은 없을 것이다. 다음에 다시 만나자고 하면 그땐 아예 상대도 말아야지. 두 번 세 번 애원해야 할 걸. 기필코 호락호락하게 굴지 않을 거야. 어차피 사순절 기간 동안 남자와 시시덕거리는 일은 포기해야 한다. 어쩌면 나는 앞으로 좀 더 신중하고 진지하게 처신하면서 컬피퍼 아닌 다른 누구와도 시시덕거리지 말아야 할 것 같다.

저녁을 먹으러 갔을 때 로치포드 부인이 내게 왜 그렇게 성질이 나 있냐고 물었다. 난 절대 그렇지 않으며 오히려 행복하기 그지없다고 잡아뗐다.

"그럼 얼굴 좀 펴."

부인은 내 말은 귓등으로 흘리는 눈치다.

"공작께서 프랑스에서 돌아오셨으니 말이야. 그리고 곧 너를 부르실 거다."

나는 곧바로 부인을 향해 턱을 치켜들고 방금 아주 재치 있는 말을 들은 것처럼 활짝 웃었다. 가벼운 웃음소리를 내기까지 했다. 내가 다른 귀부인들의 웃음소리를 본떠 개발한 궁정용 웃음. 아주 경쾌하면서도 우아하게 세 번 '하, 하, 하.' 로치포드 부인이 내게 고개를 까딱였다.

"훨씬 낫구나."

"그런데 공작께서 프랑스엔 무슨 일로 가셨던 거예요?"

내가 물었다.

"옳아, 이젠 국제 정세에까지 관심을 가지게 됐나 보지?"

부인이 짐짓 놀란 표정을 지으며 빈정댔다.

"원래 관심이 있었어요."

"네 큰아버지는 왕의 신임을 받고 큰일을 수행하는 분이다. 이번에 프랑스에 가신 건 프랑스 왕과 우호 관계를 회복하기 위해서야. 프랑스가 교황 및 동로마 제국 황제와 동맹을 맺어서 셋이 한꺼번에 잉글랜드를 위협하는 걸 막기 위해서야."

나는 아는 척하며 말했다.

"저도 그 정도는 알아요. 교황파 세력이 못된 마음을 먹고 폴 추기경을 잉글랜드 왕위에 올리려 한다는 것도요."

제인 불린은 고개를 저으며 내 말을 막았다.

"그런 말은 입에 담지도 마라."

하지만 난 계속 말했다.

"사실이잖아요. 그래서 추기경의 불쌍한 노모를 비롯해서 폴 가문 사람들이 죄다 런던탑에 갇혀 있는 거잖아요. 폴 추기경이 잉글랜드 교황파를 부추겨서 왕에 대항할까 봐서요. 전에도 그런 적이 있었으니까요."

"이제 왕에게 대항하는 일은 더는 없을 거다."

부인이 냉랭하게 말했다.

"지금은 잘못을 알고 뉘우친 건가요?"

부인이 다시 퉁명스럽게 내 말을 잘랐다.

"그게 아니라 지금까지 목숨이 붙어 있는 사람이 별로 없으니까. 그리고 그것도 다 네 큰아버지가 하신 일이야."

안나

1540년 3월, 햄프턴 궁

잉글랜드 궁정은 사순절을 엄격하게 지킨다고 했다. 그래서 고기를 아예 먹지 않을 줄 알았다. 40일 내내 생선만 먹을 것이라고 생각했다. 하지만 첫날 저녁에 잉글랜드 인의 양심이란 게 참 별거 아니란 걸 깨달았다. 왕은 자신의 욕구에는 관대한 사람이다. 사순절 금식 기간임에도 불구하고 접시를 머리 위로 높이 치켜든 하인들이 줄줄이 들어오며 어마어마한 양의 요리를 날랐다. 그들은 우선 왕의 식탁에 음식을 바친다. 왕과 나는 조금씩 덜어 낸 다음 친한 사람이나 아끼는 사람에게 그 요리를 보낸다. 이곳 관습이다. 나는 내 시녀들과 부인들이 앉은 식탁으로 보낸다. 그 점에 있어서는 조금도 실수하는 법이 없다. 내가 좋아하는 요리를 절대 남자들의 식탁으로 보내지 않는다. 예의를 차리기 위해서만은 아니다. 왕이 나를 주시하기 때문이었다. 그는 살찐 얼굴에 파묻힌 작은 눈을 반짝이며 잘못을 찾아내려는 사람처럼 정찬을 드는 동안 내가 내뱉는 말 한마디, 일거수일투족을 주시했다.

놀랍게도 파이와 프리카세(소고기나 닭고기를 잘게 썰어 스튜 또는

찜으로 한 요리; 옮긴이)에 입맛을 돋우는 허브를 곁들이고 뼈를 발라 내 구운 닭고기가 들어 있었다. 사순절 금식 기간 동안만큼은 닭고기를 고기로 보지 않는다. 왕은 닭고기를 생선으로 간주하라고 명했다. 사냥으로 잡은 새들도 맛있고 부드럽게 절여져 근사한 요리로 탈바꿈했다. 물론 하느님과 왕의 결정에 따라 이것들도 고기가 아니다. 고기가 아닌 계란 요리도 풍성했다. 그리고 생선 요리도 빠지지 않는다. 연못에서 잡은 숭어와 템스 강과 먼 바다에서 잡은 맛있는 생선들이 식탁에 올라왔다. 이 궁정의 게걸스러운 식욕을 채우기 위해 어부들이 먼 바다로 나가 잡아온 생선들이다. 민물 가재 요리도 있었고 맛있는 정어리들이 두꺼운 페스트리 껍질 사이로 삐죽삐죽 머리를 내민 스타게이지 파이도 있었다. 그리고 궁정에서는 보기 힘든 봄철 채소로 조리한 맛있는 요리들도 있었다. 나는 제철 채소를 맛보게 되어 기뻤다. 지금은 가볍게 맛만 보면 된다. 내가 특별히 좋아하는 요리는 나중에 다시 내 사실에서 먹기 때문이다. 나는 이제껏 이렇게 잘 먹어 본 적이 없다. 자꾸 살이 찌는 바람에 클레베스 하녀들이 내 드레스의 스토마커를 늘려야 했다. 사람들은 혹시 회임한 게 아닌지 완곡하게 물어보기도 한다. 나는 아니라고 애써 부인하지 않는다. 나와 내 남편이 더 심한 구설수에 휘말리지 않으려면 그게 나았다. 그래서 나는 남편과 합궁도 한 번 못해 본 숫처녀가 아니라 결혼해서 잠자리를 갖고 아이를 회임한 여자인 양 사람들이 내게 짓궂게 물어도 내버려 두었다.

귀여운 캐서린 하워드가 와서는 사람들이 잉글랜드 버터가 좋아서 내가 살이 찐다는 둥 말도 안 되는 소리를 한다며 재잘거렸다. 나는 캐서린에게 고맙다고 했다. 캐서린은 생각이 짧고 변덕스러운 어린 애다. 하지만 생각 짧은 소녀만의 영악한 구석이 있다. 생각 짧은 여느 계집애들처럼 캐서린도 오직 한 가지만 생각한다. 그러니 그 분야에는 전문가가 될 수밖에. 캐서린이 생각하는 단 한 가지란 무얼까? 캐서린은 매일, 한순간도 빠짐없이 자신만을 생각한다.

　사순절 기간 동안 우리는 다른 여흥을 포기했다. 흥겨운 궁정 연회 대신에 저녁 후에는 성경을 봉독하고 성가를 불렀다. 가면극도, 무언극도, 마상 창 시합도 없다. 그래서 나는 편했다. 무엇보다 왕이 변장하고 나타날 일이 없기 때문에 편했다. 끔찍했던 첫 만남의 기억이 아직도 내게는 남아 있다. 그리고 왕에게도 남아 있을까 봐 두려웠다. 무례하게 구는 왕을 알아보지 못해서가 아니라 왕을 본 순간 내가 혐오감으로 몸을 떨며 왕을 밀어냈기 때문이다. 그날 이후 나는 한 번도 말로든, 행동으로든, 표정으로든 왕이 마음에 들지 않는다고 표현한 적이 없다. 뚱뚱하고 늙은 왕의 고약한 체취에 속이 울렁거려도 숨을 참고 웃음만 짓는다. 하지만 아무리 숨을 참고 웃어 본들 이미 엎질러진 물이다. 왕이 처음 내게 입 맞추려던 순간 나는 모든 걸 드러내고 말았으니까. 얼마나 진저리를 치며 왕을 밀어냈는지, 얼마나 경솔하게 내 입에 고인 왕의 냄새나는 침을 뱉어 냈는가! 생각만 하면 지금도 고개가 숙여지면서 창피해서 얼굴이 확확 달아오른다. 이제 와서 내가 아무리 공손하게 굴어도 지울 수 없는 첫인상을 남기고 말았다. 왕은 그 짧은 순간에 내가 그를 어떻게 생각하는지, 그 진실을 보고 말았다. 내 눈을 통해 자신의 실상을 깨달았다는 게 더 큰 문제였다. 왕은 내 눈을 통해 뚱뚱하고 늙고 역겨운 자신의 모습을 보고 말았다. 워낙 자존심 강한 성격이다 보니 그 충격에서 절대 헤어 나오지 못할까 봐 걱정된다. 그날 이후로 남자로서의 능력도 사라져 버린 것만 같다. 내가 바닥에 침을 뱉은 순간부터 왕은 더 이상 남자 구실을 할 수 없게 된 것 같다. 그리고 나는 왕이 다시 성 기능을 찾도록 도와줄 수 없었다.

　사순절 기간에 우리가 포기해야 할 일이 하나 더 있다. 하느님 감사합니다. 나는 해마다 이 시간을 기다릴 테다. 여러 다양한 교회 축일과 사순절 40일 동안 왕은 내 침실로 오지 않을 것이기 때문이다. 이 40일 만큼은 내 침실에 들어오는 왕을 보며 웃지 않아도 되고 그 비대한 몸집을 받아들이기 위해 억지로 누워 있을 필요도 없다. 어슴푸레한 침실에 누워 왕의 고질적인 상처에서 새어 나오는 악취를 맡으며 남자 구실도 못하는 그와의 잠자리를 좋아하는 척, 그렇다고 지나치게 즐기지는 않는 척 연기할 필요도 없다.

밤이면 밤마다 되풀이되는 이 치욕이 무거운 짐이 되어 나를 짓누른다. 나는 먼지만도 못한 존재가 된 듯하다. 아침이면 절망 속에서 눈을 뜬다. 제구실을 못한 사람은 그이지만 수치심은 내 몫이다. 한밤중에 침대에 누워 그의 방귀 소리와 부풀어 오른 무거운 배 때문에 힘겨운 숨소리를 듣다 보면 이곳이 아닌 다른 곳에 있었으면 하는 소망을 품게 된다. 그의 침대가 아니라면 그 어디라도 좋을 것 같다. 이제 40일 동안 나는 이 모든 의무에서 해방됐다. 밤이면 밤마다 거사를 치르려고 애쓰다 실패하는 그를 지켜보아야 할 의무, 다음 날 밤에도 똑같은 일이 반복되겠지 생각하다 잠 못 이루는 밤들, 그가 실패할 때마다 나를 탓하며 싫어하지 않을까 하는 두려움. 40일간 나는 이 모든 것에서 자유롭다.

적어도 이 기간 동안은 평온하게 지낼 수 있다. 나는 어떻게 왕을 도와야 할까 걱정할 필요도 없고, 왕은 무거운 멧돼지처럼 내 위에서 그렇게 용쓰지 않아도 된다. 그는 내 침실에 오지 않을 테고 나는 고름 냄새가 아닌 라벤더 향이 나는 침대에서 잘 수 있다.

그러나 이 기간도 결국 끝나겠지. 부활절 축제 기간이 올 것이고 원래 2월에 치를 예정이었지만 내 웅장한 런던 입성으로 미뤄진 대관식이 5월에 열리게 된다. 남편에게 해방된 이 휴가 기간을 기꺼이 즐겨야겠지만 한편으로는 그가 다시 내게 왔을 때를 대비해야 한다. 그가 내 침실로 기꺼이 올 수 있도록, 밤일을 치를 수 있도록 도와줄 방법을 찾아야 한다.

토머스 크롬웰이라면 나를 도와줄지 모르겠다. 캐서린 하워드는 그 애다운 충고를 했다. 한마디로 행실 나쁜 계집애의 남자 후리는 기술이다. 왕비전 시녀로 들어오기 전에 캐서린이 어떤 짓을 하며 다녔을지 상상조차 되지 않는다. 어수선한 내 마음이 정리되고 나면 캐서린과 이야기를 좀 해야겠다. 그렇게 어린 소녀가, 아니 어린아이가 벌써부터 슈미즈 드레스를 살짝 내리고 맨 어깨를 드러낸 채 웃음을 질질 흘리며 다닌다니 안 될 말이다. 제대로 가르쳐 주는 사람이 없어서 그런 것이다. 내 시녀라면 나처럼 조신하게 처신해야 한다. 캐서린이 터득한 연애 기술이 어떤 것이건 간에 내 밑에 있는 한 그 기술을 잊어버려야 한다. 그리고 나에게 그런 걸 가르치려 해서도 안 된다. 나는 의심받을 일이나 책잡힐 일을 해서는 안 된다. 별일 아닌 일로도 왕비를 죽이는 나라가 아닌가.

나는 정찬이 끝나고 왕이 자리에서 일어나 테이블 사이를 걸어가며 사람들과 인사를 나눌 때까지 기다렸다. 왕은 오늘따라 친절하다. 다리가 덜 쑤셔서 그런 것 같다. 오만 가지 이유로 성질을 부리는 사람이니 사실 그가 무엇 때문에 심기가 불편한지 알아내기란 여간 어려운 게 아니다. 거기다 내가 엉뚱한 질문을 해 대면 더 심통을 부린다.

왕이 식당을 떠나자 나는 토머스 크롬웰이 나와 눈이 마주칠 때까지 기다렸다가 손짓으로 그를 불렀다. 크롬웰이 와서 나는 그의 팔을 잡고 식탁을 떠나 창가로 갔다. 우리는 별이 반짝이는 차가운 밤 풍경을 감상하듯 강이 내려다보이는 창가에 섰다. 내가 입을 열었다.

"비서 장관님, 도움 필요해요."

"무슨 일이든 도와 드리겠습니다."

크롬웰은 웃으며 말했지만 얼굴은 경직되어 있었다.

나는 머릿속으로 생각해 둔 영어를 내뱉었다.

"나 왕 만족시키지 못해요. 도와주세요."

크롬웰의 표정에는 불편한 기색이 역력했다. 그는 살려 달라고 소리치려는 사람마냥 주위를 둘러보았다. 남자에게 이런 얘기를 하는 게 창피했지만 도움이 될 만한 충고를 어디서든 받아야 했다. 하지만 시녀들은 믿을 수 없었다. 그렇다고 클레베스에서 따라온 고문관들이나 로테에게 말하면 어머니와 빌헬름에게 곧 소식이 들어갈 것이다. 모두 어머니와 빌헬름의 종복들이니까. 그렇지만 이건 정말 결혼이랄 수 없다. 육체적으로나 정신적으로나 어느 모로 봐도 이건 결혼다운 결혼이 아니다. 그렇다면 나는 왕뿐 아니라 잉글랜드 백성과 나마저도 제대로 섬기지 못하는 셈이다. 이 결혼을 진정으로 결혼답게 만들어야 한다. 그래야만 한다. 여기 내 앞에 서 있는 이 남자가 무엇이 잘못되었는지 귀띔해 줄 수 있다면 나한테 조언해 줘야 한다.

"음……, 좀 사적인 문제군요."

크롬웰은 차마 말할 수 없다는 듯 손으로 입을 반쯤 가린 채 말하면서 입술을 잡아당겼다.

"아니에요. 내 남편은 왕이에요. 여기는 잉글랜드입니다. 이건 의무의 문제지 나 개인의 문제가 아니에요."

"시녀들에게 조언을 청해 보세요."

"장관님이 결혼 계획했습니다."

나는 어떻게 말해야 할지 고민하며 다시 덧붙였다.

"진짜 결혼이 되게 도와주세요."

"제게 책임을 물으시면……."

"내 친구 되어 주십시오."

크롬웰은 도망가고 싶은 사람처럼 주위를 둘러보았다. 하지만 나는 그를 놔주지 않을 것이다.

"아직은 신혼 초잖아요."

내가 고개를 가로저으며 말했다.

"52일째입니다."

날짜를 나보다 더 꼼꼼하게 센 사람이 어디 있겠는가.

"전하께서 왜 왕비님이 마음에 안 드시는지 설명하셨나요?"

그가 불쑥 물었다. 말이 너무 빨라서 나는 제대로 알아듣지 못했다.

"설명?"

크롬웰은 내가 알아듣지 못해 짜증스럽다는 투로 작게 한숨을 쉬더니 통역해 줄 만한 클레베스 사람을 찾는 듯 주위를 둘러보았다. 그러다 절대 비밀에 부쳐야 할 문제라는 걸 기억했는지 멈칫하더니 내 귀에 입을 갖다 대고 아주 쉬운 말로 했다.

"왕비님의 문제가 무언가요?"

기가 찼다. 충격과 불쾌함이 뒤섞인 내 표정을 궁정 사람들에게 보이지 않으려고 나는 얼른 얼굴을 창 쪽으로 돌렸다.

"내가 문제예요? 왕이 나 때문이래요?"

크롬웰의 작고 어두운 눈동자에 고민이 스쳐 지나갔다. 그는 부끄러워서 내 말에 대답을 하지 못했다. 아니 그러리라고 나는 생각했다. 그러니까 왕이 늙어서도 피곤해서도 아파서도 아니었다. 왕이 나를 싫어하기 때문에, 나에게 욕정을 느끼지 않기 때문에, 아니 어쩌면 내게 정나미가 떨어졌기 때문인지도 모른다. 걱정으로 일그러진 토머스 크롬웰의 얼굴을 보아하니 왕은 벌써 이 비열하고 왜소한 남자에게 나를 얼마나 혐오하는지 털어놓은 모양이다.

"나 싫어한다고 전하, 장관님한테 말했어요?"

나는 질문을 주체할 수가 없었다.

크롬웰이 쩔쩔매며 얼굴을 찡그리는 것을 보니 대답은 '그렇다' 이다. 왕은 벌써 이 남자에게 나를 추호도 사랑할 수 없다고 말한 것이다. 어쩌면 다른 사람들에게도 말했을지 모른다. 측근들에게 이미 말했을지 모른다. 아니 어쩌면 궁정 사람들 모두 그동안 하얀 손으로 입을 가리고 못생긴 클레베스 여자 하나가 왕과 결혼하러 왔지만 왕이 정나미가 떨어져 달아나 버렸다고 비웃고 있었는지 모른다.

나는 수치심에 몸을 떨며 크롬웰에게서 몸을 돌렸다. 그는 내게 인사를 하고 마치 치명적인 불운을 전염시키는 사람 곁을 떠나듯 황급히 내 곁을 떠났다.

저녁 내내 나는 너무 비참한 나머지 넋이 나갔다. 이런 수치심을 뭐라고 표현해야 할지조차 모르겠다. 빌헬름 밑에서 그렇게 가혹하게 시달리며 단련되지 않았더라면 나는 당장 침실로 뛰어 들어가 울다 잠들었을 것이다. 그러나 나는 오래전에 고집이란 걸 익혔고, 강해지는 법을 터득했다. 나는 절대 권력을 휘두르는 통치자의 미움을 독차지하며 살아 본 전적이 있다. 그리고도 살아남았다.

나는 잠에서 깨어 놀란 매처럼 주위를 살폈다. 기죽지 않으려고 애쓰며 얼굴에는 상냥한 미소를 계속 머금었다. 여자들이 떠나야 할 시간이 되자 나는 왕에게 인사를 했다. 그러나 내가 얼마나 괴로운지는 조금도 드러내지 않았다. 내가 얼마나 역겨웠으면 뭇 사내들이 들짐승들한테나 하는 그런 짓을 내게 했을까.

"안녕히 주무세요, 전하."

"여보, 잘 자요."

얼마나 편안하고 다정하게 말하는지 나는 잠시나마 그에게 매달려 그를 단 하나밖에 없는 벗 삼아 내가 얼마나 두렵고 불행한지 털어놓고 싶었다. 그러나 그의 시선은 벌써 나를 떠나, 내 등 너머를 보고 있다. 그의 시선이 아무렇지도 않게 내 시녀들을 더듬고 있었다. 그때 캐서린 하워드가 앞으로 나와 그에게 정중히 절을 올렸다. 나는 시녀들을 모두 데리고 자리를 떴다.

나는 아무 말도 하지 않았다. 시녀들이 천천히 내 황금 칼라와 팔찌와 반지와 망사, 후드와 소매, 스토마커와 두 개의 치마, 패딩과 페티코트와 슈미즈를 벗기는 동안 아무 말도 하지 않았다. 그들이 내 머리 위로 잠옷을 입혀 줄 때도, 나를 거울 앞에 앉히고 머리를 빗질하고 땋아서 핀으로 나이트캡을 고정시켜 주는 동안에도 아무 말 하지 않았다. 로치포드 부인이 내 주위를 맴돌며 필요한 게 있는지, 도와줄 일이 있는지, 오늘 마음이 편안한지 친절하게 물어봐도 아무 말도 하지 않았다.

신부가 들어왔고 나와 시녀들은 기도를 하기 위해 무릎을 꿇었다. 익숙한 기도문의 운율에 맞춰 내 머리 속에선 남편이 내게 정나미가 떨어졌고 그것도 신혼 첫날부터 그랬다는 생각이 떠나지 않았다.

그러자 다시 그 장면이 떠올랐다. 로체스터에서 우리가 처음 만났던 순간이. 왕은 오만하게 우쭐대며 아주 평범한 모습으로 들어왔다. 그런데 여느 평범한 사람과는 다르게 내게 다가왔다. 술에 취한 행상처럼 내게 다가온 그 사내는 시골 동네의 여느 주정뱅이 노인네가 아니었다. 바로 방랑 기사로 변장한 잉글랜드 국왕이었다. 나는 조신들이 일제히 지켜보는 앞에서 그의 자존심을 짓밟았다. 그는 나를 영원히 용서하지 않을 것이다.

그 순간부터 나를 싫어하는 감정이 생긴 것이다. 틀림없다. 그 치욕적인 기억을 견디기 위해 그는 상처받은 어린아이처럼 '나도 그 여자가 마음에 들지 않아.' 라고 말하는 것이다. 내가 그를 밀어내며 키스를 거절했던 순간을 두고두고 잊지 못해 이제 나를 밀어내며 내게 키스하기를 거부하는 것이다. 그리고 도대체가 좋아할 수 없는 여자라며 내게 복수하고 있는 것이다. 잉글랜드의 국왕, 특히 이 왕은 모든 이를 사로잡아야 직성이 풀린다. 자신이 모두를 사로잡고 있다는 그 환상을 깨서는 안 된다.

신부가 기도를 마쳤다. 나는 자리에서 일어섰고 시녀들은 줄지어 방을 나갔다. 나이트캡을 쓰고 머리 숙여 인사하는 모습이 천사들 같다. 시녀들을 모두 내보냈다. 내가 잠들 동안 옆에 있어 달라는 부탁은 하지 않았다. 오늘 밤 나는 잠들지 못할 테니까. 클레베스에 있을 때처럼 이곳에서도 나는 혐오의 대상이 되었다. 그것도 바로 내 남편에게. 그가 내 몸에 손대는 것조차 싫은데 우리가 어떻게 감정의 앙금을 풀고 아이를 낳을 수 있을까. 나는 잉글랜드 국왕의 미움을 샀다. 게다가 왕은 절대 권력만 있지 인내심이라곤 조금도 없는 사람이다.

나는 지금 어린 소녀처럼 못생겼다는 소리를 듣고 치욕스러워 우는 게 아니다. 지금 내게는 훨씬 더 큰 걱정거리가 있다. 난 잉글랜드 국왕의 미움을 산 것이다. 인내심이라고는 눈곱만큼도 없고 절대 권력만 있는 잉글랜드 국왕은 내게 무슨 짓을 할까? 그는 잔인하게도 용의주도한 계획으로 사랑스러운 첫째 아내를 죽인 남자다. 그가 연모했던 둘째 아내는 참수형에 처했고 그에게 아들을 낳아준 셋째 아내가 제대로 보살핌을 받지 못하고 죽어도 눈 하나 깜짝하지 않았다. 이런 남자가 내게 어떤 짓을 할까?

제인 불린

1540년 3월, 햄프턴 궁

왕비는 행복하지 않은 게 확실하다. 나이에 비해 꽤 지혜롭고 신중한 왕비가 속내를 털어놓게 하려는 내 속셈에 넘어갈 리가 없다. 내 이제껏 힘닿는 대로 왕비에게 다정하고 인정 있게 대했지만 나는 왕비가 내 일신의 영달을 꾀하기 위해서 한 짓이라고 오해하지 않았으면 좋겠다. 왕비의 기분이 엉망인 기색이 역력하지만 지금보다 더 불행하게 느끼지 않도록 도와주고 싶다. 이제 겨우 우리말을 이해하기 시작했는데, 남편이라는 사람이 자기를 피할 수 있으면 노골적으로 안도하는 기색을 보이고는 뻔뻔스럽게 다른 애송이에게 관심을 보이고 있다. 이역만리에 떨어져 있는 왕비는 틀림없이 쓸쓸한 느낌이 들 것이다.

아침 미사 후, 시녀들이 아침을 먹으러 가기 전에 몸단장을 하고 있는데 왕비가 나한테 오더니 물었다.

"로치포드 부인, 공주들 궁에 언제 옵니까?"

나는 망설였다.

"메리는 공주님이지만 엘리자베스는 레이디입니다."

내가 왕비의 말을 고쳐 주자 작게 아 하며 외마디 소리를 토해 냈다.

"아, 그래요. 메리 공주와 레이디 엘리자베스."

"대개 부활절에는 궁에 옵니다. 그때 두 분은 남동생도 만나고 왕비님께도 문안드릴 수 있어요. 왕비님께서 런던에 입성하시던 날, 두 분이 왕비님을 영접하지 않아 궁정 사람들이 다들 놀랐어요."

나는 말을 멈췄다. 왕비에게는 내 말이 너무 빨랐나 보다. 왕비는 내 말을 알아들으려고 진땀을 흘리면서 얼굴을 찡그렸다. 나는 죄송하다는 말을 하고는 아주 천천히 설명했다.

"두 분이 왕비님을 뵈러 궁에 와야지요. 새어머니께 인사를 드리는 게 도리지요. 런던까지 왕비님을 영접하러 나왔어야 도리지요. 대개 두 분은 부활절에 궁으로 옵니다."

왕비는 고개를 끄덕였다.

"그때 두 사람 초대해도 됩니까?"

나는 머뭇거렸다. 그야 물론 초대할 수 있다. 하지만 왕은 이런 식으로 왕비가 권력을 쥐는 일을 반기지 않을 것이다. 공작은 왕과 왕비

사이에 문제가 생기는 일을 싫어하지 않을 테니 왕비에게 귀띔하는 일도 내 소임은 아니다.

"초대하실 수 있지요."

내 말에 왕비는 고개를 끄덕이며 나에게 일렀다.

"편지 써 줘요."

나는 탁자로 가서 작은 필기 상자를 내 쪽으로 끌어당겼다. 깃펜들은 잘 다듬어져 있었고, 작은 잉크병과 젖은 잉크 위에 뿌리는 모래 병과 봉랍 막대가 하나 있었다. 나는 궁정의 사치품을 좋아한다. 깃펜을 고르고, 종이 한 장을 준비하고, 왕비의 지시를 기다리는 일을 즐긴다.

"이제 써요. 메리 공주님, 부활절 궁정에서 만나고 싶어요. 내 처소에 공주님 초대합니다. 이렇게 쓰면 됩니까?"

"네."

나는 부지런히 쓰면서 대답했다.

"가정교사에게도 레이디 엘리자베스 궁에서 만나면 나 기쁘다고 쓰십시오."

나는 곰 놀리기(개를 부추겨 매어 놓은 곰을 물게 하는 옛 잉글랜드의 놀이; 옮긴이)에서처럼 심장이 콩닥콩닥 뛰었다. 이 편지를 보내면 왕비는 즉각 문제에 휘말리겠지. 절대 권력자, 헨리 왕에게는 명명백백한 도전이다. 왕만이 궁정에 사람을 초대하는 초청장을 쓸 수 있다.

"이 편지 대신 보내 주십시오."

나는 숨이 막힐 뻔했다.

"그리 하겠습니다. 원하신다면."

왕비는 마음이 바뀌었는지 손을 내밀며 말했다.

"이리 주십시오. 나 전하께 보여 드려야 합니다."

"아."

왕비는 슬며시 돌아서서 웃음을 감추었다.

"로치포드 부인, 나 전하 원하지 않는 것 절대 하지 않아요."

"왕비님은 왕비전 시녀들에게 원하시는 대로 분부할 권한이 있으십니다. 그건 왕비님의 권한이에요. 카타리나 왕비님께서는 항상 당신의 시녀들을 임명하겠다고 고집을 부리셨지요. 앤 불린 왕비도 마찬가지였고요."

"전하 자식들이니, 초대하기 전에 전하한테 물어봐야 합니다."

나는 허리를 굽혔다. 왕비는 내가 할 말이 없게 만들었다.

"또 달리 분부하실 일 없으세요?"

"이제 가도 좋아요."

나긋나긋한 대답을 듣고 나는 방에서 물러 나왔다. 왕비에게 속아 엉뚱한 조언을 했다는 생각이 어렴풋이 들었다. 왕비는 애초부터 눈치를 챘다. 우리가 생각하는 이상으로 왕비는 꽤나 영리했다.

노픽 제복 차림의 시종 하나가 왕비전 밖에서 어슬렁거리고 있었다. 시종은 내게 쪽지 하나를 건넸고, 나는 그 쪽지를 들고 후미진 곳으로 갔다. 바깥 정원에는 노란 나팔 수선화와 수선화가 바람에 살랑거리고 있고, 검은 새 한 마리가 토실토실한 봉오리들이 빽빽이 싹을 틔운 밤나무 나뭇가지 위에서 지저귀고 있다. 이윽고 봄이 왔다. 왕비가 잉글랜드에서 처음 맞는 봄이다. 봄이 가면 다시 소풍을 비롯한 마상 창 시합, 사냥, 즐거운 여행, 뱃놀이, 대형 궁전 순행 등이 줄줄이 이어지는 계절, 여름을 맞이하겠지. 왕은 왕비를 너그럽게 봐주는 법을 익히고, 왕비는 왕의 마음에 드는 방도를 찾겠지. 나는 내가 항상 지켜야 할 왕비 처소에 있을 테지. 광택이 나는 판자 장식 벽에 기대어 쪽지를 읽기 시작했다. 공작의 쪽지는 평소와 마찬가지로 이번에도 서명이 없다.

왕은 프랑스가 에스파냐와 반목할 때까지만 왕비와 잘 지낼 것이네. 이게 중론일세. 왕비가 우리와 함께 할 날도 얼마 남지 않았어. 철

238

저히 감시해서 왕비에게 불리한 증거를 수집하게. 이 쪽지는 읽는 즉시 폐기하기 바라네.

나는 시종을 찾아 돌아다녔다. 시종은 벽에 기대서서 동전 하나를 위로 던졌다 잡고는 동전 양면을 이리저리 보면서 빈둥거리고 있었다. 나는 시종을 손짓으로 불러 귀엣말을 했다.

"주군께 왕비가 궁정에서 공주님들을 만나고 싶어 한다고 전해요. 이게 전부에요."

캐서린
1540년 3월, 햄프턴 궁

오늘 저녁 정찬 때 왕이 화가 몹시 나 있었다. 왕은 왕비를 이끌고 들어올 때 언제나 내게 시선을 주었는데 오늘은 그러지 않았다. 난 그때부터 알아봤다. 오늘따라 새로 장만한 엷은 노란색 드레스를 입고 있었기 때문에 속이 상했다. 가슴 바로 밑에 주름이 잡혀서 젖가슴이 더할 수 없이 도발적으로 강조되는 옷이었기 때문에 더 그랬다. 이래서 남자에게 잘 보이려 애써 봤자 시간 낭비고 노력 낭비라니까. 남자들이란 내가 가장 멋진 모습으로 있을 때 딴전 피우기 일쑤야. 만나기로 약속해 놓고 다른 볼일 있다고 훌쩍 가 버리질 않나. 그것도 말도 안 되는 핑계를 대면서 말이다. 오늘 밤 왕이 왕비에게 잔뜩 삐쳐 있어서 내 쪽은 쳐다보지도 않고, 덕분에 괜히 새 드레스만 헌 옷이 됐다. 그런데 아까부터 시모어 가문 사람들이 앉은 테이블에서 유난히 내 드레스와 드레스가 감싸고 있는 내 몸에서 눈을 떼지 못하는 한 남자가 있다. 그는 아주 군침 돌게 생긴 미남자였다. 하지만 난 더는 남자들을 기웃거리지 않는다. 이번 사순절을 시작으로 절제하는 삶을 살기로 작정했다. 토머스 컬피퍼도 내 눈길을 끌려고 애를 쓰는 게 보이지만 그쪽은 쳐다보지도 않았다. 만나기로 해 놓고 바람맞힌 일을 쉽게 용서할 수는 없지. 내가 이러다 노처녀로 늙어 죽는다면 그건 순전히 컬피퍼 탓이다.

왕이 왜 화가 난 건지, 왕비가 무슨 잘못을 저질렀는지 알게 된 건 식사를 마친 후 왕비에게 손수건을 전해 주러 왕과 왕비가 있는 테이블로 갔을 때였다. 왕비가 왕에게 주려고 몸소 수를 놓은 손수건이었는데 요새 유행하는 방식으로 아주 멋스럽게 수를 놓았다. 다른 건 몰라도 왕비의 바느질 솜씨 하나는 훌륭하다. 만약 남자가 바느질 솜씨로만 아내를 평가한다면 왕비는 당장 남편의 총애를 받고도 남을 여자다. 그런데 결과적으로 왕비는 왕에게 손수건을 선물하지 못했다. 내가 막 테이블이 놓인 단 위로 올라갔을 때 왕이 갑자기 왕비 쪽으로 몸을 돌리며 이렇게 말했다.

"부활절에는 궁정이 좀 들썩들썩해지는 게 좋겠소."

왕비로서는 이 말에 맞장구를 치거나 아니면 적어도 가만히 있는 게 현명한 일이었다. 그런데 왕비가 이런 말을 꺼냈다.

"저도 좋습니다. 그리고 레이디 엘리자베스와 메리 공주를 궁으로 초대하고 싶습니다."

왕은 성난 표정을 지었다. 그러자 왕비가 테이블에 올려놓은 두 손을 꼭 모아 쥐는 게 보였다. 왕이 무뚝뚝하게 내뱉었다.

"레이디 엘리자베스는 안 돼. 그 애와 어울릴 생각은 하지도 마시오. 그 애는 당신을 만날 처지가 아니오."

왕의 말이 너무 빨라 왕비는 미간을 찌푸리며 어리둥절한 표정을 지었다. 하지만 왕의 반응이 부정적이라는 것을 충분히 눈치 챈 듯했다.

왕비가 다시 나직이 입을 열었다.

"메리 공주는 나의 의붓딸 딸입니다."

나는 숨도 쉴 수가 없었다. 왕비가 간 크게 말대꾸하는 걸 보고 너무나 놀랐다. 왕이 저렇게 잡아먹을 듯 으르렁거리는데도 꼬리를 내리고 물러나지 않다니……. 보면서도 믿기지 않았다!

왕이 얼음같이 차갑게 말했다.

"생 고집쟁이 교황주의자 계집애를 왜 궁으로 불러들이려는지 모르겠군. 메리는 신교도인 당신과 어울릴 상대가 아닐 텐데."

왕비는 이번에도 왕의 말을 자세히 알아듣진 못했지만 왕의 말투에 담긴 의미는 정확히 파악했다.

"나 메리 공주 새어머니입니다. 나 가르칩니다."

왕비가 고집스럽게 말했다.

왕의 입에서 별안간 날카로운 웃음이 터져 나왔다. 왕비는 괜찮을지 몰라도 나는 왕이 너무 무서웠다. 왕이 잡아먹을 듯 말했다.

"공주는 당신 또래야. 당신 같은 애송이에게 가르침 같은 건 눈곱만큼도 기대하지 않을 서요. 그 애 생모는 기독교 세상을 통틀어 내로라하는 나라의 공주였소. 내가 그 모녀를 갈라놓았을 때 붙어사는 걸 포기하고서라도 왕인 내게 반항한 고집불통들이었다고. 그런데 그런 애가 자기 나이밖에 안 되는 당신같이 어린 여자의 보살핌을 원할 것 같소? 그 어미와 마찬가지로 믿음을 포기하느니 차라리 죽음을 선택하겠다고 버티는 애가 말이오? 영어도 못하는 여자를 엄마랍시고 따를 것 같아? 그 애가 라틴 어나 그리스 어, 에스파냐 어나 프랑스 어, 그리고 영어로는 유창하게 얘기하겠지만 어쩐다, 독일어는 못하는데 말이지. 그리고 당신은 할 줄 아는 말이 뭐가 있더라? 아, 그렇지. 그저 그 잘난 독일어밖에는 없지."

왕의 분노를 잠재우기 위해서 무슨 말이라도 해야 할 것 같았지만,

왕이 심하게 날카로워진 채 독기를 뿜고 있어서 너무나 겁이 났다. 난 입도 벙긋 못하고 그대로 바보처럼 서 있었다. 의자에 앉은 채 기절하지 않고 버티는 왕비의 용기가 놀라울 따름이었다.

왕비의 드레스 앞섶에서부터 머리에 쓴 무거운 후드 바로 밑까지 수치심으로 온통 새빨갛게 변했다. 드레스 안에 입은 모슬린 슈미즈와 금색 칼라와 목장식 아래에 있는 피부가 벌겋게 달아오르는 게 보일 정도였다. 왕의 분노 앞에 속수무책으로 당하고 있는 왕비를 보고 있자니 몹시 민망했다. 왕비가 금세라도 울음을 터뜨리거나 방에서 달려 나갈 거라 생각했다. 하지만 왕비는 그러지 않았다.

대신 왕비는 나직이, 하지만 위엄 있게 말했다.

"나 영어 배우고 있습니다. 그리고 나 공주 새어머니입니다."

왕은 두 손으로 테이블을 쾅 치며 일어났다. 앉아 있던 무거운 금색 의자가 뒤로 쿵 하며 넘어갔다. 얼굴은 시뻘겋게 변했고 관자놀이에는 핏줄이 섰다. 나는 그런 왕을 쳐다보는 것만으로도 무서워 숨이 넘어갈 것 같았지만 왕비는 여전히 두 손을 테이블 위에 올려놓고 꼭 맞잡은 채 꼼짝도 않고 앉아 있었다. 나무토막처럼 두려움에 몸은 뻣뻣하게 굳어졌지만 움찔거리거나 쓰러지지 않았다. 왕은 왕비에게 겁을 주어 입을 다물게 하려는 듯 무섭게 노려보았다. 하지만 왕비는 괘념하지 않고 또 입을 열었다.

"나는 나의 일을 할 뿐입니다. 우리 자녀들에게, 그리고 전하에게. 기분 나빴다면 용서하세요."

"초대하려면 하시오."

왕이 부르짖었다. 그러고는 자리에서 걸어 내려와 왕좌 뒤에 있는 문으로 나갔다. 왕의 내실로 통하는 문이었다. 왕이 좀처럼 이용하지 않는 문이었기 때문에 문을 열어 주는 사람도 없었다. 왕은 몸소 문을 벌컥 열어젖히더니 놀라 넋이 나간 사람들을 뒤로 한 채 사라졌다.

왕비가 나를 쳐다보았다. 나는 왕비의 표정을 보고 왕비가 꼼짝 않고 있었던 것이 겁을 내지 않아서가 아니었다는 걸 알았다. 왕비는 공포로 온몸이 얼어붙어 있었던 것이다. 왕이 나간 뒤에야 온 궁정이 부랴부랴 일어나 쾅 닫힌 문에 대고 인사했다. 하지만 왕은 이미 나간 뒤였다.

"왕비는 귀부인을 왕비전으로 초대할 권리가 있습니다."

왕비가 더듬거리며 말했다.

"왕비님이 이기셨어요."

난 아직도 이 상황이 믿기지 않았다.

"나는 나의 일을 할 뿐입니다."

왕비가 재차 말했다.

나도 믿어지지 않는다는 듯 되풀이했다.

"왕비님이 이기셨어요. 전하께서 '초대하시오' 라고 하셨어요."

그러자 왕비가 말했다.

"마땅한 일입니다. 나는 나의 할 일을 합니다. 잉글랜드를 위해서, 전하를 위해서, 나의 할 일을 합니다."

안나

1540년 3월, 햄프턴 궁

나는 햄프턴 궁의 내 처소에서 클레베스 대사를 기다리고 있다. 대사는 어젯밤 늦게 이곳에 도착했고 오늘 아침 나를 만나러 올 예정이다. 내가 대사를 만나기 전에 혹시 왕이 그를 먼저 만날지도 모른다고 짐작했지만 아직까지 그런 계획은 없는 듯했다.

"맞습니까?"

내가 로치포드 부인에게 물었다. 부인은 확실하게 모르겠다는 표정으로 대답했다.

"대사들을 위해 특별 정찬회를 열어 조신들과 추밀원 위원들에게 소개하는 게 관례이긴 해요."

부인은 왜 클레베스 대사를 다른 대사들과 똑같이 대접하지 않는지 모르겠다는 듯 양손을 펼치고 어깨를 으쓱하며 그 이유를 자기 식대로 해석했다.

"사순절 때문이에요. 사순절이 아니라 부활절에 왔어야지요."

로치포드 부인에게 짜증스러운 얼굴을 보이지 않으려고 나는 창으로 얼굴을 돌렸다. 대사는 내가 잉글랜드에 왔을 때 같이 왔어야 마땅했다. 그러면 내가 잉글랜드에 발을 디디는 순간부터 내 사절이 되어 옆에 있었을 텐데. 오버스타인 백작과 올리스레거 백작이 나를 수행하기는 했지만 나를 남겨 두고 돌아가기로 돼 있던 사람들이었다. 게다가 그들은 외국 궁정에서 지내 본 경험도 없었다. 첫날부터 대사가 내 곁에 있었더라면, 내가 왕을 무안하게 한 로체스터에서부터 내 곁에 대사가 있었더라면……. 그러나 후회해도 소용없는 일이다. 이제라도 대사가 여기에 왔으니 어쩌면 나를 도와줄 수 있을지도 모를 일이다.

문을 두드리는 소리가 나더니 근위병 두 사람이 문을 활짝 열었다.

"헤르 닥터르 카를 하르스트 납시오."

근위병은 어렵게 독일어로 발음하며 큰 소리로 외쳤다. 대사는 방 안을 두리번거리다 나를 보고는 깊숙이 허리를 숙여 인사했다. 시녀들도 모두 무릎을 굽혀 대사에게 인사했다. 인사를 하는 와중에도 그들은 평가하는 시선으로 대사를 훑어보며 닳아서 반들거리는 벨벳 재킷 칼라와 굽이 닳은 부츠를 눈여겨보았다. 대사의 모자에 달린 깃털

장식마저 바다를 건너오는 동안 맥이 빠진 듯 축 늘어져 있었다. 나는 부끄러워 얼굴이 화끈거렸다. 이 사람이 독일을 대표해 기독교 세계에서 가장 부유하고 제일 경박한 이 나라에 온 사람이 맞단 말인가. 대사는 본인뿐만 아니라 나까지 웃음거리로 만들었다.

"대사님."

이렇게 말하며 나는 대사에게 손을 내밀었다.

대사는 내 화려한 드레스와 앙증맞은 영국식 후드, 손가락에 반짝이는 반지들과 허리에 두른 금줄을 보고 깜짝 놀라는 얼굴을 했다. 내 손에 입 맞추고는 독일어로 말했다.

"왕비님을 뵙게 되어 영광입니다. 제가 왕비님의 대사입니다."

나 참, 이자가 대사라니. 볼품없는 서기에 더 어울릴 인물이었다. 나는 고개를 끄덕이며 물었다.

"아침은 드셨겠죠?"

대사는 좀 당황한 표정으로 말했다.

"아……, 그게…… 아직……."

"아직 못 드셨어요?"

"실은 식당을 찾지 못했습니다, 왕비님. 죄송합니다. 궁이 워낙 큰 데다 제 방이 좀 구석에 있어서요. 게다가 아무도……."

마구간 근처 어디쯤에다 방을 마련해 준 모양이다.

"사람들에게 물어보지 그러셨어요? 여기는 하인만도 수천 명이에요."

"저는 영어를 못합니다."

나는 깜짝 놀랐다.

"영어를 못한다고요? 그러면 어떻게 대사 업무를 하시나요? 여기엔 독일어를 하는 사람이 아무도 없어요."

"제후님 말씀으론 추밀원 위원들과 국왕이 독일어를 한다고 하시던데요."

"그렇지 않다는 걸 동생도 잘 알고 있을 텐데요."

"제후님은 제가 영어를 금방 배울 줄 알고 계십니다. 라틴 어는 할 줄 알거든요."

대사는 변명하듯 덧붙였다.

나는 너무 실망스러워 울음이 터질 것 같았지만 진정하려고 애쓰며 말했다.

"그래도 아침은 드셨어야죠."

나는 늘 그렇듯 내 주위에서 알짱거리며 대화를 엿듣고 있는 캐서린 하워드를 쳐다보았다. 지금까지의 대화는 캐서린이 들어도 무방한 내용이다. 아니 차라리 캐서린이 우리가 무슨 대화를 나누는지 알아들을 만큼 독일어에 능통해서 이 쓸모없는 대사의 통역을 맡아 주면 좋으련만.

"캐서린, 하녀에게 여기 대사님이 드실 빵과 치즈 좀 갖다 달라고 하겠습니까? 아직 아침 먹지 않았습니다. 에일도 부탁해요."

캐서린이 나가자마자 다시 대사를 쳐다보며 물었다.

"혹시 집에서 제게 편지를 보냈나요?"

"네, 저를 위해 제후님이 써 주신 소개장이 있습니다. 그리고 어머님께서 안부를 전해 달라고 하셨습니다. 왕비님이 고국에 도움이 되었으면 하신다면서 클레베스에서 배우신 엄격한 규율을 잊지 말라고 당부하셨습니다."

나는 고개를 끄덕이며 어머니가 그런 협박은 그만두고 유능한 대사를 보냈더라면 고국에 한층 도움이 되었을 텐데 하고 생각했다. 어쨌든 대사가 내민 편지 꾸러미를 받았다. 내가 편지를 읽는 사이에 대사는 아침을 먹기 위해 테이블 맞은편에 앉았다.

아말리아의 편지를 먼저 읽었다. 아말리아는 남자들에게 들은 온갖 입에 발린 소리를 늘어놓으며 클레베스 궁정 생활이 얼마나 즐거운지 물었다. 우리가 함께 쓰던 처소를 혼자 쓰게 되어 즐겁다고도 썼다. 그리고 새 가운을 맞춘 얘기와 내가 입던 드레스를 자기 몸에 맞게 고친 얘기도 썼다. 곧 결혼할 예정이어서 혼수를 준비하는 중이라고 했다. 아말리아가 결혼한다는 소리에 깜짝 놀라 숨을 들이키는데 로치포드 부인이 친절하게 말했다.

"왕비님, 나쁜 소식은 아니지요."

"여동생 결혼합니다."

"어머, 잘됐네요. 좋은 남편감을 만났어요?"

물론 내 행운에 견줄 바는 아니다. 내 결혼에 비하면 아말리아의 보잘것없는 결혼을 비웃어 주는 게 당연한데 왠지 눈물이 날 것만 같았다. 나는 눈물을 삼키며 말했다.

"사돈과 결혼합니다. 시빌리아 언니 작센 공작과 결혼했는데 동생, 그 남동생과 결혼해요."

그래서 다들 행복한 이웃사촌이 되겠군. 기분이 씁쓸했다. 그러니까 어머니와 빌헬름, 언니와 형부, 여동생과 미래의 제부가 한 가족처럼 오순도순 살 텐데 나만 이렇게 멀리 떨어져 식구들 편지를 오매불망 기다리는 셈이다. 평생 나를 따돌리며 냉정하게 굴던 빌헬름의 얼굴이 다시 떠올랐다.

"왕비님만큼 대단한 결혼은 아니네요."

"세상에서 나처럼 대단한 결혼 없습니다. 그래도 동생 언니와 살게 돼서 좋아합니다. 남동생도 누나와 여동생 옆에 있어 좋아합니다."

"그래도 동생 분은 모피 선물은 못 받잖아요."

캐서린 하워드가 끼어들었다. 부끄러운 줄도 모르고 욕심을 드러내는 캐서린의 모습에 웃음이 나왔다.

나는 아말리아의 편지를 한쪽에 미뤄 두었다. 앞으로 온 가족이 함께 모여 크리스마스를 지내고, 여름 사냥도 즐기고, 생일 축하도 하고, 서로 사촌지간이 될 아이들도 함께 키울 거라고 말하는 동생의 편지를 더는 읽을 수가 없었다.

이번엔 어머니의 편지를 펼쳤다. 어머니의 편지가 위로가 되리라는 기대는 애초부터 하지 않았던 게 차라리 다행이었다. 어머니는 올리스레거 백작의 보고를 듣고 온통 불안에 떨고 계셨다. 백작은 내가 남편이 아닌 외간 남자들과 춤을 췄다고 말했단다. 그뿐 아니라 내가 클레베스 드레스를 입지 않고 잉글랜드식 후드를 썼다는 보고도 했단다. 어머니는 왕이 나와 결혼한 것은 흠잡을 데 없이 조신한 신교도 신부를 원했기 때문이며 왕이 질투심이 아주 강하고 비위 맞추기 힘든 사람이라는 사실을 다시 강조하셨다. 그리고 지옥의 불구덩이가 그렇게 좋으냐고 물으며 젊은 여자의 음탕한 행동보다 더 나쁜 죄악은 없다고 일침을 놓으셨다.

나는 편지를 내려놓고 창가로 가서 햄프턴 궁의 아름다운 정원을 내다보았다. 궁정을 에워싼 잘 가꾸어진 산책로와 선착장에 이르는 오솔길이 눈에 들어왔다. 조신들은 왕과 함께 정원을 산책하고 있었다. 모두 마상 창 시합이라도 보러 가는 듯 잘 차려입고 있었다. 왕은 다른 사람들보다 머리 하나쯤 키가 컸고 황소처럼 우람했다. 금사 망토를 입고 벨벳으로 만든 모자를 썼는데 모자에 장식된 다이아몬드들이 멀리 내 창가에서도 보일만큼 번쩍였다. 토머스 컬피퍼에게 기대고 있었다. 토머스 컬피퍼는 아주 우아한 진녹색 망토에다 다이아몬드 장식이 달린 핀을 꽂고 있었다. 너나없이 똑같이 두꺼운 능직과 브로드 천으로 지은 옷을 입고 다니는 클레베스는 이곳과는 영 다른 세상이다. 허영심 때문에 잉글랜드식 패션을 흉내 내는 게 아니라 덜 초라해지기 위해, 혐오감을 덜 주기 위해서라고 설명해 본들 무엇 하랴. 왕이 나를 멀리한다면 그 이유는 내가 지나치게 멋을 부려서가 절대 아니라 나를 역겨워해서다. 내가 우리 할머니처럼 무거운 후드를 쓰든, 캐서린 하워드처럼 어여쁜 후드를 쓰든 상관없이 왕은 나를 싫어할 것이다. 무슨 짓을 해도 나는 왕의 마음에 들 수 없다. 왕의 마음에 드느냐 안 드느냐에 내 목숨이 달려 있다고 어머니가 굳이 애써 강조하지 않아도 된다. 그 점이라면 나도 잘 알고 있으니까. 하지만 어쩔 수 없다. 아무리 애를 써도 나는 어쩔 수 없다.

대사가 식사를 마쳤다. 나는 테이블로 돌아와 앉았다. 그리고 내가 마지막 편지를 읽는 동안 대사에게 자리에 앉아 있으라고 손짓했다. 마지막 편지는 다름 아닌 남동생의 편지였다.

누이에게.

매형, 그러니까 잉글랜드 헨리 왕의 궁정에서 누이가 어떻게 행동하고 어떤 평판을 듣고 있는지 오버스타인 백작과 올리슬레거 백작이 알려 주었소. 그들의 보고를 듣고 우리는 무척 걱정이 많소. 옷차림과 몸가짐에 대해서는 어머니가 말씀하실 것이니 어머니 말씀을 잘 새겨듣고 누이와 우리 가족을 부끄럽게 할 행동은 하지 않았으면 하오. 누이가 얼마나 허영심이 많고 경솔한지 우리 가족이야 다 알고 있으니 괜찮겠지만 다른 사람들에게는 그런 모습을 보이면 안 되지 않겠소. 지금 온 세상이 누이를 주목하고 있으니 제발 정신 차리기를 온 가족의 이름으로 부탁하는 바요.

다음 두 장은 대충 훑어보았다. 과거에 내가 어떻게 자기의 심기를 불편하게 했는지 죽 늘어놓으며 잉글랜드 궁정에서 발을 헛디뎠다가는 무서운 결과가 뒤따르리라는 경고를 하고 있었다. 세상에 나보다 더 그 사실을 뼈저리게 깨닫는 사람이 또 누가 있을까. 나는 계속 편지를 읽었다.

내가 이 편지를 쓰는 이유는 헨리 왕과 잉글랜드 조신들에게 우리 공국을 대표할 대사를 소개하기 위해서요. 누이가 온 힘을 다해 그를 도와주길 바라오. 대사와 긴밀하게 협력하면서 아직까지는 실망스러운 이번 동맹을 우리에게 득이 되는 방향으로 추진하길 바라겠소. 잉글랜드 국왕은 클레베스를 속국쯤으로 생각하는 것 같을 때가 있소. 이제 헨리 왕은 우리와 연합하여 황제의 세력에 맞서려고 하지만 사실 우리는 황제와 아무런 갈등이 없소. 매형이나 누이를 기쁘게 하기 위해 있지도 않은 갈등을 만들 수는 없는 노릇이니 이 점 매형에게 확실히 알려 주길 바라오.

잉글랜드의 원로 조신인 노퍽 공작이 프랑스 궁정을 방문했다는 소식은 들었소. 잉글랜드는 분명 프랑스와 가깝게 지내려는 것 같소. 누이를 잉글랜드로 보낸 이유는 바로 그런 불상사를 막기 위해서요. 누이는 벌써부터 조국 클레베스를 저버리고 어머니와 나를 실망시키고 있소. 누이가 육욕의 쾌락에 빠져 소명을 잊지 않고 제대로 수행하도록 대사가 잘 이끌어 줄 것이오.

대사에게는 잉글랜드로 가는 교통편과 하인 하나를 붙여 주었을 뿐이니 그의 보수는 누이가 챙겨 주시오. 그동안 들은 바에 따르면 누이는 보석과 옷, 값비싼 모피 같은 부도덕한 사치품들을 사들이고 있다고 들었소. 그럼 그 정도의 돈은 충분히 있으리라 보오. 굴러 들어온 재산으로 쓸데없이 허영심이나 채우고 장신구를 사면서 사람들에게 경멸이나 당하지 말고 조국을 위해 쓰시오. 예전부터 허영심을 쫓는 성향이 있었다는 건 잘 알고 있소. 하지만 높은 자리에 올랐으니 양심에 부끄러운 일을 해도 된다고 생각하진 마시오. 누이, 제발 달라지시오. 내 가장으로서 누이에게 충고하는 바이니 방탕하고 음란한 생활을 멀리 하시오.

이 편지를 받을 때 건강한 모습이길 바라오. 또한 누이의 영혼도 그만큼 건강하길……. 사치는 마음의 양식이 될 수 없다는 걸 누이도 언젠가 철이 들면 알게 될 게요.

기도하는 마음으로, 사랑하는 동생 빌헬름

나는 편지를 내려놓고 대사를 쳐다보며 말했다.

"부탁이니 전에도 이런 일을 해 본 적이 있다고 말씀해 주세요. 근데 다른 궁정에서 대사로 지낸 적이 있긴 한가요?"

혹시 남동생이 최근에 파격적으로 채용한 루터파 목사를 보낸 게 아닌지 걱정스러웠다.

"돌아가신 제후님을 위해 에스파냐의 톨레도와 마드리드 궁정에서 일한 적이 있습니다. 하지만 그때는 제후님께 보수를 받았습니다."

이렇게 근엄하게 말하는 하르스트 대사의 말에 내가 대꾸했다.

"남동생의 재정 상황이 좀 어려울 거예요. 그래도 여기 궁정에서 사시는 데는 비용이 안 들지 않나요."

대사는 고개를 끄덕이며 말했다.

"제후님은 왕비님께서 제 보수를 주실 거라고 하셨습니다."

나는 고개를 가로저으며 말했다.

"저는 못 드려요. 왕은 제게 궁정과 시녀와 옷가지는 주지만 아직 돈은 주지 않아요. 대사님이 전하께 건의해야 할 사안이에요."

"하지만 잉글랜드의 왕비로서……."

"저는 왕과 결혼했지만 아직 공식적인 왕비가 아니에요. 2월에 대관식 대신 환영회만 있었어요. 부활절 이후에 대관식이 있을 것 같아요. 어쨌든 아직 왕비로서 활동비를 받지 못하고 있어요. 그래서 돈이 없어요."

대사는 약간 걱정스러운 표정으로 말했다.

"문제가 있는 건 아니겠죠? 앞으로 대관식이 있겠죠?"

"글쎄요. 근데 왕이 요구한 문서는 가져오신 거죠?"

"무슨 문서 말씀입니까?"

나는 뒷목이 뻣뻣해짐을 느꼈다.

"예전에 맺었던 제 혼약이 취소되었다는 문서요. 왕이 그 문서를 요

구했어요. 오버스타인 백작과 올리스레거 백작이 보내겠다고 약조했고요. 명예를 걸고 약조했는데 설마 대사님이 그 문서를 안 가져오신 건 아니죠?"

대사는 어안이 벙벙한 얼굴로 말했다.

"아뇨, 안 가져왔는데요! 아무도 제게 그런 문서에 대해 일언반구 하지 않았어요."

혼란스러워진 나는 이제 독일어조차 더듬기 시작했다.

"그보다 더 중요한 일이 뭐가 있습니까! 이미 혼약한 혼처가 있었을지도 모른다는 이유로 제 결혼식이 연기되었어요. 클레베스 사절단은 고국에 돌아가자마자 혼약 무효 문서를 보낸다고 맹세했고요. 사절단이 인질로 잡히기도 했어요. 그 얘기를 분명히 했을 텐데요! 문서를 갖고 오셨어야죠! 사절단이 여기서 인질로 잡히기까지 했다니까요!"

"아뇨, 아무 말도 못 들었습니다."

대사는 계속 문서가 없다는 말만 했다.

"왕비님의 남동생이신 제후님이 그들을 만난 후에 출발하라고 해서 지체된 건데 어떻게 그 사람들은 그렇게 중요한 얘기를 빠뜨렸을까요?"

남동생 얘기에 갑자기 맥이 쫙 풀렸다.

"빠뜨릴 수 없는 얘기죠. 남동생은 이 결혼에 동의했지만 저를 도와주지는 않아요. 제가 당혹스러워 할 거란 생각 같은 건 안중에도 없어요. 이따금씩 제게 창피를 주려고 이 나라로 보낸 게 아닌가 싶다니까요."

대사는 깜짝 놀라며 물었다.

"하지만 왜요? 어떻게 그럴 수 있습니까?"

나는 경솔하게 말한 것을 후회하며 말했다.

"그야 모르죠. 어릴 적에 형제들끼리는 일들이 많잖아요. 그중에는 잊을 수도 용서할 수도 없는 일들이 있어요. 남동생에게 당장 편지를 쓰세요. 제가 예전에 맺었던 혼약이 취소되었다는 증거 서류를 보내라고 하세요. 그걸 보내라고 설득하셔야 해요. 그게 없으면 저는 아무것도 할 수 없다고, 왕에게 어떤 영향력도 행사할 수 없다고 쓰세요. 혼약 무효 문서가 없다면 우리는 이중 계약이라는 죄를 뒤집어쓸 판이라고 하세요. 왕이 우리를 의심할 수 있다고 쓰시라고요. 그리고 제 결혼이 위험에 빠지길 바라느냐고 물어보세요. 제가 치욕스럽게 집으로 쫓겨 가길, 이 결혼이 무효가 되길 바라는지 아니면 제가 정식 왕비가 되길 바라는지 물어보세요. 우리가 지체할수록 왕에게 의심할 빌미만 줄 뿐이라고 쓰세요.”

“설마 왕이……. 모두 다 알고 있는데…….”

내가 화를 내며 소리 질렀다.

“왕은 자기 하고 싶은 대로 하는 사람이에요. 그게 바로 대사님이 이 궁정에서 배워야 할 첫째 교훈이에요. 잉글랜드 왕은 왕이자 교회의 수장이에요. 누구에게도 자기가 왜 이렇게 결정했는지 설명할 필요가 없는 폭군이라고요. 사람들의 육체와 영혼을 지배하는 폭군이요. 이 나라에서 왕은 곧 하느님의 예언자라고요. 자기가 하느님의 뜻을 안다고, 하느님이 직접 자기를 통해 말씀하신다고, 자기가 곧 지상의 하느님이라고 생각해요. 왕은 자기 내키는 대로 해요. 자기가 한 일이 옳고 그른지도 본인이 판단해요. 그러니 그냥 하느님의 뜻을 따랐다고 하면 그뿐이에요. 남동생이 이 사소한 일 하나 제대로 처리하지 못해서 제가 정말 위험하고 불행해지게 생겼다고 전하세요. 문서를 보내지 않으면 제 목숨이 위태로운 상황이라고.”

캐서린

1540년 3월, 햄프턴 궁

부활절 아침이다. 부활절이 되어서 얼마나 기쁜지 모르겠다. 사순절은 지긋지긋했다. 도대체 내가 속죄하고 참회할 일이 뭐가 있는가? 거의 없다. 거기다 올해 사순절은 더 싫었다. 궁정에 들어왔는데 무도회도 없고, 음악이라고는 우울한 찬송가와 성가뿐이었다. 가장 짜증났던 건 가면극도 연극도 열리지 않은 점이었다. 하지만 부활절이 되었으니 이제 다들 다시 즐겁게 지낼 수 있다. 메리 공주가 궁정에 오기로 되어 있다. 우리 모두 공주가 새어머니를 어떻게 생각할지 무척 궁금하게 생각한다. 왕비가 자기보다 한 살밖에 어리지 않은 의붓딸에게 엄마 행세를 하고, 공주에게 독일어로 말하고, 공주를 개신교 신자로 전향시키지 못해 애쓰는 모습 등등, 왕비가 의붓딸을 만나면 어떤 장면이 벌어질지 상상하며 벌써부터 깔깔대고 난리다. 연극보다 더 재미있는 볼거리가 될 것 같다. 들리는 말에 의하면 메리 공주는 아주 진지하고 우울한 성격에 신앙심이 깊다고 한다. 그런데 왕비는 적어도 왕비 처소에서만큼은 속 편하고 유쾌한 성격인 데다, 루터파인지 에라스무스 신봉자인지, 뭐 아무튼 그 비슷한 종류의 개신교도로 나고 자란 사람이다. 그래서 메리 공주가 말을 타고 궁 앞에 도착하자 우리 모두 창문에 모여 서로 까치발을 해 가며 조금이라도 더 자세히 보겠다고 난리를 쳤다. 그러고는 공주가 계단에 모습을 드러내기 전에 들어가 있으려고 쫓기는 닭들처럼 부리나케 왕비 처소로 몰려갔다. 우린 방 안 여기저기 놓인 의자에 각자 몸을 던지다시피 앉아 조용히 바느질하면서 설교 말씀을 듣고 있었던 척했다. 왕비가 '고약한 아가씨들'이라고 하며 웃음 지었다. 잠시 후 문에서 노크 소리가 나더니 공주가 방으로 들어왔다. 그런데 놀랍게도 공주가 레이디 엘리자베스의 손을 잡고 함께 들어오는 게 아닌가.

우리는 모두 벌떡 일어나 인사했다. 이건 아주 주도면밀하게 이뤄져야 했는데, 메리 공주에게는 깊숙이 무릎을 굽혀 왕의 적통에게 마땅한 예의를 표하는 한편, 왕의 서출에 불과한 어쩌면 아예 왕의 핏줄이 아닐지도 모르는 레이디 엘리자베스에게까지 예의를 표하기 전에 얼른 몸을 일으켜야 했기 때문이었다. 난 레이디 엘리자베스가 내 옆을 지나갈 때 미소를 보냈다. 그러고는 혀를 날름 내밀었다. 레이디 엘리자베스는 귀엽게 생긴 여섯 살배기 어린애였다. 불쌍한 것. 게다가 나에게는 조카가 아닌가. 그런데 도저히 상상도 할 수 없을 만큼 끔찍한 머리색을 하고 있었다. 머리카락이 흡사 홍당무처럼 불그스름했다. 내 머리색이 저랬다면 난 차라리 죽고 말았을 거다. 왕을 닮아 머리색이 그런 걸 어떡해. 하긴 아비가 누군지 의심을 받은 아이라면 끔찍한 머리색이 오히려 인생에 도움이 됐으면 됐지 나쁘진 않은 것 같다.

왕비는 자리에서 일어나 두 의붓딸을 맞았다. 두 의붓딸의 양쪽 볼에 키스한 뒤 내실로 데리고 들어갔다. 그리고 셋이서만 있고 싶다는 듯 우리 앞에서 문을 닫아 버렸다. 덕분에 우리는 음악도, 포도주도, 아무런 여흥거리도 없이 밖에서 멍하니 기다릴 수밖에 없었다. 닫힌 문 뒤에서 무슨 일이 일어나는지 통 알 수 없는 게 가장 답답했다. 난 이리저리 거니는 척하며 내실 쪽으로 슬슬 다가갔다. 그러자 로치포드 부인이 얼굴을 구기며 물러나라는 신호를 보냈다. 나는 부인이 내가 엿듣지 못하게 막으려 한다는 걸 알면서도 영문을 모르겠다는 듯 의아한 표정으로 눈썹을 치켜 올리며 '왜요?'라고 물었다.

하지만 몇 분 안 되어 안에서 웃음소리와 엘리자베스가 신나서 옹

알거리는 소리가 들렸다. 그리고 삼십 분 만에 문이 벌컥 열리더니 세 사람이 나왔다. 엘리자베스가 왕비의 손을 잡고 있었고, 메리 공주는 들어올 때는 뚱하고 칙칙한 얼굴을 하고 있었는데 지금은 미소를 짓고 있었다. 얼굴에 화색이 돌면서 예뻐 보이기까지 했다. 왕비는 이름을 불러 가며 우리를 차례차례 소개했고, 메리 공주는 우리 중 반은 자기와 철천지원수나 다름없는 가문의 딸들인 줄 알면서도 우리들 한 사람 한 사람에게 우아하게 웃었다. 이윽고 왕비가 다과를 들이라는 명령을 내렸고 왕에게 두 따님이 궁에 도착해 왕비 처소에 와 있다는 전갈을 보내라고 일렀다.

분위기는 점점 더 좋아졌다. 다음엔 왕의 행차를 알리는 소리가 들리더니 왕이 궁정 남자들을 모두 거느리고 들어왔다. 내가 몸을 한껏 낮춰 인사했지만 왕은 딸들에게 가느라 나 같은 것에게 눈길도 주지 않았다.

왕은 딸들에게 매우 곰살갑게 굴었다. 어린 레이디 엘리자베스에게 주려고 주머니에 설탕에 절인 자두를 넣어 가져오기까지 했다. 그리고 메리 공주에게도 다정하고 부드럽게 대했다. 왕은 왕비 옆에 앉았고 왕비는 왕의 손 위에 자기 손을 얹은 채 왕에게 무언가 소곤소곤 귓속말을 했다. 누가 봐도 정다운 가족의 모습이었다. 모르는 사람이 보면 왕이 아버지와 남편이 아니라 어여쁜 세 손녀딸을 거느린 인자한 할아버지로 보였을 것이다. 사실 그편이 더욱 잘 어울리는 모습이었을 텐데.

나는 어쩐지 시큰둥한 기분이 들면서 짜증이 났다. 나에게 주의를 기울이는 사람이 아무도 없었기 때문이었다. 그런데 토머스 컬피퍼가, 그때까지 조금도 용서해 줄 마음이 없었던 그 토머스 컬피퍼가 내게 다가와 손에 키스하며 말했다.

"이런, 우리 친척 아가씨 아니십니까."

나는 뜻밖의 사람을 만났다는 듯 짐짓 놀라는 척했다.

"이게 누구야. 컬피퍼 시종님 아니세요. 오신 줄 몰랐어요."

"여기 아니면 제가 어디에 가겠습니까? 이 방에 더 예쁜 아가씨가 있나요?"

"그건 저도 모르겠네요. 메리 공주가 워낙 젊고 아름다우시니까요."

컬피퍼가 인상을 썼다.

"제 말은 남자의 마음을 뒤흔들 수 있을 만큼 아름다운 아가씨를 말하는 겁니다."

"당신 마음을 뒤흔들 아가씨가 있기나 할지 모르겠네요. 당신이 시간 맞춰 약속 장소에 나타나도록 만들 아가씨가 있기나 하겠어요?"

내가 쌀쌀맞게 대꾸했다.

컬피퍼가 전혀 생각하지 못했다는 듯 대답했다.

"아직도 제게 화가 나 계시군요. 아가씨 같은 분께서, 손가락 한 번 튕기는 것만으로 어떤 남자라도 차지할 수 있는 아가씨께서 말입니다. 저는 상전이 부르시면 할 수 없이 가야 하는 하찮은 신세에 불과합니다. 다른 분도 아니고 아가씨께서 그런 사정을 모르고 화를 내시다니요. 아가씨 곁을 떠나려니 제 가슴도 찢어졌답니다."

나는 작게 낄낄거리다가 왕비가 내 쪽을 건너다보자 손으로 입을 가렸다.

"당신에게 찢어질 마음이나 있나요."

그가 우겼다.

"정말이라니까요. 완전히 두 쪽으로 갈라졌어요. 제가 어쩔 수 있었겠어요? 전하께서 대령하라 하시는데요. 하지만 제 마음은 항상 당신 곁에 있답니다. 마음이 찢어지면서도 맡은 의무를 다한 것뿐인데 당신은 아직도 절 용서해 주시지 않는군요."

"내가 당신을 용서하지 않는 건 당신 말은 한마디도 믿을 수 없기 때문이에요."

내가 명랑하게 말했다. 왕비에게 시선을 돌렸더니 왕이 우리 쪽을 쳐다보고 있었다. 조심스러운 태도로 난 토머스 컬피퍼에게서 살짝 고개를 돌린 채 조금 물러났다. 그와 너무 다정스러운 모습을 보이는 건 좋지 않았다. 고개를 숙인 채 눈만 슬쩍 들어서 보니 왕이 아직도 나를 쳐다보고 있었다. 그러더니 손가락을 들어 가까이 오라고 손짓했다. 나는 토머스 컬피퍼에게는 눈길도 주지 않고 얼른 왕이 앉은 자리로 다가갔다.

"전하?"

"춤이 곁들여져야 하지 않나 하는 이야기를 하고 있었다. 메리 공주와 짝이 되어 춤을 추겠나? 왕비 말로는 네가 시녀 중에서 가장 춤을 잘 춘다던데."

내가 이탈리아 창부처럼 까불거리고 다닌다고 그랬던 할망구가 누구더라? 나는 우쭐한 마음에 얼굴이 달아올랐다. 새할머니가 지금의 내 모습을 본다면 얼마나 좋을까 하는 생각이 들었다. 왕비의 추천으로 왕이 직접 나에게 춤을 선보이라고 하명하는 이 순간을 말이다.

"전하, 물론입니다."

나는 한껏 어여쁘게 인사했다. 조신하게 눈을 내리까는 것도 잊지 않았다. 모든 눈이 내게 쏠려 있었다. 나는 메리 공주에게 손을 내밀었다. 음……, 글쎄. 공주가 내 손을 좋다고 덜컥 잡은 건 아니었다. 공주는 방 한가운데로 걸어 나가 나와 함께 맨 앞줄에 섰다. 춤 상대가 그다지 내키지 않는다는 표정이었다. 나는 공주의 뚱한 얼굴 쪽으로 살짝 고개를 젖히고 다른 시녀들을 불러냈다. 시녀들이 나와 우리 뒤로 줄을 지어 늘어섰다. 악사들의 연주에 맞춰 우리는 춤을 추기 시작했다.

누가 상상이나 했을까? 공주는 의외로 춤을 잘 췄다. 고개를 높이

들고 우아하게 추었다. 두 발은 폴짝폴짝 경쾌하게 움직였다. 누구에게 배웠는지는 몰라도 훌륭한 솜씨였다. 나는 왕을 비롯한 남자들의 시선을 사로잡아 보려고 일부러 엉덩이를 살래살래 움직였다. 하지만 솔직히 말해 남자들 중 반은 공주를 쳐다보고 있었다. 춤추는 공주의 볼이 발갛게 상기되었다. 모두 두 줄로 늘어서서 아치를 만들어 둘씩 밑으로 지나가는 대목에 이르러서는 생글생글 웃기까지 했다. 난 내 춤 상대가 멋지게 해낸 것을 겸허한 마음으로 축하하는 척하려 애썼지만 자꾸 뜲은 표정이 되는 건 어쩔 수 없었다. 난 다른 사람을 돋보이게 하는 데는 영 소질이 없었다. 그건 내 천성과 맞지 않는 일이었다. 2인자의 자리에서는 도저히 만족할 수 없었다.

우리가 춤추는 것을 마치고 인사하자 왕이 자리에서 일어나 '브라바! 브라바!' 하고 외쳤다. 라틴 어인지 독일어인지, 아무튼 만세라는 뜻이라고 했다. 왕이 우리 쪽으로 다가와 공주의 손을 잡고 양 볼에 키스를 하면서 장하다고 칭찬하는 동안 나는 죽을힘을 다해 얼굴에 미소를 띠고 조용히 기뻐하는 척하려 애썼다.

나는 소박한 작은 꽃처럼 뒤로 물러섰지만, 마음속은 시퍼렇게 날선 풀잎처럼 그 못생긴 여자에게 찬사가 쏟아지는 것에 질투심이 치밀었다. 그런데 왕이 내 쪽으로 돌아서더니 고개 숙여 내 귀에 이렇게 속삭이는 게 아닌가.

"그리고 너, 요 귀여운 것아. 꼭 천사처럼 춤을 추더구나. 누구라도 너와 짝을 이뤄 춤추면 평소보다 훨씬 멋져 보이겠던데? 나를 위해서도 춤을 추겠느냐? 언제? 그럼 내가 기쁘겠는데……."

나는 왕을 올려다보았다가 압도당한 듯 급히 눈을 내리깔았다.

"아이, 전하! 전하를 위해 춤을 추어야 한다면 떨려서 스텝도 다 잊고 말 거예요. 한 걸음 한 걸음 이끌어 주셔야 해요. 가시고 싶은 쪽이 어디든 전하께서 절 이끌어 주시지 않으면 안 돼요."

그러자 왕이 말했다.

"요, 예쁘고 귀여운 것. 할 수만 있다면 내가 널 이끌고 싶은 데가 있긴 하지."

하, 그래요? 이런 음흉한 늙은이 같으니라고. 아내와의 잠자리에서는 세울 것도 제대로 못 세우시면서, 제 앞에서는 곧 죽어도 음흉한 사내 노릇을 하려 드시는군요.

왕은 뒤로 물러나 공주를 이끌고 왕비 옆 자리로 돌아갔다. 악사들이 다시 음악을 연주하기 시작했고 젊은 궁정 남자들이 앞으로 나와 여자들에게 춤을 청했다. 누군가 내 손을 잡는 걸 느꼈고 나는 춤 신청을 받아 수줍은 듯 두 눈을 내리깔며 몸을 돌렸다.

"그런 건 생략해도 된다."

큰아버지 노퍽 공작의 차가운 목소리가 들렸다.

"너와 할 말이 있다."

잘생긴 토머스 컬피퍼가 아닌 것에 화들짝 놀랐지만 나는 큰아버지가 이끄는 대로 방 한구석으로 갔다. 기다리고 있었다는 듯 로치포드 부인도 거기 있었다. 그럼 그렇지, 미리 와 기다리고 있었지 달리 왜 거기 있었겠어. 나는 두 사람 사이에 선 채 심장이 무용화를 신은 발 밑까지 내려앉는 걸 느꼈다. 왕에게 꼬리 쳤다고 공작이 나를 집으로 돌려보내려는 게 분명했다. 물어보지 않아도 뻔했다.

"어떻게 생각하나?"

공작이 내 머리 위로 로치포드 부인에게 물었다.

"큰아버지, 전 아무 잘못도 없어요."

내가 항변했지만 둘 다 내 말엔 귀 기울이지 않았다.

"가능한 일이라고 봅니다."

로치포드 부인이 대답했다.

"난 거의 확실하다고 보는데."

공작이 말을 받았다.

두 사람은 마치 조각가가 모델로 잡아 놓은 어린 백조를 살피듯 나를 내려다보았다.

"캐서린, 네가 왕의 눈길을 사로잡았다."

큰아버지가 말했다.

"전 아무 짓도 안 했어요. 맹세컨대 전 정말 아무 잘못 없어요."

내가 다시 항변했다. 나는 내 입에서 나오는 소리를 들으며 순간 숨을 헐떡였다. 앤 불린이 생각났기 때문이었다. 앤도 큰아버지에게 지금 내가 한 말을 그대로 했겠지만 아무런 자비도 얻지 못했다.

"제발요……."

목소리도 제대로 나오지 않았다.

"제발요. 이렇게 빌게요……. 전 정말 아무 짓도 하지 않았단 말이에요……."

"목소리를 낮춰."

로치포드 부인이 주위를 둘러보며 말했다. 하지만 우리 쪽에 관심을 두는 사람은 아무도 없었다. 이 상황에서 나를 구해 줄 사람은 아무도 없었다.

"네가 왕의 관심을 끈 것 같으니 이제부터는 왕의 마음을 사로잡아야 한다."

큰아버지는 내 말은 아예 들리지도 않는 듯 말을 이어 갔다.

"지금까지는 아주 잘했다. 하지만 왕은 나이가 많은 사람이야. 그리고 발랑 까진 계집을 무릎에 올려놓고 정욕이나 채우려고 이러는 게 아니다. 왕은 사랑에 빠지는 걸 좋아해. 여자를 쉽게 얻는 것보다 애타게 쫓아다니는 걸 즐기지. 티끌 하나 없이 순수하고 여린 여자의 마음을 사로잡는 과정에서 짜릿함을 느끼는 위인이라고."

"제가 바로 그래요! 전 티끌 하나 없이 순수해요!"

"왕이 네게 다가오도록 유혹하고 자극하는 동시에 잡히지 않도록 항상 뒤로 물러서는 것도 잊지 마라."

나는 잠시 잠자코 있었다. 큰아버지가 내게 원하는 게 뭔지 아리송해졌기 때문이다.

"간단히 말해 왕이 단지 너에게 욕정을 품는 것에서 그치지 않고 너 아니면 죽고 못 살게 만들란 말이야."

내가 물었다.

"네? 왜요? 그렇게 하면 전하가 제게 좋은 남편감을 얻어 주실까요?"

큰아버지가 몸을 앞으로 숙이더니 내 귀에 입을 바싹 들이댔다.

"잘 들어라, 이 멍청한 것아. 그래야 왕이 너를 아내로 삼을 테니까. 왕의 부인, 잉글랜드의 왕비가 되려면 그래야 한다고."

난 놀라 큰 소리를 낼 뻔했다. 그런 내 입을 로치포드 부인이 틀어막았다.

"아야!"

"일단 큰아버지가 하는 말씀을 잘 들어. 목소리는 낮추고."

부인이 말했다.

"하지만 전하는 이미 왕비와 결혼했잖아요."

내가 웅얼거렸다.

그러자 큰아버지가 말했다.

"그렇다고 너와 사랑에 빠지지 말란 법은 없지. 그보다 더 이상한 일도 많이 일어났었다. 무엇보다 왕이 너를 아무도 손대지 않은 숫처녀로, 갓 피어난 어린 장미로 여기게 해야 한다. 잉글랜드의 왕비로 손색없는 여자로 생각하도록 하란 말이다."

나는 잉글랜드 왕비 자리에 앉아 있는 여인을 흘깃 돌아보았다. 왕비는 음악에 맞춰 깡충거리며 춤추는 레이디 엘리자베스를 웃는 낯으로 내려다보고 있었다. 왕도 성한 발로 음악에 박자를 맞추고 있었다. 심지어 메리 공주조차 행복해 보였다.

큰아버지가 말을 이었다.

"올해 안에는 힘들겠지. 어쩌면 내년에도 어려울지 몰라. 하지만 계속 왕의 관심을 끌어야 한다. 왕이 너와 정신적인 사랑에 빠지도록 만드는 거야. 앤 불린은 왕과 밀고 당기기를 6년이나 했다. 그것도 다 왕이 아직 조강지처를 사랑하고 있을 때 시작된 일이야. 하루아침에 이루어질 일로 생각하면 오산이다. 이건 대작이야. 네 인생 전체를 걸고 만드는 작품이다. 한시라도 왕이 널 정부로 삼을 수 있다고 생각할 여지를 주어서는 안 돼. 왕이 널 존중하도록, 정식 결혼을 통해서만 얻을 수 있는 귀한 아가씨로 여기도록 만드는 거야. 캐서린, 할 수 있겠니?"

"잘 모르겠어요. 상대는 전하시잖아요. 전하는 누가 무슨 생각을 하는지 다 알지 않나요? 전하는 하느님의 말씀을 직접 듣는 분이잖아요."

내가 말했다.

"이런 이런, 내 말을 못 알아듣는 모양이구나."

큰아버지는 이렇게 내뱉더니 다시 말을 이었다.

"자, 캐서린. 왕도 다른 사람들과 다름없는 남자일 뿐이야. 다만 지금은 나이가 들어서 다른 사람들보다 더 의심이 많고 더 꿍하다는 게 다를 뿐이지. 왕은 남들보다 풍요롭게 살았고, 평생 힘들여 일하는 게 뭔지 모르고 살았어. 어딜 가나 극진한 대접만 받았고, 특히 아라곤의 카타리나를 제거한 이후로는 감히 왕에게 싫으니 좋으니 하는 사람이 없었다고. 왕은 모든 것을 자기 멋대로 했어. 네가 기쁨이 되어 줘야 할 남자는 바로 이런 사람이다. 원하는 건 뭐든지 원하는 만큼 누리면서 살아온 사람. 그런 사람이 널 특별하게 여기도록 만들어야 하는 거다. 왕은 자신을 떠받드는 여자들에게 둘러싸여 산다. 너는 뭔가 색다른 걸 보여 줘야 해. 왕을 한껏 자극하는 동시에, 네 몸에는 손도 못 대게 해야 한다. 이게 내가 너에게 바라는 바다. 그러면 새 드레스도 생길 거야. 그리고 로치포드 부인이 너를 도와줄 거다. 할 수 있겠니?"

"한번 해 볼게요."

나는 자신 없이 대답했다.

"하지만 그 다음은요? 전하가 사랑에 빠지고 그래서 절 갖고 싶어 하면서도 믿고 지켜 주면요? 그 다음에는 어떻게 되는데요? 왕비님을 모시는 시녀 처지에 전하에게 왕비가 되고 싶다고 말할 수도 없잖아요."

"그건 내게 맡겨라. 너는 네 할 일을 하고 나는 내 할 일을 하는 거야. 여기서 중요한 건 네가 맡은 일을 잘 해내는 거다. 지금처럼만 하거라. 다만, 좀 더 조금만 더 상냥하게 굴어라. 왕이 애간장을 태우도록 말이야."

큰아버지가 말했다.

나는 망설였다. 그러겠다고 하고 싶은 마음이 굴뚝같았다. 내 차지가 될 선물들이 눈에 아른거렸다. 내가 왕의 눈에 들었다는 것을 알면 사람들이 나를 얼마나 추켜올릴까? 생각만 해도 기분이 좋았다. 하지만 앤 불린, 내 사촌이자 큰아버지의 조카인 앤 불린도 지금의 나 같은 기분이었으리라. 큰아버지는 앤에게도 지금과 똑같이 말했을 거다. 그런데 그 결과 앤이 어떻게 되었는가. 앤이 왕비 자리에 오르는 데 큰아버지가 얼마나 큰 역할을 했는지, 또 앤이 처형대에 오르는 데 큰아버지가 얼마나 큰 역할을 했는지는 잘 모르겠다. 앤보다 나를 더 잘 보살펴 줄지 그것도 잘 모르겠다.

"만약 제가 못하면요? 일이 잘못되면 어떻게 하죠?"

내가 물었다.

공작은 나를 내려다보며 빙긋이 웃었다.

"너 정도 되는 아이는 마음만 먹으면 누구라도 널 사랑하지 않고는 못 배기게 만들 수 있다. 설마 자신 없다는 말은 아니겠지?"

나는 심각한 표정을 유지하려고 안간힘을 썼다. 하지만 우쭐한 마음을 누를 수가 없어 공작을 쳐다보며 웃었다.

그리고 말했다.

"물론 그런 건 아니에요."

제인 불린
1540년 3월, 햄프턴 궁

우리는 추밀원 개원을 위해 웨스트민스터 궁이 있는 런던으로 말을 달렸다. 그런데 이번에 런던으로 향하는 여정은 전과는 달랐다. 뭔가 일이 벌어졌다. 나는 얼룩무늬 머리를 치켜들고 바람결에 변화의 냄새를 맡는 사냥개 무리의 암컷 대장 같았다. 우리가 말을 달릴 때 왕이 왕비와 어린 캐서린 하워드 틈에 있던 터라, 이들을 보는 궁정 사람들은 누구나 왕이 아내와 친구에게 번갈아 웃어 보이는 모습을 볼 수 있었다. 그런데 이제 그 광경은 나에게, 나에게만은 사뭇 달라 보였다. 다시 왕은 왕비와 왕비의 어린 시녀 캐서린 가운데서 달리다가, 이번에는 고개를 돌려 왼쪽에 있는 캐서린만 쳐다보고 있다. 왕은 그 둥글넓적한 얼굴을 돌리다 뚱뚱한 목이 비끗해서 움직일 수 없는 것처럼 캐서린에게서 고개를 거두지 못했다. 캐서린은 춤추는 하루살이가 입을 떡 벌린 살진 잉어의 관심을 끌 듯, 왕의 시선을 한 몸에 사로잡았다. 왕은 이 어린 것에게서 시선을 뗄 수 없다는 듯 눈알을 부라렸다. 왕의 오른편에 있는 왕비와 맞은편에 있는 메리 공주조차 왕의 관심을 끌 수도, 다른 데로 돌릴 수도 없었다. 왕이 캐서린에게 푹 빠지게 방패막이가 되어 주는 일 말고는 아무것도 할 수 없었다.

맙소사, 나는 이런 광경을 수도 없이 목격했다. 헨리 왕이 소년이던 시절부터 나는 궁정에서 시녀로 있었기 때문에 헨리 왕이라면 무엇이든 훤히 꿰고 있다. 사랑에 빠졌던 소년 헨리, 사랑에 빠졌던 남자 헨리, 지금도 사랑에 빠진 늙은 헨리 왕을. 베시 블라운트에서부터 메리 불린, 메리의 여동생 앤 불린, 매지 셸턴, 제인 시모어, 앤 바셋에 이르기까지, 이들을 쫓아다녔던 왕이 이제는 이 귀여운 애송이에게 빠졌다. 헨리 왕이 이성에 눈멀었을 때 어떤 모습인지 나는 잘 알고 있다. 주인에게 코가 꿰어 끌려갈 준비가 된 황소와 같은 모습, 지금의 모습이 딱 그렇다. 우리 하워드 가문이 마음만 먹으면 왕은 우리 차지다. 왕은 이성을 잃었다.

왕비는 내게 말을 걸려고 고삐를 늦추더니 우리 앞에서 달리는 왕과 캐서린 하워드, 캐서린 캐리, 메리 공주 뒤로 처졌다. 이들은 왕비가 뒤처졌는데도 돌아보지 않았다. 왕비는 지극히 보잘것없는 먼지 같은 존재가 되었다.

"전하, 캐서린 하워드 좋아해요."

왕비가 자기 속내를 비춰 나는 침착하게 대답했다.

"레이디 앤 바셋도 좋아하시지요. 젊은 사람들은 전하를 즐겁게 해 드리니까요. 왕비님은 메리 공주님과 친하게 지내시는 것 같아요."

"아니. 전하 캐서린 좋아해요."

이렇게 딱 잘라 말한 왕비는 다른 생각을 할 겨를이 없었다.

"다른 시녀보다 더 좋아하진 않으십니다. 메리 노리스를 총애하시지요."

"로치포드 부인, 우리 친하게 지내요. 나 어떻게 하면 됩니까?"

왕비는 노골적으로 물었다.

"왕비님, 어떻게 하느냐고요?"

"전하 여자 있으면……."

내 대답에 왕비는 적당한 말을 찾으려고 말을 끊었다 한마디 했다.

"창부."

"정부입니다. 왕비님, 창부는 아주 나쁜 말입니다."

이렇게 내가 대뜸 말을 고쳐 주자 왕비는 눈을 찡그리며 말을 수정했다.

"아, 그래요? 정부……."

"왕이 정부를 취하시더라도 신경 쓰지 마십시오."

왕비는 고개를 끄덕이며 물었다.

"제인 왕비도 그렇게 해요?"

"그럼요, 왕비님. 그분은 모른 척하셨답니다."

왕비는 그 순간 가만히 있다가 물었다.

"그러면 사람들 제인 왕비 바보로 생각하지 않아요?"

"왕비답다고 생각하지요. 왕비는 부군인 전하께 불평하면 안 되니까요."

"앤 왕비도 그렇게 해요?"

나는 망설였다.

"아뇨. 앤 왕비는 성질을 많이 냈어요. 꽤나 시끄러웠지요."

하느님, 앤이 제인 시모어가 왕의 무릎에서 몸부림치며 킥킥거리던 모습을 보던 바로 그날, 우리 머리 위로 휘몰아쳤던 태풍을 다시는 내리지 말아 주십시오.

"그때 전하는 앤 왕비한테 화를 내셨어요. 게다가……."

"게다가?"

"전하가 화를 내시면 위험합니다. 아무리 왕비님이라도."

내 말에 왕비는 침묵을 지켰다. 궁정이라는 곳이 경박한 사람들에게는 죽음의 덫이라는 사실을 깨닫기까지 그리 오래 걸리지 않았다.

"그때 왕의 정부 누구입니까? 앤 왕비 언제 시끄러워요?"

나는 왕의 아내한테 말하기에는 좀 난처한 말을 해 주었다.

"전하는 훗날 왕비가 된 레이디 제인 시모어에게 구애하던 중이셨지요."

왕비는 고개를 끄덕였다. 이제껏 내가 깨달은 바로는 왕비가 아둔하고 맹해 보이는 경우는 지독히 화나는 일을 생각할 때다.

"그러면 아라곤의 카타리나 왕비는? 그분도 시끄럽게 합니까?"

여기서 나는 더 확실하게 못을 박았다.

"그분은 전하께 한 번도 불평하신 적이 없으셨어요. 무슨 소리를 들어도, 아무리 무서워도 한결같이 웃으면서 전하를 맞이하셨지요. 언제나 예의가 깍듯한 부인이자 왕비셨답니다."

"그런데 전하 정부 가졌습니까? 그런데도? 전하한테 그렇게 충실한 왕비에게? 사랑으로 결혼한 공주한테?"

"네."

"전하의 정부, 레이디 앤 불린입니까?"

나는 고개를 끄덕였다.

"시녀를? 왕비 시녀를?"

왕비의 날카로운 질문에 나는 또 고개를 끄덕였다.

"그럼 다 왕비들 시녀입니까? 전하 왕비전에서 시녀들 만나요? 거기서 만나요?"

"그렇습니다."

"왕비가 지켜보는데 만나고 왕비전에서 그 시녀들과 춤춥니까? 나중에 거기서 만나자고 약속해요?"

왕비의 물음에 부인할 수가 없어 나는 시인했다.

"아, 네."

왕비는 캐서린 하워드와 왕이 나란히 말을 달리고 있는 앞쪽으로 시선을 돌리더니 왕이 고개를 숙여 고삐 잡는 법을 고쳐 주려는 척하며 캐서린의 손을 잡는 광경을 지켜보았다. 캐서린은 왕의 손길이 감당하기 힘든 영광이라는 듯한 시선으로 왕을 올려다봤다. 그러더니 사모의 눈길을 던지며 왕에게 살짝 몸을 굽혀 교태를 부렸다. 우리 귀에도 숨이 넘어갈 듯 작게 키득대는 소리가 들렸다.

"저렇게 하는군요."

왕비는 힘없이 내뱉었다.

나는 무슨 말을 해야 할지 아무 생각도 나지 않았다.

"알아요. 이제 알아요. 그러니 지혜로운 여자 아무 말도 하지 않아요?"

나는 머뭇거리다 대답했다.

"아무 말도 하지 않지요. 왕비님이 막을 수 없는 일입니다. 무슨 일이 일어나든."

왕비가 고개를 숙였는데 놀랍게도 안장 머리에 눈물방울이 뚝 떨어졌다. 그러더니 장갑 낀 손으로 얼른 눈물을 훔쳤다.

"네, 나 아무것도 할 수 없어요."

왕비가 기어 들어가는 소리로 속삭였다.

우리가 웨스트민스터 궁에 체류한 지 겨우 며칠밖에 되지 않았을 때, 노퍽 공작은 나를 자기 처소로 호출했다. 점심을 먹기 전에 갔는데 공작은 평상시 침착했던 모습과는 달리 처소에서 왔다 갔다 하며 안절부절 못하고 있었다. 이렇게 심란해하는 모습은 처음 보는 것 같았다. 나는 변을 당할까 겁이 나서 몸을 사렸다. 사자들에게 둘러싸인 사람처럼 옴짝달싹 못하고 벽 옆에서 가만히 서 있었다. 문 앞에서 서성이다가 이윽고 문을 열고 들어갔다.

"공작님?"

"들었어? 알고 있었어? 크롬웰이 백작이 된다는 걸? 이런 망할 놈의 소식을?"

"백작이요?"

"내 말을 귓등으로 들었나? 에섹스의 백작. 빌어먹을 에섹스의 백작! 부인은 이걸 어찌 생각하시는가?"

"공작님, 전 아무 생각도 없습니다."

"두 사람은 밤일을 치렀는가?"

"아니오!"

"맹세할 수 있어? 확실해? 필시 했을 걸세. 왕의 물건이 드디어 일어나 뚜쟁이한테 그 상을 내리려는 걸세. 뭔가 있으니까 왕이 크롬웰을 마음에 들어 하는 것 아니겠어!"

"제가 장담해요. 두 분이 밤일을 치르지 않은 건 제가 확신해요. 게다가 왕비도 지금 저기압이고요. 전하가 캐서린에게 마음이 뺏긴 것도 알고 있어 초조해하고 있습니다. 저한테 다 털어놨어요."

"근데 왕은 왕비를 소개한 장관에게 포상을 내릴 낌새란 말일세. 이번 결혼이 마음에 드는 게 분명해. 뭔가 마음에 드는 구석이 있었으니 그렇지. 뭔가 알아챈 게 확실하네. 필시 무슨 연유가 있어 우리한테 등을 돌리려는 게야. 왕비를 데려온 상으로 크롬웰에게 작위를 내리려는 게야."

"공작님, 맹세컨대 전 공작님께 티끌만큼도 속이는 게 없어요. 전하가 사순절이 끝난 뒤로 거의 매일 밤 왕비 침소에 드시지만 이전과 다른 낌새는 하나도 없었어요. 매일 아침 시트도 깨끗하고 땋은 머리도 그대로인 데다 나이트캡도 가지런한걸요. 보는 사람이 없다 싶으면, 낮에 왕비는 이따금씩 우는데요. 사랑받는 여자의 모습이 아니라고요. 아직 상처받은 처녀라니까요. 아직도 처녀라는 건 제가 장담할 수 있어요."

공작은 분에 못 이겨 애꿎게 나한테 따졌다.

"그렇다면 왕이 어째서 크롬웰에게 에섹스의 백작 작위를 내리려고 하지?"

"필시 다른 사연이 있을 겁니다."

"달리 무슨 사연이 있다는 겐가? 이번에는 크롬웰의 대승이야. 플랑드르 아가씨와 이번 결혼으로 왕이 신교도 공작들과 맺은 친동맹과 프랑스와 에스파냐와의 반동맹 때문일 걸세. 내가 프랑스 왕과 우호 동맹을 일사천리로 처리했어. 왕의 머릿속에다 크롬웰에 대한 의심을 잔뜩 심어 놨단 말일세. 릴 경은 왕에게 크롬웰이 개혁파들에게 호의를 베풀고 이교도들을 칼레에서 숨겨 줬다고 이실직고했단 말일세. 크롬웰이 좋아하는 목사가 이단으로 기소될 판이야. 그자에게 온통 불리한 증거가 잔뜩 쌓인 마당에 백작 작위를 주다니 이게 웬 날벼락이란 말인가? 그자에게 백작 작위를 내리다니 말도 안 돼. 왕의 마음에 들지 않는데 어째서 왕이 그자에게 상을 내릴 수 있지?"

나는 어깨를 으쓱하며 물었다.

"전들 어찌 알겠어요?"

공작이 고함을 질렀다.

"그런 걸 알라고 부인이 예 있는 것이야! 죄다 알아내서 나한테 고하라고 그대를 궁으로 데려와서 기용했고 입히고 먹이는 거라고! 그런 것도 모른다면 그대가 이곳에 있을 이유가 없네. 참수대에서 목숨을 구해 준들 무엇 하겠냐 말이야."

공작의 역정에 겁에 질린 나는 표정이 굳어졌다.

"왕비전에서 일어나는 일은 알고 있지만, 추밀원에서 벌어지는 상황은 알 도리가 없습니다."

"지금 그게 부인이 내게 할 소린가? 내가 직무유기라도 했다는 게야?"

나는 말없이 고개만 내저었다.

"지난 석 달 동안 왕이 자기 심중은 말하지도 않고 공공연히 뺨을 때린 그자에게 작위를 내리는데 왕이 무슨 생각을 하는지 난들 어찌 알아? 크롬웰이 왕에게 지금까지 했던 결혼 중에 최악이라는 비난을 받다가 이제 빌어먹을 에섹스의 백작이 되어 우리 위에 군림하게 생겼는데 무슨 일이 일어날지 난들 어찌 알겠냐 말이야?"

벽에 등을 바짝 대고 서 있는데 보드라운 태피스트리 촉감이 쫙 편 내 양 손바닥으로 느껴졌다. 태피스트리가 내 식은땀으로 축축했다.

"까마귀처럼 교활했다가 산토끼처럼 실성했다가, 오락가락하는 왕인데 그 속에 대관절 뭐가 들어 있는지 누군들, 무슨 수로 안다는 게야?"

나는 말없이 고개를 흔들었다. 왕이 실성했다고 말하는 것은 반역이나 다름없다. 하워드가의 처소처럼 안전한 이곳에서조차 나는 그런 말은 따라하기도 싫었다.

"그건 그렇고 왕이 아직도 캐서린을 좋아하는 건 확실한가?"

공작은 아주 조용히 물었다.

"뜨겁게요. 의심할 여지가 없어요."

"아무튼 그 아이한테 일정한 거리를 두라고 이르게. 왕의 창부 노릇이나 하면 안 되네. 왕이 왕비와 계속 부부 생활을 유지하게 놔두다가는 우리는 아무것도 얻지 못해."

"네, 알겠습니다."

"백이면 백 다 미심쩍어. 왕이 캐서린과 자고 나서 왕비와도 몸을 섞고 왕자를 얻는다면 문제가 커지네. 크롬웰에게 후사를 안겨 준 상을 하사하는 날에는 이 망나니 캐서린과 함께 우리는 파멸일세."

"전하는 왕비와 그걸 하지 않으실 겁니다."

나는 자신감에 찬 목소리로 말했지만 공작은 날 질책했다.

"그대가 뭘 알아. 고작해야 사실에서 나온 쓰레기와 쓰레기통 같은 데서 눈치로 짐작하고 쑥덕일 줄이나 알지 뭘 아는가. 떠도는 헛소문이야 모르는 게 없으시지. 정략에 대해 쥐뿔도 모르면서. 왕은 클레베스 왕비를 데려왔다는 이유로 크롬웰에게 과분한 작위를 내릴 거라고. 우리 계획이 몽땅 수포로 돌아가게 생겼어. 이 어리석은 친구야."

여기에 난 대꾸할 말이 하나도 없어 가보라는 말만 기다렸는데 공작은 창가로 돌아서서 가만히 밖을 내다보며 엄지손톱을 물어뜯었다. 얼마 뒤 시종이 들어와 하원에서 공작을 찾는다는 말을 전했다. 공작은 나에게 일언반구도 없이 나가 버렸다. 내가 인사를 했지만 공작은 본 척도 하지 않았다.

공작이 나간 뒤 난 그 자리에 그대로 서 있었다. 방을 이리저리 거닐었다. 방은 조용하고 아무도 들어오는 이가 없었다. 의자를 제 자리에 가져다놓았다. 그러고 나서 하워드 가문의 문장이 새겨진 딱딱하고 커다란 의자에 앉아서 머리를 기댔다. 남편이 살고 공작이 죽어서 그이가 이 가문의 수장이라면 어떻게 되었을까? 내 마음대로 그이의 곁, 이 자리에 앉아 있겠지. 우리는 이 큰 테이블에 어울리는 의자에 앉아 우리만의 계획과 음모를 꾸미겠지. 우리가 지은 저택에서 자식들을 키우겠지. 우리 부부가 왕비에게는 남동생과 올케이니 우리 자식들은 차기 왕의 조카가 되었겠지. 조지는 분명 공작이 되었을 테고, 나는 공작 부인이 되었을 테지. 잉글랜드 왕국에서 최고 가문의 부유층이 되어 같이 늙어 가겠지. 그이는 내 조언과 충실한 내조를 고마워하고 나를 의지했겠지. 그리고 나는 그이의 열정과 매력적인 외모와 위트에 반해 그이를 사랑했겠지. 그이는 결국 나에게 의지했을 것이다. 앤과 그 성정에 진절머리가 났겠지. 변하지 않는 사랑과 지고지순한 아내의 사랑이 최고임을 깨달았을 것이다.

하지만 조지도 죽고 앤도 죽었다. 내 진면목을 알기도 전에 두 사람은 저 세상 사람이 되었다. 우리 세 사람 중 살아남은 사람은 나밖에 없다. 불린 가의 유산을 소망하며 홀로 남은 생존자는, 이렇게 하워드 가의 의자에 앉아, 두 사람이 아직도 살아서 외로운 노년에 치사한 음모나 치욕, 죽음이 아닌 부귀영화를 누리면 얼마나 좋을까, 하며 백일 몽을 꾸고 있다.

캐서린
1540년 4월, 웨스트민스터 궁

정찬을 들기 전 왕비 처소로 가고 있을 때 누군가 부드러운 손길로 내 소매를 잡았다. 나는 당장 존 버레스비 아니면 토머스 컬피퍼라고 생각하고 웃으며 돌아섰다. 놓아 달라고 말하려는 찰나, 그곳에 서 있는 사람이 왕인 것을 알았다. 나는 얼른 몸을 낮춰 절했다.

왕이 말했다.

"이번에는 날 알아보는군."

왕은 큰 모자를 쓰고 커다란 망토를 두르고 있었다. 그러고는 자신을 못 알아볼 거라 생각한 모양이다. 전하는 궁정에서 최고로 뚱뚱한 남자예요. 당연히 알아보고말고요. 육척 장신에 배 둘레가 어린아이 키만큼 되는 사람이 전하 말고 또 있으려고요. 그리고 곰팡이 낀 고기처럼 고약한 냄새를 풍기는 사람도 아마 전하밖에 없을 걸요. 물론 이런 말은 하지 않고 딴 소리를 했다.

"전하. 아이, 전하. 언제 어디서라도 전하는 알아볼 수 있답니다."

왕이 어두운 구석에서 나와 내게 다가왔다. 왕은 혼자였다. 특이한 일이었다. 여느 때는 어딜 가든지, 그리고 무얼 하든지 대여섯 명은 거느리고 다니기 때문이다.

"난 줄 어떻게 알았는고?"

왕이 물었다.

이제 내 기술을 발휘할 순간이 왔다. 왕이 내게 이렇게 의뭉스럽게 말할 때마다 난 참을 수 없이 달콤한 토머스 컬피퍼를 상대한다고 상상한다. 그러면 상대를 홀리기 위해 어떤 대답을 해야 할지 머릿속에서 자연스럽게 떠오른다. 우선 컬피퍼에게나 보낼 법한 미소를 짓는다. 그리고 이 경우 컬피퍼에게 어떤 말을 할까 생각한다. 토머스, 아이, 그걸 어떻게 말해요. 그럼 말이 술술 나온다.

"전하, 감히 말씀 못 드리겠어요."

왕이 말했다.

"말해 보거라."

나는 계속 뺐다.

"말씀 못 드리겠어요."

다시 왕이 말했다.

"말해 보라니까, 어여쁜 캐서린."

이러다 하루가 다 갈 수도 있다. 그래서 난 말투를 바꿔 이렇게 말했다.

"너무 부끄럽단 말이에요."

그러자 왕이 말했다.

"부끄러워할 것 없다, 요 귀여운 것. 나를 어떻게 알아보았는지 말해 보거라."

난 컬피퍼를 생각하며 읊어 댔다.

"향기로 알았답니다, 전하. 마치 향수 같은, 제가 좋아하는 매력적인 향기요. 재스민 같기도 하고 장미꽃 같기도 한 꽃향기가 나요. 그러다 더 깊은 냄새가 느껴져요. 사냥에서 막 돌아와 아직도 몸이 뜨끈뜨끈한 명마가 풍기는 땀 냄새 같은 거요. 그리고 또 가죽 냄새도 나요. 그리고 또 바다 냄새 같은 게 강하게 전해져요."

"내게 그런 냄새가 난다고?"

왕이 물었다. 목소리에는 놀라움이 배어 있었다. 신기하게도 내 말이 제대로 먹힐 것 같은 느낌이 든다. 하긴, 어쩌면 당연한 일일지도 모른다. 사실 왕에게서 풍기는 냄새는 다리 상처에서 나는 고름 냄새와 심한 변비에서 비롯된 역한 방귀 냄새밖에는 없었다. 왕이 가는 곳마다 악취가 진동한다. 왕은 자기 코로 올라오는 냄새를 막기 위해 항상 포마드(주로 머리카락에 광택을 내기 위해 바르는 반고체 방향유; 옮긴이)를 지니고 다닌다. 하지만 왕의 썩어 가는 몸에서 나는 냄새가 다른 사람들에게는 고스란히 전해진다는 사실은 모르는 모양이다.

"저에겐 그래요."

나는 토머스 컬피퍼와 그의 갈색 곱슬머리에서 나는 신선한 향기를 죽어라 상상하며 진실된 목소리로 아뢰었다.

"재스민과 땀과 가죽과 소금 냄새가 어우러진 향기가 난답니다."

나는 시선을 내리깔고 입술을 혀로 살짝, 음탕해 보이지 않을 만큼만 살짝 축였다.

"언제나 그 향기로 전하를 알아보지요."

왕이 내 손을 덥석 잡더니 날 가까이 잡아당겼다. 왕의 숨소리가 거칠었다.

"요, 귀여운 것. 이런 세상에, 요렇게 예쁜 것이 있나."

나는 겁이 난 듯 숨을 들이마시면서도 동시에 키스를 받을 때처럼 고개를 살며시 들었다. 하지만 사실은 구역질이 날 뻔했다. 왕은 호샴의 새할머니 집에 있던 늙어 빠진 집사 영감탱이와 똑 닮았다. 잘하면 내 할아버지뻘이 될 정도로 늙은 데다 입에서 경련이 일고 눈에는 물기가 서려 있다. 물론 국왕으로서는 존경한다. 왕은 세상에서 가장 위대한 분이시고, 나는 이분을 국왕으로서 사랑한다. 그리고 내가 왕을 잘 구슬리기만 하면 새 드레스가 잔뜩 생길 거라고 큰아버지가 분명히 말씀하시지 않았던가. 하지만 왕이 내 허리를 끌어안고 그 축축한 입을 목에 가져다 대는 건 그다지 유쾌한 일이 못 되었다. 그 입에서 나온 가래침이 피부에 척척하게 와 닿는 것 같았다.

"요 예쁜 것."

왕은 내게 입을 비벼 대며 질척하게 키스했다. 마치 생선에게 키스당하는 느낌이 들었다.

"전하!"

내가 숨 가쁘게 부르짖었다.

"제발 절 놔주세요."

"절대 놔주지 않겠다!"

"전하, 전 처녀예요!"

이 말은 놀라운 힘을 발휘했다. 왕은 내가 뒤로 물러설 수 있게 살짝 놔주었다. 아직도 왕에게 두 손이 잡혀 있긴 했지만 적어도 왕의 거친 숨이 가슴팍에 쏟아지는 건 피할 수 있었다.

"캐서린, 넌 정말 예쁜 아이로구나."

"전 그저 거짓말 못하는 어린 처녀일 뿐이에요."

난 계속 숨을 헐떡이며 말했다.

왕은 내 손을 더욱 꽉 쥐더니 나를 가까이 끌어당겼다. 그리고 대놓고 물었다.

"만약 내가 매인 몸이 아니라면 내 아내가 되어 줄 테냐?"

나는 일이 이렇게 빨리 진행되는 데 기겁해서 대꾸할 말이 떠오르지 않았다. 정말 시골뜨기 여자처럼, 꼭 젖소처럼, 멀뚱히 왕을 바라볼 뿐이었다.

"아내요? 전하의 아내요?"

"지금 이 결혼은 정당한 결혼이 아니야."

왕이 내뱉었다. 그러는 내내 나를 점점 더 바싹 잡아당기면서 한 손으로는 다시 슬그머니 내 허리를 감쌌다. 나는 왕의 이런 말이 내 정신을 혼미하게 만들어 나를 구석에 몰아넣고 내 치마 속으로 손을 밀어 넣으려는 수작에 불과하다고 여기고 계속 버텼다. 왕은 왕대로 계속 주절댔다.

"이번 결혼은 무효야. 여러 가지 이유로 그래. 왕비는 혼약을 한 여자라 마음대로 결혼할 수 없었어. 어쩐지 내 양심이 나를 계속 괴롭히더라고. 난 도저히 왕비의 침대에서 숭고한 부부의 연을 맺을 수가 없어. 그건 영혼을 더럽히는 짓이야. 마음속으로는 왕비가 이미 다른 남자의 아내라는 걸 알기 때문이지."

"왕비님이요?"

내가 아무리 아둔하기로서니 잠시나마 이런 말을 믿을 거라 생각하다니 누굴 정말 바보로 아나.

"난 알아. 그렇지 않고서야 내 양심이 내게 경고를 보낼 리 없잖아. 신께서 직접 내게 말씀하셨어. 난 알아."

"신께서 전하에게요?"

"그렇다."

왕이 확고하게 대답했다.

"난 이 결혼에 동의한 적이 없어. 그리고 그때 내가 품었던 의심을 신께서도 아셨다. 그뿐인가. 난 왕비와 잠자리를 한 적도 없다. 따라서 이 결혼은 진정한 결혼이 아니야. 머지않아 난 다시 자유로워질 게다."

왕은 엉뚱한 생각에 사로잡혀 있었고 남도 그렇게 속여 넘길 수 있으리라 생각하는 게 분명했다. 하느님 맙소사, 정욕에 환장했다고 머리가 이렇게까지 돌아 버릴 수 있다니 그저 기가 막힐 따름이다.

"그럼 왕비님은 어떻게 되는데요?"

내가 물었다.

"뭐?"

내 배를 어루만지다 가슴 쪽으로 기어 올라오던 왕의 손이 내 질문에 문득 멈췄다.

"그럼 왕비님은 어떻게 되는데요? 왕비 자리에서 물러나면 왕비님은 어떻게 되는데요?"

내가 다시 물었다.

"그걸 내가 어찌 아느냐?"

왕이 그건 자신과 하등 관계없는 일이라는 듯 말했다.

"이미 정한 혼처가 있는 마당에 처음부터 잉글랜드에 오지를 말았어야지. 왕비는 결혼 계약을 깬 여자야. 다시 제 나라로 돌아가야겠지."

왕비가 다시 본국으로 돌아갈 것 같진 않다. 그렇게 잡아먹지 못해 안달인 남동생이 있는 곳으로는 돌아가려 하지 않을 것이다. 게다가 왕비는 왕의 딸들과 잉글랜드에 정을 붙이고 있던 터였다. 그러다 갑자기 왕의 손이 내 허리를 다급하게 끌어당겼다. 그러고는 자기와 마주 보도록 내 몸을 돌려세웠다.

왕이 잔뜩 흥분해서 뇌까렸다.

"캐서린, 내가 너를 마음에 두어도 될까? 아니면 달리 마음에 둔 젊은 남자가 있느냐? 나이도 어린 네가 음탕한 궁정에서 온갖 유혹에 둘러싸여 있겠구나. 여기는 지저분한 생각으로 머릿속이 그득한 놈팡이들이 우글거리는 곳이야. 흑심과 욕정이 난무하는 곳이지. 그러니 내 생각에 적어도 한 놈 정도는 네가 관심을 둔 놈이 있을 것 같구나. 선물을 주면서 수작 거는 놈이 있었더냐?"

"아뇨. 말씀 올렸다시피 저는 젊은 남자들은 별로 좋아하지 않아요. 제겐 모두 너무나도 실없어 보일 뿐이에요."

"젊은 남자를 좋아하지 않는다?"

"전혀요."

"그럼, 어떤 남자가 좋으냐?"

왕이 물었다. 왕의 목소리는 자기 자신에게 도취되어 간드러졌다. 왕은 이미 이 빤한 사랑 놀음의 다음 대사를 알고 있었다.

"감히 말씀 못 드리겠어요."

내 허리에 얹혀져 있던 손이 다시 위로 슬금슬금 기어오르기 시작했다. 까딱하면 금세라도 내 젖가슴을 주무를 판이었다. 오, 토머스 컬피퍼, 이게 당신이라면 얼마나 좋을까.

왕이 말했다.

"말해 봐라. 어서 말해 보라니까, 어여쁜 캐서린. 그럼 거짓말 못 하는 어린 처녀에게 내가 선물을 내리겠다."

난 재빨리 깨끗한 공기를 들이마신 다음 간단히 말해 주었다.

"전하가 좋아요."

그러자 뭔가가 가슴을 후려치듯이 손 하나가 내 젖가슴을 덥석 조이는가 싶더니, 다른 손은 나를 자기 쪽으로 끌어당겼다. 왕의 축축하기 이를 데 없는 입이 내 입으로 내려오더니 쭉쭉 빨아 대기 시작했다. 정말 끔찍했다. 하지만 다른 한편으로는 거짓 없이 착하게 행동한 대가로 무슨 선물을 받게 될지 몹시 궁금했다.

왕은 나에게 살인범 두 명에게서 몰수한 재산을 하사했다. 음, 자세히 말하면 집 두어 채와 약간의 물건과 돈이다. 도저히 실감이 나지 않는다. 내게 집이 생기다니! 그것도 두 채씩이나. 그리고 거기 딸린 땅과 돈이 모두 내 것이라니!

이런 재산은 태어나 처음 가져 본다. 이런 선물이 이렇게 쉽게 뚝딱 생긴 적은 없었다. 그 점은 나도 인정한다. 쉽게 얻긴 했다. 내 아버지 뻘, 아니 거의 할아버지뻘인 남자에게 꼬리 치는 건 그다지 유쾌한 일이 못 된다. 그 투실투실한 손이 내 젖가슴을 더듬고 그 냄새나는 입이 온 얼굴을 핥아 대는 것도 역겹다. 하지만 그분이 왕이라는 사실을 잊어서는 안 된다. 내게 잘해 주는, 내가 좋다고 사족을 못 쓰는 다정한 노인일 뿐이다. 그리고 내내 눈을 감고 왕이 아닌 다른 사람이라고 상상하면 그뿐이다. 또 한 가지, 죽은 사람의 재산을 받는 건 어쩐지 꺼림칙하다. 이 말을 로치포드 부인에게 했더니 부인은 재산을 챙길 땐 이러거나 저러거나 결국 죽은 사람 재산을 물려받는 것 아니냐고 했다. 결국 세상 모든 것이 훔친 것 아니면 상속받은 것이라고 했다. 게다가 여자가 세상에서 재산을 챙기려면 이것저것 따질 여유가 없다고 했다.

안나

1540년 4월, 웨스트민스터 궁

오월제 동안 대관식이 열릴 줄 알았다. 하지만 오월제까지 한 달도 채 남지 않았는데 내 가운을 주문하거나 대관식 일정을 계획하는 사람은 아무도 없다. 그래서 이번 오월제는 아닌가 보다 하는 생각이 들기 시작했다. 돌아가는 상황으로 보아 이번 오월제에는 대관식이 열릴 수 없을 것 같다. 이 문제를 상의하기에는 메리 공주보다 나은 사람이 없을 것 같아 공주가 성모 마리아 성당에서 궁전으로 걸어오는 순간을 기다렸다가 공주가 어떻게 생각하는지 물었다. 공주는 만날수록 마음에 드는 사람이어서 나는 이제 공주의 의견을 신뢰하게 되었다. 공주는 궁정에서 공주로 떠받들어지다 추방된 전력이 있기에 궁정의 삶이 어떤 것인지, 외톨이가 어떤 것인지 누구보다 잘 알았다.

대관식이라는 말이 나오자마자 메리 공주의 얼굴에는 걱정하는 표정이 역력했다. 나는 발걸음을 멈추었다. 그 자리에 얼어붙은 듯 서서 울먹이며 물었다.

"무슨 얘기라도 들었어요?"

공주가 말했다.

"안나 왕비님, 울지 말아요. 미안해요, 왕비님."

나는 충격을 받은 표정을 지은 채 말했다.

"나는 울지 않아요. 우는 게 아니에요."

우리 두 사람은 혹시 지켜보는 사람이 있는지 동시에 주위를 둘러보았다. 궁정 생활이란 이런 것이다. 항상 첩자가 있는지 어깨 너머로 흘끔거려야 한다. 진실은 작은 목소리로만 말할 수 있다. 메리 공주가 내게 가까이 다가왔고 나는 공주의 팔짱을 끼고는 나란히 걸었다. 메리 공주가 말했다.

"이번 오월제는 아닐 거예요. 아버지가 대관식을 할 생각이라면 지금쯤 모든 게 계획대로 준비돼 있어야 해요. 사순절쯤에는 저도 이번 오월제에 대관식이 있을 거라 생각했어요. 하지만 대관식이 그렇게 중요하진 않아요. 제인 왕비 때도 대관식은 없었어요. 제인 왕비가 살아 있었다면 왕에게 아들도 낳아 주었으니 대관식을 열었겠죠. 아버지는 왕비님의 회임 소식을 기다리는 것 같아요. 아이를 낳기를 기다렸다가 축하하면서 대관식을 하려는 것이겠죠."

나는 얼굴이 빨개졌지만 아무 말도 하지 않았다. 공주는 내 얼굴을 유심히 살폈다. 우리는 계단을 올라갔다. 왕비 처소의 접견실과 사실을 지나 내가 부르지 않는 한 아무도 오지 않는 휴게실로 들어갔다. 나는 시녀들의 호기심 어린 표정을 뒤로 한 채 문을 닫았다. 방에는 우리 두 사람만 있었다.

메리 공주가 조심스럽게 물었다.

"문제가 있군요?"

"나 때문은 아니에요."

공주는 고개를 끄덕였다. 우리 두 사람 다 더는 말을 하지 않았다. 우리 둘 다 스물네댓의 처녀였다. 처녀라기에는 나이가 들었지만 수수께끼 같은 남자의 욕망을 두려워하고 국왕의 권력을 무서워하면서 왕의 묵인 속에서 아슬아슬하게 하루하루 살아가는 여자들이다. 공주가 불쑥 말했다.

"제가 오월제를 싫어하는 거 알죠?"

"일 년 중 가장 큰 축제 아닌가요?"

"맞아요. 하지만 미개한 이교도의 축제예요. 기독교 축일이 아니죠."

가톨릭교도다운 미신이라 생각하며 웃으려 했지만 공주의 표정이 너무 진지해 웃을 수가 없었다.

"그냥 봄을 반기는 축제잖아요. 나쁠 게 뭐 있어요."

"낡은 옷을 벗고 새 옷을 입는 날이죠. 그게 전통이에요. 부왕은 그걸 철저히 지켜요. 미개인 같으니라고. 어느 해인가 오월제 마상 창 시합에서 앤 불린을 위해 사랑의 메시지를 새긴 깃발을 달고 말에 오르더니 결국 몇 년 후 오월제 날에 레이디 앤을 위해 어머니를 버리셨어요. 하지만 다섯 해도 채 지나지 않아 앤의 차례가 돌아왔죠. 레이디 앤은 새 왕비가 되어 마상 창 시합을 관전하고 있었어요. 기사들이 앤의 이름을 걸고 시합했지요. 하지만 그날 밤 그 기사들이 모두 체포됐어요. 왕은 작별 인사도 없이 말을 타고 레이디 앤의 곁을 떠났어요. 그게 레이디 앤의 마지막이에요. 앤이 마지막으로 왕을 보았을 때도 오월제였어요."

"작별 인사도 없이요?"

왠지 모르게 내게는 그게 제일 충격적으로 들렸다. 누구 하나 내게 이런 얘기를 해 주지 않았다.

메리 공주는 고개를 내저으며 말했다.

"부왕에겐 작별 인사 같은 건 없어요. 애정이 식으면 훌쩍 떠나요. 어머니에게도 작별 인사를 하지 않았어요. 그냥 말을 타고 떠났지요. 어머니는 하인들을 보내어 아버지에게 무사히 다녀오라고 전했어요. 아버지는 돌아오지 않을 거라는 말은 절대 하지 않았어요. 어느 날 떠나더니 돌아오지 않았죠. 레이디 앤에게도 작별 인사 없이 떠났어요. 오월제 마상 창 경기장에서 말을 타고 떠난 후 병사들을 보내 앤을 체포했죠. 사실 아들을 낳다 죽은 제인 왕비에게도 작별 인사 같은 건 없었어요. 왕비의 생명이 위태롭다는 걸 알면서도 아버지는 병상에 가지 않았어요. 제인 왕비는 결국 홀로 죽음을 맞이했지요. 아버지는 무자비한 사람이지만 얼굴은 두껍지 못한가 봐요. 그래서 여자들이 우는 걸 보지 못하는 거죠. 작별 인사 같은 건 더더군다나 못 견디고요. 마음을 돌리고, 얼굴을 돌리고, 그냥 떠나면 끝이에요."

몸이 살짝 떨려 왔다. 나는 창가로 가 창문이 꽉 닫혀 있는지 확인했다. 그리고 덧문을 닫아 눈부신 햇살을 가렸다. 강바람이 찼다. 방에 있지만 그 차가운 강바람을 온몸으로 맞고 있는 듯 몸이 떨렸다. 문득 접견실로 나가 바보 같은 시녀들과 류트를 켜는 시동들과 웃고 떠드는 여인들 틈에 끼고 싶어졌다. 왕비 처소에서 위안을 찾고 싶었다. 물론 앞선 세 여인도 이런 위안이 절실했겠지. 이제 그들 모두 저 세상 사람들이다. 나는 조용히 말했다.

"전하가 레이디 앤에게 했듯 내게 등을 돌린다면 내게는 미리 경고해 줄 사람조차 없어요. 나는 이 궁정에 친구가 한 사람도 없어요. 아무도 내게 위험이 다가오고 있다고 알려 주지 않을 거예요."

메리 공주는 내 말을 애써 부인하지 않았다. 내가 말했다.

"레이디 앤처럼 화창한 마상 창 시합 날일 수도 있겠죠. 갑옷과 창으로 무장한 남자들이 나를 잡으러 오면 달아날 수도 없을 거예요."

메리 공주는 백짓장처럼 얼굴이 하얘져서 고개를 끄덕이며 말했다.

"아버지는 노퍽 공작을 보내 내게 복종하라고 명령했어요. 친절한 공작님은 제가 어린 시절부터 곁에 계셨던 분이었죠. 어머니에게는 충정을 바친 충직한 신하였지요. 그런 공작님이 나를 똑바로 노려보며 자기가 내 아버지였다면 내 발꿈치를 잡고 벽에다 냅다 던져 내 머리를 박살냈을 거라고 했어요. 어릴 적부터 나를 알아온 사람이, 내가 왕의 친딸이란 걸 누구보다 잘 아는 사람이, 어머니의 가장 충직한 신하였던 사람이 아버지의 명령을 받들고 온 거예요. 여차하면 나를 런던탑으로 보낼 분위기였지요. 아버지는 제게 공작을 형 집행인으로 보낸 셈이죠."

나는 값비싼 태피스트리를 손으로 꽉 움켜쥐었다. 태피스트리가 내게 어떤 힘이라도 주듯 그렇게 꽉 쥐며 말했다.

"하지만 저는 죄가 없어요. 아무 짓도 하지 않았어요."

"저도 그래요. 어머니도 그랬어요. 제인 왕비도 그랬고요. 아마 레이디 앤도 결백했을 거예요. 그저 부왕의 사랑이 증오로 돌변했을 뿐이죠."

"하지만 나는 왕의 사랑을 받아 본 적도 없는 걸."

나는 독일어로 나지막이 혼잣말을 했다.

'16년간 함께 살아온 아내와 사랑했던 여인을 버린 사람이라면 결코 좋아해 본 적도 없는 나 같은 여자는 얼마나 쉽게, 아무렇지도 않게 버릴 수 있을까?'

메리 공주가 나를 쳐다보며 물었다.

"왕비님은 어떻게 될까요?"

내 표정이 어두워졌다. 나는 솔직히 말했다.

"모르겠어요. 전하가 프랑스와 동맹을 맺고 캐서린 하워드와 사랑에 빠지면 나를 집으로 돌려보내겠죠."

"더 나쁘지 않으면 다행이에요."

공주가 조용히 말했다. 나는 애처롭게 웃으며 대꾸했다.

"집보다 나쁜 곳이 어디 있을까요?"

"런던탑."

공주가 짧게 대답했다.

"런던탑이 있죠. 그리고 참수대요."

긴 침묵이 흘렀다. 나는 말없이 일어나 로비로 나가는 문으로 향했다. 공주는 내 뒤에서 나를 따랐다. 우리는 말없이 휴게실을 가로질러 갔다. 두 사람 다 각자 생각에 빠져 있었다. 작은 문을 열었더니 바깥은 온통 시끌벅적했다. 하인들이 부산스럽게 회랑과 방 사이를 오가며 물건을 나르고 있었다. 접견실에는 식탁이 차려졌고 그 위에는 왕실 보물인 은 접시와 금 접시가 즐비했다.

나는 무슨 일인지 궁금해서 물었다.

"무슨 일이에요?"

로치포드 부인이 잰 걸음으로 오더니 무릎을 살짝 굽혀 인사하며 말했다.

"전하께서 오늘 정찬을 이곳에서 드신다 하셨습니다."

"좋아요."

나는 즐거운 듯 말하려고 애썼지만 여전히 왕의 증오와 런던탑, 그리고 참수대를 생각하며 두려움에 떨었다.

"전하를 제 방을 초대하게 되어 영광이에요."

"제 방으로."

메리 공주가 조용히 내 말을 고쳐 주었다.

"제 방으로."

나는 따라했다.

"정찬을 들러 가려면 옷을 갈아입어야 하지 않나요?"

"네."

그러고 보니 시녀들은 벌써 가장 좋은 옷을 빼입고 대기 중이었다.

캐서린은 레이스 모자를 뒤로 젖혀 머리 위에 살짝 얹었다. 안 써도 될 듯한 모자를 얹은 모습이었다. 거기다 작은 진주알이 알알이 박힌 금줄을 치렁치렁 달고 있었다. 귀에는 찰랑거리는 다이아몬드를 달고 있었고 목에는 진주 목걸이를 칭칭 감고 있었다. 지금까지는 가느다란 금줄 하나만 걸쳤었는데 어디서 돈이 굴러 들어온 모양이다. 내 시선을 알아차린 캐서린이 무릎을 굽혀 내게 정중하게 절하고는 그 자리에서 빙그르르 돌아 보였다. 그 바람에 진홍색 실크 가운 밑으로 살짝 드러난 진분홍 속치마를 감상할 수 있었다. 내가 말했다.

"예뻐. 새 옷?"

"네."

이렇게 대답하며 캐서린은 남의 물건을 훔치다 걸린 어린아이처럼 내 시선을 피했다. 그 화려한 장신구가 모두 왕의 손에서 나온 것임을 단박에 알아차릴 수 있었다.

"제가 옷 입는 걸 도와 드릴까요?"

캐서린이 변명조로 물었다.

내가 고개를 끄덕이자 캐서린과 시녀 두 사람이 나를 따라 사실로 들어왔다. 정찬을 위한 가운은 벌써 나와 있었다. 캐서린이 내 옷장으로 가더니 속옷을 꺼내 왔다.

"아이, 고와라."

캐서린은 내 슈미즈의 하얀 자수를 매만지며 말했다. 나는 슈미즈를 입고 거울 앞에 앉았다. 캐서린이 내 머리를 빗기고는 부드럽게 말아 올려 금사로 만든 망에 집어넣었다. 캐서린이 후드를 내 머리 뒤로 쑥 젖혀 씌울 때만은 마음에 들지 않았다. 나는 후드를 단정하게 앞으로 잡아당겼고 캐서린은 나를 보고 웃었다. 거울 앞에서 얼굴을 이리 저리 돌려 보다가 캐서린과 눈이 마주쳤다. 어린아이처럼 해맑은 캐서린의 눈을 보면 속임수라곤 전혀 모르는 아이처럼 보였다. 나는 몸을 돌려 다른 시녀들에게 말했다.

"좀 나가 있을래?"

두 시녀가 나가면서 눈빛을 주고받는 걸 보니 캐서린의 값비싼 장신구와 진주가 어디서 났는지는 이미 모두 알고 있는 듯했다. 캐서린의 작은 머리 위로 질투의 날벼락이 떨어질 거라 생각하겠지.

"전하는 너를 좋아해."

내가 불쑥 말을 꺼냈다. 캐서린의 눈에서 미소가 사라졌다. 캐서린은 예쁜 분홍색 슬리퍼를 신은 발을 바꾸어 다시 무릎을 살짝 굽히며 작게 말했다.

"왕비님······."

"나를 좋아하지 않아."

내가 참 요령 없이 불쑥 말을 꺼냈다는 사실을 알았지만 거짓말 하는 잉글랜드 여자처럼 그럴 듯하게 에둘러 말하는 법을 알지 못하니 어쩔 수 없는 노릇이었다.

캐서린은 깊숙이 파인 드레스를 입고 있었다. 캐서린은 목부터 양볼까지 빨개지며 말했다.

"왕비님······."

"전하를 좋아하니?"

이렇게 물어볼 질문이 아니었지만 영어로 어떻게 물어야 적절한지 알 수 없어 그냥 물었다.

"아뇨!"

캐서린은 서둘러 대답하고는 머리를 숙이며 덧붙였다.

"국왕이시잖아요. ······ 큰아버지가 말씀하시길······ 사실 큰아버지가 하라고 해서……."

"너는 자유롭지 못하구나."

캐서린과 눈이 마주쳤다.

"저는 그저 계집애일 뿐이잖아요. 어린 계집애일 뿐이에요. 자유롭지 못해요."

"그들이 원하는 일을 거절할 수 있니?"

"아니요."

침묵이 흘렀다. 우리 둘 다 아주 단순한 진실을 말하고 있다는 것을 깨달았다. 우리는 세상을 움직일 수 없는 여자들이라는 사실 말이다. 우리는 이 시합의 장기 말일 뿐이다. 어떤 수를 둘지 결정할 수 없다. 자기네 욕망을 위해 우릴 움직이는 것은 남자들이다. 우리가 할 수 있는 일이란 무슨 일이 일어나든 살아남는 것이다.

"전하가 만약 너를 아내로 삼으면 나는 어떻게 될까?"

불쑥 말을 뱉고 나니 가장 중요하지만 아무도 답해 줄 수 없는 질문이란 걸 깨달았다.

캐서린은 어깨를 으쓱하며 말했다.

"모르겠어요. 아무도 모를 거예요."

"전하가 나를 죽일까?"

내가 나지막한 목소리로 말했다. 놀랍게도 캐서린은 움찔하지도, 아니라고 애써 부인하지도 않았다. 캐서린이 나를 침착하게 응시하며 말했다.

"전하가 무얼 할지 저는 모르겠어요. 왕비님, 전하가 무얼 원하는지 아니면 무얼 할 수 있는지 저는 모릅니다. 저는 법을 몰라요. 그러니 전하가 무얼 할 수 있는지 모를 수밖에요."

나는 창백해진 입술을 깨물며 말했다.

"전하는 너를 옆에 두려고 하겠지. 그건 확실해. 너는 전하의 부인

이나 노리개가 될 거야. 그런데 전하가 나를 런던탑으로 보낼까? 나를
죽일까?"

캐서린은 겁에 질린 어린아이 같은 표정으로 대답했다.

"모르겠어요. 정말 모르겠어요. 아무도 제게 말해 주지 않았어요.
그저 전하를 기쁘게 해드리라고만 했어요. 그래서 그렇게 하고 있는
것뿐이에요."

제인 불린
1540년 5월, 웨스트민스터 궁

왕비는 마상 창 시합 경기장보다 높이 있는 로열박스에 앉아 있다.
불안감으로 표정은 창백해도 처신은 과연 왕비답다. 왕족과 귀족들
은 모의전, 야외극, 마상 창 시합을 보려고 궁으로 몰려든 수백 명의
런던 시민들에게 생긋생긋 웃었다. 도전자와 챔피언이 각각 여섯 명
인데 이들은 자기네 선수단과 함께 방패와 기를 들고 경기장을 돌았
다. 트럼펫 팡파르가 울려 퍼지자, 관중들이 큰 소리로 내기를 걸었
다. 경기장에 쏟아지는 큰 소리와 열기, 눈부신 햇살에 반짝이는 금빛
모래가 마치 꿈처럼 느껴졌다.

로열박스 뒤에서 반쯤 눈을 감고 서 있자니 오늘도 내 눈에는 원혼
들의 환영이 보인다. 카타리나 왕비가 몸을 앞으로 숙이고 젊은 남편
에게 손을 흔드는 모습이 보인다. 로열 하트 경이라는 글귀를 새긴 왕
의 방패도 보인다.

로열 하트 경! 왕의 변덕스런 마음 때문에 그렇게 많은 이들이 죽지
만 않았다면, 나는 즐겁게 웃을 수도 있었을 것이다. 왕은 자기 욕구

에만 충실하다. 오월제인 오늘, 왕의 마음은 봄바람처럼 또 바뀌어 다른 방향으로 불고 있다.

내가 옆으로 가니 차양 틈 사이로 한줄기 햇살이 눈부시게 비쳤다. 잠시 로열박스 앞에 우리 시누이 앤, 앤 불린이 고개를 뒤로 젖히고 깔깔대면서 하얀 목선을 드러낸 환영이 보였다. 그날은 앤이 이승에 살았던 마지막 해 오월제였고 날씨는 더웠다. 앤은 두려움에 진땀을 흘리면서 햇볕을 탓했다. 곤경에 처한 줄은 알면서도 본인이 얼마나 위험한지는 몰랐다. 어찌 알았겠는가? 우리 가운데도 아는 사람은 하나도 없었다. 왕이 프랑스 검객을 고용해 앤의 길고도 아름다운 목을 나무토막 위에 놓고 칼로 내리치게 할 줄은 꿈에도 몰랐다. 한 사내가 자신이 흠모했던 아내에게 그렇게 할 줄을 누가 꿈엔들 상상이나 했겠는가? 왕은 앤을 차지하기 위해 국교까지 바꾸었다. 그런 왕이 어째서 앤을 처형했을까?

우리가 알았더라면……. 하지만 이렇게 말해 봤자 아무 소용없는 일이다. 우리는 어쩌면 달아났을지도 모른다. 우리 남편 조지와 나, 그이의 누이 앤과 앤의 딸, 우리 네 사람은 도망가서 이 잉글랜드 궁정의 강한 욕망과 공포와 야망에서 벗어났을지도 모른다. 그렇지만 우리는 달아나지 않았다. 사냥개가 짖는 소리에 산토끼처럼 길게 자란 풀밭 속에서 움츠린 채 사냥꾼이 지나가기만을 바랐다. 그런데 바로 그날, 군인들은 우리 남편과 사랑스런 시누이 앤을 데리러 왔다. 그리고 나는 어땠는가? 구해 달라는 애원 한마디 하지 않고 두 사람을 보냈다.

그런데 이 젊은 새 왕비는 바보 천치가 아니다. 우리 세 사람은 다 잔뜩 떨면서 얼마나 끔찍하게 무서워했는지 모른다. 하지만 클레베스의 안나는 자기 대사와 이미 대화를 나눈 뒤라 대관식이 없으리라는 사실을 알고 있다. 메리 공주와도 이야기를 나눈 터라 왕이 무고한 아내인 자기를 처형하지 않으면, 출궁시켜 성으로 보내서 추위와 습기로 죽이고, 파멸시킬 수 있다는 것도 알고 있다. 어린 캐서린 하워드하고도 이야기를 나눈 뒤라 이제는 왕이 다른 여자와 사랑에 빠진 사실도 알고 있다. 왕비 앞에는 치욕과 이혼이 놓여 있다는 사실을 알고 있었다. 잘되었을 경우이다. 하지만 최악의 경우에는 처형을 당할 수도 있다.

그런데도 로열박스에 앉아 고개를 당당하게 든 채 혐의를 씌우는 신호인 손수건을 떨어뜨리며 우승자에게 평소대로 정중하고 상냥하게 웃었다. 몸을 앞으로 숙이더니 우승자 헬멧에 월계관을 씌우고 부상으로 금 지갑을 하사했다. 수수하고 보기 흉한 후드를 쓴 낯빛은 창백했지만, 잉글랜드에 발을 들여놓은 날부터 자신의 본분을 다했듯이 마상 창 시합에서도 왕비의 소임을 다하고 있다. 틀림없이 공포로 속이 울렁거릴 텐데도 로열박스 앞에서 온화하게 박수를 치면서 떨지도 않았다. 왕이 자기에게 인사하자, 의자에서 일어나 왕에게 공손하게 답례했다. 관중이 왕비의 이름을 연호하자, 돌아서서 살며시 웃으면서 한 손을 들어 올렸다. 겁이 많은 여인이었다면 구해 달라고 절규했을 텐데 참으로 침착했다.

"왕비가 알고 있는가? 왕비가 눈치 챘는가?"

조용하게 묻는 소리가 들려 돌아보니 노퍽 공작이었다.

"자기가 어떻게 될지를 빼고는 죄다 알고 있습니다."

공작은 왕비를 바라보았다.

"알 리가 없지. 사태를 파악하지 못했을 걸세. 워낙 아둔하니 자기에게 무슨 일이 벌어질지 알 턱이 있나."

"아둔하지 않아요. 믿기지 않을 정도로 대담합니다. 죄다 알고 있어요. 우리가 알고 있는 것과 달리 담력이 보통 아닙니다."

"그래야 하겠지. 캐서린을 출궁시킬 참이야."

"전하한테 그 아이를 빼앗으신다고요?"

"음."

"위험하지 않아요? 전하가 소중히 여기시는 아이를 빼앗을 셈이신 가요?"

공작은 고개를 가로저었다. 자신이 승리한 기쁨을 감추지 못하고 있다.

"왕께서 친히 그 아이를 출궁시키라 했네. 안나를 제거하자마자 캐서린과 결혼할 예정이지. 그 아이를 출궁시키길 바라는 것은 정작 왕이네. 왕은 이 사이비 왕비를 제거하는 동안, 캐서린이 사람들 입에 오르내리지 않도록 하려고 출궁시키는 걸세. 뜬소문의 먹구름 때문에 깨끗한 캐서린의 이름이 더럽혀지지 않길 배려하셔서 그런 것이야."

공작은 웃음을 참으려다 더 크게 웃음을 터뜨릴 뻔했다.

"사이비 왕비요?"

나는 공작이 붙인 해괴한 칭호를 꼬집어 물었다.

"왕비는 자유롭게 결혼할 수 없는 처지였네. 이번 결혼은 법적 효력이 없었지. 결혼이 성사되지 않았거든. 하느님이 왕의 양심을 인도한 덕분에 왕은 결혼 서약을 이행하지 않았네. 하늘이 합궁하지 못하게 막아 주신 셈이지. 결혼은 허위야. 왕비도 사이비고. 왕에게 허위 선서를 하게 한 행위는 반역죄가 될 수도 있네."

나는 눈을 깜박였다. 신의 대리자로서 이런 문제를 해결하는 것이 왕의 권리라 하지만, 이따금씩 사람이란 둔해서 예측할 수 없는 신의 변덕스러움을 이해할 수가 없다.

"왕비는 그것으로 끝인가요?"

나는 왕비를 슬며시 몸짓으로 가리키며 물었다. 왕비는 로열박스 앞에 서서 우승자의 거수경례에 경의를 표하고는 자기 이름을 연호하는 관중들에게 웃으면서 손을 흔들었다.

"저 여인은 끝났네."

"끝났다고요?"

"끝났어."

나는 고개를 끄덕였다. 공작의 말은 왕비를 죽인다는 뜻인 것 같다.

안나

1540년 6월, 웨스트민스터 궁

드디어 남동생이 문서를 보내왔다. 내가 잉글랜드에 오기 전에 결혼한 적이 없으며 잉글랜드 왕과의 결혼이 초혼임을 증명하는 문서다. 나뿐 아니라 다른 사람들이 보기에도 합법적인 문서다. 오늘 전령이 문서를 들고 왔지만 대사는 왕에게 그 문서를 보여 주지 못했다. 추밀원이 계속 회의 중이었기 때문이다. 무슨 일을 의논하는지는 알 수 없었다. 이 문서를 보자고 그렇게 닦달하더니 이제는 눈길 한번 주려 하지 않는다. 이러한 무관심이 무엇을 뜻하는지 모르겠다.

그들이 나를 어떻게 하려는지 누가 알겠는가. 그들이 날조한 수치스러운 죄목으로 기소당해 내가 결국 이 머나먼 땅에서 죽게 되지 않을까, 그리고 영문도 모르는 어머니는 내가 조신하게 굴지 않아서 죽었다고 생각하지 않을까 두렵다.

나와 친한 이들에게 닥친 시련을 보면 엄청난 음모가 꾸며지는 중이라는 건 알 수 있었다. 칼레에서 나를 따뜻하게 맞아 준 릴 경은 이미 체포되었다. 하지만 아무도 그의 죄명이 무엇인지 내게 말해 주지 않는다. 릴 경의 아내는 인사 한마디 없이 궁에서 사라졌다. 릴 부인은 남편을 위해 탄원서를 올려 달라고 내게 부탁하지도 않았다. 릴 경은 재판 없이 처형될 예정이거나 — 어쩌면 벌써 처형되었는지도 모른다 — 내가 왕에게 아무런 영향력도 행사할 수 없다는 걸 부인 역시 잘 알기 때문인지 모른다. 어쨌거나 릴 경에게나 나에게나 끔찍한 상황이다. 릴 부인이 어디에 숨었는지 내게 말해 주는 사람도 없다. 솔직히 나도 물어보기가 두렵다. 릴 경이 반역죄로 기소되었다면 내가 그와 가까이 지낸다는 사실을 알려 좋을 게 없기 때문이다.

릴 부부의 딸인 앤 바셋은 아직도 시녀로 있지만 아프다는 구실로 침대에 누워 있다. 앤을 만나보고 싶지만 로치포드 부인 말이 혼자 있게 놔두는 게 앤에게 안전할 거라고 했다. 앤의 침실 방문과 덧문은 굳게 닫혀 있었다. 앤에게 내가 위험한 인물인지 아니면 나에게 앤이 위험한 인물인지 나는 차마 물어보지 못했다.

나는 토머스 크롬웰 경을 불렀다. 그만큼은 왕의 온정을 입어 몇 주 전에 에섹스 백작 작위를 하사받았으니까. 토머스 크롬웰 경만은 시녀들이 손으로 입을 가리고 수군대며, 궁정 사람들 모두 앞으로 닥칠 재앙을 피할 채비를 하고 있는 이때 내 친구가 되어 줄 것이다. 하지만 아직까지 크롬웰 경은 내게 답장이 없다. 무슨 일인지 누구든 내게 말을 좀 해 줬으면 좋겠다.

햄프턴 궁전으로 돌아가고 싶다. 나는 무더운 여름 날 고양이 떼에 둘러싸인 바다매와 같은 처지가 되었다. 머나먼 나라에서 온 하얀 바다매. 희디흰 눈처럼 새하얀 새. 춥고 거친 땅에서 자유롭게 살기 위해 태어난 새. 칼레나 도버에 도착했던 시간으로 되돌아갈 수 있다면 얼마나 좋을까. 런던으로 향하는 길, 잉글랜드 왕비가 되는 길이 내 앞에 펼쳐졌던 그 시간, 희망에 부풀었던 그 시간으로 돌아가길. 아니 이곳 말고 다른 곳이면 아무 데나 좋을 것 같다. 작은 유리창을 통해 파란 하늘을 쳐다보며 왜 내 친구 릴 경이 런던탑에 갇혀 있는지, 내 후원자인 토머스 크롬웰이 와 달라는 나의 긴급한 청에 왜 얼른 답장을 주지 않는지 걱정되었다. 내가 이렇게 앉아 있지 않고 다른 곳에 있다면 얼마나 좋을까. 크롬웰이라면 왜 추밀원이 며칠 동안 비밀회의를 열고 있는지 내게 말해 줄 수 있을 텐데. 릴 부인이 왜 사라졌는지, 릴 경이 왜 체포되었는지 말해 줄 수 있을 텐데. 아마 곧 오겠지.

문이 열렸다. 나는 깜짝 놀라 크롬웰 경이 왔기를 바라며 몸을 곧추세웠다. 그러나 크롬웰 경이 아니었다. 그의 하인도 아니었다. 캐서린 하워드였다. 캐서린의 안색은 창백했고 눈은 슬퍼 보였다. 팔에는 외출용 망토를 걸치고 있었다. 망토를 보는 순간 나는 완전히 두려움에 질려 머리가 핑핑 돌 지경이었다. 캐서린도 기소되었구나. 기소를 당한 거야. 나는 얼른 다가가 캐서린의 양손을 잡고 물었다.

"캐서린? 무슨 일이니? 무슨 일인 거야?"

캐서린이 숨을 몰아쉬며 말했다.

"저는 안전해요. 괜찮아요. 그냥 잠시 할머니께 가 있으려고요."

"왜? 너한테 뭘 잘못했다고 하든?"

캐서린의 작은 얼굴이 슬픔으로 일그러졌다.

"저는 이제 더 이상 왕비님의 시녀가 아니에요."

"시녀가 아니라고?"

"네. 그래서 작별 인사를 드리러 왔어요."

"네가 뭘 잘못했는데?"

나는 소리를 질렀다. 겨우 어린아이 티를 벗었을까 말까 한 이 어린 소녀에게 죄가 있다면 무슨 죄가 있겠는가? 캐서린 하워드가 저지를 수 있는 최악의 범죄라고 해 봐야 사치와 헤픈 웃음뿐인데. 그런 일로 궁정에서 벌을 내릴 수는 없지 않은가.

"널 놔주지 않을 거야. 내가 보호해 줄게. 네가 착한 아이라는 걸 난 알아. 다른 사람들이 네게 뭐라고 하든 말이야."

"저는 아무 일도 저지르지 않았어요. 하지만 사람들 말이 이 모든 일이 일어나는 동안 저는 궁을 떠나 있는 게 좋을 거라고 했어요."

"모든 일이라니? 무슨 일 있었니? 얼른 말해 보거라. 알고 있는 게 있으면 다 말해 보거라."

캐서린이 내게 손짓을 했다. 나는 캐서린이 내 귀에 소곤댈 수 있도록 몸을 구부렸다.

"안나 왕비님, 사랑하는 왕비님. 토머스 크롬웰 경이 반역죄로 체포되었어요."

"반역죄? 크롬웰 경이?"

"쉬, 그렇대요."

"무슨 일을 저질렀는데?"

"릴 경과 다른 교황주의자들이 공모해서 왕을 음해하려 했대요."

머리가 또 빙빙 도는 듯했다. 무슨 말인지 제대로 이해할 수 없었다. 캐서린은 부드럽게 내 얼굴을 끌어다 내 귀에 대고 억양 없이 나지막이 소곤거렸다.

"토머스 크롬웰이 마녀를 불렀대요. 토머스 크롬웰이 전하를 파멸시키려고 마녀를 불렀대요."

캐서린은 입술을 떼고 내가 제대로 이해했는지 내 얼굴을 살폈다. 겁에 질린 얼굴을 보고 내가 충분히 이해했음을 알았으리라.

"사람들은 그게 사실이라고 생각하니?"

캐서린은 고개를 끄덕였다.

"마녀가 누군데?"

나는 숨을 들이쉰 후 다시 물었다.

"마녀가 무슨 일을 저질렀다니?"

"마녀가 전하께 주술을 걸어 남자 구실을 못하게 했대요. 마녀가 저주를 내려 전하가 왕비님과의 사이에서 아들을 볼 수 없도록 했대요."

"마녀가 누군데? 토머스 크롬웰이 불러온 마녀가 누구야? 누가 왕

이 남자 구실을 못하도록 만들었다는 얘기야? 마녀가 누구라고 수군
대든?"

캐서린의 조그만 얼굴이 공포로 창백해졌다.

"안나 왕비님, 사랑하는 왕비님. 사람들이 그게 왕비님이라고 지목
하면 어쩌죠?"

나는 은둔 생활을 하다시피 지내고 있다. 궁정 사람들과 식사를 해
야 할 때만 방에서 나간다. 식사할 때 나는 엄숙하거나 결백하게 보이
려고 애쓴다. 토머스 크롬웰은 심문을 당하는 중이고 다른 사람들도
속속 체포되고 있다. 모두 반역죄로 기소되었다. 죄목은 왕의 정력을
빼앗기 위해 마녀를 데려왔다는 것이었다. 역모자로 지목된 사람들
이 점점 늘어나고 있다. 릴 경은 칼레에서 반역을 주도한 인물로 지목
되었다. 튜더 왕조에서 왕권을 찬탈하려는 폴 가문과 교황주의자들
을 도왔다고 한다. 그의 직속 부하가 칼레 성을 빠져나가 로마에 있는
폴 추기경 밑으로 들어간 사실을 보면 그의 죄가 확실하다고 한다. 릴
경과 그 무리들이 마녀와 공모하여 왕과 나의 결혼이 결실을 맺지 못
하도록, 그러니까 개신교 왕위 계승자를 낳지 못하도록 음모를 꾸몄
다고 사람들은 수군댄다. 하지만 그와 동시에 토머스 크롬웰은 루터
파, 개혁주의자, 복음주의자들을 도왔다고 한다. 그는 나를 데려와 왕
과 결혼시킨 뒤 마녀를 시켜 왕이 남자 구실을 못하도록 주술을 걸어
폴 가문이 왕위를 계승하도록 획책했다는 것이다. 그러면 릴 경과 가
까이 지내며 토머스 크롬웰이 잉글랜드로 데려온 마녀는 누구일까?
그 마녀가 누구란 말인가? 이렇게 끔찍한 두 악마의 사주를 받은 여인
은 누구란 말인가? 다시 한 번 묻자. 토머스 크롬웰이 잉글랜드로 데
려왔고 릴 경과 가까이 지낸 여자가 누구인가?

딱 한 사람밖에 없다.

딱 한 사람. 토머스 크롬웰이 데려왔고 릴 경과 가깝게 지냈으며 왕의 정력을 빼앗아 그가 첫날밤과 그 이후로 줄곧 남자 구실을 못하게 한 여자는 딱 한 사람이다.

아직 아무도 마녀의 이름을 말하지 않았지만 사람들은 증거를 수집하는 중이다.

메리 공주의 출발 일정이 앞당겨지는 바람에 하인들이 공주의 말을 준비하는 동안 잠깐 얘기할 시간밖에 없었다.

"내가 결백한 거 알죠?"

나는 하인들이 어수선하게 뛰어다니고 공주의 호위병들이 자기 말을 부르느라 시끄러운 틈을 타 조용히 말했다.

"앞으로 나에 대해 무슨 말을 듣더라도 나를 믿어 줘요. 나는 결백해요."

공주는 내게 얼굴을 돌리지 않고 억양 없이 밋밋하게 말했다.

"물론이죠. …… 왕비님을 위해 매일 기도할게요. 사람들이 모두 나처럼 왕비님의 결백함을 볼 수 있도록 기도할게요."

역시 공주는 헨리의 딸이다. 그동안 혹독한 세월을 살아오면서 본심을 드러내지 않고 자신을 지키는 법을 배웠다. 내가 말했다.

"저는 릴 경도 결백하다고 믿어요."

"그럴 거예요."

공주는 짤막하게 대꾸했다.

"제가 릴 경을 구할 수 있을까요? 공주는요?"

"아뇨."

"메리 공주, 제발. 아무 일도 할 수 없는 건가요?"

공주는 조심스럽게 살짝 나를 쳐다보며 말했다.

"안나 왕비님, 아무것도 할 수 없어요. 우리 자신을 믿으며 상황이 나아지기를 기다리는 수밖에 아무 일도 할 수 없답니다."

"제게 뭐 좀 알려 줄 수 있어요?"

공주는 주위를 둘러보았다. 그녀가 탈 말들은 아직 당도하지 않았다. 공주는 내 팔을 잡고 말 조련장 쪽으로 난 작은 길로 데려갔다. 오솔길이 어디까지 이어져 있는지 보는 척하며 일부러 한가로이 걸었다.

"뭐가 궁금하신가요?"

"폴 가문은 어떤 가문이에요? 그리고 전하는 오래전에 제압한 교황 주의자들을 왜 두려워해요?"

"폴 가문은 요크 지방의 플랜태저넷 가문을 말해요. 잉글랜드 왕좌의 진정한 계승자라고 말하는 사람도 있어요. 마거릿 폴 부인은 어머니의 가장 친한 친구셨고 저한테는 어머니 같은 분이셨어요. 부왕께도 절대적인 충성을 바치셨지만 부왕은 지금 폴 부인을 런던탑에 감금했어요. 체포할 수 있는 폴 가문 사람들은 죄다 잡아다 가둬 놓았지요. 폴 가문은 모두 반역죄로 기소되었어요. 하지만 그들의 죄란 게 플랜태저넷 혈통을 타고난 것밖에 없다는 건 코흘리개도 다 아는 사실이에요. 부왕은 왕좌를 잃을지도 모른다는 두려움에 폴 가문을 살려 두지 않을 것 같아요. 마거릿 부인의 두 손자는 어린애들인데 탑에 감금되어 있어요. 하느님, 이들을 도우소서. 제가 사랑해 마지않는 마거릿 부인은 아마 목숨을 보전치 못하실 거예요. 다른 가족들은 모두 망명 중이에요. 그들도 절대 고국으로 돌아오지 못할 거예요."

내가 물었다.

"그들은 교황주의자예요?"

"네, 그래요. 특히 레지날드 폴은 추기경이에요. 그래서 폴 가문이 잉글랜드의 진짜 신앙을 지키는 진정한 왕손이라고 말하는 사람들도 있어요. 하지만 그렇게 말하면 반역이에요. 그런 말을 했다가는 당장 처형당할 거예요."

"그런데 왜 전하는 교황주의자들을 그렇게 무서워해요? 잉글랜드는 개신교로 개종하지 않았나요? 교황주의자들이 패배한 거 아니에요?"

메리 공주는 고개를 가로저으며 말했다.

"아니에요. 아마 이런 변화를 환영하는 사람들은 절반도 안 될 걸요. 많은 사람들이 옛날을 그리워해요. 부왕이 교황의 권위를 부정하고 수도원을 파괴했을 때 북부에서는 거대한 봉기가 있었어요. 그들은 교회와 성지를 지키려 했지요. 사람들은 그 봉기를 은총의 순례라 불렀어요. 그들은 예수 그리스도의 오상을 깃발로 내걸고 봉기를 일으켰죠. 부왕은 그들을 진압하기 위해 왕국에서 가장 무자비한 사람을 보냈어요. 부왕이 파견한 사람은 봉기군의 세가 두려워 화평 교섭을 제안하며 온갖 달콤한 말로 유인해 사면과 의원직을 약속했어요."

"그가 누구예요?"

이렇게 나는 물었지만 누군지 벌써 감이 잡혔다.

"노퍽 공작, 토머스 하워드예요."

"그러면 사면은 어떻게 됐어요?"

"봉기군이 해산하자마자 공작은 지도자들을 참수하고 추종자들을 교수형에 처했어요."

메리 공주는 짐마차가 엉망이라는 사소한 불평을 늘어놓는 사람처럼 아무 억양 없이 말했다.

"공작은 신성한 왕명을 걸고 봉기 지도자들에게 의원직과 사면을 약속했어요. 본인의 이름을 걸고 약속도 했고요. 하지만 아무 의미가 없었어요."

"그래서 반란군이 패배했군요."

"공작은 수도자 일흔 명을 잡아다 수도원 천장에 매달아 죽였어요. 다시는 저항할 수 없게요. 하지만 진정한 신앙은 절대 사그라지지 않는 법이죠."

공주가 몸을 돌리자 나도 따라 문 쪽으로 천천히 걸어갔다.

"안녕히 가십시오."

누군가 이렇게 인사하자 공주는 웃으면서 고개를 끄덕였지만 나는 따라 웃을 수 없었다. 공주가 다시 말을 이었다.

"부왕은 백성들을 무서워해요. 그리고 경쟁자들을 두려워해요. 심지어 저도 두려워하는 걸요. 아버지이긴 하지만 저는 가끔 부왕이 불신으로 반미치광이가 된 게 아닌가 생각하곤 해요. 아무리 어리석은 생각일지라도 한번 두려움을 품으면 그게 곧 현실이 되지요. 부왕의 꿈에서 릴 경이 왕을 배신했다면 릴 경의 운명은 이미 결정된 거예요. 왕비님과의 결혼 생활이 잘 풀리지 않는 게 반역 음모 때문이라고 누군가가 넌지시 비쳤다면 왕비님은 정말 큰 위험에 처할 거예요. 빠져나갈 방법이 있다면 빠져나가야 해요. 아버지는 두려움과 진실을 구분할 줄 몰라요. 악몽과 현실을 분간 못해요."

"저는 잉글랜드의 왕비예요. 저를 마녀로 기소할 사람이 누가 있겠어요?"

공주는 처음으로 고개를 돌려 나를 똑바로 쳐다보며 말했다.

"아무리 왕비라도 안전은 장담할 수 없어요. 앤 불린도 그랬잖아요. 사람들은 앤 불린을 마녀로 기소하고 그 증거를 찾아내 유죄 판결을 내렸어요. 앤 불린도 왕비였어요."

내가 무슨 웃기는 얘기라도 한 것처럼 메리 공주는 갑자기 웃음을 터뜨렸다. 내 시녀 몇 사람이 홀에서 나와 우리를 지켜보고 있었다. 나도 따라 웃었다. 하지만 누구라도 내 웃음에 묻어 있는 두려움을 느낄 수 있었을 것이다. 메리 공주는 내 팔을 잡으며 말했다.

"누군가 제게 마구간 통로를 오가며 무슨 얘기를 나누었냐고 물어보면 저는 지체될까 걱정하면서 피곤하다고 투덜댔다고 할게요."

"좋아요. 저는 말이 언제 준비될지 살피고 있었다고 할게요."

나는 공주의 말에 맞장구쳤지만 두려움에 질려 추워서 몸을 떠는 사람처럼 온몸을 떨었다.

　메리 공주가 내 팔을 꽉 잡으며 말했다.

　"아버지는 잉글랜드의 법도 바꾼 사람이에요. 잉글랜드는 이제 머릿속으로 왕을 비판하기만 해도 반역죄로 처형될 수 있는 세상이죠. 아무 말도 하지 않았더라도, 아무 행동도 하지 않았더라도 몰래 품은 생각만으로도 반역자가 될 수 있어요."

　"하지만 저는 왕비잖아요."

　"제 말 잘 들어요."

　공주가 거칠게 말했다.

　"부왕은 재판 절차도 바꿨어요. 법정에서 판결을 내리지 않더라도 사권 박탈법에 따라 처형할 수 있어요. 부왕이 명령을 내리고 추밀원이 찬성하면 더 이상 필요한 게 없다니까요. 그런데 추밀원은 이제까지 왕명을 거역한 적이 없어요. 왕비이건 거지이건 왕이 죽이고 싶다면 그냥 왕명 한마디면 끝나요. 부왕은 소환장에 서명할 필요도 없어요. 그냥 봉인만 찍으면 되거든요."

　나는 턱이 덜덜 떨려 이를 꽉 물었다.

　"그럼 저는 어떻게 해야 할까요?"

　"도망가세요. 부왕이 왕비님을 잡으러 오기 전에 도망가세요."

　메리 공주가 떠나고 나자 마지막으로 남아 있던 친구가 궁정을 떠난 것만 같았다. 방으로 돌아왔더니 시녀들이 카드놀이를 준비하고 있었다. 시녀들끼리 카드놀이를 하도록 내버려 두고, 클레베스 대사를 불러 아무도 우리 대화를 엿들을 수 없게 창가로 데리고 갔다. 혹시 나에 대해 물어본 사람이 없는지 대사에게 물었다. 그는 없다고 대답했다. 대사는 모두에게 무시당하는 데다 무슨 전염병이라도 옮기는 사람처럼 따돌림을 당하고 있다. 나는 갑자기 필요하게 될지 모르니 빠른 말 두 필을 장만해서 성벽 밖에 대기시켜 줄 수 있는지 그에게 물었다. 대사는 말을 빌리거나 살 만한 돈이 없다고 했다. 그건 그렇다 치고 왕의 근위병들이 밤낮으로 성문을 지킨다고 했다. 나를 지켜 주며 내 사실 문을 열고 손님이 왔음을 알려 주던 근위병들이 이제 나를 가두는 교도관이 된 셈이다.

나는 몹시 두려웠다. 기도하려 했지만 기도 문구조차 무서운 덫처럼 느껴졌다. 교황주의자처럼 보여서는 안 된다. 릴 경이 교황주의자였다고들 하니 그와 같은 종파로 보여서는 안 된다. 그렇다고 남동생처럼 개신교를 믿는 것처럼 보여서도 안 된다. 루터파는 왕을 파멸하려는 크롬웰의 역모에 참여했다는 의심을 받고 있으니까.

왕 앞에서는 유쾌하고 침착하게 보이려고 애썼다. 감히 왕에게 대들지도 않았고 내 결백을 주장하지도 않았다. 무엇보다 무서운 것은 나를 대하는 왕의 태도였다. 왕은 짧은 시간 함께 여행했지만 이제 작별 인사를 앞둔 친구처럼 따뜻하고 다정하게 군다. 우리가 함께 한 시간이 결국 끝날 즐거운 막간극이었다는 듯.

왕은 내게 작별 인사를 하지 않을 것이다. 나는 잘 안다. 메리 공주가 내게 얘기해 줬으니까. 그러니 내가 기소될 것이라고 왕이 내게 알려 줄 순간을 기다릴 필요도 없다. 저녁이면 식탁에서 일어나 내가 왕에게 정중히 인사하고 왕이 내 손에 입 맞출 때마다 이 저녁이 그와 함께하는 마지막 순간이 될지 모른다는 생각이 든다. 어쩌면 내 시녀들을 대동하고 식당을 나가는 순간 내 방에는 이미 병사들이 가득 들어차 나를 기다리고 있을지 모른다. 내 옷가지가 꾸려지고 내 보석들은 다시 국고로 환수될지 모른다. 웨스트민스터 궁에서 런던탑까지는 거리가 얼마 되지 않는다. 그들은 어둠 속에서 나를 강가로 데려갈 것이다. 그러면 나는 수문을 통과해 타워 그린의 참수대에서 처형되겠지.

대사는 남동생에게 내가 몹시 겁에 질려 있다고 편지를 썼지만 나는 답장을 기대하지 않았다. 빌헬름은 내가 두려움에 떨든 말든 신경 쓰지 않을 위인이다. 내가 무슨 누명을 뒤집어썼는지 우리 가족이 알 때쯤이면 나를 구하기에는 너무 늦은 시간이 될 것이다. 어쩌면 동생은 나를 구하려고도 하지 않을 것이다. 이런 위험한 상황이 오리라는 것을 이미 알고 있었는지도 모른다. 동생은 내가 아는 것보다 나를 더 증오했었는지도 모르겠다.

누군가 나를 구한다면 그건 나, 바로 나 자신이다. 하지만 마녀로 기소된 여자가 어떻게 자신을 구할 수 있단 말인가? 헨리가 세상 사람들에게 내가 그의 정력을 앗아간 탓에 남자 구실을 못한다고 말한다면 그 말이 틀렸다고 내가 어떻게 입증할 수 있겠는가? 헨리가 캐서린 하워드하고는 할 수 있지만 나와는 할 수 없다고 말한다면 그의 주장은 옳고 내 주장은 또 다른 사악한 속임수에 지나지 않게 될 것이다. 남자가 불리한 증언을 하는 한, 여자는 자신의 결백을 증명할 수가 없다. 헨리가 나를 마녀로 몰아 처형하고 싶다면 별수를 다 써도 나는 나를 구할 수 없다. 왕은 레이디 앤 불린이 마녀라고 주장했고 결국 그녀를 처형했다. 왕은 앤에게 작별 인사조차 하지 않았다. 그렇게 뜨겁게 사랑했던 그녀에게. 어느 날 사람들이 들이닥쳐 앤을 잡아갔고 그것으로 끝이었다.

나는 이제 기다리고 있다. 사람들이 나를 잡으러 오기를.

제인 불린

정찬 때 주방 시종 하나가 고기 접시를 치우는 척하면서 몸을 숙이더니 내 무릎에다 슬쩍 쪽지를 떨어뜨렸다. 저녁을 먹자마자 공작에게 오라는 내용의 쪽지였다. 요즈음 왕비는 정찬을 끝내면 곧장 침소로 갔다. 위축된 왕비 처소에서 긴장한 채 남아 있는 사람들 가운데 나 하나쯤 없어도 왕비는 모를 터였다. 캐서린 하워드는 출궁해서 램버스에 있는 제 할머니 댁으로 돌아갈 참이다. 릴 부인은 남편의 중죄 때문에 가택 연금 중이다. 들리는 말로는 부인이 고통과 두려움으로 완전히 정신이 나간 상태라고 했다. 남편이 죽으리라는 사실도 알고 있다. 러틀랜드 부인은 밤에 조용히 자기 처소로 들어갔다. 부인도 분명 두려울 것이다. 하지만 어떤 죄목으로 기소될지는 나도 모른다. 앤 바셋은 꾀병을 대고 벌써 제 삼촌 집에서 기거하고 있다. 캐서린 캐리도 제 어머니 메리가 불러들였다. 메리는 캐서린이 몸이 좋지 않으니 귀가 조치를 선처해 달라고 부탁했다. 속이 뻔히 들여다보이는 핑계에 나는 실소를 금할 수가 없다. 메리 불린은 언제나 자기와 자기 자식만은 곤경에서 빼내는 재주가 있었다. 그런데 남동생을 위해서는 뭐 하나 해 준 적이 없었다. 메리 노리스는 시골에서 어머니의 힘든 일을 도울 수밖에 없다. 상부한 헨리 노리스의 부인은 왕이 앤에게 음모를 꾸몄던 지난번에 참수대의 참극을 겪었다. 자기 남편이 밟았던 길을 딸도 똑같이 밟게 할 수는 없었다.

우리는 모두 일거수일투족을 조심하면서 몸을 사리고 있다. 헨리 왕의 궁정에 어려운 시기가 다시 불어 닥치는 바람에 모든 사람들이 의심을 받을까 두려움에 떨고 있다. 다들 악몽처럼 살고 있다. 남녀 가릴 것 없이 우리가 하는 말 한마디 한마디, 일거수일투족이 불리한 증거로 이용되리라는 것을 누구나 알고 있다. 적이 무분별한 행동을 샅샅이 파헤쳐 범죄로 몰아갈지도 모를 일이다. 친구가 자기 안전을 담보로 비밀을 밀고할 수도 있다. 우리는 비겁자와 밀고자들의 온상인 궁정에 살고 있다. 하나같이 이제 더 이상 소리 내어 걷지 못해 발끝마저 세우고 다닌다. 숨조차 제대로 쉴 수 없다. 하나같이 숨을 죽이고 있다. 왕이 자기 측근과 친구들조차 계속 의심하다 보니 자신이 안전하다고 장담할 수 있는 이는 하나도 없는 판국이다.

나는 어두운 곳만을 찾아서 공작의 처소까지 살금살금 걸어가 문을 열고 살그머니 들어갔다. 공작은 창가에 서 있었고 더운 밤하늘에 덧문이 다 열려 있어서 책상 위에 있는 촛불이 외풍에 팔랑거렸다. 내가 방으로 들어서자 공작은 나를 올려다보며 웃었다. 하마터면 공작이 나를 좋아한다고 착각할 뻔했다.

"어서 오시게, 우리 조카며느리. 왕비가 아주 협소한 궁, 리치몬드로 가게 되었네. 그대가 따라가시게."

"리치몬드요?"

이렇게 묻는데 두려움에 목소리가 덜덜 떨려 나는 심호흡을 했다. 이 말은 곧 왕비의 혐의를 캐는 동안 왕비가 가택 연금 된다는 뜻이다. 그런데 왜 하필 왕비에게 나를 딸려 보내려 할까? 나한테도 혐의를 씌울 셈인가?

"그렇다네. 왕비 곁에 있으면서 들락날락하는 자들과 왕비가 하는 말을 하나하나 예의 주시하게. 그중에서도 하르스트 대사를 잘 감시해야 하네. 그자가 아무것도 할 수 없다고 보긴 하네만 왕비가 도주할 계획이 있는지, 전갈을 보내는지 감시해야 할 걸세."

"제발……."

목소리가 기어 들어간 나는 말끝을 흐렸다. 이런 식으로 공작을 다루면 안 되는 줄은 알고 있다.

"뭐라고?"

공작은 여전히 웃고는 있었다.

"제가 왕비의 도주를 어찌 막습니까. 저 같은 여자 혼자서."

공작은 고개를 가로저었다.

"오늘 밤부터 항구를 모조리 폐쇄한다네. 잉글랜드 천지에서 사거나 빌릴 말이 없다는 것도 왕비의 대사는 이미 알고 있어. 왕비의 마구간과 처소도 다 폐쇄했지. 도망가거나 구조를 청하러 보낼 수도 없을 걸세. 왕비 시중을 드는 이들도 죄다 교도관인 셈이지. 그대는 왕비만 감시하시게."

"제발 저를 캐서린한테 가서 시중들게 해 주십시오."

나는 심호흡을 하고 나서 말을 이었다.

"그 아이가 훌륭한 왕비가 되려면 제 조언이 필요할 겁니다."

공작은 일순 생각에 잠기더니 대답했다.

"그렇지. 캐서린은 맹하지. 하지만 제 할머니와 함께라면 문제 될 게 없네."

그러더니 공작은 엄지손톱으로 이를 톡톡 두드리며 생각에 잠겼다.

"캐서린은 왕비가 되는 법을 배워야 합니다."

공작은 머뭇거렸다. 우리 둘 다 왕비다웠던 잉글랜드 왕비들을 익히 알고 있다. 어린 캐서린은 선대 왕비들의 발치에도 못 가는 애송이다. 몇 년 동안 훈련을 한다 해도 왕비다운 위엄은 갖추지 못한다.

"그럴 필요 없네. 왕은 이제 더 이상 훌륭한 왕비를 당신 곁에 두려고 하지 않네. 어루만질 수 있는 어린 것, 새끼 암 망아지, 그러니까 자기 씨를 퍼뜨릴 수 있는 암말을 원하거든. 캐서린은 순종만 잘하면 되네."

"그렇다면 사실대로 말씀드리지요. 전 안나 왕비와 리치몬드로 갈 마음이 없습니다. 왕비한테 불리한 증언은 하고 싶지 않아요."

그 예리하고 까만 눈으로 나를 노려보며 물었다.

"무슨 증언을?"

나는 너무 지쳐서 공작의 말을 제대로 받아넘길 수도 없었다.

"공작님이 감시하라고 하시는 증거가 무엇이든, 전하가 고하기를 바라시는 증거가 무엇이든 말씀드리기 싫습니다. 왕비한테 불리한 증언을 할 마음이 없어요."

"그 연유가 뭔가?"

공작이 시치미를 떼고 물어 나는 속내를 그대로 드러냈다.

"재판이라면 지긋지긋합니다. 이제 전하의 욕망이 겁나요. 전하가 뭘 원하시는지 도통 모르겠어요. 어디까지 가실지도 모르고요. 어떤 왕비의 재판이든 죽어도 다시는 증언하기 싫습니다."

"미안하네."

공작은 이렇게 내뱉었지만 진심은 아니었다.

"그런데 왕비와 대화한 사실을 진술할 사람이 필요하네. 왕비가 본인은 순결한 숫처녀고 남녀 사이에 하는 행위들에 대해서는 완전 무지하다고 털어놓았다는 진술 말일세."

나는 참지 못하고 내뱉었다.

"왕비는 매일 밤 전하와 잠자리를 같이 했어요. 우리 모두 첫날밤 왕비를 침소에 들여보냈잖아요. 공작님도 그 자리에 계셨고 캔터베리 주교님도 계셨습니다. 왕비는 아들을 회임해서 후계자를 낳으려고 즉위한 겁니다. 오직 그 목적 때문에 결혼한 사람입니다. 남녀 사이에 하는 행위를 알 턱이 없지요. 수없이 시도해도 성과가 없는데 그걸 견딜 여자가 세상천지에 어디 있겠어요."

"그러니까 나무랄 데 없는 평판을 자랑하는 로치포드 부인이 그런 사실을 진술하길 바라는 걸세. 그렇게 터무니없는 거짓말에는 말재주가 뛰어난 그대 같은 증인이 필요하지."

이 말에 나는 발끈했다.

"내가 아니라도 누구든 공작님을 위해서 그렇게 할 수 있어요. 그런 대화는 한 적도 없고, 있을 수도 없는 일인데, 그런 일이 있었다고 누가 말하든 그게 뭐 그리 중요합니까?"

"우리 두 사람 이름이 증인으로 등록되었으면 좋겠네. 왕도 우리 노고를 아시면 기뻐할 걸세. 우리한테도 득이 될 테고."

"왕비가 마녀라는 걸 밝혀야 하나요?"

나는 노골적으로 물었다. 오늘 밤 나는 일에 워낙 지친 데다 나한테 신물이 나서 공작에게 신중하게 말할 수가 없다.

"요는 왕비가 마녀임을 밝혀 처형대로 보낼 셈이신가요?"

공작은 위엄 있게 똑바로 서서 경멸의 눈초리로 나를 노려보았다.

"추밀원 위원들이 어떤 증거를 찾아낼지 우린 예측할 수 없어. 그들이 증거를 철저히 조사해서 결정을 내리겠지. 그대가 할 일은 진술서를 준비하고 하느님 앞에서 그대 신앙을 두고 선서하는 것일세."

나는 속에서 필사적으로 외쳤다.

"저는 양심을 걸고 왕비의 죽음을 원치 않아요. 부탁입니다. 그런 선서는 다른 사람에게 시키십시오. 리치몬드로 왕비를 따라가서 왕비에게 불리한 거짓 증언은 하고 싶지 않습니다. 런던탑으로 끌려가는 동안 그 옆에 서 있고 싶지도 않고요. 제 위증 때문에 왕비를 죽음으로 몰아넣기는 싫어요. 친구였던 제가 왕비의 자객이 되기는 싫습니다."

내가 완강하게 거부하는 몸부림이 끝날 때까지 말없이 기다린 끝에 공작은 나를 바라보며 다시 웃었다. 하지만 그 웃음 속에는 따뜻함이 없었다.

"물론 그렇겠지. 그대는 우리가 준비해 주는 진술 내용만 선서하면 되네. 왕비를 어떻게 할지는 윗사람들이 결정할 테니까. 매일 누구를 만나고, 무엇을 하는지, 계속 나한테 보고하면 되네. 내 부하가 리치몬드까지 그대와 동행할 걸세. 왕비를 단단히 감시하게. 도주하지 않도록. 그 임무가 끝나면 그대는 캐서린의 시녀가 될 테고 궁정에서 한 자리 할 걸세. 잉글랜드 새 왕비의 시녀가 되겠지. 그게 그대가 받을 상일세. 새 왕비전에서 최고 시녀가 된단 말일세. 내 약조하지. 왕비의 최고 시녀 자리를."

이렇게 약조한 것으로 공작은 나를 회유했다고 생각하겠지만 나는 이런 생활에 신물이 난다.

"전 이런 짓을 계속할 수 없습니다."

나는 딱 잘라 말했다. 순전히 날조된 불리한 증거 때문에 런던탑에 끌려간 두 사람, 앤 불린과 남편이 떠올랐다. 한솥밥을 먹는 식구가 불리한 증언을 한 사실을 알면서 처형장으로 간 그들이 생각났다. 이들의 외삼촌이라는 공작은 자기 조카들에게 사형 선고를 내렸다. 나를 철석같이 믿고 자기들에게 유리한 증언을 해 주리라 기대했던 두 사람, 자기들에 대한 내 사랑을 믿고 구해 주리라 철석같이 믿었던 두 사람이 생각났다.

"이런 짓을 계속할 수는 없어요."

내 말에 공작은 실쭉하며 말을 던졌다.

"나도 부인이 그러지 않기를 바라네. 나도 부인이 다시는 그런 짓을 하지 않길 기원하겠네. 왕은 마침내 우리 조카 캐서린한테 진정으로 훌륭한 아내의 모습을 찾았어. 그 아인 가시 없는 장미야."

"무슨 장미요?"

"가시 없는 장미."

내 반문에 공작이 그 말을 되풀이하는데 표정이 진지했다.

"앞으로 가시 없는 장미로 부르시게. 왕이 그렇게 부르길 원하시니까."

지은이 필리파 그레고리 Philippa Gregory

세계적인 베스트셀러 작가이며 영국의 라디오와 텔레비전에서 활동하고 있는 여성 방송인이다. '18세기 문학 연구'로 에든버러 대학에서 박사 학위를 받았으며 저널리스트 수업을 받은 뒤 BBC 방송의 라디오 솔렌트(Radio Solent)와 내셔널 라디오 프로그램에서 일하고 있다. 대표적인 작품으로는 《블러디 메리(The Queen's Fool)》 《천일의 스캔들(The Other Boleyn Girl)》을 비롯한 《The Virgin's Lover》 《The Constant Princess》 《Earthly Joys》 《A Respectable Trade》 《The Favoured Child》 《Wideacre》 등이 있다. 현재 가족과 함께 영국 북부에서 살고 있다.

옮긴이 황옥순

명지대학교에서 영어영문학을 전공했다. 졸업 후, 가톨릭 선교단체 성 골롬반 외방선교회에서 15년 동안 근무하면서 주말에는 영어번역 프리랜서로 일했다. 전문 번역가의 길을 걷기 위해 동국대 국제정보대학원 영어통번역학과 3학기를 마치고, '펍협 번역그룹'에서 번역가로 활동하고 있다. 역서로는 《인도인들의 행복 처방전》이 있고, 출간 예정인 《나만의 성공 신화 만들기》를 번역했다.

불린가의 유산 1
The Boleyn Inheritance

초판 1쇄 인쇄 2009년 9월 5일
초판 1쇄 발행 2009년 9월 10일

지은이 필리파 그레고리 | **옮긴이** 황옥순
발행인 양장목 | **발행처** 현대문화센타 | **출판등록** 1992년 11월 19일 제3-448호
주소 경기도 고양시 일산동구 백석동 1309 | **대표전화** 031-907-9690~1
팩스 031-813-0695 | **이메일** hdpub@hanmail.net
교정·교열 이현정 | **북디자인** 앨리스프로젝트

ISBN 978-89-7428-360-5 04840
ISBN 978-89-7428-359-9 04840 (전 2권)

값 12,000원

잘못 만들어진 책은 구입하신 서점에서 교환하여 드립니다.